여자의 일생

여자의 일생

기 드 모파상 지음 | 김용훈(전 성균관대 총장) 옮김

차 례

여자의 일생 • 9

작품 해설 • 393

여자의 일생

1

 잔느는 짐을 다 꾸리고 나서 창문가로 다가갔다. 비는 아직도 멎지 않았다.
 밤새도록 큰비가, 창문이며 지붕으로 요란하게 내리치며 억수같이 퍼부었다. 숨막힐 듯 낮은 하늘, 물기를 잔뜩 머금은 하늘이 뚫려서 대지 위에 단번에 그 물기를 쏟아 버렸는지, 땅바닥은 팥죽처럼 질퍽거리는 진구렁으로 바뀌어 사탕 녹이듯 녹여 버릴 것만 같았다. 돌풍이, 짓누르는 듯한 답답한 열기를 뿜고 지나갔다. 범람한 개울에서 울리는 세찬 물소리는 인기척조차 없는 거리를 가득 채웠다. 길가의 집들은 마치 해면처럼 습기를 빨아들여 온 집안을 적셨고, 지하실에서부터 지붕 아래 고미다락까지 방울방울 물이 새어 나왔다.
 잔느는 어제 수녀원에서 나왔다. 그녀는 이제 영원히 자유로운 몸이 되었고, 오랫동안 꿈꾸어 온 인생의 행복이 지금이라도 손만 뻗으면 당장이라도 붙잡을 수 있을 것만 같았다. 그런데 하필이면 날씨가 좋지 않았다. 만약 이런 날씨가 계속된다면, 아버지는 출발을 주저하실지 모른다. 그녀는 걱정되어 견딜 수가 없었다. 그래서 아침 일찍부터 백번도 더 넘게 바깥 날씨를 살피는 중이었다.

그러는 사이 그녀는 여행 가방 속에 달력을 넣지 않았다는 것을 깨달았다. 그녀는 곧 두꺼운 대지에 인쇄되어 있는 달력을 벽에서 떼어 냈다. 달력은 월별로 나뉘어져 있었고 한가운데에는 '1819년'이라는 연호가 금빛으로 새겨져 있었다. 그녀는 수녀원을 나온 날인 오월 이 일까지의 넉 줄을 연필로 지워 버렸다.

방문 밖에서 부르는 소리가 들렸다.

"자네트!"

"들어오세요. 아버지."

잔느가 대답하자, 아버지가 나타났다.

지난 세기의 귀족인 시몽 자크 르 페르뒤 데 보 남작은 약간의 기벽을 가지고 있는 호인이었다. 장 자크 루소의 열렬한 숭배자이기도 한 남작은 자연이나, 전원, 나무, 숲 동물 따위에 대하여 애인과도 같은 두터운 애정을 지니고 있었다. 태생이 귀족이라 본능적으로 천 칠백 구십 삼 년(프랑스 혁명 뒤 공포 정치가 실시된 해)을 증오했지만, 기질적으로 철학자인데다가 자유적인 교육을 받은 탓에 전제 정치를 혐오하기도 했다. 그러나 그 혐오는 과격한 것이 아니라 말뿐인 혐오에 지나지 않았다. 남작은 지극히 선량했다. 그것은 그의 장점이자

약점이었다. 애무한다거나, 도움을 준다거나, 아니면 누군가를 포옹할 때도 남작은 두 팔로는 모자란다고 생각할 정도로 선량했다. 조물주와도 같은 선량함, 산만하고 저항력이 결여된, 의지의 한 구석이 마비된 것과도 같은, 그리고 에너지 어딘가에 구멍이 뚫려 버린 것 같은, 오히려 그런 것이 악덕이라고 느껴질 정도로 선량한 사람이었다.

제 나름의 이론을 가지고 있던 그는, 딸의 교육에 대해서만큼은 분명한 계획이 있었다. 딸을 행복하게, 선량하게, 올바르게, 그리고 우아한 여성으로 키우고 싶었다.

덕분에 잔느는 열두 살 때까지만 집에서 지내고 성심 수녀원의 기숙사로 들어가야 했다. 어머니가 슬퍼하는 것도 무릅쓰고 말이다.

아버지는 그곳에 딸을 가두다시피 해 놓고는 세상 사람들에 대해 모르게, 뿐만 아니라 세상의 온갖 잡동사니에 대하여 알지 못하게 했다. 그래서 딸이 열 일곱 살이 되면 순결한 처녀로 돌려받아 자기 손으로 직접 이치에 맞는 교육을 베풀 작정이었다. 그리고 풍요로운 들판의 한가운데서 소박하게 속삭이는 사랑이라든지, 동물들의 단순한 애정이라든지, 생명의 즐거운 법칙 따위를 보고 깨닫게 해서 딸의 마음을 활짝 열어 주고 아울러 지혜로운 인간으로 만들어 줄 생각을 하고 있었다.

이렇게 하여 마침내 그녀는 넘치는 생명력과 빛나는 얼굴을 하고서 수녀원을 나왔다. 할 일 없는 나날들과 따분한 저녁 시간을 보내야 하는 고독한 생활 속에서 몇 백번이고 상상하고 그려 왔던 온갖 기쁨들 매력적인 모든 우연이 지금 그녀의 품안으로 들어오려는 순간이었다.

그녀는 베르네제(이탈리아 화가)가 그린 초상화와 꼭 닮았다. 윤기나는 갈색 머리칼은 피부색과 너무나도 잘 어울렸고, 장밋빛 살갗은 귀족의 딸답게 밝은 햇빛을 받을 때마다 벨벳(파일 직물의 하나로, 직물의 표면에 연한 섬유 털이 치밀하게 심어진 직물)과도 같은 엷은 솜털로 곱게 가려졌다. 눈은 또한 푸르러 도자기로 만든 오란다 인형의 눈처럼 보였다.

조그마한 사마귀가 왼쪽 콧날 옆과 오른쪽 턱 위에 나 있었고, 그 사마귀 주변에는 피부와 거의 분간할 수 없을 정도의 곱실거리는 털이 두세 가닥 있었다. 키는 훤칠하고, 가슴은 풍만했으며, 허리는 매혹적인 선을 이루었다. 맑은 목소리는 때로는 날카롭게 들릴 때도 있었고, 명랑한 웃음소리는 주위 사람들로 하여금 기쁨을 느끼게 했다. 그리고 간혹 머리를 쓸어 넘기기라도 하듯 두 손을 관자놀이 쪽으로 가져가는 버릇이 있었다.

그녀는 아버지 옆으로 다가가 부둥켜안고 입맞춤을 했다. 그러고는,

"아버지, 우리 떠나는 거지요?"

하고 물었다.

아버지는 미소지으며 손으로 창문을 가리켰다. 이미 하얗게 쇠어 버린 긴 머리카락이 옆으로 흔들거렸다.

"이런 날씨에 어떻게 길을 떠난단 말이냐."

그러나 그녀는 응석을 부리며 간청했다.

"아이, 아버지도……. 부탁이에요. 오후에는 틀림없이 좋아질 거예요. 제발 떠나요."
"하지만, 네 어머니가 승낙하지 않을걸."
"그 일은 제게 맡겨 주세요."
"네 어머니만 설득할 수 있다면 나야 아무래도 상관없구나."

그 말이 끝나자마자 그녀는 남작 부인이 묵고 있는 방으로 달려갔다. 그녀는 이렇게 출발 날짜를 안타깝게 기다리고 있었다.

성심 수녀원에 들어가고 난 이후부터 그녀는 루앙 시가지를 떠난 적이 한 번도 없었다. 아버지가 스스로 결정한 나이가 될 때까지는 그 어떤 휴가나 여행도 허락되지 않았기 때문이다. 물론 파리에 따라가 본 적이 두 번 있기는 했다. 그러나 그것 역시 도시이기는 마찬가지였다. 그녀가 꿈꾸는 것은 그런 도시가 아닌 전원이었다.

이번 여름은 어떻게 해서든 레푸풀에서 지내야겠다고 마음먹은 그녀였다. 그곳에는 바닷가의 높은 절벽 위에 세워진, 조상 대대로 이어온 오래된 저택이 있었다. 그녀는 그 바닷가에서의 자유로운 생활에 한없는 환희를 기대했다. 게다가 그 저택은 이미 그녀 이름으로 되어 있었고, 결혼하면 바로 그 저택에서 생활하기로 되어 있는 곳이기도 했다.

이런 이유로 어저께 오후부터 쏟아지기 시작한 비는 그녀 생애의 가장 커다란 고민거리가 되었다. 불과 삼 분도 되지 않아 어머니의 방에서 뛰쳐나온 그녀는 온 집안이 울릴 정도로 큰소리로 외쳤다.
"아버지, 아버지! 어머니가 승낙하셨어요. 어서 마차 준비를 하셔야죠."
하지만 줄기차게 퍼붓는 비는 그 기세를 조금도 늦추지 않았다. 뿐만 아니라 사륜마차가 현관 앞에 당도했을 때는 더욱더 무서운 기세로 돌변했다.
잔느가 마차에 뛰어오르려 할 때 남작 부인이 층계를 내려왔다. 한쪽은 남편이 부축하고 다른 한쪽은 청년처럼 야무진 체구를 가진 하녀가 부축하고 있었다. 그녀는 코 지방 태생으로, 순수한 노르망디 처녀였다. 나이는 열 여덟 살밖에 되지 않았음에도 언뜻 보면 스무 살이 넘어 보이는 아가씨였다. 로잘리로 불리는 이 하녀는 친딸처럼 귀여움을 받았다. 어렸을 때부터 잔느와 젖을 나누어 먹은 사이였기 때문이다.
이 하녀의 주된 일거리는 안주인의 보행을 돕는 것이었다. 수년 전부터 심장 비대증에 걸린 안주인은 몸뚱이가 지나치게 비대했다.
숨을 할딱거리면서 이끼 낀 저택 현관 앞의 계단까지 내려온 남작 부인은 마당에 개천처럼 흐르는 빗물을 바라보며 말했다.
"이건 정말 심한데요."
남편은 여전히 빙긋 웃으면서 대답했다.
"출발하자고 말한 것은 당신이오, 아델라이드 부인."
남편은 놀림 반 존경심 반으로 그녀의 이름에 부인이라는 호칭을 붙였다.

그녀는 겨우 발걸음을 떼어 마차 위에 올랐다. 그 순간 마차 바퀴 근처에 있는 용수철이 납작해졌다. 남작은 그녀 옆에 앉았고 잔느와 로잘리는 뒤쪽으로 향한 좌석에 나란히 자리 잡고 앉았다. 찬모인 뤼드빈느가 외투를 여러 개 가지고 왔으므로 모두 그것을 하나씩 받아 무릎을 덮었다. 가지고 온 광주리 두 개는 발 아래 구석으로 밀어 놓았다. 그 일이 끝나자 찬모는 마부인 시몽 노인의 옆자리에 올라가 커다란 모포를 덮어쓰고 앉았다. 문지기 부부가 문도 잠글 겸 해서 배웅하러 나왔다. 그리고 짐마차로 나중에 보내 올 화물에 대한 마지막 지시를 받았다. 마침내 그들은 출발했다.

시몽 노인은 등을 구부려 고개를 숙이고는 외투로 비를 가렸다. 돌풍은 울부짖는 소리를 내며 계속해서 유리창을 때렸고, 도로는 이내 물바다가 되었다. 쌍두 마차는 전속력으로 달렸다. 강가에 도착하자 마차는 강 위에 떠 있는 대형 선박과 평행으로 달리기 시작했다. 배에 달린 돛대나 활대들은 잎이 다 떨어진 겨울의 수목처럼 적막한 느낌을 풍기면서 우뚝 서 있었다. 얼마 뒤 마차는 몽리부데의 기다란 거리로 들어섰다.

얼마 지나지 않아 여러 목장들을 지나쳤다. 이따금씩 물 속에 그림자를 드리우고 있는 수양버들의 늘어진 가지들이 비의 장막 속에서 어렴풋이 보이기도 했다. 말발굽에서는 흙탕물이 튀기고 네 개의 마차 바퀴는 진흙투성이가 되었다.

모두가 입을 다물었다. 길바닥과 마찬가지로 마음마저 젖어 버린 것 같았다. 잔느의 어머니는 몸을 뒤로 젖혀 고개를 대고는 두 눈을 감고 있었다. 남작은 우울한 눈빛으로 흠뻑 젖은 단조로운 벌판을 내다보았다. 로잘리는 무릎 위에 꾸러미를 얹어 놓은 채 서민들이 흔히 하는 공상에 잠겨 있었다. 그러나 잔느만은 밀실에 갇혀 있던 식물이 시원하고 햇빛 쏟아지는 뜰에 내다 놓인 것 같은 싱싱한 기운이 감돌았다. 환희의 벽이 나뭇잎의 수풀처럼 그녀의 마음을 우울함에 잠기지 않도록 막아 주었다. 아무 말도 하지 않고 앉아 있기는 했지만 잔느는 소리내어 노래라도 부르고 싶은 심정이었다. 그리고 마차 밖으로 손을 내밀어 손바닥에 괴는 빗물을 받아 마시고 싶은 생각도 들었다. 마차에 실려 이렇게 질주하는 일이, 황량한 풍경을 바라보는 이 일이, 엄청난 홍수의 한복판에서도 자신이 이렇게 안전할 수 있다는 일이 그녀에게는 비길 데 없는 즐거움이었다.

두 마리 말의 흠뻑 젖은 꼬리에서는 물방울이 떨어졌다.

남작 부인은 꾸벅꾸벅 졸고 있었다. 여섯 가닥으로 보기 좋게 내려뜨린 나선형의 머리카락이 그녀의 얼굴을 둘러쌌다. 그녀의 얼굴은 세 겹으로 된 커다란 파도 모양의 목덜미로 지탱되고 있는 듯이 보였다. 그리고 그 마지막 커다란 파도는 넓고 두꺼운 가슴속으로 그 꼬리를 감추었다. 그녀의 졸고 있는 머리는 숨을 쉴 때마다 올라갔다 내려갔다 했다. 두 볼은 볼록해 있었고 반쯤 열린 입술 사이로 커다란 숨소리가 새어 나왔다. 남작은 몸을 앞으로 굽히더니 불룩한 아랫배 위로 얌전히 모아진 그녀의 두 손 위에 조그마한 가죽 지갑을 살짝 얹어 놓았다.

그녀는 손에 스치는 감촉으로 인하여 눈을 떴다. 그리고는 갑자기 잠에서 깬 사람처럼 어리둥절한 표정으로 그 물건을 멍하니 바라보았다. 순간 지갑이 바닥에 떨어지면서 열리고 말았다. 금화와 지폐가 마차 안에 흩어졌다. 그녀는 불시에 잠에서 깼다. 그녀의 당황하는 모습이 우스워서 딸은 웃음을 터뜨렸다.

남작은 흩어진 돈을 주워 모아 그녀의 무릎 위에 다시 얹어 주며 말했다.

"봐요, 이게 엘트 농장 대금의 전부요. 그 농장을 판 것도 레푸풀의 저택을 수리하기 위해서였소. 이제부터 우리는 줄곧 그곳에서 살 게 아니오."

그녀는 육천 사백 프랑을 헤아리고 나서 가만히 주머니 속에 집어넣었다.

그것은 그들의 양친으로부터 물려받은 서른 한 개의 토지 가운데 이런 식으로 팔아 버린 아홉 번째의 농장이었다. 그래도 이 부부는 그들 소유의 토지에서 연간 이만 리브르(프랑스 고유의 화폐 단위)나 되는 수입이 들어오고 있었다. 이것을 잘 관리하기만 하면 연간 삼만 리브르의 수입을 올리는 것도 어렵지 않을 것이다.

남작 내외는 검소한 생활을 하고 있었으므로 항상 집안에서 입을 벌리고 있는 밑바닥 없는 구멍, 즉 선량함이라는 구멍만 없었다면 이만한 수입으로도 충분했다. 그런데 그 선량함은 햇빛이 늪을 말려 버리듯 그들의 수중에서 돈을 말려 버렸다. 돈은 흘러갔고, 도망쳐 갔으며, 사라져 갔다. 어떻게? 그것은 아무도 몰랐다. 그래서 두 내외 중 한 사람은 항상 이런 말을 했다.
"왜 이렇게 되었는지는 모르지만 오늘도 백 프랑을 썼군. 별달리 산 물건도 없는데 말이야."
아무튼 남들에게 선뜻 무엇을 줄 수 있다는 것이 이들 내외에게는 그지없는 행복이었다. 그들은 서로 이런 성격에 대하여 이해했고, 언제나 감동적이고 멋진 방법으로 그것을 되풀이했다.
잔느가 입을 열었다.
"그럼, 우리 집은 이제 곱게 단장했겠군요?"
남작이 즐거운 듯이 대답했다.
"가 보면 알게 될 거다."
호우는 그 맹위를 조금씩 덜해 가기 시작했다. 그리고 마침내 무서우리만큼 내리퍼붓던 빗줄기가 안개와도 같은, 미친 듯이 춤추고 있는 이슬비 같은 것으로 변했다. 구름으로 뒤덮였던 하늘도 차차 맑아졌다. 그런데 갑자기 지금까지 보이지 않던 구멍 하나가 구름 속에 생기더니 그곳으로부터 눈부신 햇살이 새어 나와 목장 위를 비스듬히 비추기 시작했다.
뒤따라 구름들이 비켜 가면서 새파란 하늘이 서서히 그 모습을 드러냈다. 구름 속의 구멍은 장막이 찢어지듯 계속해서 넓어져 갔다. 그러자 선명한, 짙은 푸르름을 가득 담은 맑게 갠 하늘이 대지 위에 높이 펼쳐졌다.
상쾌하고 감미로운 미풍이 대지의 행복한 숨결인 양 살랑거리기 시작했다. 마차가 우거진 숲 속을 지날 때면 날갯죽지를 말리는 새들이 성급하게 지저귀는 소리가 들려왔다.

어느덧 저녁이 다가왔다. 잔느를 제외한 마차 안의 사람들은 모두 자고 있었다. 도중에 두 번 여관 앞에 마차를 세우기도 했지만 그건 말을 쉬게 하고 여물과 물을 주기 위해서였다.

해는 벌써 서산에 지고 멀리서 종소리가 들려왔다. 어느 조그마한 마을을 지날 쯤 해서 마부가 마차에 불을 밝혔다. 하늘도 총총한 별빛으로 밝아졌다. 등불을 밝힌 인가들이 드문드문 나타났다가는 한 점의 불빛이 되어 어둠 속을 뚫고 있었다. 그런데 별안간 등뒤의 나지막한 전나무 숲 사이로 불그스름하고 넓적한 달이 아직 잠에서 덜 깬 것 같은 모습으로 둥실 떠올랐다.

날씨는 창문을 열어도 괜찮을 정도로 따뜻했다. 몽상에 지치고 환상에도 싫증난 잔느는 이미 아무것도 생각하지 않고 있었다. 같은 자세로 오랫동안 앉아 있던 탓에 온몸이 저려왔다. 그녀는 이따금 눈을 뜨고 밖을 내다보았다. 등불이 밝혀진 농가가 있는 나무숲이나, 여기저기 밭 속에 누워 있는 암소들이 눈에 띄었다. 이윽고 그녀는 뒤척뒤척 다른 자세로 바꿔 가며 중단된 꿈을 다시 붙들려고 애썼다. 그러나 끊임없는 마차의 동요가 그녀의 두 귀를 흔드는 통에 생각하는 것 자체를 피로하게 했다. 그녀는 두 눈을 감으며 자신의 마음도 몸뚱이와 마찬가지로 피곤해 있음을 깨달았다.

그러는 동안에 마차가 멈추었다. 하인이나 하녀 들이 제각기 손에 등불을 들고 마차의 승강구 앞에 서 있었다. 마침내 도착한 것이다. 잔느가 깜짝 놀라 급히 마차에서 뛰어내렸다.

부친과 로잘리는 등불을 든 한 하인을 앞장세우고, 남작 부인을 무슨 짐짝이라도 다루듯이 집 안으로 운반했다. 그녀는 실려 들어가면서도 연신 고통을 호소하며,
"오오, 고마워요. 고마워요, 여러분."
하고 꺼져 들어가는 소리를 되풀이했다. 그녀는 마실 것도 먹을 것도 마다한 채 자리에 들자 깊은 잠에 빠지고 말았다.
잔느와 남작은 마주보고 앉아 저녁 식사를 했다.
그들은 얼굴을 마주보고 빙긋빙긋거리면서 서로 손을 만져 보기도 했다. 그리고 두 사람 모두 어린애와도 같은 기쁨에 들뜬 채 수리한 저택을 골고루 둘러보았다.
그 저택은 노르망디 지방에서만 볼 수 있는 농가 같기도 하고 성채 같기도 한, 높고 넓은 건물이었다. 예전에는 하얀색이었으나 지금은 회색으로 변한 석축 건물은 대가족을 수용할 만한 저택이었다.
길고 큰 현관 겸 복도가 집을 두 개로 가르면서 이쪽에서 저쪽까지 뚫려 있었고, 앞뒤 두 곳의 정면에는 각기 커다란 문이 활짝 열려 있었다. 좌우 양쪽에는 두 개의 계단이 입구의 천장 위로 커다란 빈 공간을 만들면서 가로질러 있었고, 그것이 이층에서 서로 만나 다리처럼 되어 있었다.
아래층 오른쪽에는 터무니없을 정도로 넓게 만든 응접실이 있었다. 벽에는 새들이 숲 속에서 놀고 있는 그림의 벽걸이가 화려한 분위기를 빚으며 여기저기 걸려 있었고, 가구들은 가는 바늘로 수가 놓인 자수 제품으로 덮여 있었다. 그것들 모두가 그대로 파 퐁티느(프랑스 시인이자 우화 수집가)의 '우

화'에 나오는 삽화가 되고도 남을 정도로 아름다웠다. 잔느는 어릴 적부터 몹시 좋아하던 의자 하나를 어디선가 발견하고는 오싹할 정도의 기쁨을 느꼈다. 그 의자에는 여우와 황새 이야기가 수놓여 있었다.

응접실 바로 옆은 오래된 책들이 가득 꽂혀 있는 도서실이었고, 그 다음 방은 지금은 사용하지 않는 빈방이었다. 왼쪽에는 새로 판자를 붙인 식당과 속옷을 보관하는 방, 찬방과 취사장, 그리고 목욕탕이 있는 조그마한 방이 있었다.

이층에는 복도 하나가 전체를 세로로 뚫고 있었다. 열 개 방의 열 개 문이 모두 이 복도에 면하여 줄지어 있었다. 오른쪽 제일 안쪽에 있는 방이 잔느의 방이었다. 두 부녀는 그 방으로 들어가 보았다. 남작은 최근 이 방의 장식을 새로운 것으로 바꾸었다. 그렇다고 해 봤자 지붕 밑 고미다락에 간직해 두었던 벽걸이와 가구 들을 끄집어내어 다시 이용한 것에 불과했다.

오란다에서 만들어진 오래된 벽걸이에는 이상한 인물들이 수없이 많이 그려져 있었는데, 그것이 방 안을 가득 채우고 있는 것 같았다.

방 안에 놓여 있는 자신의 침대를 보자, 젊은 아가씨는 환성을 질렀다. 네 귀에 조각되어 있는 네 마리의 커다란 새가, 새까맣게 빛나는 침대를 떠받치고 있는 형상이 침대를 지키는 병사처럼 보였다.

침대의 양쪽 가장자리에는 꽃과 과일 무늬가 조각되어 있었다. 그리고 둥그런 홈이 파여 있는 코린트 식의 우아한 네 기둥이 사진기의 주름 상자처럼 생긴 장미꽃과 큐피드가 얽혀 있는 침대를 떠받치고 있었다.

그 침대는 기념 건축물인 양 놓여 있었다. 오랜 세월을 거친 침대의 재목은 거무스름하게 빛나고 있었지만 그 우아함만은 잃지 않았다.

침대의 시트와 이불은 두 개의 하늘처럼 빛났다. 모두 옛날식으로 짠 짙은 감색의 명주 천으로 만들어졌는데, 금실로 수놓여진 커다란 백합화가 드문드문 별빛처럼 반짝였다.

잔느는 자기 침대에 대하여 실컷 찬미하고 나서, 이번에는 등불을 들고 벽걸이를 비추며 그림의 내용을 살펴보았다.

젊은 영주와 젊은 귀부인이 초록, 노랑, 빨간색 따위로 울긋불긋하게 장식된 이상한 모양의 옷을 입고, 하얀 나무 열매가 매달려 있는 나무 그늘에서 마주보고 이야기하고 있었다. 나무 열매와 같은 빛깔의 큰 토끼 한 마리가 회색으로 된 풀더미 속에서 뒹굴었다.

인물 그림의 바로 위쪽으로 멀리 햇빛을 받고 있는 둥근 지붕의 집들이 대여섯 채 보였다. 그 위에는 새빨간 풍차가 하늘에 떠 있는 것처럼 그려져 있었다.

이런 구도 전체의 틈 사이로는 꽃봉오리가 달린 나뭇가지들이 고루 깔려 있었다.

두 개의 벽걸이는 앞의 것과 비슷했다. 다른 점이라고는 오란다 사람들과 같은 옷을 입은 네 명의 난쟁이 노인들이 집 밖으로 나가려 하는 모양을 그린 것이었는데, 그 노인들은 극도의 놀라움과 노여움이 드러난 얼굴로 하늘을 향하여 팔을 치켜든 모양을 하고 있었다.

마지막 벽걸이는 비극이었다. 풀을 뜯어먹고 있는 토끼 옆에 젊은 사내가 죽은 듯이 넘어져 있었고, 젊은 부인은 그 사내 앞에서 칼로 자신의 가슴을 찌르고 있었다. 나무 열매는 먼저 것과는 달리 검은색이었다. 그림에 대한 이해는 그만해야겠다고 생각한 순간, 잔느는 한쪽 구석에 그려져 있는 조그마한 동물 한 마리를 발견했다. 그 동물은 이전의 그 토끼가 만약 살아 있다면 당장이라도 잡아먹어 치워 버렸을 무서운 사자였다. 이것으로 그녀는 이 그림이 피람과 티스베(오비디우스의 소설에 나오는 인물)의 불행한 운명을 그린 것임을 알았다. 그녀는 이 그림이 별것 아니라고 생각했으나, 자기가 이와 같은 사랑의 모험으로 둘러싸여 있다고 생각하니 행복해지는 느낌이었다. 이것은 언제나 자신의 가슴에 그리운 희망을 안겨 주리라 믿어졌고, 밤마다 잠자는 자신에게 옛날의 전설적인 사랑을 속삭여 줄 것으로 생각되었다.

그 밖의 다른 가재 도구들은 모두 제멋대로의 양식을 가진 잡다한 것들이었다. 조상 대대로 물려받은 그것들은 마치 박물관처럼 보였다. 구리쇠로 만든 장식이 붙은 루이 십 사 세 시대의 장롱은 루이 십 오 세 시대의 팔걸이가 달린 두 개의 의자 사이에 놓여 있었다. 장미나무로 만들어진 책상은 난로 위의 찬장과 마주보고 있었고, 이 찬장 안에는 둥그스름한 유리 덮개 속에 싸여 있는 제정 시대의 시계가 놓여 있었다.

청동으로 만든 이 시계는 벌집 모양을 하고 있었고, 그것을 네 개의 대리석 기둥이 금칠을 한 화원 위로 떠받치고 있었다. 화사하게 만들어진 시계의 추가 가느다란 틈 사이로 튀어 나와 화단 위의 조그만 꿀벌을 영원히 맴돌게 했다.
 원색으로 칠해져 있는, 사기로 된 문자판은 벌집 옆구리에 박아 놓은 것처럼 보였다.
 그 시계가 열 한 시를 알리는 종을 쳤다. 남작은 딸의 볼에 키스를 하고는 자기 방으로 돌아갔다.
 잔느는 아쉬운 생각이 들었으나 잠자리에 들었다.
 이것이 마지막이라도 되는 것처럼 그녀는 고개를 돌려 방 안을 한 바퀴 둘러보았다. 그리고는 누운 채로 촛불을 켰다. 머리 쪽만 벽에 붙어 있는 침대 왼쪽에는 창문이 열려 있어 그 창문으로 달빛이 흘러 들었다. 마룻바닥 위에는 빛의 웅덩이가 이루어졌다.
 달빛이 반사되어 벽으로 튀어 올랐다. 반사된 빛이 피람과 티스베의 굳은 사랑을 가냘프게 애무했다.
 발 아래쪽의 반대편에 나 있는 창문으로는 달빛에 흠뻑 젖어 있는 한 그루의 커다란 나무가 보였다. 그녀는 몸을 뒤척이며 눈을 감았으나 곧 다시 떴다.
 아직 흔들리는 마차 안에 있는 것 같았다. 그리고 그 마차 소리가 머릿속에서 요란하게 울렸다. 처음에는 꼼짝도 하지 않고 누워 있었다. 조용히 누워 있기만 하면 잠이 들 줄 알았다. 그러나 어느새 마음은 더욱 초조해지면서 잠이 달아나고 말았다.
 두 다리에 경련이 일고 열이 나기 시작했다. 팔까지 드러낸 슈미즈 차림에 맨발인 그녀는 마침내 유령 같은 모습으로 침대 위에 펼쳐져 있는 달빛을 건너 창문가로 걸어갔다. 그리고 문을 활짝 열어젖혀 바깥을 내다보았다.

달빛은 매우 맑고 대낮처럼 밝았다. 눈에 띄는 모든 것이 어린 시절부터 낯익었다.

먼저 넓은 잔디밭이 눈에 들어왔다. 달빛을 받은 잔디밭은 버터처럼 누렇게 보였다. 거대한 수목 두 그루가 보초병처럼 저택 앞에 서 있었다. 북쪽에 있는 것은 플라타너스, 남쪽에 있는 것은 보리수였다.

넓은 잔디밭 저 건너편에 있는 조그마한 나무숲이 이 저택의 경계를 이루었다. 다섯 줄의 느티나무 고목으로 된 나무숲은 일 년 내내 불어오는 갯바람으로 말미암아 휘어지고 침식되어 잎이 떨어져 나갔다. 그래서 기울어진 지붕처럼 보였으나, 그것이 방풍림 역할을 하여 바다에서 불어오는 돌풍으로부터 잔디밭을 보호해 주었다.

이 공원은 백양나무의 거목으로 이루어진 가로수 길을 중심으로 좌우 양쪽으로 나뉘어져 있었다. 백양나무를 이곳 노르망디에서는 푸풀이라고 부르는데, 이 푸풀의 가로수 길이 이 땅에 사는 유지들의 저택과 그에 인접한 두 개의 농장을 가르고 있었다. 한 농장에는 쿠이야르 일가가 살고 있고, 다른 또 하나의 농장에는 마르탱 일가가 살았다.

이 푸풀은 저택의 이름으로도 통했다. 이 주변의 건너편에는 아직 개간되지 않은 벌판이 펼쳐져 있었고 그 벌판 위를 갯바람이 밤낮을 가리지 않고 불어 댔다. 더 저쪽은 해안으로, 높이 백 미터가 넘는 깎아지른 듯한 새하얀 절벽이 그 아래 부분을 바닷물에 적시고 있었다.
 잔느는 끝없이 계속되는 나이테 무늬의 파도를 바라보았다. 파도는 별빛 아래에서 잠자고 있는 것처럼 보였다.
 태양이 없는 정적 속에서 대지는 온갖 향내를 발산했다. 창 아래쪽을 기어오르는 재스민이 뼛속까지 스며들 것 같은 한숨을 쉴새없이 토해 내 싱싱한 풀잎 냄새와 섞여 버렸다. 이따금 한 번씩 앞바다에서 불어오는 후텁지근한 바람이 소금기를 잔뜩 머금은 공기와 해초의 찐득찐득한 냄새를 싣고 와서 뿌려 놓았다.
 이 소녀는 행복한 듯이 신선한 공기를 들이마셨다. 그리고는 이내 전원의 평화로움이 그녀의 온몸을 감싸안고 있음을 느꼈다.
 동물도 해가 지면 자신의 보금자리로 찾아들고 어둠 속으로 자취를 감추기 마련이다. 울지도 않는 커다란 새 한 마리가 반점처럼, 그리고 그림자처럼 하늘을 가로질렀다. 눈에 보이지 않는 벌레의 울음소리도 어렴풋이 들려왔다. 벌레들의 기척이 이슬에 젖은 풀밭에서 느껴졌다. 몇 마리의 두꺼비들은 달을 향하여 우울한 곡조를 던졌다.
 잔느는 밝은 달밤처럼, 자신의 마음속이 온갖 속삭임으로 충만되는 것을 느꼈다. 자기 눈앞에서 꿈틀거리는, 밤의 동물처럼 온갖 곳을 기어다니는 욕정이 자기 마음속에서도 꿈틀거리는 것을 깨달았다. 어떤 친화력이 그녀로 하여금 살아 있는 시와 결부시켰다. 인간의 힘으로도 어쩔 수 없는 전율이 부드럽고 하얀 밤의 어둠을 뚫고 내달았다. 잔느는 형언하기조차 어려운 희망이 행복한 숨결을 타고 고동치는 것을 느끼지 않을 수 없었다.

마침내 그녀는 사랑을 상상하고 몽상하기 시작했다.

사랑! 사랑이 자신의 눈앞으로 다가오는 듯한 불안한 생각이 지난 이 년 동안 줄곧 그녀의 가슴을 채웠다. 이제는 사랑을 할 수 있는 자유의 몸이다. 대상자가 나타나기만 하면 된다. 그 사람을 만나기만 하면 된다.

어떤 사람일까? 확실히 알 수는 없다. 스스로 물어 보고 싶지도 않다. 오직 그 사람은 자신이 꿈꾸고 그려 오던 그런 사람이겠지, 그것만으로 충분하다.

다만 바라는 것이 있다면 그 사람을 열렬히 사랑하고 그 사람 또한 진정으로 자기를 귀여워해 주는 일이었다. 오늘 밤 같은 때에 두 사람은 산책을 하리라. 별빛 아래서 두 사람은 손과 손을 잡고 서로의 가슴속에서 고동치는 소리를 들으며 서로의 어깨에서 뜨거운 열기를 느끼리라. 여름밤의 달콤하고 맑은 공기로 서로의 애정을 녹이며 천천히 걸음을 옮기리라. 그리고 두 사람은 굳게 맺어진 애정의 힘으로 서로의 가장 깊은 곳까지 어렵지 않게 밀고 들어갈 수 있으리라.

그리고 이것은 영원히 계속되리라. 결코 파괴될 수 없는 순결한 사랑 속에서.

이런 생각을 하자 잔느는 그 사람이 바로 눈앞에라도 나타난 것 같은 착각이 들었다. 그리고는 갑자기 형언할 수 없는 육감적인 전율이 머리 꼭대기에서부터 발끝까지 흘렀다. 그녀는 자신의 꿈을 끌어안으려는 듯 두 팔로 자기 가슴을 감쌌다. 그러자 이 미지의 사람에게 무의식적으로 내민 입술에 무엇인가가 스친 듯했다. 그것은 봄의 숨결이 사랑의 키스를 퍼부은 것 같은 달콤하기 비길 데 없었다. 그녀는 황홀한 꿈결 속으로 빠져들었다.

갑자기 저 멀리 저택 뒤쪽의 어둠에 둘러싸인 도로 위를 누군가가 걷고 있는 소리가 들려왔다. 그러자 그녀는 미칠 것만 같은 영혼의 충동으로 천부의 요행, 신의 예감, 운명의 낭만적인 결합 따위를 상상했다. 불가능한 것을 알면서도 그녀는 이것을 믿고 싶어졌고 믿으려고 몸부림쳤다. 그녀는 '만약 이것이 그 사람이라면……' 하고 생각하기에 이르렀다. 그녀는 뛰는 가슴을 달래면서 그 규칙적인 발소리에 귀를 기울였다. 아마도 그 사람은 대문간에 와서 하룻밤의 숙식을 청하리라. 그러나 그 예상과는 달리 그냥 지나치자 잔느는 배반이라도 당한 것처럼 슬퍼졌다. 하지만 곧 자신의 우둔한 흥분과 터무니없는 희망을 깨닫고는 그 어리석음이 우스워 빙긋 웃고 말았다.

흥분이 가라앉자 그녀는 좀더 조리가 선 몽상의 흐름에 자신의 마음을 내맡겼다. 미래를 보다 더 정확히 투시하고 자신의 생활 기반을 만들어야겠다고 생각하기도 했다.

그 사람과 함께 그녀는 이곳에서 살게 되리라. 바다를 내려다볼 수 있는 조용한 저택에서 두 아이를 키우며 평화롭게 살아가리라. 하나는 사내아이 하나는 계집아이로, 사내아이는 그의 것이고 계집아이는 내 것이다. 아이들은 플라타너스와 보리수 사이의 풀밭 위를 뛰어다닌다. 아버지와 어머니는 황홀한 시선으로 아이들의 뛰노는 것을 바라보며 아이들의 머리 위로 자기들의 열정적인 시선을 주고받으리라.

그녀는 오랫동안 그와 같은 공상에 잠겼다. 달은 벌써 긴 여정을 마치고 바닷속으로 사라지려는 중이었다. 공기는 더욱 신선해졌고 동편의 지평선이 밝아 왔다. 오른편에 있는 농장에서 수탉 한 마리가 울었다. 왼편 농장의 다른 수탉들이 그 소리를 따라 울었다. 닭장의 벽을 통하여 오는 목쉰 듯한 소리는 마치 굉장히 먼 데서 들려오는 소리 같았다. 그리고 모르는 사이에 밝아져 온 하늘의 무한한 궁륭(활이나 무지개같이 높고 길게 굽은 형상) 속에서, 별들이 그 자태를 서서히 감추었다.

어디선가 조그만 새 우는 소리가 들려왔다. 나뭇잎 사이에서 흘러나오는 새소리는 처음에는 소심하더니 점점 대담해지면서 기쁨에 떨리는 소리로 변하여 가지에서 가지로, 나무에서 나무로 번져 나갔다.

잔느는 별안간 자신이 빛 속에 있음을 깨달았다. 두 손으로 가리고 있던 얼굴을 치켜든 순간 그녀는 고개를 숙이고 말았다. 찬연한 새벽빛에 눈이 부셨던 것이다.

백양나무 가로수에 그 일부가 가려져 있는 진홍빛 구름 하나가 잠이 깬 대지 위에 붉은빛을 던지고 있었다.

그리고 빛나는 구름을 뚫고 수목에, 벌판에, 대서양에, 모든 지평선에 화살과도 같은 햇살을 끼얹으면서 불덩어리처럼 시뻘건 태양이 서서히 그 모습을 드러냈다.

그러자 잔느는 미칠 것만 같은 행복감에 휩싸였다. 황홀한 대자연의 장관을 눈앞에 두고 모든 것을 잊게 하는 환희, 무한한 감동이 그녀의 마음을 온통 적셨고, 그 마음은 더욱더 망연해졌다. 그것은 그녀의 태양이었고 그녀의 새벽이었다. 그녀의 삶의 시작! 그녀의 희망의 출발이었다. 그녀는 두 팔을 하늘로 뻗어 태양을 끌어안고 싶었다. 무엇인가 외치고 싶기도 했다. 아침의 장관처럼 무엇인가 신성한 것을 외치고 싶었다. 그러나 그녀는 그런 힘없는 열광 속에서 순간 마비라도 일으킨 사람처럼 그 자리에 우뚝 서고 말았다. 그리고는 두 손으로 얼굴을 가리고 격한 울음을 터뜨렸다.
　다시 고개를 들었을 때, 그 찬란하던 해돋이의 광경은 이미 사라지고 없었다. 그녀는 냉정함을 되찾았고 동시에 몸이 차갑고 피로해진 것을 느꼈다. 창문을 열어 둔 채로 침대로 돌아간 그녀는 한동안 공상을 계속하다가 이내 깊은 잠으로 빠져 들었다. 그러고는 여덟 시까지 잤다. 그것도 아버지가 방 안으로 들어와서 깨우는 바람에 겨우 잠에서 깨어난 것이다.
　아버지는 저택이, '그녀의' 저택이 아름답게 장식된 것을 딸에게 보여 주고 싶었다.
　부지의 안쪽을 바라보고 있는 정면의 현관과 큰길 사이에는 사과나무가 심어져 있는 넓은 마당이 있었다. 이 큰길은 농가의 울타리를 지나 반 마일쯤 더 간 곳에서 르아브르에서 페캉으로 가는 도로와 교차되고 있었다.
　방풍림으로부터 돌계단까지는 곧은 샛길이 뻗어 있었다. 몇 채의 작은 부속 건물과 해안의 돌과 짚으로 지붕이 이어진 건물이 농원의 마당가에 나란히 세워져 있었다.

지붕은 새 짚으로 이어졌고, 목조 부분도 새로 손을 보았다. 벽도 하얗게 새로 칠했고 방마다 도배도 새로 했으며 집안 내부의 칠도 새로 했다. 퇴색한 낡은 집 안에는 은백색의 덧문과 최근에 새로 칠한 정면 현관의 물감이 흰 얼룩과도 같이 눈에 띄었다.

 또 하나의 정면, 잔느의 방 창문 하나가 열려 있는 쪽의 정면은 조그마한 숲과 바람에 휘날리는 느릅나무 울타리 너머로 멀리 바다를 바라볼 수 있었다.

 잔느와 남작은 팔짱을 낀 채 조그만 구석 하나 남기지 않고 온 집안을 샅샅이 둘러보았다. 그러고 나서 두 사람은 공원으로 불리는 정원을 둘러싸고 있는 긴 백양나무의 가로수 길을 천천히 거닐었다. 나무 밑에는 풀이 돋아나 푸른 방석을 깔아놓은 것처럼 보였다. 정원 저쪽 끝에 있는 조그마한 나무숲은 참으로 아름다웠다. 숲 속에는 나뭇잎으로 테두리가 만들어진 오솔길이 여러 갈래로 꾸불꾸불 나 있었다. 이때 토끼 한 마리가 불쑥 뛰쳐나와 젊은 아가씨를 몹시 놀라게 했다. 그러고 나서 토끼는 비탈길을 뛰어내려가더니 풀숲을 뚫고 절벽 쪽으로 달아났다.

 점심을 먹은 뒤, 아직 피로를 풀지 못한 아델라이드 부인이 더 쉬어야겠다고 말했으므로 남작은 이포르까지 산책하는 게 어떻겠느냐며 잔느에게 물었다.

 두 부녀는 집을 나섰다. 먼저 레푸풀 저택이 있는 에토방 마을을 지나갔다. 세 사람의 농부가 몹시 친근한 태도로 인사했다. 두 사람은 비탈진 숲 속으로 들어갔다. 이 숲은 빙빙 우회하고 있는 골짜기를 따라 해안까지 뻗어 있었다.

곧 이포르 마을이 나타났다. 문간에 앉아서 바느질하고 있던 여인들이 두 사람을 쳐다보았다. 한가운데에 도랑이 흐르고, 문간 앞에 난파선의 잔해 같은 것들이 흩어져 있는 언덕길에서는 강렬한 갯벌 냄새가 피어올랐다. 조그마한 은화처럼 생긴 비늘이 드문드문 붙어 있는 짙은 갈색 그물이, 구차스럽게 보이는 누옥의 문간 옆에 널려 있었다. 한 방에 많은 가족들이 살고 있는 이 농가에서는 그다지 아름답지 못한 인간의 냄새가 새어 나왔다.

비둘기 몇 마리가 도랑가를 거닐면서 모이를 찾고 있었다. 잔느는 어느 것 하나도 빼놓지 않고 눈여겨보았다. 이것저것 모두가 잔느에게는 신기하고 재미있었다.

어느 집의 담벼락을 돌아가자 갑자기 눈앞에 푸른 바다가 보이기 시작했다. 불투명하면서도 매끄러운 푸르름을 띤 바다가 끝없이 펼쳐져 있었다.

발걸음을 멈춘 두 부녀는 해안을 눈앞에 두고 바다를 바라보았다. 새 날개와도 같은 하얀 돛대가 앞바다를 가로지르고 있었다. 왼쪽과 오른쪽에 깎아지른 듯한 절벽이 서 있었다. 갑(岬)처럼 생긴 돌출부가 한쪽의 시선을 방해했지만 다른 한쪽은 끝간 데 없이 뻗어 있었다.

가까운 절벽 틈새로 몇 채의 집들과 조그마한 항구가 보였다. 흰 거품을 일으키는 자잘한 파도가 해변의 예쁘게 생긴 자갈 위로 밀려오고 밀려갔다.

이 지방에서만 볼 수 있는 조그만 고깃배들이 모래밭 위로 끌려와서는 시꺼먼 콜타르 칠을 한 뱃전을 드러내 놓고 햇볕을 쬐고 있었다. 어부 몇 사람이 물때를 기다리며 부지런히 고기잡이 준비를 했다.

한 사공이 방금 잡은 고기를 가지고 두 사람에게 다가왔다. 잔느는 넙치 한 마리를 샀다. 제 손으로 레푸풀까지 가지고 갈 작정이었다. 그러자 사공이 뱃놀이를 시켜 주겠다고 제의해 왔다. 그리고는 자기 이름을 부디 기억해 달라는 듯이 이렇게 말했다.

"라스치크입니다요, 아시겠습니까? 라스치크란 말입니다."

그는 자신의 이름을 몇 번이나 되풀이하여 말했다.

남작은 결코 잊지 않겠다고 대답했다. 두 사람은 저택으로 발길을 향했다.

커다란 넙치는 잔느를 지치게 했다. 결국 그녀는 아버지의 지팡이에다 고기의 아가미를 꿰어 두 사람이 한쪽씩 들기로 했다. 그들은 언덕길을 내려가면서 어린애처럼 떠들고 웃고 했다. 바람에 머리를 나부끼며 그들의 눈빛은 빛났다. 하지만 넙치가 이내 두 사람 모두를 지치게 했다. 넙치의 기름진 꼬리가 풀밭에 끌렸다.

2

잔느의 자유롭고 즐거운 생활이 시작되었다. 그녀는 독서하고, 공상하고, 혼자 집 근처를 산책했다. 마음은 이미 꿈속에 젖어 든 채 길을 따라 천천히 헤매는 때도 있었다. 때로는 구불구불한 골짜기를 따라 언덕 깊숙한 곳으로 내려가기도 했다. 깎아지른 듯한 양쪽 경사지에는 온갖 꽃들이 강렬하고 달콤한 향내를 내뿜으며 화려하게 피어 있었다. 그것은 향로가 든 포도주처럼 그녀를 취하게 했다. 그럴 때마다 그녀의 가슴은 밀려오고 밀려가는 갯벌의 파도처럼 감동으로 술렁대기 시작했다.

어느 때에는 뒷동산의 풀숲가에 드러누워 가만히 우울한 마음을 달래기도 했다. 또 가끔은 굽이 돌아가는 골짜기 모퉁이의 움푹 내려앉은 잔디밭에서 햇빛을 받아 반짝거리는 삼각형의 푸른 바다를 보거나, 저 멀리 수평선에서 돛대라도 눈에 띄는 날에는 엄청난 기쁨을 느끼기도 했다. 그럴 때마다 그녀는 행복이 신비에 싸여 자기에게 찾아오는 것만 같았다.

상쾌한 토지의 감미로움 속에서, 둥그런 수평선의 고요 속에서 그녀의 가슴속에 고독을 사랑하는 기분이 스며들었다. 그래서 그녀는 언덕 위에 오랫동안 앉아 있기 일쑤였다. 너무나 오래 앉아 있었기 때문에 그녀의 두 발 아래로 산토끼들이 깡충깡충 뛰면서 맴돌기도 했다. 그런가 하면 그녀는 앞바다에서 불어오는 미풍에 머리카락을 날리면서 절벽 위를 달리기도 했다. 그녀는 마치 물 속의 고기처럼, 하늘을 나는 제비처럼 지칠 줄 모르고 움직인다는 것에 형언할 수 없는 쾌감을 맛보곤 했다.

농부가 밭에 씨앗을 뿌리듯, 그녀는 어디에나 추억의 씨를 뿌렸다. 죽을 때까지 잊지 못할 그런 추억의 씨앗을 온갖 곳에 아낌없이 뿌렸다. 그것은 계곡의 절벽 곳곳에 자신의 작은 부스러기라도 남겨 놓으려는 것 같았다.

그녀는 해수욕에 열중하기 시작했다. 의지가 굳고 대담한 데다가 위험이라는 것을 생각하지 않는 그녀였으므로 앞바다로 멀찍이 헤엄쳐 나가기도 했다. 그녀는 자신의 몸뚱이를 둥실둥실 떠받쳐 움직이게 하는 이 투명하고 차가운 푸른 물 속에 있는 것이 한없이 즐거웠다. 해안에서 멀리 헤엄쳐 나가 하늘을 향하여 반듯이 눕고는 두 손을 가슴 위에 얹어 놓고 끝없는 푸른 하늘을 바라보고 있노라면, 그녀의 눈길은 제비와 갈매기가 날쌔게 지나가는 깊고 푸른 하늘 속으로 빠져들었다. 들려오는 소리라고는 오직 해안에 부딪혀서 부서지는 파도 소리뿐이었다. 그러나 그것마저 거의 들리지 않았을 때, 미칠 듯한 환희에 휩싸인 그녀는 몸을 일으켜 두 손으로 물을 헤치면서 날카로운 탄성을 질렀다.

이따금 그녀는 지나치게 멀리 나갈 때도 있었다. 그럴 때는 보트가 그녀를 찾으러 오곤 했다.

그렇게 집으로 돌아올 때면 그녀는, 배도 고프고 추위로 새파래진 얼굴이었지만 마음만은 들떠서 입가에는 미소가 어려 있었고 눈가에는 행복이 넘쳐 났다.

남작은 남작대로 혼자 농업에 관련된 큰 계획을 세우고 있었다. 시험 재배를 해 보기도 하고, 수확을 늘리기 위한 방법을 모색하기도 했으며, 새로운 농기구를 고안하기도 했다. 때로는 외국에서 새로운 씨앗을 수입하여 경작해 보겠다고도 마음먹었다. 이 일 때문에 남작은 하루의 반을 농부들과 이야기를 나누는 데에 소비했다. 그러나 농부들은 그의 계획이나 연구 따위는 믿지 않고 고개를 가로 저었다.

남작 역시 자주 바다에 나갔다. 그리고 근처의 동굴과 샘터와 바위를 찾을 때면 자신도 단순한 어부가 되어 고기잡이라도 하고 싶다는 생각을 했다.

바람이 부는 날, 돛에 바람을 한껏 안은 배가 파도를 헤치며 비스듬히 기울어져 달릴 적에 뱃전의 양쪽에서 굵은 흘림 낚시의 줄을 바닷속 깊이 늘어뜨리면 고등어들이 떼를 지어 그 뒤를 쫓아가다가 낚시에 걸려 꿈틀거렸다. 그러면 남작은 그 흔들리는 낚싯줄을 초조감에 떨리는 손으로 꽉 쥐었다.

남작은 달 밝은 밤이면 배를 타고 바다로 나가 전날 쳐 놓앉던 그물을 걷기도 했다. 남작은 삐걱거리는 돛대 소리를 들으며 휘휘 불어 대는 차가운 밤바람을 쐬는 것을 좋아했다. 그리고 바위 꼭대기나 교회의 종루나 페캉의 등대와 같은 목표물에 이끌려 오랫동안 부표를 찾아 배를 저어 돌아다닌 끝에, 넓적한 줄무늬가 있는 찐득거리는 등과 기름진 배를 가진 넙치가 새벽 햇빛을 받으며 배 위에서 눈부시게 빛나는 모습을 바라보는 것이 좋았다.

식사 때마다 남작은 신바람이 나서 뱃놀이 이야기를 했다. 그러면 남작 부인은 남작 부인대로 백양나무 가로수 길을 몇 번이나 왕복했던 이야기를 했다. 부인은 의사로부터 운동해야 한다는 권고를 받았으므로 기회 있을 때마다 애써 걸었다. 밤의 싸늘한 기운이 가시고 나면 부인은 로잘리의 부축을 받고 집을 나섰다. 망토 하나와 숄 두 장으로 몸을 감싸고, 머리에는 새까만 두건 위에 붉은 털실로 만든 모자를 겹쳐 썼다.

부인은 왼쪽 발을 질질 끌면서 — 왼쪽 발이 오른쪽 발보다 더 부자유스러웠으므로 산책을 갈 때 한 가닥, 돌아올 때 한 가닥, 모두 두 가닥의 자국을 남겼는데 그 자리에는 풀조차 나지 않았다 — 이 기다란, 끝도 없는 일직선의 여행을 저택의 한 모퉁이에서부터 방풍림이 있는 관목 숲까지 계속했다. 부인은 자신의 산책 길 군데군데 의자를 갖다 놓게 하고는 오 분마다 쉬어 가면서 왔다갔다했다. 부인은 자신을 부축하기 위하여 따라다니는 하녀에게 이렇게 말하기도 했다.

"좀 쉬었다 가자꾸나, 난 몹시 지쳤어."

부인은 의자에 잠시 쉬었다 갈 때마다 몸에 걸치고 있던 것을 한 가지씩 놔 두고 갔다. 처음에는 대개 털실 모자를, 다음에는 숄, 그 다음에는 두건, 이런 식으로 산책 길 양끝에는 옷 보따리가 쌓이게 되었다. 돌아갈 때는 이 짐이 전부 하녀 로잘리의 한쪽 팔에 안긴 채 집으로 갔다.

오후에도 부인은 오전과 똑같은 산책을 했다. 틀린 것이 있다면 좀더 많은 시간이 걸린다는 점이었다. 가끔 산책 도중에 부인은 긴 의자를 뜰 가로 내오게 해서 그곳에서 졸 때도 있었다.

부인은 이것을 가리켜 나의 운동이라고 말했다.

십 년 전의 일이다. 부인은 하도 숨이 차기에 의사의 진찰을 받아 보았다. 의사는 부인더러 심장 비대증이라고 했다. 그때부터 이 말은 ─ 그 뜻을 분명히 알 수는 없었지만 ─ 부인의 머릿속에 새겨졌다. 부인은 남작이나 잔느나 로잘리에게 자기의 심장을 만져 보게 하려고 무척 애썼으나 심장이라는 것은 가슴 깊숙이 있어서 손가락 끝으로 만져 볼 수 있는 것이 아니었다. 남작은 그녀에게 다른 의사한테 한 번 더 진찰을 받아 보자고 말했지만, 부인은 다른 병이 또 드러날까 봐 남편의 권유를 완강히 거부했다. 그 뒤로 부인은 기회 있을 때마다 자기의 심장 비대증에 관한 이야기를 즐겨 했다. 그런데 그 이야기를 너무 자주 했으므로 이제는 그 비대증이라는 것이 그녀에게만 있고, 다른 사람은 그런 병에 대해서는 아무런 권리도 없는 것처럼 생각될 정도였다.

남작이 '아내의 비대증'이라고 말하고, 잔느가 '어머니의 비대증'이라고 말하는 것은 '옷'이라든지 '모자'라든지 '우산'이라고 말하는 것이나 조금도 다름없는 보통 명사가 되어 버렸다.

부인도 젊었을 때는 꽤나 이름난 미인이었고 비길 데 없이 날씬한 몸매를 가지고 있었다. 제정 시대부터 군복을 입은 남편의 팔에 안겨 숱하게 왈츠를 추었고, 《코린느》(로맨틱 소설의 하나)를 읽으며 눈물을 쏟기도 했다. 그 이후부터 이 소설은 부인의 가슴에 낙인처럼 찍혀 영원히 없어지지 않는 감동을 갖게 했다.

육체에 기름기가 더해지면서 부인의 넋은 더욱더 시적인 충동을 쉽게 받아들였다. 살이 찌고 또 쪄 팔걸이 의자에 눌러앉게 되고부터는 사랑이라든가 모험이라든가 하는 이야기 속에서 방황했고, 자신이 그 여주인공이나 되는 것처럼 착각하기도 했다. 그 가운데서도 부인이 각별히 좋아하는 것은 그런 이야기를 자신의 몽상 속에 되살려 내는 것이었다. 그것은 축음기가 태엽만 감으면 언제든지 똑같은 음악을 되풀이하는 것과 같았다. 옥에 갇힌 여죄수와 제비와의 사이를 노래한 감미로운 사랑 이야기는 그녀로 하여금 몇 번씩이나 눈물짓게 했다. 뿐만 아니라 부인은 베랑제(프랑스의 유명한 샹송 작가)의 음란한 노래도 좋아했다. 그의 노래에는 사랑의 아쉬움이 깃들어 있었기 때문이다.

부인은 종종 몇 시간이고 공상의 세계로 떠나 있을 때가 있었다. 레푸풀의 저택은 그녀의 마음에 쏙 드는 곳이었다. 부인의 공상 속 소설에 필요한 달콤한 무대를 제공해 주기 때문이었다. 주변이 숲으로 둘러싸여 있다는 것과, 인기척 없는 황량한 땅이라는 것, 또 바다에 가깝다는 것 따위가 모두 월터 스콧의 작품을 상기시켰다.

비 오는 날이면 그녀는 방 안에 틀어박혀 부인 자신이 말하는 '유물'을 살피는 데에 소비했다. 유물이란 그녀가 간직하고 있는 옛날 편지들을 말한다. 부인의 아버지나 어머니 그리고 약혼 시절에 받은 남작의 편지와 그 밖의 것들이었다.

부인은 그 편지들을 동으로 만든 스핑크스 장식이 붙어 있는 책상 서랍에 넣어 두었다. 그녀는 생각날 때마다 이렇게 말했다.

"로잘리, 내 '기념물' 서랍을 가지고 오렴."

하녀인 로잘리는 곧 그 서랍을 빼어 와서는 그것을 여주인의 의자 옆에 가져다 놓았다. 여주인은 그것을 한 장 한 장 읽기 시작하는데, 그럴 때면 곧잘 눈물을 흘리기도 했다.

이따금 잔느가 로잘리를 대신하여 어머니와 함께 산책하는 때도 있었다. 그럴 때면 어머니는 딸을 상대로 어린 시절을 이야기해 주었다. 젊은 딸은 어머니의 옛이야기 속에서 자기 자신을 발견하고, 어머니와 자신의 생각이 일맥상통하다는 것을 깨닫고는 새삼스레 놀라기도 했다. 그도 그럴 것이, 인류 최초로 인간의 심장을 뛰게 하고, 인류 최후의 연인의 심장을 뛰게 할 온갖 감각을 경험할 경우 누구나 자신이야말로 그것을 가장 먼저 경험한 사람이라고 생각하기 때문이다.

두 사람의 느린 걸음걸이는 이야기의 속도와 리듬에 맞추고 있는 듯했다. 하지만 그렇게 느린 걸음에도 불구하고 부인의 숨은 언제나 가빴고 어떤 때는 수분 동안 멎어 버린 적도 있었다.

　어느 날 오후, 그녀들이 숲 속 깊숙한 의자에 걸터앉아 있을 때의 일이다. 갑자기 산책 길 저쪽에서 신부가 불쑥 나타나더니 이쪽으로 걸어왔다.
　신부는 멀리서부터 미소지으며 다가왔다. 이미 인사를 한 신부가 이들 모녀 가까이로 오자 다시 인사하고는 커다란 목소리로 말을 붙였다.
　"아이고 반갑습니다, 남작 부인. 건강은 좀 어떠십니까?"
　이곳 교구의 신부였다.
　부인은 철학의 전성기에 태어나, 신앙심이 적었던 아버지 밑에서 혁명 시대를 살아온 탓에 교회에 잘 다니지 않았다. 하지만 여자들 누구나 갖고 있는 일종의 본능적인 신앙심으로 말미암아 신부들을 좋아하기는 했다.
　부인은 주임 신부인 비코를 완전히 잊고 있었기 때문에 그를 만나자 얼굴을 붉혔다. 부인은 신부님이 이렇게 나오실 줄은 꿈에도 몰랐다고 변명했다. 그러나 호인인 신부는 조금도 불쾌한 내색을 하지 않았다. 그는 잔느를 바라보며 아주 아름답다는 찬사를 늘어놓았다. 그리고 벤치에 걸터앉아 모자를 무릎 위에 벗어 놓고는 한 손으로 이마의 땀을 닦았다. 아주 뚱뚱하고 얼굴이 불그스레한 신부는 땀을 비 오듯 흘렸다. 그는 호주머니에서 끄집어낸 바둑 무늬의 손수건으로 쉴새없이 이마와 목덜미의 땀을 닦아 냈다. 그러나 젖은 손수건을 호주머니에 넣자마자 새로운 땀방울이 솟아 나와 올챙이 배 때문에 불룩 튀어나온 제복 위로 떨어졌다. 땀방울은 날아온 먼지와 범벅이 되어 길가에 얼룩을 만들었다.

　신부는 전형적인 시골 신부로, 쾌활하고 관대하며 이야기하기를 좋아하는 정직하고 선량한 사람이었다. 그는 이 지방 사람들에 대한 이야기와 이런저런 이야기를 하면서도 이 두 사람이 교회에 나오지 않는다는 것을 깨닫지 못하는 듯했다. 남작 부인은 원래 신앙심이 애매한데다가 천성적으로 게을렀고, 잔느는 엄격한 의식에 진력이 났던 수녀원 생활에서 해방된 것을 너무나 기뻐하던 탓에 교회 같은 곳에 나갈 겨를이 없었다.

　그 자리에 남작이 나타났다. 남작은 범신론적 종교관을 갖고 있어서 교회의 교리에 대해서는 무관심했다. 그러나 그는 오래 전부터 신부를 알고 있었기 때문에 상냥하게 대했다. 뿐만 아니라 저녁 식사를 들고 가라며 신부를 붙들었다.

　신부들처럼 인간의 영혼을 다루면 무릇 그 아무리 평범한 사람이라 할지라도 —— 어쩌다가 자신과 비슷한 사람들에게 권력을 휘두르는 인간이라 하더라도 무의식적으로 교활함을 갖기 마련인데, 신부 역시 이런 교활함으로 누구에게나 자기에게 호감을 갖도록 할 수가 있었다.

　남작 부인은 신부를 극진히 대접했다. 아마도 서로 닮은꼴인 사람들만의 친화력 탓인 듯하다. 이 뚱보 신부의 불그스레한 얼굴과 가쁜 숨결은 뒤룩뒤룩 살이 찌고 숨이 찬 부인을 기쁘게 했다.

　식사가 거의 끝날 무렵이 되자 거나해진 신부는 몹시 유쾌한 기분으로 거리낌없이 이야기했다.

갑자기 신부가 큰소리를 질렀다. 무엇인가 그럴듯한 생각이 떠오른 모양이었다.

"아, 참 그렇지. 이번에 새로 우리 교구에 오신 분이 계십니다. 다름아닌 라마르 자작님이신데, 아무래도 그분을 여러분에게 소개시켜 드려야겠습니다!"

이 지방 귀족 가문의 족보를 꿰고 있는 남작 부인은 곧 이렇게 물었다.

"그분은 유르의 라마르 집안 출신인가요?"

신부는 고개를 끄덕였다.

"그렇습니다. 지난해 돌아가신 라마르 자작의 아드님입니다."

그러자 귀족을 무척이나 좋아하는 아델라이드 부인은 계속해서 질문했고, 그 결과 대략 다음과 같은 사실을 알게 되었다. 그 청년은 아버지의 부채를 청산하고 나서 조상으로부터 물려받은 저택을 팔았다. 그리고는 에토방 마을에 갖고 있는 세 군데 농장 중 한 곳에 아담한 거처를 마련했다. 자작은 이들 부동산으로 연간 오, 육천 리브르의 수입을 올릴 수 있지만 앞으로 이, 삼 년은 이 검소한 임시 주택에서 간소하게 생활하며 사교계에 진출할 수 있는 재력을 모을 작정이었다. 동시에 빚을 지거나, 농장을 저당잡히지 않는 온전한 상태에서 떳떳하게 결혼할 생각이었다.

신부는 덧붙여서 말했다.

"아주 얌전한 도련님입니다. 성실하고 온순하죠. 그런데 이곳에선 아무런 즐거움이 없는 모양입니다."

그러고 나서 화제는 다른 곳으로 옮겨졌다.

응접실로 자리를 옮겨 커피를 마신 신부는 정원을 산책하고 싶다고 했다. 아울러 신부는 식사 뒤 산책하는 것이 자기의 습관이라고 말했다. 신부는 남작과 둘이 정원으로 나갔다. 두 사람은 하얗게 칠해진 저택 현관 앞을 천천히 거닐었다. 한 사람은 뚱뚱했고 한 사람은 여위었다. 두 개의 그림자가, 달을 향했을 때에는 뒤로 쳐지고, 등뒤로 했을 때는 앞장서는 등 두 사람의 걷는 방향에 따라 오락가락했다.

신부는 호주머니에서 끄집어낸 궐련을 입 안에 넣고 오물오물거렸다. 신부는 시골뜨기와도 같은 솔직한 말투로 입에 넣은 그 물건의 효능에 대하여 설명했다.

"트림을 하게 하는 데는 이게 제일이죠. 사실 제가 좀 소화가 잘 안 되거든요."

그러고는 느닷없이 밝은 달을 우러러보며 이렇게 말했다.

"이런 경치는 싫증나는 법이 없죠."

이윽고 신부는 두 여인에게 작별 인사를 하기 위하여 집 안으로 돌아왔다.

3

 다음 일요일에 남작 부인과 잔느는 미사에 참석했다. 신부에 대한 미묘한 존경심이 그녀들로 하여금 교회 문턱을 밟게 했다.
 미사가 끝나자 두 사람은 신부를 만나기 위하여 기다렸다. 목요일 낮에 신부를 초대하고자 함이었다. 신부가 훤칠한 귀공자 타입의 멋쟁이 청년을 데리고 사제실에서 나왔다. 그 청년은 자못 친근한 듯 신부의 팔에 잡혀 있었다. 신부는 두 여인을 발견하자 기쁜 듯 놀란 몸짓을 하면서 큰소리로 말했다.
 "이거 정말 잘 오셨습니다! 남작 부인 그리고 잔느 양. 두 분께 이웃에 사시는 라마르 자작님을 소개해 드리겠습니다."
 자작은 고개를 숙였다. 그리고는 두 분과 진작부터 알고 지냈으면 하는 바람을 갖고 있었다며 자분자분 이야기를 시작했다. 이미 사회 생활의 경험이 있는 듯한 똑똑한 청년이었다. 그는 여자들에게는 이상적인 사람으로, 그러나 남자들한테는 불쾌하게 느껴지는 그런 미모의 소유자였다. 검고 곱슬곱슬한 머리는 매끄러운 이마 위에 드리워져 있었고, 일부러 만들어 붙인 듯한 반듯하고 두터운 눈썹은 약간 푸르스름한 눈동자를 깊이 있고 부드럽게 했다.

길고 짙은 속눈썹 때문에 눈초리는 강렬한 정열을 내뿜는 듯했고, 그것은 천 마디 말보다도 더 많은 말을 하고 있는 듯이 보였다. 아마 살롱에서라면 지체 높은 귀부인들의 가슴을 설레게 하고, 거리에서라면 광주리를 든 처녀들을 몇 번이고 뒤돌아보게 할 만한 그런 매력이었다.

눈빛에서 나타나는 우수는 그의 깊은 사려를 드러냈고, 사소한 말 한마디에도 위엄과 무게를 더해 주었다.

가늘고 윤기가 흐르는 짙은 수염은 약간 각이 진 그의 턱을 감싸 주었다.

그들은 요란한 인사치레를 한 뒤 헤어졌다.

며칠 뒤 라마르 씨가 처음으로 이 집을 방문했다.

마침 그때는 잔느의 가족들이 모두 나와, 응접실 창문과 마주보고 서 있는 커다란 플라타너스 아래의 벤치를 어디다 어떻게 옮길지 시끌시끌하게 상의하고 있을 때였다. 남작은 보리수나무 아래에도 벤치 하나를 더 가져다 놓아 대조를 이루게 하자는 의견이었고, 남작 부인은 좌우 대칭은 질색이라며 반대했다. 이런 상황에서 어떻게 하면 좋겠냐는 질문을 받은 자작은 부인의 의견을 지지했다.

그는 이어서 이 지방에 관한 이야기를 하기 시작했다. 그는 이곳이 참으로 그림 같다고 찬탄하면서 혼자 산책하다가 아름다운 곳을 숱하게 발견했다는 이야기도 덧붙였다. 이따금 그의 눈길은 뜻하지 않게 잔느의 눈길과 부딪쳤다. 그녀는 갑작스러운 그의 눈길에 야릇한 느낌을 갖지 않을 수가 없었다. 그녀는 즉각 그 눈길을 피했지만, 이내 뜨거운 감탄과 공감 어린 표정을 드러냈다.

지난해 사망한 라마르 자작의 부친은 마침 남작 부인의 친정 아버지인 데큐르토의 친구 중 한 사람을 알고 있었다. 이러한 지인 관계의 발견은 인척 관계라든지, 몇 년 몇 월에 무슨 일이 있었다든지, 가문과 가문 사이의 관계라든지 하는 화제로 옮겨져 그칠 줄 모르고 이야기꽃을 피웠다. 남작 부인은 비상한 기억력으로 귀족 가문들의 얽히고 설킨 관계를 들추고, 집안끼리의 혈통이나 인척 관계 같은 것을 따지기도 했다.

"보세요, 자작님. 바르플뢰르의 소네 가 소문을 들으신 적이 있으신가요? 그 댁 장남이신 공트랑 님은 쿠르실 가의 따님을 부인으로 맞이하셨죠. 쿠르빌의 쿠르실 가문 말이에요. 그리고 둘째 아드님은 내 사촌인 드 라 로슈 오베르 양과 결혼했는데, 이 사촌이 크리장쥬 가문과 인척 관계가 됩니다. 그런데 이 크리장쥬 댁의 주인 되시는 분이 내 친정 아버님과는 막역한 사이였죠. 아마 당신 아버님과도 아셨던 사이일 거예요."

"그렇습니다, 부인. 그건 외국으로 이민가신 크리장쥬 씨를 두고 하시는 말씀이겠죠. 아드님이 파산한 분 말입니다."

"그래요, 바로 그분이에요. 내 고모님께 청혼하셨던 분이었죠. 마침 그때 고모님은 남편 되시는 데르토르 백작과 사별하고 홀로 계실 때였죠. 고모님은 그분이 코담배를 좋아하신다는 이유로 청혼을 거절하셨답니다. 그건 그렇고 뷔로와즈 가문의 사람들이 어떻게 지내고 있는지 아세요? 천 팔백 십 삼 년경에 불행한 일을 당하시고 자꾸 가산이 기울어지자 토렌느를 버리고 오베르뉴 주로 이주하셨다는데, 그 뒤로는 통 소식을 들을 수가 없군요."

"네, 부인. 제가 듣기로는 늙은 후작께서 낙마 사고를 당해서 돌아가셨고, 홀로 남은 따님은 어떤 영국인과 결혼했다는군요. 그 사내는 바솔이라는 상인인데, 아주 돈이 많은 사람이라고 들었습니다. 소문에는 그 상인이 따님을 유혹한 것이라고들 합니다."

이렇게 이야기가 계속되다 보니 늙은 부모들의 대화 속에서 어릴 적부터 들어 기억에 남아 있던 여러 이름이 생각났다. 이와 같은 동격의 가문끼리 이루어지는 결혼 같은 것은 그들로서는 공적인 대사건만큼이나 커다란 중요성을 갖고 있었다. 그들은 아는 사이도 되지 못하는 여러 집안의 일을 잘도 알고 있는 것처럼 이야기했다. 한편 여기서 화제에 오른 사람들은 다른 곳에서 이 자리에 있는 사람들의 이야기를 하고 있으리라. 이렇게 해서 이 사람들은 멀리 떨어져 있으면서도 서로 야릇한 친밀감을 느끼고 있었다. 그들은 친구나 친척 지간인처럼 서로를 느꼈다. 그것도 같은 계급, 같은 신분에 속하는 대등한 혈통이라는 사실 한 가지만으로 말이다.

남작은 천성적으로 사교를 좋아하지 않았다. 자신이 속해 있는 사회 사람들의 신앙이나 편견 같은 것과는 전혀 다른 교육을 받았기 때문에 그는 인근 귀족들에 대한 소문이나 소식 같은 것은 조금도 알지 못했고 관심조차 갖지 않았다. 그래서 자작에게 귀족에 대하여 물었다.
　라마르 씨가 대답했다.
　"아니, 이 군(郡)에는 귀족들이 그다지 많지 않습니다."
　그 말투는, 근처의 산에는 토끼가 그다지 많지 않다고 이야기하는 것 같은 어조였다. 그러고 나서 그는 상세하게 설명하기 시작했다. 이 부근에는 귀족이라곤 세 가문밖에 없는데, 노르망디 귀족의 우두머리 격인 쿠틀리에 후작 가문과 혈통은 훌륭한데 세상을 등지고 살아가는 브리즈빌 자작 부부, 그리고 푸르빌 백작이 전부라는 것이었다. 이 푸르빌 백작은 형편없는 괴짜로서 부인을 학대하여 빈사 지경에 몰아넣었다는 소문도 있고, 연못가에 세운 라브리예트 저택에서 수렵으로 세월을 보내고 있다고도 했다.
　그 밖에도 벼락 귀족이 몇 사람 있기는 하지만, 그들은 그들끼리만 교제하고 있으며, 그들이 지금 많은 토지를 사들이고 있기는 하지만 자작은 그들과 아는 사이가 아니라는 말도 했다.
　그는 작별을 고했으나 마지막 시선만은 잔느에게로 쏠렸다. 그것은 일종의 각별한, 즉 보다 다정하고 은근한 작별 인사를 표하는 것 같았다.
　자작이 돌아가자 남작 부인은 입에 침이 마르도록 자작을

칭찬했다. 호감을 느끼게 하는 이상적인 청년이라며 같은 말을 몇 번이나 되풀이해서 말하자 남작도,
"정말 그래. 교양 있는 청년이야."
하는 것이었다.
 다음주에는 자작을 만찬에 초대했다. 그러자 자작은 마침내 일정한 날짜에 꼬박꼬박 찾아왔다.
 그는 대개 오후 네 시쯤에 와서는 남작 부인과 함께 그녀의 산책 길에 동행하여 운동을 도왔다. 잔느가 외출하지 않을 때는 그와 둘이서 남작 부인을 부축하고 세 사람이 한 덩어리가 되어 산책 길 끝에서 끝까지 왕복했다. 그는 잔느에게는 별로 말을 걸지 않았다. 그러나 검은 벨벳 같은 그의 눈길은 푸른 석영처럼 빛나는 잔느의 눈길과 자주 부딪쳤다.
 두 사람은 남작을 따라 몇 번이나 이포르에 갔다.
 어느 날 저녁이었다. 세 사람이 해변에서 놀고 있는데 라스치크 노인이 다가왔다. 그리고는 파이프를 입에 문 채 ── 파이프를 입에 물지 않은 그를 보기란 아마 코가 없어진 그를 보기보다도 더 놀라운 일일 것이다 ── 자신 있게 말했다.
 "남작님 어떻습니까? 에트르타까지 한번 갔다 오시는 게요. 바람이 이대로만 불어 준다면 충분히 갔다 올 수 있겠는데요."
 "어머나, 좋아라. 아버지, 우리 가요. 네?"
 남작은 자작을 바라보며 물었다.
 "자작은 어떻소? 그곳에 가서 점심이나 먹읍시다."
 이렇게 해서 뱃놀이가 시작되었다.

잔느는 새벽녘부터 일찍 일어났다. 그녀는 아버지가 옷을 챙겨 입는 시간조차도 아까울 정도로 마음이 급했다. 마침내 두 사람은 아침 이슬을 밟으며 집을 나섰다. 들판을 거쳐 새소리가 넘쳐흐르는 울창한 숲 속을 빠져나왔다. 자작과 라스치크 노인이 배 옆에서 기다리고 있었다.

다른 두 명의 사공이 출발을 거들었다. 그들은 어깨를 뱃전에 대고 안간힘을 썼다. 자갈밭 위로 배를 끌어내 물 위로 띄우는 일은 여간 힘든 일이 아니었다. 라스치크는 기름을 바른 말뚝을 배 밑에다가 깔고는 자기 위치로 돌아와,

"영차, 영차!"

길게 소리를 끌면서 소리를 메겼다. 여러 사람들이 그 소리에 호흡을 맞추어 힘을 모았다.

마침내 배가 경사진 곳까지 밀려오자 배는 별안간 혼자 미끄러지기 시작했다. 동글동글한 조각돌 위를 천 찢는 소리를 내면서 내려간 배는 잔물결로 거품이 일고 있는 물가에 가서 멈추었다. 그러자 모두 배에 올라타고는 자리잡고 앉았다. 이윽고 뭍에 남아 있던 두 사공이 배를 물위로 밀어냈다.

쉴새없이 앞바다에서 불어오는 따뜻한 미풍이 해면을 어루만져 잔물결을 일게 했다. 돛이 올라가고 바람을 받기 시작하자 배는 서서히 움직이기 시작했다.

배는 앞바다를 향하여 나아갔다. 수평선을 바라보니 하늘이 낮게 내려앉아 대서양과 분간되지 않았다. 육지 쪽을 바라보니 깎아 세운 듯한 절벽이 기슭 밑에 커다란 그림자를 드리우고 있었다. 그리고 햇빛을 담뿍 받고 있는 푸른 잔디밭이

초생달처럼 길게 펼쳐져 있었다. 그 멀리 뒤쪽으로는 페캉의 하얀 방파제로부터 나오려 하는 갈색 돛들이 몇 개 보였다. 먼 앞바다에서는 채광창의 구멍같이 생긴 이상한 모양의 둥근 바위가, 파도 속에 코를 쑤셔 넣고 있는 코끼리 같은 모양으로 서 있었다. 그것이 에트르타의 소궁문(小弓門)이었다.

  잔느는 파도에 흔들려 약간의 어지러움을 느꼈다. 한 손으로 뱃전을 잡고 먼 곳을 바라보던 잔느는 별안간 세상에서 가장 아름다운 것은 광선과 공간과 물이라고 생각했다. 입을 여는 사람은 주변에 아무도 없었다. 라스치크 노인은 키와 돛줄을 쥔 채 이따금 의자 밑에 숨겨 둔 술병을 끄집어내서는 병째로 조금씩 들이켰다. 그리고 마치 담배가 자기 몸의 일부분이기라도 한 것처럼 쉴새없이 피워 댔다. 그 담뱃불은 영원히 꺼지지 않을 것처럼 보였다. 파이프에서는 푸르스름한 한 줄기의 연기가 실낱처럼 일었다. 동시에 노인의 입술에서도 꼭 같은 연기가 새어 나왔다. 이상한 일은 흑단보다도 더 새까맣게 된 파이프 구멍에 노인이 담배를 채우거나 불을 붙이는 동작을 도무지 볼 수가 없다는 것이었다. 때때로 한 손으로 그것을 쥐고 입술에서 떼어 낼 때도 있었다. 그럴 때면 여태까지 연기를 뿜고 있던 입술에서 갈색의 침이 기다란 꼬리를 끌며 바다 위로 날아갔다.

  남작은 뱃머리에 앉아 사공 노릇을 하면서 돛을 살폈다. 잔느와 자작은 나란히 앉아 있었으나 두 사람 다 서로 난처한 표정을 지었다. 여태까지 느껴 보지 못했던 감정이 두 사람의 눈길을 얽히게 했기 때문이다. 두 사람은 어떤 신비로운 자석에 이끌리듯 동시에 눈을 들었다. 이미 두 사람 사이에는 미묘하고도 막연한 애정이 감돌고 있는 것 같았다. 보기 싫지 않은 청년과 아름다운 소녀 사이에서 으레 생기기 마련인 그런 애정이었다. 두 사람은 서로 가까이 있는 것이 기뻤다. 아마도 서로 상대방을 생각하고 있었기 때문일 것이다.

태양은 제 밑에 펼쳐져 있는 망망대해를 좀더 높은 곳에서 바라보겠다는 듯이 점점 더 높이 올라갔다. 바다는 교태를 부리기라도 하듯, 엷은 안개로 자신을 감싼 채 태양광선으로부터 몸을 가리고 있었다. 투명한 금빛 아지랑이와도 같은 안개는 아주 낮게 떠서 아무것도 가리지는 않았지만 멀리 있는 경치를 보다 부드럽게 보이게 했다. 태양은 불길과도 같은 빛을 던져 빛나는 아지랑이를 녹여 버리려 했다. 태양이 있는 힘을 다하여 햇살을 내리쏟자 이내 안개는 사라지고 말았다. 그러자 바다가 햇빛을 받으며 반짝거리기 시작했다.

잔느는 그 광경을 보고 감동하여 말했다.

"아아, 너무나 아름다워!"

그러자 자작이 말했다.

"정말 아름답군요."

이 맑게 빛나는 햇살이 메아리처럼 두 사람의 마음을 일깨워 주었다.

그때였다. 에트르타의 대궁문(大弓門)이 그들 앞에 모습을 드러냈다. 벼랑이 두 다리를 바닷속에 내디딘 것과 같은 모양의 궁문은 배가 통과할 수 있는 높이의 아치로 되어 있었다. 그리고 끝이 뾰족한 흰 바위가 첫 번째 궁문 앞에 서 있었다.

드디어 배가 기슭에 닿았다. 맨 먼저 뭍으로 내려선 남작은 밧줄을 당겨 배를 육지에 비끄러매었다. 자작은 다리가 물에 젖지 않도록 잔느를 두 팔로 안고서 조심조심 뭍으로 내려 주었다. 그러고 나서 두 사람은 딱딱한 조약돌을 밟으며 위로 올라갔다. 잠시 동안의 포옹이었지만 두 사람은 몹시 흥분한 상태였다. 그때 갑자기 라스치크 노인이 남작에게 말을 건네는 소리가 들려왔다.

"내가 보기에, 저 두 분은 아주 좋은 짝이 될 것 같습니다요."

해변에서 얼마 떨어지지 않은 곳에 있는 여관에서 일행은 식사를 했다. 아주 유쾌하고 즐거운 시간이었다. 대서양은 사람의 마음과 목소리를 마비시켜 모두를 침묵 속으로 몰아넣었으나, 식탁은 그들을 유쾌하게 만들어 사람들로 하여금 수다를 떨게 했다. 그들은 여름 방학을 맞이하여 해수욕을 온 학생들 같았다.

아주 사소한 일만 생겨도 그들은 명랑하고 유쾌해졌다.

라스치크 영감은 식탁 앞에 앉아 아직 불이 꺼지지 않은 파이프를 그가 쓰고 있는 베레모 밑에다 조심스럽게 꽂았다. 그것을 보고는 모두들 와아 하고 웃었다. 파리 두 마리가 노인의 빨간 코에 매혹되었는지 자꾸만 맴을 돌면서 코끝에 앉으려 했다. 파리를 잡기에는 너무나 느린 동작으로 팔을 휘둘렀으므로, 파리는 이미 파리똥이 새까맣게 붙어 있는 창문의 커튼 쪽으로 유유히 도망쳤다. 그러나 영감의 불그스름한 코끝이 잊혀지지 않는지 곧장 되돌아와서는 다시 그 위에 내려앉으려 했다.

파리가 왔다갔다할 때마다 모두들 폭소를 터뜨렸다. 노인은 근질근질한 나머지 울컥 화를 냈다.

"요런, 악착스런 게 어디 있담!"

하고 중얼거리자, 잔느와 자작은 눈물이 나올 정도로 웃어댔다. 어떻게나 우스웠던지 두 사람은 몸을 비틀고 숨을 할딱거리기까지 했다. 그리고는 더 이상 소리를 내지 않으려고 냅킨을 입에 갖다 댔다.

커피를 마시고 나서 잠시 조용해졌다.

"우리 산책이나 해요."

잔느가 말했다. 자작은 그 말을 듣고 자리에서 일어났다. 남작은 조약돌 위에서 햇빛을 쬐는 것이 더 좋겠다고 말했다.

"둘이서 갔다 오너라. 한 시간 뒤에는 돌아와야 한다."

두 사람은 근방에 있는 이 지방 특유의 초가집을 대여섯 채 지나서 커다란 농장처럼 보이는 조그마한 저택을 통과했다. 그러자 눈앞에 길게 뻗은 커다란 골짜기가 나타났다.

출렁거리는 파도는 평소의 균형을 깨뜨려 그들을 어지럽게 했고, 소금기를 머금은 대기는 그들에게 시장기를 느끼게 했다. 또한 점심 먹은 것이 그들을 나른하게 했고, 식후의 떠들썩했던 웃음이 그들을 지치게 했다. 그러나 두 사람은 약간 머리가 이상해지기라도 한 것처럼 정신없이 벌판을 뛰어다니고 싶은 충동을 느꼈다. 잔느는 일찍이 겪어 보지 못했던 감각의 급격한 변화에 완전히 흥분해 있었으므로 귀에서 윙윙하는 소리가 울리는 것 같았다.

모든 것을 태워 버릴 것 같은 햇빛이 두 사람의 머리 위로 쏟아져 내리고 있었다. 길가의 농작물들은 힘없이 고개를 떨구고 축 늘어졌다. 밀밭이며 보리밭이며, 해안의 풀숲에까지 쓰르라미가 요란하게 울어댔다.

불덩어리같이 타오르는 하늘 아래서 그것 외에는 아무런 소리도 들리지 않았다. 하늘은 반짝반짝 빛나는 푸르름을 띠고 있었지만, 달아오른 숯불에 갖다 댄 금속처럼 별안간 붉어질지도 모를 것 같은 그런 황색도 띠고 있었다.

두 사람은 멀리 오른편으로 보이는 조그마한 숲을 향해 걸어갔다.

양쪽 비탈 사이로 좁은 오솔길이 한 가닥 나 있었으나 양쪽에 우거져 있는 송림으로 말미암아 햇빛은 조금도 들지 않은 완전한 그늘이었다. 습기를 머금은 공기가 발을 들이미는 두 사람에게 확 끼쳐 왔다. 피부를 싸늘하게 하고 폐 속까지 침입하는 그런 습기였다. 햇빛도 흘러 들지 않고 공기의 소통조차 없어서 풀이라고는 하나도 자라지 않았는데, 대신에 푸르스름한 이끼가 땅바닥을 온통 뒤덮고 있었다.

그들은 앞으로 나아갔다.

"아, 저기 좀 앉았다 가요!"

그녀가 말했다.

그곳에는 두 그루의 나무가 말라죽어 있었다. 그 나무들이 숲 속에 커다란 공간을 만들고 있었으므로 햇빛이 그곳으로 흘러 들어 대지를 따뜻하게 했다. 그래서인지 주변에는 잔디며, 민들레꽃이며, 칡넝쿨의 새 움이 돋아나 있었다. 안개처럼 희고 가는 조그마한 꽃들과 실꾸러미같이 생긴 지키타리시 꽃도 피어 있었다. 나비와 꿀벌, 호박벌과 엄청나게 큰 모기, 무수한 날벌레와 반점이 있는 장밋빛 무당벌레, 녹색 광택이 있는 풍뎅이와 뿔이 돋아 있는 검은 벌레 따위들이 울창한 밀림의 차가운 그늘 속에 뚫려 있는 이 뜨거운 공간 속에 떼지어 있었다.

두 사람은 머리는 그늘에 내놓고 발은 햇빛에 내놓은 채 앉아 있었다. 두 사람은 한 가닥의 광선이 비쳐 주는 작은 생명의 움직임을 바라보았다. 잔느는 감동하여 되풀이 말했다.

"아, 정말 좋아요! 시골이란 참 좋은 곳이에요! 난 가끔 벌이나 나비가 되어 꽃 속에 숨고 싶을 때가 있어요."

두 사람은 각자의 습관과 취미에 대하여 이야기했다. 비밀을 속삭이듯 나지막하고 다정한 어조였다. 자작은 이제 사교계도 귀찮아졌고 경박한 생활도 싫증났다고 말했다. 그것은 매일 같은 짓을 되풀이하는 것에 지나지 않고 아무런 진실함과 성실함 같은 것을 찾을 수 없다고도 했다.

사교계! 그녀는 그것이 알고 싶었다. 그러나 그것이 대자연보다 가치가 없다는 것이란 걸 그녀는 진작부터 알고 있었다.

두 사람은 마음이 점점 가까워질수록 오히려 더 정중하게 서로를 무슈 혹은 마드무아젤이라고 불렀다. 두 사람의 눈길은 더 많은 미소를 주고받았고 자주 얽혔다. 이제껏 없었던 호의와 더 짙은 애정이 그들 사이에 새로 태어난 것 같았다.

두 사람은 돌아왔다. 하지만 남작은 '공주님의 방'이라고 불리는, 절벽 꼭대기에 패여 있는 동굴을 구경하러 가고 없었다. 그래서 두 사람은 여관에서 기다리기로 했다.

저녁 다섯 시쯤 되자 남작이 돌아왔다. 해안을 오랫동안 산책한 모양이었다.

모두는 배에 올라탔다. 배는 등바람을 받으며 조금도 흔들리지 않고 천천히 앞으로 나아갔다. 미풍은 따스함을 품은 숨결처럼 불어와서는 한 순간 돛을 불룩하게 했다가 금세 사라졌다. 불투명한 바닷물은 마치 죽어 있는 것처럼 보였고, 거의 다 타 버린 것 같은 태양은 반원의 궤도를 더듬으며 해면으로 다가왔다.

바다의 권태로움이 다시 배 안의 사람들을 침묵 속으로 몰아넣었다.

잔느가 말문을 열었다.

"아, 여행을 한번 해 봤으면 좋겠어요!"

그러자 자작이 대답했다.

"저도 그렇습니다. 하지만 혼자 하는 여행은 쓸쓸할 거예요. 여행중에 느끼는 인상들을 이야기하려면 적어도 두 사람은 필요하죠."

그녀는 생각에 잠겼다.

"그 말씀도 일리는 있습니다. 하지만 그래도 전 혼자 가는 것이 좋을 것 같아요. 혼자 조용히 공상하는 것도 정말 재미있거든요."

자작은 한동안 그녀를 물끄러미 바라보았다.

"두 사람이 함께 가더라도 공상은 할 수 있습니다."

그녀는 눈을 아래로 떨구었다. 이것은 무슨 암시일까. 아마도 그런 것일 거야. 그녀는 더욱더 먼 곳을 바라보고 싶다는 듯 수평선으로 시선을 옮겼다 그리고 나서 차분한 목소리로 말했다.

"전 이탈리아에 가 보고 싶어요……. 그리고 그리스에도 요……. 그래요, 그리스 말이에요……. 그리고 코르시카에도 가 보고 싶어요! 아마 그곳은 자연 그대로의 아름다움이 넘칠 거예요."

자작은 산장과 호수가 있는 스위스가 더 좋을 것이라고 말했다.

그녀가 말했다.

"전 그렇게 생각하지 않아요. 전 코르시카처럼 새로운 나라나 그리스처럼 추억에 넘치는 오랜 역사를 가진 나라가 좋아요. 어릴 적부터 그 역사를 알고 있는 나라의 유적을 찾아본다든가 위대한 역사가 이루어진 장소를 구경하는 것은 정말이지 즐거울 거예요."

자작은 별로 감동하지 않고 이렇게 말했다.

"저 같으면 영국을 택하겠습니다. 굉장히 배울 것이 많은 나라입니다."

이로써 두 사람은, 말로 세계를 한 바퀴 돌았다. 극지방에서 적도에 이르기까지 각 나라의 흥미로운 장소를 일일이 따져 보고는 공상으로 그린 풍경에 황홀해 했고, 중국인이나 라플란드인과 같은 민족의 기묘한 풍습에 정신을 빼앗기기도 했다. 그러나 이야기는 돌고 돌아서 결국 세계에서 가장 아름다운 나라는 프랑스라는 결론에 도달했다. 기후는 온화하며 여름은 시원하고 겨울은 따뜻한 곳, 오곡이 풍성한 전원이 있고 우거진 숲이 있으며 조용히 흐르는 수많은 강이 있고 게다가 아테네 시절 이래 다른 어떤 곳에도 없었던 미술을 사랑하는 국민의 마음이 있었다.
 그러고 나서 두 사람은 입을 다물었다.
 더욱 기울어진 태양은 피를 흘리는 것처럼 보였다. 넓은 한 가닥의 빛 줄기가 바다 끝에서부터 뱃전까지 뻗어 왔다. 바람은 마지막 입김까지 자취를 감추어 바다 위에는 잔물결 하나 일렁이지 않았다. 붉게 물든 돛도 꼼짝하지 않았다. 끝없는 정적이 온 천지를 마비시켜 자연의 온갖 요소로 하여금 침묵을 지키게 했다.
 한편, 물기 많은 복부를 활처럼 젖히고 있는 대해(大海)는 새색시처럼 사랑의 불덩어리가 자기에게로 돌아오기를 기다리고 있었다. 태양은 욕정에 불타오르듯 낙하를 서둘렀다. 이윽고 태양이 바다와 몸을 합쳤다. 바다는 조금씩 태양을 삼켜 갔다.
 수평선 저쪽으로부터 상쾌한 향기가 흘러 와 요동치는 물의 가슴팍을 바르르 떨게 했다. 그것은 바다에 삼켜진 태양이 이 세상을 향하여 안도의 숨을 내쉬는 것 같았다.
 황혼은 잠시뿐이었다. 흩어진 별이 어느새 그 모습을 드러내면서 밤이 펼쳐졌다. 라스치크 영감은 노를 저었다. 그러자 바다 표면에서 인광이 번득였다. 잔느와 자작은 나란히 앉아 배가 남기고 가는 인광의 줄기를 가만히 바라보았다. 그들은 이미 아무것도 생각하지 않았다. 그저 멍하니 앉아 평화롭고 행복한 기분에 젖어 저녁 노을의 산뜻한 공기를 들이마시고 있을 뿐이었다. 어쩌다가 의자 위에 놓여 있는 잔느의 손에 자작의 손이 닿자 잔느는 순간적으로 놀랐다. 그러나 다음 순간 형언할 수 없는 기쁨으로 가슴을 두근거리며 꼼짝하지 않고 앉아 있었다.

밤이 되어 자기 방으로 돌아온 그녀는 자신이 우스울 정도로 들떠 있다는 것을 깨달았다. 너무나도 감동적이었으므로 자칫하면 울음이라도 터뜨릴 것만 같았다. 그녀는 탁상 시계를 보면서, 시계 가장자리에 조각되어 있는 조그마한 꿀벌들이 자기 심장을 시계 종 치듯 쳐 줄 것처럼 생각되었다. 그리고 꿀벌들은 자신의 일생에 증인이 될 것이고, 똑딱거리는 시계 소리는 자신의 기쁨이나 슬픔의 동반자가 될 것이라고 생각했다. 이런 생각이 들자 그녀는 금빛으로 빛나는 꿀벌을 세우고 그 날개에 키스했다. 누구나 이런 경우에는 키스하고 싶을 것이다. 그녀는 서랍 속에 예전에 가지고 놀던 인형이 들어 있다는 것을 기억했다. 그것을 찾아낸 그녀는 반가운 친구라도 만난 것처럼 기뻤다. 그녀는 그것을 가슴에 꼭 껴안았다. 그러고는 인형의 발그스름한 볼과 곱슬거리는 갈색 머리에 키스를 퍼부었다.

그녀는 그렇게 인형을 두 팔에 안고, 깊은 생각에 잠겼다. 정말 그분일까? 무수한 비밀의 소리에 의하여 약속된 미래의 남편, 이 세상에서 가장 친절한 하느님께서 내 앞길에 던져 주신 남편일까? 그분이 과연 나를 위하여 이 세상에 태어나신 바로 그분일까? 내가 생애를 바쳐야 할 그분일까? 우리 두 사람은 서로 애정으로 묶여 포옹하고 하나 되어 천부의 사랑을 태어나게 할 운명을 지닌 사람들일까?

잔느는 사랑이란 이럴 것이라고 믿는, 몸과 마음이 모두 흔들리는 충동, 그 미칠 듯한 황홀함을 아직 경험해 본 적이 없었다. 그런데 어느덧 그녀는 자기가 자작을 사랑하기 시작한 것 같은 느낌이 들었다. 때때로 자작을 생각할 때면, 멍해지고 정신나간 사람처럼 되었으며 끊임없이 자작 생각에 잠기는 자신을 깨달았기 때문이다. 자작 앞에만 서면 잔느는 가슴이 울렁거렸다. 그의 시선과 마주치면 얼굴이 붉어졌다 창백해졌다 했다. 목소리만 들어도 몸이 부르르 떨렸다.

그날 밤 그녀는 거의 잠을 이루지 못했다. 사랑하고 싶은 괴로운 욕망이 날로 그녀의 가슴을 설레게 했다. 그녀는 자주 자문자답을 해 보았다. 또 국화꽃이나 구름에게 물어 보기도 했으며, 동전을 하늘로 던져 점을 쳐 보기도 했다.

그런데 어느 날 밤, 아버지가 그녀에게 말했다.

"내일 아침에는 예쁘게 화장하려무나."

그녀가 물었다.

"왜요, 아버지?"

"비밀이다."

이튿날, 공들여 다듬은 밝은 얼굴로 아래층으로 내려가자 응접실의 테이블 위는 봉봉 과자 상자로 가득했고 그 위에는 꽃다발까지 놓여 있었다. 마차 한 대가 안마당으로 들어왔다. 마차 위에는 이렇게 쓰여 있었다.

'페캉의 루라 과자점, 혼례용 요리 조달.'

뤼드빈느가 요리 견습생의 도움을 받아 가며 마차 뒤에 열려 있는 덧문 안에서 맛있는 냄새가 물씬 나는 크고 넓적한 광주리들을 꺼내 집 안으로 나르고 있었다.

그때 라마르 자작이 나타났다. 그의 바지는 반듯하게 줄이 세워진 채 발이 작다는 것을 알 수 있는 작은 에나멜 장화 밑에 매어져 있었다. 몸에 꼭 달라붙는 기다란 프록코트는 가슴팍의 패인 곳으로부터 장식용 레이스를 드러내 보이고 있었다. 그리고 두 겹 세 겹으로 돌돌 말아 놓은 가느다란 넥타이는 그의 아름다운 갈색 머리를 똑바로 쳐들지 않고는 배기지 못하게 했다. 그는 평소와는 완전히 다른 모습이었다. 옷차림이라는 것이 사람에게 주는 인상을 그렇게까지 달라지게 할 수 있다는 본보기 같았다. 잔느는 어리둥절하여 이제껏 한 번도 보지 못한 사람을 대하는 것처럼 그를 뚫어지게 바라보았다. 머리 꼭대기에서부터 발끝까지 나무랄 데 없이 잘 차린 대영주(大領主)답다고 잔느는 생각했다.

그는 다정스러운 미소를 지어 보이고는 고개를 숙여 인사했다.

"어떠세요, 아가씨. 준비는 다 되셨는지요?"

그녀는 더듬거리며 말했다.

"네? 대체 어떻게 된 일이에요?"

"곧 알게 될 겁니다."

사륜마차가 현관 앞으로 나왔다. 그러자 아델라이드 부인도 방에서 나왔다. 화려하게 꾸민 부인은 로잘리의 부축을 받고 있었다. 로잘리는 라마르 자작의 우아한 옷차림에 감격하고 있는 듯했다. 그러자 남작이 자작의 귀에 대고 속삭였다.

"저것 보시오, 자작. 우리 집 하녀는 당신이 몹시 마음에 든 것 같소."

자작은 귓불까지 빨개져 듣지 못한 척했다. 그리고 곧 커다란 꽃다발을 들어올려 잔느에게 바쳤다. 잔느는 엉겁결에 그것을 받았다. 하지만 영문을 몰랐기에 여우한테라도 홀린 기분이었다. 네 사람이 마차에 오르자 찬모 뤼드빈느가 남작 부인이 먹을 차가운 수프를 가지고 나오며 큰소리로 말했다.

"꼭 혼례식 같아요, 마님!"

이포르 마을에 들어서자 모두 마차에서 내렸다. 일행이 마을을 가로지르며 나아가자 어부들이 모두 새 옷으로 갈아입고 집 안에서 뛰쳐나와 인사했다. 그들은 남작과 악수를 나누고는 마차 꽁무니를 줄줄 따라왔다.

자작은 잔느에게 팔을 맡긴 채 그녀와 나란히 맨 앞에서 걸었다.

교회 앞에 이르자 모두들 걸음을 멈추었다. 그때 커다란 은제 십자가가 나타났다. 합창대의 한 소년이 그것을 받들고 있었는데, 그 뒤에는 홍백의 옷을 입은 또 한 소년이 관수기가 담겨진 성수 단지를 들고 있었다.

그 다음에는 세 사람의 늙은 가수가 뒤를 따랐는데, 그중 한 사람은 다리를 절고 있었다. 그 다음이 나팔수가 따르고, 그리고 그 다음에 신부가 따랐다. 신부는 불룩하게 튀어나온 아랫배로 황금빛 영대를 떠받치고 있는 모습이었다. 그는 미소를 머금은 채 고개를 가볍게 끄덕이면서 모두에게 인사했다. 그리고는 곧 두 눈을 감았다. 기도문을 외우려는 것인지 입술이 달싹달싹 움직였다. 그는 성모를 깊숙이 눌러쓰고는 하얀 옷을 입은 아이들을 따라 해변으로 내려갔다.

해변에는 구름같이 모여든 사람들이 꽃으로 장식된 한 척의 배를 둘러싸고 있었다. 배의 돛대와 돛, 삭구(배에서 쓰는 로프·쇠사슬 따위의 총칭)들에는 리본이 매어져 있었다. 리본이 미풍에 나부꼈다. 배의 이름인 '잔느'라는 글씨가 배의 고물에 금빛으로 커다랗게 쓰여 있었다.

이 배는 남작의 돈으로 건조된 것이었는데, 이 배의 선장이 된 라스치크 영감이 행렬 앞으로 나섰다. 줄지어 서 있던 사람들 모두가 모자를 벗었다. 수녀라도 된 듯 두건을 쓰고 있는 신앙심이 두터운 여인들은 한결같이 검고 넓은 망토를 어깨에 걸친 채 한 줄로 서 있었다. 그들은 십자가를 보자 둥그렇게 둘러싸며 무릎을 꿇고 엎드렸다.

신부는 성가대의 두 소년 사이에 끼여 배의 한쪽 끝으로 다가갔다. 그러자 반대편에 있던 세 명의 늙은 가수가 때묻은 몸뚱이를 백의로 감싼 채, 덥수룩한 수염으로 덮여 있는 얼굴에 위엄을 갖추고는 악보를 들여다보았다. 그들은 맑은 아침 하늘 아래서 커다란 입을 벌리며 장단도 맞지 않는 성가를 불렀다. 그들이 잠시 숨을 쉬고 있는 동안에는 나팔만이 울부짖었다. 나팔수의 두 볼은 들이마신 공기로 불룩해져 조그마한 회색 눈을 숨겨 버렸다. 이마의 가죽도, 목덜미의 가죽도 모두 살에서 떨어져 나갈 것만 같았다.

투명하고 고요한 바다는 온갖 생각을 간직한 채 자기 가슴에 뜬 고깃배의 세례식에 참석하고 있는 듯했다. 갈고리로 조약돌을 긁어모으는 소리만큼의 작은 소음 말고는 밀려오는 잔물결도 없었다. 날개를 활짝 핀 커다란 흰 갈매기 떼가 푸른 하늘을 선회하며 곡선을 그리고 있었다. 그러면서도 무릎을 꿇고 있는 군중들이 무엇을 하고 있는지 살피기라도 하려는 듯 머리 위까지 날아오기도 했다. 얼마 뒤 노랫소리가 멎었다. 오 분 동안이나 아멘을 외운 뒤의 일이었다. 신부는 혀가 잘 구르지 않는 것 같은 소리로 라틴어를 몇 마디 외었으나 참석한 사람들의 귀에는 약간의 말꼬리만 들렸을 뿐이었다.

계속해서 신부는 성수를 배 주위에 뿌렸는데, 그것이 끝나자 이번에는 뱃전 앞에 나란히 서 있는 선주들 앞에서 기도문을 외우기 시작했다. 대부와 대모는 꼼짝하지 않고 서로의 손을 잡은 채 나란히 서 있었다.

청년은 잘난 남자답게 도도한 태도를 흐트러뜨리지 않고 있었으나, 처녀는 갑작스러운 감동으로 흥분하여 숨이 가빠지고 온몸을 떨기 시작했다. 불과 얼마 전까지만 해도 그녀의 가슴속에 오락가락하던 꿈이 지금 갑자기 일종의 환각 속에서 현실로 드러난 것이다. 사람들은 결혼식을 화제로 삼으며 저희들끼리 소곤거렸다. 신부도 그 자리에서 두 사람을 축복했다.

그녀의 손가락에 신경질적인 떨림이 전해졌던 것일까? 그녀의 마음을 사로잡고 있던 것이 혈관을 통하여 옆에 서 있는 청년의 마음까지 도달했던 것일까? 그는 이해했을까? 추측했을까? 나와 마찬가지로 그 역시 사랑에 도취된 것일까? 아니면 그 어떤 여자도 자기에게는 저항하지 않는다는 것을 경험에 의하여 알고 있는 것일까? 문득 그녀는 그의 손이 자기 손을 쥐고 있다는 것을 깨달았다. 처음에는 살짝, 그 다음에는 좀더 강하게, 좀더 강하게, 나중에는 부서질 정도로 세게 쥐었다. 그러면서도 그는 낯빛조차 바꾸지 않는 태연한 태도로 그녀에게 속삭이듯 말했다. 그렇다, 분명히 그녀에게 말했다.

"아, 잔느, 당신만 허락한다면 이것이 바로 우리의 약혼식이 될 수도 있을 텐데 말입니다."

그녀는 고개를 천천히 숙였다. 그것은 아마도 '네!' 하고 승낙하는 뜻이었으리라. 신부는 주변에 뿌리고 있던 성수를 두 사람의 손가락에 뿌려 주었다.

이것으로 끝났다. 무릎을 꿇고 있던 여인들이 모두 일어섰다. 성가대의 소년들이 들고 있던 십자가도 그 위엄을 잃어버렸다. 좌우로 흔들리기도 하고 앞뒤로 기울어지기도 했으며 사람들의 코앞에서 넘어지기도 했다. 신부 역시 더 이상 기도문을 외우지 않고 소년들의 뒤를 따라가기에 바빴다. 가수들과 나팔수도 그 답답한 의상을 벗어 던지기 위하여 골목 안으로 재빨리 사라졌다. 어부들도 몇 사람씩 떼를 지어 걸음을 재촉했다. 맛있는 음식 냄새가 그들의 걸음을 빠르게 했다.

맛있는 점심이 레푸풀에서 그들을 기다렸다.

커다란 식탁이 정원의 사과나무 아래 차려져 있었다. 육십 명 가까이 되는 어부와 농부 들이 그곳에 자리잡고 앉았다. 남작 부인이 정면 중앙에 앉고, 그 양쪽에 두 사람의 신부, 즉 이포르의 신부와 레푸풀의 신부가 자리잡았으며, 건너편의 촌장과 촌장 부인 사이에 남작이 끼어 앉았다. 촌장 부인은 상당히 나이가 든 시골 여인으로서, 여윈 얼굴로 사방을 돌아보며 연신 고개를 끄덕였다. 인사했다. 기다랗고 여윈 얼굴에 노르망디 식 커다란 모자를 쓴 것과 놀란 것 같은 동그란 눈은 꼭 흰 볏의 암탉처럼 보였다. 그녀는 암탉이 뾰족한 부리로 모이를 쪼아먹듯이 부지런히 먹어댔다.

잔느는 대부와 나란히 앉아 행복에 젖었다. 이미 그녀에게는 아무것도 보이지 않았다. 아무것도 알 수 없었다. 오직 기쁨에 넘쳐, 한마디 말없이 앉아 있기만 했다. 그녀는 그에게 물었다.

"그런데, 자작님의 이름은 뭐죠?"

그가 말했다.

"줄리앙입니다. 아직 모르셨나요?"

그녀는 대답하지 않았다. 생각하고 있을 뿐이었다.

'아아, 이 이름, 앞으로 얼마나 자주 불러야 할 이름이란 말인가?'

식사가 끝나자 정원은 어부들에게 맡기고 모두들 뒤뜰로 갔다. 남작 부인은 남작의 부축과 신부들의 호위를 받으며 여느 때와 같이 운동을 시작했다. 잔느와 줄리앙은 방풍림 있는 데까지 가서는 풀이 우거진 오솔길로 들어섰다. 그때 갑자기 그가 그녀의 손목을 잡고 속삭이듯 말했다.

"내 아내가 되어 주시지 않겠습니까?"

그러나 그녀는 이번에도 말없이 고개만 숙였다. 기다리다

못한 그가,
"대답해 주십시오. 제발!"
 더듬거리며 말하자, 그녀는 숙였던 고개를 들고 그를 바라보았다. 그는 그녀의 눈빛에서 승낙의 답을 읽었다.

4

 어느 날 아침, 남작이 아직 자고 있는 잔느의 방으로 들어와서는 침대가에 걸터앉으며 말했다.
 "라마르 자작이 너를 달라는구나."
 그녀는 담요로 얼굴을 가리고 싶었다.
 남작은 계속해서 말했다.
 "대답은 나중에 하겠다고 했지만……."
 그녀는 감동으로 가슴이 메여 숨이 막힐 것만 같았다. 남작은 다시 덧붙여 말했다.
 "무슨 일이든 어머니와 나는 너 모르게 하고 싶지는 않다. 우리는 이 혼담에 반대하는 것은 아니지만, 그렇다고 해서 너에게 강요하고 싶지도 않구나. 넌 그 사람보다 훨씬 부자지만 일생의 행복을 좌우하는 문제에 있어서 그런 것은 그리 따질 것이 못 된다. 저쪽에는 아무런 일가친척이라고는 없으니 네가 결혼을 한다 해도 자작이 우리 집에 아들로 들어오는 거나 마찬가지지. 그런데 다른 남자하고 결혼하면 넌, 내 딸인 넌, 완전히 남의 집 식구가 되는 거야. 하여튼 그 청년이 우리 마음에 썩 들기는 한다마는 네 생각은 어떠냐?"

그녀는 귓불까지 빨개져서 더듬거리며 입속말을 했다.

"전 좋아요, 아버지."

그러자 남작은 딸의 가슴속까지 들여다본 듯한 미소를 지으며 말했다.

"나도 그럴 거라 생각했다, 아가."

그녀는 저녁때까지 술에 취한 듯한 기분으로 지냈다. 자신이 지금 무엇을 하고 있는지조차 몰랐고, 기계적으로 물건을 집어 들면 그것은 엉뚱한 것이었다. 그리고 별로 걷지도 않았는데 피곤에 지친 듯 다리가 나른했다.

저녁 여섯 시쯤 어머니와 플라타너스 아래 의자에 앉아 있는데 자작이 찾아왔다.

잔느의 심장은 미친 듯이 뛰기 시작했다. 자작은 태연한 모습으로 그녀에게 다가왔다. 바로 옆에까지 오자 그는 남작 부인의 손을 받쳐들고 그 위에 키스했다. 그러고 나서 떨고 있는 처녀의 손을 잡고는 입술 전체로 감사의 마음이 깃든 다정하고 긴 키스를 했다.

이렇게 해서 약혼이라는 찬란한 시절이 시작되었다.

그들은 응접실 한쪽에서 오랫동안 이야기를 나누었고, 어떤 때에는 방풍림의 그윽한 경사지에서 황량한 벌판을 바라보며 시간 가는 줄 모르고 앉아 있기도 했다. 때로는 어머니의 산책 길을 둘이서 거닐기도 했다. 그는 장래를 이야기했고, 그녀는 어머니의 발자국으로 만들어진 풀이 없는 좁은 길 위로 눈길을 떨구면서 그의 말에 귀기울였다.

일단 일이 결정된 이상, 누구나 서두르고 싶기는 마찬가지다. 그래서 결혼식은 육 주 뒤인, 팔월 십 오 일로 정해졌다. 신랑 신부는 식이 끝나는 대로 곧 신혼 여행을 가기로 예정되었다. 잔느는 어디로 가면 좋겠느냐는 물음에 코르시카라고 대답했다. 그곳이라면 이탈리아의 여느 도시보다도 조용해서 두 사람만이 보낼 수 있는 시간이 훨씬 많을 것이라고 생각했던 것이다.

결혼식까지 그들은 별로 초조해하지도 않았다. 오직 감미로운 애정에 휩싸여 있을 뿐이었다. 애무라든지 손끝이 서로 닿는 일이라든지 마음과 마음이 서로 녹아드는 정열적인 응시라든지 하는 것으로 지극히 미묘한 매력을 맛보기도 했으나, 때로는 강렬한 포옹에 대한 욕구를 막연하게나마 느껴 마음이 괴로울 때도 있었다.

결혼식에는 아무도 초대하지 않기로 했다. 다만 리종 이모님만은 예외였다. 그녀는 남작 부인의 동생으로, 베르사이유의 한 수도원에서 기숙 생활을 하고 있었다.

아버지가 돌아가신 뒤 남작 부인은 동생을 자기 집으로 데려오려고 했다. 그러나 나이 많은 이 처녀는 자기가 여러 사람들의 방해가 되고, 귀찮은 존재일 것이라는 생각에 수도원으로 들어갔다. 그녀가 사는 곳은 고독한 생활을 하는 사람들만이 모여 사는 곳이었다.

그녀는 가끔씩 찾아와서는 한두 달씩 머물다가 가곤 했다. 이 과묵한 조그마한 여인은 언제나 자기의 존재가 사람들의 눈에 띄지 않도록 애썼다. 식사 시간에만 모습을 나타내고 식사가 끝나면 곧장 자기 방으로 올라가 내쳐 나오질 않았다.

호인 같은 노파로 보였으나 실제 나이는 마흔 두 살밖에 되지 않았고, 다정스러우면서도 무엇인가 슬픈 듯한 눈을 가진 그녀는 가정에서 단 한 번도 제대로 대접을 받아 본 적이 없었다. 아주 어릴 때부터 그다지 귀엽지도 않았고 왈가닥도 아니었기 때문에 그녀에게 키스 한 번 해주는 사람이 없었다. 그녀는 언제나 한쪽 구석에 조용히 틀어박혀 있었다. 그렇게 그녀는 줄곧 무시된 존재로 살아 왔고, 아무도 그녀를 생각해 주지 않았다.

그림자와도 같은 존재, 아니면 항상 허물없이 다뤄지는 물건과도 같은 존재였다. 이를테면 항상 눈에 띄어서 낯익은 것이기는 하지만 그다지 소용되지도 않고 아낌도 받지 못하는 살아 있는 가구와도 같은 존재였다.

언니로서는 친정에 있을 때부터의 습관으로 인하여 그녀를 좀 모자라는, 완전히 무가치한 인간으로 보았다. 모두가 그녀에게는 허물없이 굴었는데 그것은 일종의 경멸을 드러낸 것이기도 했다. 그녀의 이름은 리즈였지만, 그녀는 이 멋있고 산뜻한 이름을 감당하지 못하는 것처럼 보였다. 그녀는 결혼하지 않았고 앞으로도 결혼 같은 건 하지 않으리라고 생각해서인지 모두들 그녀의 이름을 리종이라고 조금씩 바꿔 불렀다. 그래서 잔느가 태어나고부터는 '리종 이모님'이 되었다.

얌전하고 깔끔하며 지나칠 정도로 겸손한 이모님이었다. 언니와 형부가 자기를 사랑해 준다고는 하지만 그것은 무뚝뚝한 애정, 무의식적인 동정, 혹은 단순한 호의라고 할 막연한 애정에 불과했다.

간혹 남작 부인이 젊은 시절의 이야기를 할 때, 그 시기를 잘 기억하지 못할 때면 '그건 리종이 철도 들지 않던 시절의 이야기죠.' 하고 말할 때도 있었다. 그녀도 더 이상은 말하지 않았으므로 이 '철들지 않은 시절'은 그대로 안개 속에 잠적했다.

어느 날 밤의 일이었다. 리즈가 스무 살 되었을 때였는데, 무슨 까닭에서인지 그녀는 자살을 기도한 적이 있었다. 그녀의 평소 생활로 보거나 태도로 봐서는 그런 미친 짓을 예감하게 할 만한 것이 아무것도 없었다. 그녀는 반죽음 상태로 물에서 건져졌는데 양친은 격한 분노만 터뜨렸을 뿐, 이 불가사의한 사건의 원인을 규명해 보려고도 하지 않았다. 그들은 다만 철없다는 한마디 말로 이 일을 마무리지어 버렸다. 그것은 '코코'라는 말(馬)의 불행에 대하여 냉정하게 말할 때와 다름없는 태도였다. 사실, 리즈의 사건이 일어나기 얼마 전에 이 코코라는 말의 발이 수레바퀴에 끼어 부러졌는데 어찌할 방도가 없어 도살한 적이 있었다.

그런 일이 있고부터 리종이라고 불린 리즈는, 다소 정신이 박약한 소녀로 알려졌고 부모 형제들이나 친척들의 마음에 동정과 경멸을 동시에 일으키게 했다. 어린 잔느까지도 어린이가 느낄 수 있는 천부적인 직관력으로 그녀를 경원했다. 잔느는 결코 그녀와 키스하는 법이 없었으며 그녀 방에 들어가는 일조차 없었다.

하녀 로잘리가 그녀의 방에 필요한 일을 맡아 했고, 그녀를 뒷바라지했다. 따라서 이 집 가족 가운데 리종의 방을 아는 사람은 하녀밖에는 없는 것처럼 보였다.

리종 이모님이 점심을 들기 위하여 식당에 들어오면 잔느는 습관적으로 자기 이마를 그녀 앞에 잠시 내밀 뿐이었다.

누구라도 이 여인에게 이야기할 것이 생각나면 하녀를 시켜 그녀를 불러왔는데, 만약 그녀가 방에 없었을 때에는 그것으로 그만이었고 더 찾아보는 법도 없었다. '아니 어디 갔지? 그러고 보니 아침부터 보이지 않았네.' 하고 걱정하거나 서로 물어 보거나 하는 일도 없었다.

그녀에게는 위치라는 것이 없었다. 이 세상에는 가까운 혈육들조차 모르게 서글픈 생활을 하는 사람이 더러 있는데, 그녀도 그런 부류에 속하는 사람이었다. 그런 사람들은 죽어도 집 안에 무슨 구멍이 뚫리는 것도 아니고 공백이 생기는 것도 아닌지라, 옆사람의 생활 속에도 습관 속에도 애정 속에도 끼어들 줄 모른다. 리종이 그런 사람이었다.

누가 '리종 이모님'이라고 불렀다 하더라도 그것은 '커피 포트' 혹은 '사탕 단지'라고 말한 것과 조금도 다를 것이 없었다.

그녀는 걸음을 걸을 때는 물론이고 그 밖에 어떤 일을 할 때도 소리내는 법이 없었다. 어떤 물건이라도 함부로 다루는 일이 없었거니와 물건에 부딪히는 일도 없었다. 그녀의 두 손은 꼭 솜으로 만들어져 있는 것처럼 생각될 정도였다.

그 리종이 칠월 중순경에 도착했다. 그녀는 잔느의 결혼 소식을 듣고 기절할 만큼 강렬한 충격을 받았다. 그녀는 선물을 잔뜩 갖고 왔지만 그녀가 가지고 온 선물이라고 해서 아무도 관심을 갖지 않았다.

도착한 다음날부터 이미 그녀가 이 집에 있다는 사실조차 사람들의 뇌리에서 사라져 버렸다.

그런데 그녀의 마음속에는 어떤 이상한 흥분이 계속해서 일어났다. 그녀의 눈길은 두 약혼자에게서 떠나지 않았다. 그녀는 어떤 기묘한 정력과 열병에 걸린 것 같은 활동력으로 시집가는 조카의 혼수품을 손질하고 있었다. 다른 어떤 일에도 관심을 가지지 않고 자기 방에 틀어박혀 침모처럼 전력을 다하여 그 일에 열중했다.

자기 손으로 예쁘게 수놓은 손수건이나 첫 글자를 결합한 냅킨 같은 것을 번번이 남작 부인에게 보이면서 그녀는 이렇게 묻곤 했다.

"이렇게 만들면 될까요, 아델라이드?"

그러면 부인은 그 물건을 보는 둥 마는 둥 하고는 이렇게 대답했다.

"너무 애쓰지 않아도 돼, 리종!"

그 달 그믐께의 어느 날 밤이었다. 후텁지근하던 더위가 차차 가시고 밤이 깊어지면서 동산에 달이 떠올랐다. 그것은 사람들의 가슴을 어지럽히고 달콤한 감동에 휩싸이게 했다. 마음을 들뜨게 하고 영혼 속에 있는 온갖 시정까지 눈뜨게 하는 밝고 고요한 밤이었다. 벌판을 가로질러 온 후텁지근한 밤바람이 응접실 안으로 조용히 흘러 들었다. 남작 부인과 남작은 램프 갓이 만들어 낸 둥그런 불빛 아래서 그다지 재미도 없어 보이는 트럼프 놀이를 하고 있었다. 리종 이모는 그런 두 사람 사이에 앉아서 뜨개질을 하고 있었다. 그리고 젊은 두 사람은 열어 놓은 창에 팔꿈치를 기댄 채 달빛이 환한 정원을 바라보고 있었다.

넓은 잔디밭에는 보리수와 플라타너스가 그림자를 드리우고 있었다. 잔디는 푸르스름한 달빛을 받으며 시꺼먼 방풍림까지 뻗어 있었다.

밤이 갖는 이 이상한 매력, 우거진 나무와 무성한 풀숲에 마음이 끌리던 잔느가 부모님을 향하여 말했다.

"아버지, 우리 요 잔디밭이나 한 바퀴 돌고 올게요."

남작은 트럼프에서 눈도 떼지 않은 채 대답했다.

"오냐, 갔다 오너라."

남작은 다시 놀이에 열중했다.

두 사람은 바깥으로 나왔다. 그러고는 달빛 아래 넓게 펼쳐져 있는 잔디밭을 천천히 걸어서 안쪽 끝에 있는 조그마한 숲으로 갔다.

늦은 시간이었으나 두 사람은 집으로 돌아갈 생각을 하지 않았다. 남작 부인은 피로했으므로 자기 방으로 돌아가고 싶어졌다.

"사랑에 취한 저 애들을 불러들여야 하지 않을까요?"

그녀가 말했다.

남작은 밝고 넓은 정원을 흘끔 바라보았다. 두 개의 그림자가 조용히 방황하는 것이 보였다.
"그냥 둬요."
남작은 다시 덧붙였다.
"바깥은 기분이 좋을 거야. 리종이 저 애들을 기다려 주겠지, 뭐. 그렇죠, 리종?"
노처녀는 불안한 눈길로 남작을 보면서 겁먹은 어조로 말했다.
"네, 제가 기다릴게요."
남작은 부인을 부축하여 일으켜 세웠다. 자신도 낮 동안의 더위에 몹시 지쳐 있던 터였다.
"나도 가서 자야겠군."
하고는 아내와 함께 응접실을 나갔다.
그러자 이번에는 리종 이모가 일어섰다. 뜨개질하던 실과 바늘을 팔걸이 의자 위에 주섬주섬 주워 얹어 놓고 창문께로 다가갔다. 그러고는 창문턱에 팔꿈치를 대고 매혹적인 바깥 정경을 내다보기 시작했다.
두 약혼자는 계속해서 거닐었다. 잔디밭을 가로질러 방풍림에서 계단까지 갔다가는 다시 방풍림으로 왔다갔다했다. 두 사람은 서로 손을 꼭 쥐고 있었다. 말은 하지 않았다. 이미 그들에게는 말이 필요없었다. 대지에서 발산하는 눈에 보이지 않는 시정에 그들의 모든 것이 녹아든 것처럼 보였다.
문득 잔느는 창문틀에 어려 있는 노처녀의 그림자를 발견했다. 램프의 빛에 의하여 비쳐진 것이었다.

"어머!"

그녀가 말했다.

"리종 이모가 우리를 보고 있어요."

자작은 고개를 들었다. 그러나 그다지 관심 없다는 투로 말했다.

"그렇군요. 리종 이모님이 우리를 보고 계시군요."

그들은 다시 거닐기 시작했다. 그들은 꿈을 꾸고 사랑을 느꼈다.

밤이슬이 풀잎에 촉촉이 맺혀 있었다. 두 사람 모두 차가운 기운에 온몸이 오싹해졌다.

"이제 그만 들어가요!"

그녀가 말했다.

두 사람은 응접실로 돌아왔다. 어느새 리종 이모는 다시 뜨개질을 하고 있었다. 일에 지쳤는지 그녀의 손가락이 약간 떨리는 듯했다.

잔느가 다가갔다.

"이모, 그만 주무세요."

노처녀는 잔느를 올려다보았다. 그녀의 눈은 통곡한 사람처럼 새빨간 핏발이 서 있었다.

연인들은 그런 것에는 조금도 관심이 없어 보였다. 청년은 처녀의 화사한 구두가 밤이슬에 흠뻑 젖어 있는 것을 발견하고는 걱정스러운 말투로 물었다.

"당신의 귀여운 발이 시리지는 않습니까?"

그러자 갑자기 이모의 손가락이 바르르 떨기 시작했다. 점점 더 심해지는 그 떨림으로 말미암아 손에 들고 있는 털실이 마룻바닥으로 떨어졌다.

별안간 그녀는 두 손으로 얼굴을 가린 채 경련이라도 일으킨 듯 격렬한 딸꾹질과 더불어 통곡하기 시작했다.

두 약혼자는 깜짝 놀라 꼼짝하지 않고 그녀를 바라보았다. 잔느는 와락 이모의 무릎으로 뛰어가서는 그녀의 두 팔을 얼굴에서 떼어 냈다.

자신도 흥분해서 잔느는 계속 같은 말만 되풀이했다.

"왜 그래요, 이모? 왜 그러는 거예요?"

그러자 이 가련한 여인은 눈물로 뒤범벅이 된 채 서러움에 전신을 떨면서 대답했다.

"저분이 너에게 물었을 때…… 시리지 않느냐고…… 너의 귀여운 발이…… 난, 난, 그런 말을 들어 본 적이 한 번도 없었어, 없었단다. 난…… 한 번도 단 한 번도 그런 다정한 말을 들어 보지 못했어!"

잔느는 놀랍기도 하고 한편으로는 불쌍하게 여겨지기도 했다. 그리고는 리종 이모를 다정스러운 말로 달래는 약혼자를 보니 우스운 생각이 들었다. 자작도 멋쩍은 듯 고개를 옆으로 돌렸다.

이모는 갑자기 벌떡 일어서더니 바닥에 나뒹굴고 있는 털실 뭉치와 의자 위에 놓여 있던 뜨개질 감을 모두 내팽개치고는 어두운 계단으로 도망치듯 올라갔다.

뒤에 남은 이 두 젊은이는 이상하기도 하고, 가엾기도 해서 서로를 보았다. 이어 잔느가 중얼거렸다.

"아, 가엾은 이모!"

그러자 줄리앙이 말했다.

"오늘밤에는 좀 이상하시군요."

하고 덧붙였다.

그들은 헤어지기가 싫어 한동안 서로 손을 마주잡았다. 얼마 뒤 살며시, 아주 살며시 방금 리종 이모가 일어난 그 의자 앞에서 둘은 최초의 입맞춤을 했다.

다음날이 되자, 간밤의 이모의 눈물 따위는 두 사람의 기억에서 완전히 지워졌다.

결혼을 앞둔 이 주일 동안 잔느는 꽤 냉정하고 침착했다. 감미로운 흥분으로 피로했기 때문일 것이다.

마침내 그날이 왔다. 그녀는 아침부터 아무것도 생각할 수가 없었다. 다만 공허한 느낌만이 온몸으로 감지될 뿐이었다. 그것은 살도, 피도, 뼈도, 모두가 피부 속으로 녹아들기라도 한 것 같은 가냘픈 전율이기도 했다.

교회 안에서 예식이 거행되자 그녀는 침착을 되찾았다.

결혼한 것이다! 이렇게 결혼한 것이다! 새벽부터 지금 이 순간까지 있었던 여러 가지 일이, 여러 가지 동작이, 여러 가지 사건의 연속이 마치 꿈결처럼 느껴졌다.

그녀는 이 순간부터 주변의 모든 것이 일시에 달라진 것 같았다. 사람들의 몸짓까지도 새로운 뜻을 가진 것처럼 느껴졌다. 심지어 시간까지도 이미 그전의 시간과는 다른 것처럼 생각되었다.

그녀는 어리둥절해 있었다. 그저 놀라운 감정뿐이었다. 어젯밤까지만 해도 자신의 생활에서 변화란 없었다. 지금 달라진 것이 있다면 평소의 소망이 보다 가까이, 그리고 거의 손만 뻗치면 닿을 수 있게 되었다는 것뿐이다. 그런데 간밤에 처녀였던 자신이 지금은 남의 아내가 된 것이다.

그러고 보니 그녀는 울타리를 뛰어넘은 셈이다. 온갖 기쁨, 온갖 행복, 그리고 찬란한 미래까지도 숨겨 주었던 그 울타리를. 그녀에게는 커다란 대문이 눈앞에 활짝 열려 있는 것만 같았고, 그윽한 안쪽에서는 누군가가 기다리고 있는 것처럼 생각되었다. 이제 그녀는 그 문 안으로 들어서려는 것이다.

두 사람이 교회 정문을 나서자 별안간 맹렬한 폭음이 터졌다. 신부는 깜짝 놀라고, 남작 부인은 기겁했다. 농부들이 결혼을 축하하기 위하여 터뜨린 소총 사격이었다. 이 폭음은 레푸풀까지 가는 동안에도 끊이지 않고 계속되었다.

간단한 축하연이 마련되었다. 가족을 위시하여 촌장, 그리고 인근 마을의 유지들 가운데 선택된 혼인의 증인을 위한 것이었다.

모두 만찬 준비가 될 때까지 정원을 한 바퀴 돌았다. 남작과 남작 부인, 리종 이모, 촌장, 그리고 비코 신부가 이 집 마님의 산책 길을 거닐었다. 그런데 건너편 오솔길에서는 또 한 사람의 신부가 천천히 걸으면서 기도문을 외고 있었다.

저택의 반대편에서는 사과나무 아래서 사과주를 마시고 있는 농부들의 소란스러운 환성이 들려왔다. 나들이옷을 차려입은 마을 사람들이 마당을 가득 메웠다. 젊은 청년들은 처녀들의 뒤꽁무니를 쫓아다녔다.

잔느와 줄리앙은 방풍림을 빠져나가 절벽 위로 올라갔다. 두 사람은 말없이 바다를 바라보았다. 팔월 중순인데도 지나칠 정도로 서늘했다. 북풍이 불었다. 파란 하늘은 차갑게 보일 만큼 빛났다.

두 사람은 그늘을 찾기 위하여 오른쪽으로 돌아 벌판을 가로질렀다. 이포르 쪽을 향해 내려가는 길가에는 숲이 우거져 있었고 풀이 무성했다. 벌채림이 있는 곳까지 왔을 때는 바람 한 점조차 피부에 와 닿지 않았다. 그들은 도로를 벗어나 오솔길로 들어갔다. 주변은 무성한 나뭇잎으로 뒤덮여 있었다. 간신히 그 속을 뚫고 들어간 두 사람은 나란히 걸었다. 그녀는 팔 하나가 살며시 자신의 허리에 감겨 오는 것을 느꼈다.

그녀는 아무 말도 하지 않았다. 숨이 가빠지고 심장이 두근거렸으며 목이 메었다. 낮게 드리워진 나뭇가지들이 두 사람의 머리를 어루만졌다. 그들은 나뭇가지를 피하기 위하여 몸을 구부린 채 계속 앞으로 걸어나갔다. 그녀가 나뭇잎 한 장을 따서 보니 그 뒤쪽에 두 마리의 무당벌레가 동그랗게 몸을 구부리고 있었다. 그것은 두 개의 붉은 소라 껍질 같았다.

그녀는 순진하게, 다소 편안한 마음으로 입을 열었다.

"어머, 이건 꼭 부부 같아요."

줄리앙은 그녀의 귓불에 입을 대고 속삭였다.

"오늘밤에 당신은 내 아내가 되는 거요."

시골에 와서 사는 동안, 잔느는 여러 가지 일을 배워 알고 있다고는 하나 그것은 어디까지나 막연한 시적인 것에 지나지 않는 것들이었다. 그래서 그녀는 이 말을 듣고 새삼 놀랐다. 아내가 된다고? 이미 난 그의 아내이지 않은가?

그 순간 그는 그녀에게 키스를 퍼부었다. 키스는 그녀의 관자놀이와 몇 가닥의 머리카락이 흘러내린 목덜미에 소나기처럼 쏟아졌다. 이와 같은 남자의 키스를 한 번도 경험하지 못한 그녀는 순간순간 깜짝 놀라며 본능적으로 고개를 돌려 피했다. 그러면서도 그녀는 무엇인가 황홀한 기분을 느꼈다.

두 사람은 어느새 숲 끝까지 와 있었다. 그녀는 너무 먼 데까지 온 것에 당황하여 걸음을 멈추었다. 다들 어떻게 생각하고 있을까?

"이제 그만 돌아가요."

그녀가 말했다.

그는 그녀의 허리를 안고 있던 팔을 거두었다. 두 사람 모두 방향을 바꾸는 바람에 서로 얼굴을 마주보았다. 너무나도 가까웠으므로 상대방의 숨결이 얼굴에 느껴졌다. 두 사람은 서로를 가만히 바라보았다. 가슴속을 뚫고 들어올 듯한 날카로운 시선으로, 서로의 영혼까지도 녹일 것만 같은 뜨거운 시선으로 상대방을 뚫어지게 바라보았다. 두 사람은 서로의 눈 속에서, 눈 저쪽 너머에서 알 수 없는 미지의 존재를 찾아 상대방을 더듬었다. 말없는 집요한 질문으로 상대방을 찾는 것이었다. 대체 자기들은 이제 어떻게 되는 것일까? 함께 시작하는 생활은 어떤 것일까? 결혼이라는, 결코 끊어지지 않을 공동 생활 속에서 서로 얼마만큼의 기쁨을, 그리고 행복을, 혹은 환멸을 느끼게 될까? 이런 것들을 생각하니 두 사람은 서로가 낯설게만 느껴졌다.

별안간 줄리앙이 두 손을 그녀의 어깨 위에 얹더니 그녀로서는 여태까지 생각조차 해 본 적이 없는 뜨거운 키스를, 그녀의 입을 덮어 버리는 듯한 키스를 해 왔다. 이 키스는 그녀의 온몸에 쫙 퍼져 혈관과 골수에까지 스며들었다. 그녀는 너무나도 격한 신비로운 충격에 빠져 그만 줄리앙의 두 팔을 뿌리쳤다. 이 때문에 그녀는 뒤로 넘어질 뻔했다.
"어서 돌아가요, 어서 돌아가요."
그녀는 더듬거리며 말했다.
그는 대답하지 않았다. 다만 그녀의 손을 자기 손아귀에 꼭 쥐고 있을 뿐이었다.
그들은 집에 도착할 때까지 한마디도 주고받지 않았다. 오후의 시간이 너무나도 길게 느껴졌다. 해질 무렵이 되자 사람들은 모두 식탁 앞에 앉았다.
만찬은 노르망디 지방의 풍습과는 반대로 간소하고 꽤 짧았다. 일종의 엄숙함이 참석한 사람들의 마음을 차분하게 만들었다. 다만 두 사람의 신부와 촌장, 그리고 초대된 네 사람의 소작인들만이 결혼 잔치에 으레 따르기 마련인 비속한 흥취를 약간 드러냈다.
웃음이 잦아들면 곧 촌장이 한마디 지껄여서 분위기를 왁자지껄하게 만들었다. 아홉 시쯤 되었을 때 다들 커피를 마시려는 참이었다. 바깥마당의 사과나무 아래서는 술에 취한 하객들이 춤을 추고 있었다. 열려 있는 창문을 통하여 기쁨에 들뜬 잔치가 환히 바라다보였다. 나뭇가지에 매달린 촛불은 희뿌연 녹색의 빛깔을 나뭇잎에다 던져 주었다. 바이올린 두 개와 클라리넷 한 개뿐인 초라한 악대가 부엌에서 가져온 커다란 테이블 두 개를 무대로 삼아 기를 쓰고 흥취를 돋우는 가운데, 술 취한 시골 남녀들이 무대를 한 줄로 빙 둘러싸고 돌면서 시골 정취에 넘치는 춤을 신나게 추었다. 이따금 소란스런 농부들의 노랫소리가 악기 소리를 완전히 지우기도 했다. 노도와 같은 소음에 찢겨져 버린 가냘픈 음악 소리는, 갈갈이 찢어진 악보의 조각들이 높은 하늘에서 갈래갈래 떨어져 내리는 것만 같았다.

타오르는 횃불에 둘러싸인 커다란 술통 두 개가 군중의 목을 축였다. 두 명의 하녀가 물통 안에서 컵과 그릇을 씻어 대느라 정신이 없었다. 물기가 그대로 남아 있는 컵과 그릇에는 붉은 포도주와 금빛 사과주가 담겨져 연방 손님 쪽으로 운반되었다. 목이 마른 춤꾼들과 가만히 버티고 앉아 있기만 한 노인들, 땀을 흘린 아가씨들이 제각기 손을 내밀어 한 잔씩 잡아들고는 꿀꺽꿀꺽 들이마셨다.

한 식탁 위에는 빵과 버터와 치즈, 그리고 창자 통조림이 놓여 있었다. 사람들은 때때로 다가와서 그것들을 한 입씩 집어먹었다. 등불이 장식되어 있는 나뭇가지 천장 아래서 벌어지고 있는 이 건강하고 허물없는 향연은 식당에서 딱딱한 회식을 하고 있던 사람들로 하여금 자기들도 저렇게 춤을 춰 봤으면 하는 욕망을 일으키게 했다. 그리고 버터를 바른 빵과 새 양파를 안주 삼아 커다란 술통 옆구리에서 쏟아지는 술을 마음대로 마셔 봤으면 하는 바람을 갖게 했다.

나이프로 장단을 맞추고 있던 촌장이 갑자기 소리질렀다.

"제기랄! 여간 재미있어 뵈지 않는걸! 꼭 가나슈의 혼사 같단 말이야!"

억누른 웃음이 좌석 속을 물결치며 지나갔다. 그러나 원래 민간의 권위에 대한 적대적인 위치에 있는 비코 신부가 이 말에 항변했다.

"가나(신약성서 요한복음 제 이 장에 나오는 이야기. 예수가 가나의 혼인 잔치에 참석하여 물을 포도주로 바꾼 기적을 나타낸 이야기. 그런데 촌장은 돈키호테에 등장하는 가나슈의 혼인과 혼동하여 말하고 있다)라고 말씀하시려는 것이었겠죠?"

그러나 촌장은 이런 주의에는 아랑곳하지 않고 말했다.

"아니, 신부님, 나도 그런 것쯤은 알고 있습니다. 가나슈든 가나든 아무러면 어떻습니까?"

모두는 자리에서 일어나 응접실로 옮겼다. 그리고는 얼큰하게 취한 농부들 사이에 잠시 끼어들었다. 얼마 뒤 손님들이 모두 물러갔다.

남작과 남작 부인은 나지막한 소리로 말다툼하고 있었다. 아델라이드 부인은 여느 때보다도 훨씬 더 숨이 가빠 보였는데 아마도 그녀는 남편의 어떤 요구에 거절하는 것 같았다. 마침내 그녀가 큰소리로 말하기 시작했다.

"안 돼요, 여보. 난 못 해요. 어떻게 말을 꺼내야 할지 모르겠는걸요."

그러자 남작은 대뜸 부인 곁을 떠나 잔느에게로 갔다.

"잔느야, 잠시 산책하지 않으련?"

잔느는 깜짝 놀라 대답했다.

"네, 아버지. 그렇게 하세요."

두 사람은 바깥으로 나왔다.

문 밖으로 나서자 갑자기 바다 쪽에서 소리 없는 메마른 바람이 불어와 그들을 감싸 주었다. 벌써 가을을 알리기라도 하는 듯 여름밤에 부는 바람치고는 서늘한 바람이었다.

구름은 하늘을 오락가락하면서 별을 숨겼다가 보였다가 했다.

남작은 딸에게 팔을 끼고 다정스럽게 손을 쥐었다. 두 사람은 그렇게 몇 분 동안을 걸었다. 남작은 무언가 마음을 정하지 못해 난처한 듯했다. 그러다 겨우 마음을 잡고는 입을 열었다.

"귀여운 내 딸아, 난 지금부터 어려운 일을 해야겠다. 정작 네 어머니가 해야 할 일인데 하지 않겠다고 저렇게 버티니 별 수 없이 내가 하는 게다. 네가 인생의 여러 가지 일에 대하여 얼마나 알고 있는지는 모르지만, 이 세상에는 아이들에게 특히 여자아이에게 조심조심하며 숨기는 일이 있단다. 여자란 항상 마음을 깨끗하게 간직하고 있어야 하는 법이지. 부모들은 딸을 행복하게 해줄 사내의 손에 그 딸을 넘겨줄 때까지는 나무랄 데 없이 순결하고 착한 딸로 만들지 않으면 안 되니 말이야. 그리고 그 순결한 처녀에게, 인생의 달콤한 비밀 위에 덮여진 장막을 거두고 행복과 기쁨을 안겨 주는 것이 바로 사내들의 책임이란다. 그러나 딸애들은 아직 그런 것을 잘 모르기 때문에 꿈 뒤에 숨겨진 다소 야수적인 현실에 부딪히면 반항하기 일쑤지. 딸애들은 마음에 상처받고 육체까지도 상처받은 뒤, 법칙이, 인간의 법칙이, 자연의 법칙이, 절대적인 권리로서 남편에게 부여하는 것을 거부하는 수가 있단 말이다. 내 입으로는 더 이상 말하지 못하겠구나. 하지만 다만, 이것만은 잊어서는 안 된다. 너의 모든 것은 완전히 네 남편의 것이라는 점을 말이다."

정확히 말해 잔느는 무엇을 알고 있었을까? 무엇을 어떻게 짐작하고 있었을까? 그녀는 몸을 떨기 시작했다. 무엇인가 불안하고 짓누르는 듯한 우울이 그녀의 가슴을 휩쓸었다.

두 사람은 돌아왔다. 그런데 뜻밖의 광경으로 인하여 두 사람은 응접실 입구에서 걸음을 멈추었다. 아델라이드 부인이 줄리앙의 가슴에 매달려 훌쩍거리고 있었기 때문이다. 부인의 눈물은 대장간의 풀무로 밀어내기라도 하는 듯 눈과 코에서 쏟아져 나왔다. 젊은이는 난처한 듯 그녀의 뚱뚱한 팔을 붙잡고 멋쩍게 서 있었다. 부인은 상대방의 팔에 몸을 의지한 채, 귀여운 내 딸, 사랑스러운 내 딸을 아무쪼록 잘 부탁한다며 애원하고 또 애원했다.

남작이 달려갔다.

"그만해요. 이렇게 울고 있을 때가 아니잖소!"

이렇게 말한 뒤 남작은 아내를 부축하여 의자에 앉혔다. 부인은 손수건으로 얼굴을 닦았다. 남작은 잔느를 돌아보며 말했다.

"자, 어머니에게 키스해 드리려무나. 그리고 너희들도 어서 가서 자거라……."

잔느는 터질 것 같은 울음을 참으며 엄마와 아빠에게 키스했다. 그리고는 곧장 신방으로 달아났다.

리종 이모는 아까부터 자기 방으로 돌아와 있었다. 남작과 부인만이 줄리앙과 함께 응접실에 남아 있었다. 세 사람 모두 마음이 착잡해져서 한동안 아무도 입을 열지 않았다. 두 남자는 야회복 차림으로 우뚝 선 채 제각기 엉뚱한 곳으로 눈길을 보냈고, 아델라이드 부인은 의자에 쓰러진 채 훌쩍거렸다. 이 멋쩍은 분위기에 견디다 못한 남작이 젊은 두 사람이 곧 떠날 신혼 여행에 대한 이야기를 끄집어냈다. 잔느는 자기 방에서 로잘리의 도움을 받아 옷을 갈아입고 있었다. 로잘리는 샘물처럼 솟아나는 눈물을 감당하지 못해 그것을 닦아 내려고도 하지 않았다. 눈물에 가려 아무것도 보이지 않았으므로 공연히 손만 이리저리 놀릴 뿐, 핀 하나 끈 하나 제대로 끄르지 못했다. 자기의 여주인보다도 더 흥분하고 있는 것이 분명했다. 그런데도 잔느는 하녀의 눈물 같은 것에는 조금도 신경쓰지 않았다. 무엇인가 자신이 엉뚱한 미지의 세계에 와 있는 것만 같은 느낌이 들 뿐이었다. 자기가 알고 있었던 온갖 것으로부터, 자기를 사랑해 주고 가꾸어 주었던 온갖 것으로부터 떨어져 나가 완전히 다른 세계로 끌려가는 듯했다. 자기의 생활도 자기의 사고도 모두 뒤집힌 것만 같았다.

'대체, 나는 남편을 사랑하고 있는 것일까?' 라는 기묘한 생각조차 떠올랐다. 그러자 별안간 남편이 정말로 듣도 보도 못한 완전한 타인처럼 생각되기도 했다. 불과 삼 개월 전만 해도 이런 사람이 이 세상에 존재한다는 것조차 모르지 않았는가. 그런데 지금은 그 사람의 아내가 되어 있다. 어떻게 된 일일까? 어떻게 해서 갑자기 결혼이라는 구덩이에 빠지는 것일까? 마치 발밑에 패여 있던 허방다리에라도 빠진 듯이 말이다.

밤화장이 끝나자 그녀는 침대 속으로 파고들었다. 약간 차갑게 느껴지는 담요의 촉감에 그녀의 살결은 움찔했다. 두 시간 전부터 그녀의 넋을 짓누르고 있던 차가움과, 고독과, 슬픔으로 인하여 그녀는 신경이 날카로워졌다.

로잘리는 여전히 훌쩍거리면서 자기 방으로 달아나다시피 했다. 잔느는 기다렸다. 가슴을 죄며 불안한 마음으로 기다렸다. 확실히 알 수는 없지만, 아버지가 애매한 말로 예고했던 그것을, 사랑의 커다란 비밀에 대한 신비적인 계시를 기다렸다.

계단을 올라오는 발소리도 듣지 못했는데 가볍게 세 번 문을 두드리는 소리가 났다. 그녀는 몸이 오싹해져 아무런 대답도 하지 못했다. 다시 문 두드리는 소리가 들렸다. 잠시 뒤, 빗장 열리는 소리가 났다. 그녀는 도둑이라도 든 것처럼 이불을 머리끝까지 뒤집어썼다. 구두가 마룻바닥을 스치는 것 같았다. 그러자 별안간 누군가 침대를 건드렸다.

그녀는 신경질적으로 일어나 담요 밖으로 얼굴을 살짝 내밀었다. 줄리앙이 이쪽을 보고 빙긋이 웃으며 서 있었다.

"어머! 무서웠잖아요!"

그녀가 말했다. 그러자 그가 곧장 되받아 말했다.

"그렇다면, 나를 기다린 게 아니로군요."

그녀는 대답하지 않았다. 그는 정장을 한 단정한 용모로 서 있었다. 잔느는 그런 사람 앞에서 이렇게 이불을 뒤집어쓰고 있는 자신이 부끄러웠다.

두 사람은 무슨 말을 해야 할지, 어떻게 해야 좋을지 몰랐다. 인생의 참된 행복이 막 피어나려는 진지하고 결정적인 순간에 두 사람은 서로의 얼굴조차 바라볼 용기가 나지 않았다. 그는 막연하게 느끼고 있었다. 이 전쟁이 얼마나 위험할 것인가를, 또 꿈으로 가꾸어진 처녀의 영혼에 깃든 미묘한 수치심과 무한한 섬세함을 조금이라도 상하지 않게 하려면 얼마나 유연한 자제가, 얼마나 교활한 애정이 필요한가를. 그는 살며시 손을 내밀어 그녀의 손을 잡고 키스했다. 그리고는 제단 앞에서 무릎을 꿇듯 침대 옆에 꿇어앉아 입김처럼 부드럽고 나직한 소리로 말했다.

"나를 사랑해 주시겠습니까?"

그제야 안심이 된 그녀는 레이스 장식으로 감싼 머리를 베개 위로 치켜들면서 생긋이 미소를 지어 보였다.

"전 이미 당신을 사랑하고 있는걸요!"

그는 가느다란 아내의 손가락에 입을 갖다 댔다. 손가락으로 입에 재갈을 물린 꼴이 된 채 그는 다시 말을 건넸다.

"그럼 사랑하고 있다는 증거를 보여 주시겠습니까?"

그녀는 당혹스러웠다. 어떻게 대답해야 할지, 마침내 그녀는 아버지의 말을 상기하여 이렇게 대답했다.

"전 당신 것이에요."

그는 젖은 입술로 그녀의 손목을 감쌌다. 그리고는 천천히 일어서서 아내의 얼굴로 다가갔다. 아내는 다시금 이불 속으로 얼굴을 감추려 했다.

갑자기 그는 침대 위로 한 팔을 뻗어 담요째 아내의 몸을 끌어안더니, 다른 한 팔은 베개 밑으로 넣어서는 아내의 머리를 들어올렸다. 그리고 아주 나직한 목소리로 요구했다.

"당신 옆에 조금만 내 자리를 만들어 주겠소?"

그녀는 무서워졌다. 본능적으로 겁이 났다. 그래서 기어드는 소리로 중얼거렸다.

"아, 안 돼요. 제발, 안 돼요."

그는 실망한 듯한 어조로 이렇게 말했다.

"어째서 뒤로 미루는 거요. 어차피 언젠가는 그렇게 되고 말 것을……."

그녀는 이런 말을 입에 담는 남편이 원망스러웠다. 그러나 순순히 체념하고서 아까 한 말을 다시 한 번 되풀이했다.

"전 당신 것이에요."

그러자 남편은 곧장 화장실로 사라졌다. 잠시 뒤 옷 벗는 소리, 호주머니 속에서 짤랑거리는 동전 소리, 구두 벗어 놓는 소리 따위가 남편의 동작을 하나하나 알려주었다.

잠시 뒤, 속바지에 양말을 신은 남편이 부리나케 방을 가로지르더니 난로 위의 선반에 시계를 풀어놓았다. 그리고는 역시 빠른 걸음으로 옆방으로 가더니 잠시 꾸물거렸다. 잔느는 돌아누우며 눈을 감았는데 남편이 다가온 기척을 느꼈다.

그녀는 몸이 오싹해져 자기도 모르게 마룻바닥으로 뛰어내리려 했다. 자기 다리를 스치며 날쌔게 밀고 들어오는 털이 난 차가운 다리를 느꼈기 때문이다. 그녀는 정신없이 두 손으로 얼굴을 가린 채, 놀라움과 무서움에 떨며 금세라도 소리지를 것 같은 태세로 침대 안쪽에 움츠렸다.

그녀가 등을 돌리고 있었으므로 남편은 등뒤에서 그녀를 껴안았다. 그는 아내의 목이며 잠자리 모자의 푹신푹신한 레이스 장식이며 슈미즈의 가장자리 장식에 탐욕스러운 키스를 퍼부었다.

무서운 불안감으로 몸이 굳어진 그녀는 꼼짝하지 않았다. 다만 두 팔꿈치 사이에 숨겨진 자기의 젖가슴을 어떤 굳센 손이 더듬고 있다는 것을 느낄 뿐이었다. 이 난폭한 접촉에 그녀는 기절할 것만 같아 숨을 헐떡거렸다. 그녀는 어서 도망치고 싶었다. 집을 빠져나가 이 사나이로부터 멀리 도망치고 싶었다.

남편은 더 이상 움직이지 않았다. 그녀는 등에서 남편의 체온을 느꼈다. 그러자 공포가 살며시 사라져 갔다. 그녀는 문득, 돌아누워 키스만 해주면 되겠지 하는 생각을 했다.

남편은 안달이 나 견딜 수 없는 듯 슬픈 어조로 말했다.

"그럼, 당신은 내 귀여운 아내가 되어 주지 않겠다는 건가요?"

그녀는 소곤거리며 말했다.

"전 이미 당신의 아내가 되어 있는 게 아닌가요?"

그는 언짢은 듯이 대답했다.

"물론 아직은. 날 조롱하지 말아요."

그녀는 남편의 불만스러운 어조에 몹시 마음이 어지러웠다. 그래서 그녀는 남편에게 용서를 빌기 위하여 불쑥 돌아누웠다.

　남편은 두 팔에 힘을 주어 그녀의 허리를 꽉 껴안았다. 그리고는 마치 그녀의 살에 굶주려 있었다는 듯 맹렬히 그리고 미친 듯이 재빠른 키스를, 물어뜯는 듯한 키스를, 뜨거운 키스를, 그녀의 온 얼굴에, 가슴 위에 장소를 가리지 않고 퍼부었다. 그녀는 두 손을 벌린 채 남자의 애무에 힘없이 몸을 내맡겼다. 그녀는 머릿속이 어지러워 뭐가 뭔지 알 수가 없었다. 우선 자신이 무엇을 하는 것인지, 남편이 지금 자기에게 무엇을 하는 것인지 알 수가 없었다. 그런데 별안간 격렬한 아픔이 그녀의 몸을 찢어 버릴 것처럼 덮쳤다. 그녀는 신음하기 시작했다. 남편이 난폭하게 그녀의 몸뚱이를 차지하는 동안 그녀는 그의 두 팔 속에서 몸을 뒤틀며, 고통을 견디지 않을 수 없었다.

　그 다음에 무슨 일이 있었던가? 그녀는 거의 기억할 수가 없었다. 머리가 너무나 어지러웠기 때문이다. 다만 남편이 자기 입술 위에 감사의 키스를 비 오듯 퍼부은 것만이 어렴풋이 생각났다. 그리고 남편이 그녀에게 말을 걸고 그녀도 몇 마디 대답한 기억이 났다. 그런 다음에, 남편이 또 다른 짓을 시도해 왔으나 그녀는 완강히 거부했다. 고통에 몸부림치고 있을 때 다리 사이에서 느꼈던 그 수북한 털을 이번에는 가슴 위에서 느끼고는 더럭 겁이 나서 몸을 도사렸던 것이다.

　아무리 상대방을 설득하려 노력해도 소용이 없었으므로 남편은 마침내 지치고 말았으며, 벌떡 드러누워 꼼짝도 하지 않았다.

그러자 잔느는 생각에 잠겼다. 그렇게도 꿈에 그리던 도취는 환상처럼 사라지고, 소중하게 간직하고 있던 기대도 허물어졌으며, 최대의 행복마저 무참히 짓밟히자 그녀는 마침내 깊은 절망감에 휩싸였다. 그녀는 속으로 생각했다.

'이것이 저분이 말하던 아내가 된다는 것인가. 이것이! 이것이!'

그녀는 오랫동안 슬픔에 잠겨 있었다. 그녀의 눈은 방 안 벽걸이에 그려져 있는 사랑의 옛 전설을 새삼스럽게 더듬기 시작했다.

줄리앙이 한마디 말도 없이 꼼짝하지 않고 있었으므로 그녀는 살그머니 그의 얼굴로 눈길을 돌렸다. 그는 이미 잠들어 있었다. 입을 딱 벌린 아무렇지도 않은 얼굴로 그는 잠들어 있는 것이 아닌가! 그녀는 이 사실을 도저히 믿을 수가 없었다. 노여움이 가슴속에서 복받쳐 올랐다. 그 짐승 같은 행위보다도 이렇게 잠든 것에 대하여 그녀는 심한 모욕을 느꼈다. 아무렇게 다루어도 좋을 그런 여자로 취급된 것에 자존심이 상했다. 이 사람은 이 밤에 어떻게 잠을 이룰 수가 있단 말인가? 그럼, 방금 두 사람 사이에 일어났던 일도 이 사람한테는 전혀 뜻밖의 일이 아니었단 말인가? 아아, 차라리 그럴 바에는 구역질나는 애무보다 매질을 당하는 것이, 더 심한 꼴을 당하는 것이 나을지도 모른다고 생각했다.

그녀는 한쪽 팔꿈치를 짚고 몸을 일으켰다. 남편의 입술 사이에서 새어나오는 숨소리를 들으며 그녀는 언제까지 꼼짝하지 않고 있었다.

날이 샜다. 처음에는 희미하다가 점차 밝아졌으며 다음에는 장밋빛으로 되던 것이 이윽고 눈부실 정도로 되었다. 줄리앙은 눈을 뜨자 하품을 했다. 그리고는 아내에게 두 팔을 내밀어 빙긋 웃으며 말했다.

"여보, 잘 잤소?"

그녀는 남편이 방금 자기에게 '여보'라고 부르는 소리를 들었다. 그녀는 깜짝 놀란 표정으로 대답했다.

"네, 잘 잤어요. 당신은요?"

남편이 말했다.

"아, 나야 아주 잘 잤지."

그러고는 아내에게로 몸을 돌려 키스를 했다. 그는 아내에게 침착하게 이야기를 시작했다. 경제 문제를 골자로 한 앞으로의 생활 계획에 관하여 그는 이것저것 피력했다. 그의 입에서 쉴새없이 튀어나오는 경제 문제에 대한 말에 잔느는 놀라지 않을 수 없었다. 그녀는 말뜻도 모르는 채 남편의 말에 귀를 기울였고, 이때 자기 마음을 살며시 스쳐 가는 무언가를 느꼈다.

시계가 여덟 시를 알렸다.

"어서 일어나야지."

그가 말했다.

"잠자리에서 이렇게 우물거려서야 되나."

그는 침대에서 먼저 내려섰다. 옷을 다 챙겨 입은 그는 로잘리를 부르지 않고 아내를 도와 그녀의 몸치장을 돕고 화장에 세심한 신경을 써 주었다.

방을 나서려고 하자 그는 아내를 불러 이렇게 말했다.

"그 말이요, 우리끼리 있을 때는 여보 당신이라고 불러도 좋겠지만, 부모님 앞에서는 아직 그런 말을 쓰지 않는 것이 좋겠소. 신혼 여행에서 돌아온 뒤에 그렇게 부르면 자연스러울 테지."

그녀는 점심때까지 모습을 보이지 않았다. 아무런 변화도 없었던 것처럼 하루는 여느 때와 다름없이 지나갔다. 다만 이 집안에 남자 하나가 더 늘었다는 사실 말고는 다른 아무것도.

5

 나흘 뒤, 두 사람을 마르세이유까지 싣고 갈 사륜마차가 도착했다.
 첫날밤의 고통을 겪고 난 뒤로 잔느는 줄리앙과의 접촉, 이를테면 그의 입맞춤과 부드러운 애무에는 익숙해져 있었다. 그러나 밀접한 관계에 대해서만큼은 여전히 혐오감을 버리지 않았다. 잔느는 남편을 멋있다고 생각했고 남편을 사랑했다. 그녀는 다시금 자신이 행복하다고 느꼈고 따라서 몹시 명랑해졌다.
 작별 인사는 간단했고 예전처럼 슬프지도 않았다. 다만 남작 부인만이 흥분한 상태였다. 마차가 출발하려 하자 부인은 납덩이처럼 무거운 커다란 지갑을 딸의 손에 쥐어 주면서 말했다.
 "이건 새색시 용돈이다."

잔느는 그것을 받아 호주머니에 넣었다. 말이 달리기 시작했다.

해질 무렵이 되자 줄리앙이 그녀에게 말했다.

"어머니께서 그 지갑에 얼마를 넣어 주셨지?"

그녀는 지갑 따위는 까맣게 잊고 있었다. 그녀는 남편의 말을 듣고 무릎 위에다 지갑을 쏟았다. 이천 프랑의 금화가 가득 들어 있었다. 그녀는 손뼉을 쳤다.

"이걸로 재미있게 놀아요."

이렇게 말한 그녀는 지갑을 다시 호주머니에 넣었다.

무더운 여름 속을 일주일 동안이나 달린 끝에 그들은 마침내 마르세이유에 도착했다.

그리고 이튿날 그들은 아자치오를 거쳐 나폴리로 가는 소형 기선 '루이 왕 호'에 몸을 싣고 코르시카로 향했다.

코르시카! 관목의 밀림! 그 속으로 숨어든 도망자! 산 또 산! 나폴레옹의 고국! 잔느에게 있어서는 뭔가 현실에서 도망쳐 눈을 뜬 채 꿈나라로 들어가는 기분이었다.

배 위 갑판에 나란히 선 그들은 프로방스 지방의 절벽이 눈앞에 흘러가는 것을 바라보았다. 짙은 감청색 바다는 강렬한 태양의 직사 광선 속에 응결되었는지 미동도 하지 않고 푸른 하늘 아래 끝없이 펼쳐져 있었다.

그녀가 말했다.

"라스치크 노인의 고깃배로 뱃놀이했던 거 기억하세요?"

그는 대답 대신 그녀의 귓가에 얼른 키스했다.

증기선의 물 바퀴가 깊은 잠에 빠진 바다를 어지럽히고 있었다.

 배의 꽁무니에서는 하얗게 이는 거품이 한 줄기의 항로를 만들어 눈길 닿는 데까지 멀리 일직선을 만들었다.

 그때 갑자기 불과 몇 발짝 떨어지지 않은 뱃머리 쪽에서 한 마리의 거대한 돌고래가 물위로 뛰어올랐다. 그리고는 다시 머리를 아래로 떨어뜨리면서 물 속으로 숨어 들어가 버렸다. 잔느는 깜짝 놀라 비명을 지르며 줄리앙의 가슴에 안겼다. 잠시 뒤 자신의 행동에 우스워진 잔느는 웃음을 터뜨리고 말았다. 그리고 마음을 조이면서 그 동물이 다시 나타나지 않을까 하고 바다를 바라보았다. 몇 초 지나지 않아 고래는 다시 물위로 뛰어올랐다. 마치 커다란 용수철이 장착되어 있는 살아 있는 장난감처럼 보였다. 고래는 다시 물 속으로 들어갔다. 이번에는 두 마리가 함께 얼굴을 내밀었다. 돌고래의 수는 점점 불어나서 나중에는 여섯 마리나 되었다. 이들은 무거운 배 주위를 맴돌았다. 고래 떼는 괴물 같은 형제, 즉 쇠지느러미를 가진 목제 고기를 호위하는 것처럼 보였다. 그들은 배의 오른쪽에 나타났다가는 어느새 왼쪽에서 나타나기도 했다. 어느 때는 한 덩어리로 또 어느 때는 줄줄이 한 줄로 헤엄치기도 했다. 그들은 술래잡기라도 하는 것처럼 커다란 곡선을 그리면서 일대 도약을 시도하다가 차례로 물 속에 잠기기도 했다. 이러한 풍경을 보면서 잔느는 어린애처럼 손뼉을 치며 즐거워했다.

 고래 떼는 갑자기 자취를 감추었다. 그 뒤 다시 한 번 나타나기는 했으나 멀리 떨어진 앞바다에 잠깐 동안만 그 모습을 보였을 뿐이다. 그러고 나서 다시는 보이지 않았다. 잔느는 잠시 섭섭한 생각이 들었다. 저녁때가 되었다. 고요하고 부드러운 찬란한 저녁이었다. 또한 밝고 평화로운 행복한 저녁이었다. 대기도 바다도 미동조차 하지 않았다. 하늘과 바다의 끝없는 휴식이 영혼 속으로 펼쳐져 갔다.

커다란 태양이 눈에 보이지도 않는 먼 아프리카를 향하여 떨어졌다. 아프리카! 그것은 이름만 들어도 뜨겁게 타오르는 것 같았다. 그런데 태양이 그 자취를 감추자 상쾌한 미풍이 애무라도 하는 듯 얼굴을 스쳐 갔다.

그들은 선실로 돌아가고 싶지 않았다. 기선 특유의 지독한 냄새가 싫었기 때문이다. 그래서 두 사람은 망토를 뒤집어쓰고 갑판 위에 나란히 누웠다. 줄리앙은 곧 잠들었으나 잔느는 이 신나는 여행에 흥분하여 좀처럼 잠들 수가 없었다. 물을 헤집고 있는 물바퀴의 단조로운 음향이 그녀를 흔들었다. 그녀는 머리 위에 펼쳐져 있는 별의 세계를 바라보았다. 남국의 맑게 갠 하늘의 별빛이 물에 적셔 놓은 것처럼 날카롭게 번쩍였다.

새벽녘쯤에는 그녀도 깊은 잠에 빠졌다. 그러나 여러 가지 소음과 사람들의 말소리에 잠에서 깼다. 뱃사람들이 노래를 부르면서 배를 청소하는 중이었다. 그녀는 깊은 잠에 빠져 꼼짝도 하지 않고 있는 남편을 흔들어 깨웠다. 두 사람은 자리에서 일어났다.

손가락 끝까지 스며드는 듯한 짭짤한 바다 안개를 그녀는 황홀한 기분으로 들이마셨다. 끝없이 펼쳐진 넓은 바다, 그런데 뱃머리 쪽의 밝아 오는 여명 속에서 그녀는 잿빛의 무언가를 발견했다. 톱날 같기도 하고 이상한 구름 덩어리 같기도 한 것이 파도 위에 얹혀 있는 모습이었다.

날이 밝자 그것의 형태가 선명해졌다. 뿔이 나 있는 것 같은 괴상한 모양의 산맥이 갑자기 나타났다. 그것은 다름아닌, 베일 같은 얇은 안개에 감싸여 있는 코르시카 섬이었다.

곧 태양이 섬의 등뒤에서 솟아올랐다. 그리고는 산꼭대기마다 모조리 검은 환영으로 물들였다. 얼마 뒤 검은 그림자는 벌겋게 불타는 듯이 보였다. 섬의 다른 부분은 여전히 안개에 싸여 있었다.

그때 몸집이 조그마한 노선장이 갑판으로 나왔다. 거친 갯바람에 지친 탓인지 몹시 메마르고 졸아 버린 듯한 느낌의 노인이었다. 삼십 년 동안이나 거센 바닷바람 속에서 소리쳐 온 탓에 그는 쉰 목소리로 잔느에게 말을 붙였다.

"부인께서도 저 향기가 느껴지십니까?"

사실 그녀도 뭔가 야성적인, 일종의 독특하고 강렬한 식물 향을 느꼈다.

선장은 계속해서 말했다.

"이건 코르시카의 향입니다, 부인. 아름다운 여인의 향기와도 같지 않습니까? 지난 삼십 년 동안 객지에 있다가도 오 마일 되는 앞바다에만 오면 영락없이 이 냄새를 맡을 수가 있었죠. 나는 이곳 코르시카 출신입니다. 나폴레옹도 먼 세인트헬레나에서 이 고향의 향기를 노상 자랑하고 계신다지 않습니까? 그분은 우리 친척되시죠."

그러고 나서 선장은 모자를 벗어 코르시카 섬을 향하여 경례했다. 다음에는 멀리 대서양 저쪽에 있는 그의 친척, 지금은 죄수의 몸이 된 대황제를 향하여 경례했다.
잔느는 몹시 감동하여 하마터면 눈물을 흘릴 뻔했다.
선장은 다시 팔로 수평선을 가리키면서 말했다.
"저것이 상기네르 군도입니다!"
줄리앙은 아내 옆에 서서 팔로 그녀의 허리를 감싸 안고 있었다. 두 사람은 방금 선장이 가리킨 곳을 찾으려 멀리 시선을 보냈다.
마침내 피라미드 모양의 바위 몇 개가 보였다. 얼마 뒤 배는 그것을 우회하여 넓고 고요한 항만으로 들어섰다. 항만은 많은 산봉우리에 둘러싸여 있었는데 봉우리들의 경사면 아래쪽은 두터운 이끼로 덮여 있는 것 같았다. 선장은 그 녹색 부분을 가리키면서 말했다.
"저것이 관목의 밀림입니다."
배가 나아감에 따라 산봉우리들이 뒤에서 배를 둘러싸고 조금씩 죄어 오는 것처럼 보였다. 배는 바다가 끝나고 접어든 투명한 감색 호수를 향하여 천천히 미끄러져 갔다.
그러자 갑자기 하얀 건물이 즐비한 도시가 나타났다. 항만 안쪽의 바다에 가까운 산기슭에 자리잡은 도시였다.
항만에는 소형 이탈리아 선박 몇 척이 정박하고 있었다. 네, 다섯 척의 조그마한 배들이 손님을 찾기 위하여 루이 왕 호 주위로 몰려들었다.
줄리앙은 짐을 챙기면서 아내에게 물었다.

"급사에게는 이십 수만 주면 되겠지?"

지난 일주일 동안 그는 이와 같은 질문을 계속해서 되풀이했다. 그것이 잔느를 괴롭게 했다. 그래서 그녀는 조금 짜증 섞인 목소리로 대답했다.

"잘 모를 때는 조금 넉넉히 주면 될 게 아니에요."

남편은 걸핏하면 여관 주인이나 급사, 마부나 상인—그들이 어떤 장사꾼이건—들을 상대로 말다툼을 벌였다. 어떻게 해서든지 억지로 값을 깎고서는 손을 비비면서 잔느에게 말하는 것이었다.

"일부러 바가지를 쓸 필요는 없잖아!"

그래서 계산서를 가지고 올 때마다 그녀는 걱정되었다. 그가 틀림없이 그 내용을 하나하나 까다롭게 따질 것이고, 따라서 시비가 벌어질 것이기 때문이었다. 이렇게 해서 값을 깎아 보았자 그다지 큰돈이 절약되는 것도 아니고, 팁을 받아 든 급사들도 등뒤에서 경멸의 시선을 보낼 것을 생각하니 잔느는 적잖이 언짢았다.

그때도 남편은 자기들을 육지까지 실어다 준 뱃사공과 말다툼을 했다.

두 사람은 넓은 네거리 한 모퉁이에 위치한 커다란 여관에 들어가서 점심 식사를 청했다.

후식까지 다 먹고 나서 잔느가 거리 구경을 나서겠다고 자리에서 일어섰을 때, 줄리앙은 그녀를 두 팔로 끌어안으면서 다정스럽게 소곤거렸다.

"여보, 잠시 누웠다 가는 게 어떨까?"

그녀는 깜짝 놀랐다.

"누웠다 가다뇨? 전 조금도 피로하지 않은걸요."

그는 그녀를 안고 놓아 주지 않았다.

"난 당신이 필요해. 알아? 벌써 이틀 동안이나……."

그녀는 부끄러움으로 얼굴이 빨개지면서 말했다.

"어머, 지금 무슨 말씀을 하시는 거예요? 사람들이 우릴 어떻게 생각하겠어요? 대낮에 방에서 자다니, 어떻게 그런 말을 하실 수 있죠? 정말 당신도……."

그러나 그는 그녀의 입을 막으면서 우겼다.

"여관 사람들이 무슨 말을 하건, 또 어떻게 생각하건 난 그런 것에 개의치 않아. 자, 두고 봐요."

그러게 말하고 그는 초인종을 눌렀다.

그녀는 입을 다문 채 아래로 눈을 떨구었다. 남편의 이와 같은 집요한 욕구에 대하여 그녀는 정신적으로나 육체적으로나 늘 반항해 왔다. 복종할 때도 어쩔 수 없이 그렇게 했고, 체념할 때도 여전히 부끄러운 생각만은 남아 있었다. 그녀에게는 그런 일이 짐승 같고 불결하게 생각되었다.

그녀의 감각은 아직 잠에서 깨어나지 않았다. 그런데도 남편은 지금 자기 아내가 자기와 똑같은 정열을 가진 것으로 생각했다.

급사가 오자 줄리앙은 방으로 안내해 달라고 말했다. 이 사내는 가슴팍은 물론 속눈썹까지 털이 무성한 순수한 코르시카 사람이었으므로 서로 말이 잘 통하지 않았다. 그래서 그 사내는 밤이 되기 전까지 잠자리를 준비해 놓겠다고 말했다.

줄리앙은 짜증내며 다시 설명했다.

"그런 게 아니야. 지금 당장 준비를 하라니까. 우리는 긴 여행에 지쳐서 좀 쉬어야겠어."

그러자 보일 듯 말 듯한 미소가 급사의 수염 사이로 새어 나왔다. 잔느는 도망치고 싶었다.

약 한 시간 뒤, 두 사람은 방에서 나와 아래층으로 내려갔다. 그녀는 복도에서 만나는 여관 종업원 앞에서 고개를 들 수가 없었다. 틀림없이 자기 등뒤에서 손가락질하며 웃고 소곤거릴 것을 생각하니 너무나 부끄러웠기 때문이다. 그녀는 이런 자신의 심정을 알아주지 않는 줄리앙이 원망스러웠다. 여자로서 느낄 수밖에 없는 민감한 수치심과 미묘한 것에 신경을 써 주지 않는 남편이 못내 섭섭했다. 그녀는 자기와 남편 사이에 어떤 장애물이 있음을 느끼지 않을 수 없었다. 또한 그녀는 서로가 영혼 속까지 혹은 마음의 밑바탕까지 들어가 볼 수 없다는 것과, 두 사람이 어깨를 나란히 하고 걸어도, 서로 다정하게 바라보아도, 결코 마음이 하나가 될 수 없다는 것을 느꼈다. 그리고 우리 인간은 각자가 평생 동안 영구히 고독한 정신적 존재라는 것을 처음으로 깨달았다.

두 사람은 푸른 항만 깊숙이 숨겨져 있는 이 작은 도시, 사방이 산으로 둘러쳐져 한 가닥 미풍도 불어오지 않는 이 무거운 거리에서 사흘을 묵었다.

그들은 다음 여정을 준비했다. 도중에 어려운 일을 만나 후퇴하는 일이 없도록 두 사람은 말을 빌리기로 했다. 동이 트는 어느 날 아침, 그들은 좀 야위기는 했어도 지칠 줄 모르는 코르시카의 말등에 올라앉아 길을 떠났다. 노새를 탄 안내인이 식량을 싣고서 앞서서 걸었다. 이 미개한 땅에는 여관 하나 없었기 때문이다.

항만을 끼고 가다 보니 길은 얼마 가지 않아 높은 산 쪽으로 나 있는 그다지 깊지 않은 계곡으로 이어졌다. 물이 거의 말라 버린 폭포도 여러 군데나 건넜다. 자갈 밑으로는, 숨어 있는 짐승이 있기라도 한 것처럼 시냇물이 조심스럽게 졸졸 소리를 내며 흘렀다.

경작되지 않은 땅들은 벌거벗은 꼴을 하고 있었다. 산기슭은 무성한 풀로 뒤덮여 있었으나 찌는 듯한 무더위 때문인지 그 빛깔이 벌써 누렇게 되어 있었다. 도중에 산 속에서 사는 사람들을 만나기도 했다. 그들 중에는 걸어가는 사람도 있었고, 작은 말이나 개보다 조금 큰 당나귀를 타고 가는 사람도 있었다. 그들은 한결같이 탄환이 장전된 장총을 어깨에 메고 있었다. 녹이 슨 낡은 총이기는 했지만 그들 수중에 있는 한 무서운 무기가 될 수 있었다.

섬 전체를 뒤덮고 있는 향기를 내뿜는 식물들이 여전히 코를 찌르는 강렬한 냄새를 풍기면서 산 속의 맑은 공기를 뭉갰다. 길은 높은 곳에서 낮은 곳으로 치마의 주름처럼 흘러내렸고, 일행은 산허리를 굽이굽이 돌면서 오르막길을 걸었다.

장밋빛을 띠거나 푸른빛을 띤 화강암의 산봉우리들이 장대한 광경을 연출하여 주위에는 신비로움이 녹아들었다. 산기슭의 낮은 경사면에 펼쳐진 거대한 밤나무 숲은 초록빛 풀숲처럼 보였다. 이 지방의 대지의 기복이 그 정도로 심했다.

안내인은 가끔씩 깎아 세운 듯한 높은 곳을 가리키면서 그 이름을 가르쳐 주었다. 잔느와 줄리앙은 그곳을 보았으나 아무것도 보이지 않았다. 대신 회색빛의 무언가가 어렴풋이 눈에 띄었다. 산꼭대기에서 굴러 떨어진 바위 덩어리를 모아 놓은 것 같은 모양이었다. 그것은 다름아닌 마을이었다. 화강암의 조그마한 마을이 나무에 붙어 있는 새의 둥지처럼 산기슭에 달라붙어 있었다. 높은 산 속에 있는 탓에 집들은 사람들의 눈에 쉽게 띄지 않았던 것이다.

느릿느릿하고 지루할 만큼 긴 여행에 잔느는 따분해졌다.

"좀 달리는 게 어때요?"

라고 말한 그녀는 갑자기 말에 채찍을 가했다. 뒤따라오는 남편의 기척이 느껴지지 않자 뒤를 돌아다보던 그녀는 그만 웃음을 터뜨리지 않을 수 없었다. 남편은 새파랗게 질린 채 말갈기를 꼭 붙잡고 이상한 모양으로 껑충거리며 달려오고 있었다. 그의 멋있는 용모와 기사다운 모습은 그만 서투른 승마솜씨로 인하여 우스꽝스러워졌다.

두 사람은 속도를 늦추어 천천히 달리기로 했다. 길은 이제 망토와도 같이 산기슭 전체를 뒤덮고 있는 관목숲 사이로 접어들었다.

이것은 마키라고 불리는 관목의 밀림이었다. 발도 들여놓을 수 없는 울창한 밀림에는 푸른참나무, 두송나무, 소귀나무, 유향나무, 에리칼, 회양목 등이 우거져 있었고, 가시나무덩굴과 거대한 양치류, 인동 덩굴, 라방스, 나무딸기 같은 것들이 나무들을 휘감은 채 산등성이를 뒤덮었다.

두 사람은 허기를 느꼈다. 안내인이 다가와 두 사람을 아름다운 샘터로 데리고 갔다. 산악 지대에 흔히 있는 그런 샘터였는데, 바위틈에서 가늘게 스며 나오는 얼음장 같은 물이 밤나무 잎을 타고 찔끔찔끔 흘러내렸다. 그것은 누군가가 이 길을 지나다가 물을 받아 마시기 좋도록 하기 위하여 그렇게 만들어 놓은 것 같았다.

잔느는 너무나 기뻐 탄성을 지르다가 지쳐 버릴 정도였다.

그들은 다시 출발했다. 그리고 사고느 만(바다가 육지로 쑥 들어간 곳)을 한 바퀴 돌고는 그 산을 내려오기 시작했다.

저녁때는 카르제느 마을을 통과했다. 그곳은 옛날에 고국에서 추방된 그리스 이주자들이 만든 마을이었다. 우아한 몸매와 가느다란 손, 날씬한 허리를 가진 매혹적인 처녀들이 샘터 근처에 무리를 이루고 있었다. 줄리앙이,

"안녕하십니까!"

큰소리로 인사를 던지자 처녀들은 버리고 온 고국 말로 부드럽게 대답했다. 그것은 노랫소리와도 같았다.

피아나에 도착했을 때는 옛날 나그네가 그랬듯이, 아니 지금도 첩첩산중의 두메산골에서 그렇게 하듯이 민가에서 하룻밤을 묵지 않으면 안 되었다. 줄리앙이 두드린 집의 문이 열리자 잔느는 기뻐서 어쩔 줄을 몰랐다. 아아, 이런 것이야말로 진짜 여행이 아닌가! 인적이 드문 이런 곳에는 뜻밖의 진기한 일들이 숨겨져 있을 것이다!

그 집 주인은 마침 젊은 부부였다. 그들은 이 두 사람을 하느님의 전령사라도 되는 듯 친절하게 대접했다. 거기서 두 사

람은 옥수수 잎으로 짠 돗자리에서 하룻밤을 잤다. 너무나 오래되고 낡은 집이어서 기둥이건 벽이건 벌레 먹지 않은 곳이 없었으며, 실제 나무 먹는 벌레가 곳곳에서 눈에 띄었다.

아침해가 뜰 무렵, 그들은 다시 출발했다. 얼마 가지 않아 숲 앞에 이른 그들은 걸음을 멈추었다. 그것은 말 그대로 주홍빛 화강암의 숲이었다. 절벽의 암석들은 오랜 세월 동안 바람에 의하여 침식되고, 그릭 바다에서 밀려오는 짙은 안개로 새겨지고 다듬어져서 괴상한 형태를 띠었다. 삼백 미터가 넘을까, 가늘기도 하고 둥글기도 하고 굽어지기도 하고 갈고리 같기도 한 아무튼 괴상한 모양의 암석들이, 나무처럼 식물처럼 동물처럼 보이기도 하고, 무슨 기념비 같기도 하고 사람 같기도 하고, 가사를 두른 중 같기도 하고, 뿔이 돋친 악마나 거대한 새 같기도 했다. 괴물의 일당이나 아니면 냉혹한 신의 의지로 화석으로 바뀌어 버린 악몽 속의 동물 떼 같기도 했다.

잔느는 가슴이 벅차 올라 입을 열 수가 없었다. 잔느는 줄리앙의 손을 잡고 꽉 쥐었다. 이 자연의 아름다움 앞에서 그녀는 사랑하고 싶은 욕구를 강하게 느꼈다.

이 혼돈 속에서 빠져나오자 그들 앞에는 핏빛의 화강암으로 둘러싸인 항만이 펼쳐졌다. 진홍색의 암석이 그 파란 바닷물에 그림자를 드리우고 있었다.

잔느는 격한 어조로 말했다.

"아, 줄리앙."

딱히 다른 말이 생각나지 않았다. 잔느는 경탄한 나머지 목이 메었다. 이어 그녀는 두 줄기의 눈물을 흘렸다. 어리둥절해진 줄리앙은 아내를 바라보며 물었다.

"여보! 왜 그러는 거요?"

그녀는 볼을 타고 흐르는 눈물을 닦으며 빙긋 웃었다. 그리고 가냘픈 소리로 말했다.

"아무것도 아니에요……. 너무 행복해서 그런가 봐요."

그는 이와 같은 여자의 감정을 이해할 수 없었다. 여자는 조금만 흥분해도 무슨 큰일이라도 생긴 것처럼 마음이 동요하고, 아무것도 아닌 일에도 감정을 드러내며, 기뻐하다가는 곧 슬퍼하기도 하고 미친 사람처럼 되기도 한다. 요컨대 여자는 아무것도 아닌 일에 열중한다. 이처럼 걸핏하면 감동하고 마는 여자라는 인종을 그는 이해할 수 없었다.

그녀의 눈물도 그에게는 우스운 것으로 보였다. 그런 것보다도 그는 험악한 도로가 더 걱정이었다.

"그런 데 신경쓰지 말고 말한테나 신경써요!"

그는 그녀에게 말했다.

거의 결을 수조차 없는 길을 통과한 그들은 항만의 평지 쪽으로 내려갔다. 그리고 다시 오른쪽으로 돌아 오타의 어두운 계곡을 기어올랐다.

길은 생각 외로 험난했다. 줄리앙은 아내에게 제안했다.

"걸어서 올라가는 건 어떻겠소."

그녀는 즉각 찬성했다. 아까의 흥분이 채 가시지 않은데다 남편과 둘이서 손을 잡고 걷는다는 것이 더없이 즐거웠기 때문이다.

안내인은 노새와 말을 끌고 앞장섰다. 그 뒤를 따라 두 사람이 힘들게 걸어갔다.

산은 꼭대기에서부터 아래까지 두 갈래로 갈라져 있었다. 그 갈라진 곳 깊숙이 오솔길이 나 있었다. 길은 높고 커다란 두 암벽 사이로 계곡을 따라 실낱처럼 이어졌다. 커다란 급류가 그 갈라진 사이를 달리고 있었다. 대기는 얼음 같고, 화강암은 검은빛이었으며, 하늘은 굉장히 높은 곳에 있었으므로 밑에서 올려다볼 때는 놀랍고 어지러웠다.

갑자기 푸드득거리는 소리에 잔느는 움찔 놀랐다. 눈을 들어 위를 보니 한 마리의 커다란 새가 둥지로 보이는 벽의 구멍에서 나와 하늘로 날아올랐다. 그 새는 다름아닌 독수리였다. 쭉 뻗은 날개가 우물과도 같이 깊은 골짜기 양쪽에 닿을 것만 같았다. 독수리는 먼 하늘로 날아가더니 다시는 그 모습을 보이지 않았다.

안으로 계속해서 들어가니 갈라진 산이 이중으로 되어 있었다. 양의 창자같이 꼬불꼬불한 오솔길은 두 골짜기 위까지 이어져 갔다. 날쌘 몸의 잔느는 정신없이 앞으로 나아갔다. 그녀는 발밑의 자갈을 밑으로 굴러 떨어지게도 하고, 낭떠러지 밑을 용감하게 굽어보기도 했다. 그런 아내와 대조적으로 줄리앙은 숨을 할딱거리며 어지러움에 휘청거리지 않도록 조심조심해서 아내의 뒤를 따라갔다.

갑자기 눈부신 햇살이 두 사람 위로 쏟아졌다. 그것은 지옥에서 탈출한 것 같은 느낌이었다. 그들은 목이 말랐다. 질척질척한 길을 더듬어 굵은 돌밭을 지나니 뜻밖에도 조그마한 샘터가 나타났다. 양치는 목동들이 통나무에 홈을 파서 흘러내리도록 만든 것이었다. 주변 바닥에는 융단과도 같은 이끼가 깔려 있었다. 잔느는 무릎을 꿇고 샘터의 물을 마셨다. 줄리앙도 그녀를 따랐다.

잔느가 홈통 끝에서 흐르고 있는 신선한 물맛을 즐기고 있노라니 남편이 그녀의 허리에 손을 감고 다가왔다. 남편은 홈통 끝에 닿아 있는 아내의 입을 밀어내고 그 자리를 뺏으려 했다. 그녀는 저항했다. 입술과 입술이 부딪치고 싸우고 서로 밀어냈다. 이 싸움의 승패에 따라 그들은 이 가느다란 홈통의 주둥이를 뺏느냐 빼앗기느냐가 달려 있었다. 빼앗긴 자는 그것을 되찾으려 했고, 빼앗은 자는 다시 놓치지 않으려 했다. 그러면 차가운 물줄기는 쉴새없이 붙잡혔다가, 떨어졌다가, 끊어졌다가, 묶였다가 했다. 이러는 동안 홈통은 그들의 얼굴이며 목이며 옷이며 손발에 물을 뿌렸다. 진주와도 같은 물방울이 그들의 머리카락에서 번득였고, 두 사람의 키스가 물줄기 속을 흘러가고 있었다.

잔느는 갑자기 사랑의 영감을 느꼈다. 그녀는 차가운 물을 입안 가득히 머금고는 두 볼을 공처럼 불룩하게 해서 상대방의 입에 넣어 주려 했다.

줄리앙은 낄낄거리면서 고개를 뒤로 젖히더니 입을 커다랗게 벌렸다. 그리고는 이 살아 있는 육체의 샘으로부터 물을 꿀꺽꿀꺽 받아 마셨다. 그것은 이내 불꽃 같은 욕망으로 변하여 그의 창자 속으로 순식간에 스며들었다.

잔느는 일찍이 느껴 보지 못한 정감에 도취되어 남편의 두 팔에 몸을 내맡겼다. 가슴은 두방망이질을 하고 젖망울이 부풀어올랐다. 눈에 어린 눈물은 그지없이 다정하게 보였다. 그녀는 살짝 속삭이듯 말했다.

"줄리앙…… 전, 전, 당신을 사랑해요!"

이렇게 말한 그녀는 이번에는 자기 쪽에서 그를 와락 껴안으며 허리를 뒤로 젖혔다. 그러나 부끄러운 생각에 그만 두 손으로 자기 얼굴을 가리고 말았다. 줄리앙은 그녀에게 엎어지면서 정신없이 껴안았다. 그녀는 초조한 기대 속에서 숨을 할딱거렸다. 그러다 갑자기 자신이 갈망하던 감각을 느끼고는 자신도 모르게 신음 소리를 냈다.

고갯마루까지 올라가는 데는 많은 시간이 걸렸다. 그녀의 가슴은 그토록 격하게 뛰었고 지쳐 있었다. 해가 완전히 서산으로 넘어가고 나서야 그들은 에뷔자에 도착했다. 안내인은 자신의 친척 되는 파리오 파라브리티라는 사람의 집으로 그들을 안내했다.

큰 키에 약간 등이 굽은 이 사람은 폐병 환자처럼 몹시 창백한 모습을 하고 있었다. 그는 두 사람을 방으로 안내했다. 그 방은 다듬지도 않은 돌로 쌓아 올려 만든, 서글프게 보이는 방이었으나 그나마도 우아함이라고는 조금도 모르는 이 지방에서는 깨끗한 편에 속했다. 그는 프랑스어와 이탈리아어가 혼합된 코르시카 사투리로 환영의 인사말을 했다. 그때 그 사내의 말을 방해하는 맑고 깨끗한 여인의 소리가 들리더니 밤색 머리카락의 조그마한 몸집의 여인, 커다란 까만 눈과 햇빛으로 그을린 피부를 가진 가냘픈 몸매의 여인이 불쑥 나

타났다. 그녀는 하얀 이를 드러낸 채 쉴새없이 웃으며 잔느에게 키스했다. 그리고 줄리앙의 손을 쥐며,

"안녕하세요, 부인. 안녕하세요, 나으리?"
하고 반겼다.

모자와 숄을 받아 든 그녀는 한쪽 팔로 그것들을 모두 처리했다. 그녀의 다른 한쪽 팔에는 붕대가 감겨져 있었다. 그녀는 남편에게,

"저녁 식사가 준비될 때까지 손님들에게 이 근처 구경이라도 시켜 드리세요."
하며, 모두를 밖으로 나가게 했다.

파라브리티는 즉시 아내의 지시에 따랐다. 그는 젊은 부부 사이에 끼어 마을 이곳 저곳을 보여 주었다. 그는 걸음걸이나 말투 모두가 힘이 없어 보였다. 잦은 기침을 해대는 그는 그때마다 같은 말을 되풀이했다.

"계곡의 공기가 너무 차서요. 찬 공기가 가슴에 스며들면 기침이 나와 탈이죠."

그는 커다란 밤나무가 줄지어 서 있는 한적한 오솔길로 두 사람을 인도했다. 문득 걸음을 멈춘 그는 예의 그 단조로운 어조로 말했다.

"저의 사촌인 장 리날지가 여기서 마투 롤리한테 살해되었습지요. 그때 난 장 바로 옆에 있었는데, 갑자기 마투가 열 걸음쯤 앞에서 나타났습니다. 그는 '장, 넌 알벨타테에 가서는 안 돼! 가면 안 된단 말이야. 만약 내 말을 듣지 않으면 널 죽여 버리겠어, 알겠나?' 하고 큰소리를 치는 것이었습니다. 난

장의 팔을 붙잡고, '장, 가지 마. 저놈은 말대로 하는 놈이야.' 하고 말하면서 장을 말렸죠. 일이 그렇게 된 것도 한마디로 말해 여자 때문이었죠. 폴리나 시나크라는 처녀를 놓고 두 사람이 서로 차지하려고 싸웠던 겁니다. 그런데 장이 고함치며 말하기를 '마투, 난 간다. 네깐 놈 때문에 가지 못할 내가 아니지.' 라고 했죠. 그러자 마투라는 놈이 총을 딸각딸각하더니 내가 미처 총을 겨누기도 전에 빵 하고 쏘아 버렸죠. 장은 마치 줄넘기라도 하듯 위로 붕 떴다가 나를 덮쳐 버렸습니다. 그러자 그놈이 내가 가지고 있던 총을 걷어찼죠. 바로 저기 보이는 밤나무까지 그 총이 굴러갔습니다. 장은 입을 크게 벌린 채 다시는 말하지 않았습니다. 숨이 끊어졌던 것이죠."

젊은 부부는 이 태연한 범죄의 목격자를 놀라운 표정으로 뚫어지게 바라보고 있었다. 얼마 뒤 잔느가 그에게 물었다.

"그래서 살인자는요?"

파리오 파라브리티는 한참 동안이나 기침을 하고 나서 말을 이었다.

"산 속으로 도망쳐 들어갔습죠. 그걸 다음해 내 형님이 잡아죽였습니다. 이미 아시겠지만 내 형님이 바로 필립 파라브리티입니다. 산 속으로 달아난 수배자죠."

잔느는 오싹 공포를 느꼈다.

"그렇다면 댁의 형님이 수배자란 말이에요?"

이 침착한 코르시카인의 눈에는 자랑스럽다는 표정이 역력했다.

"그렇고 말고요, 부인. 형님은 유명한 사나이였죠. 아무튼 헌병을 여섯 명이나 쓰러뜨렸으니 말입니다. 니콜라 모랄리와 함께 헌병을 상대로 싸우다 죽었는데, 니올로에서 포위를 당하여 이미 엿새 동안이나 버티며 싸웠습니다. 하긴 그때는 이미 굶어 죽어 가고 있었죠."

그러고 나서 그는 체념한 듯이 중얼댔다.

"여긴 이런 곳입니다."

그 말투는 꼭 '아무튼 계곡의 공기가 차서요.'라고 말한 때와 똑같은 어조였다.

얼마 뒤 일행은 저녁 식사를 하기 위하여 집으로 돌아왔다. 그러자 몸집이 작은 여인이 이십 년이나 사귄 친구처럼 두 사람을 극진히 대접했다.

한편, 잔느는 마음속으로 한 가지 불안감을 느꼈다. 아까, 샘터의 바닥에서 느꼈던 그 이상하고 격렬한 감각이 줄리앙의 품에 안길 때 다시 느낄 수 있을까? 두 사람만 있는 방 안에서 남편의 키스를 받을 때 예전처럼 아무런 느낌도 갖지 못하는 것은 아닐지 몹시 걱정되었다. 그러나 그날 밤, 그녀는 난생 처음 느껴 보는 진짜 사랑의 밤을 맞이했다.

다음날 출발할 즈음이 되자, 그녀는 이 초라한 집에서 좀처럼 발길이 떨어지지 않았다. 참된 행복을 처음으로 깨닫게 해준 집이었기 때문이다.

그녀는 이 집의 여주인을 잠시 방으로 불렀다. 그리고 대단한 사례는 아니지만 파리로 돌아가는 대로 선물 하나를 보내 주고 싶다고 말했다. 여주인이 사양하자 잔느는 화내기까지 했다.

젊은 코르시카 여인은 남에게서 그런 것을 받을 수 없다고 우겼으나 마침내 자기의 주장을 굽히며 잔느에게 말했다.

"그렇다면 조그만 권총이나 한 자루 보내 주세요. 아주 작은 것으로요."

잔느는 눈을 둥그렇게 떴다. 그러자 여인은 무슨 비밀이라도 이야기하듯 잔느의 귀에다 속삭였다.

"시동생을 죽여 버리겠어요."

그녀는 그렇게 말하고 빙긋 웃었다. 그러고는 팔에 감겨 있는 붕대를 재빨리 풀더니 토실토실한 흰 피부를 보여 주었다. 단검에 찔린 상처였으나 거의 아물어 가고 있었다.

"만약 내가 그놈만큼 기운이 세지 않았다면……."
하고 그녀가 말했다.

"난 벌써 그놈 손에 죽었을 거예요. 제 남편은 질투 같은 건 하지 않아요. 나를 잘 아니까요. 그리고 아시다시피 남편은 고질병이 있어서 거친 짓은 하지 않아요. 그리고 이래봬도 난 충실한 아내죠. 하지만 시동생은 남의 험담 따위를 믿는 경박한 사람이어서, 엉뚱하게도 남편 대신 질투를 한답니다. 틀림없이 무슨 일을 저지를 것만 같아요. 그래서 말인데, 권총 한 자루만 있다면 안심이 될 것 같아요. 원수도 갚을 수 있을 것이고……."

잔느는 그녀에게 권총을 보내 주겠다고 약속했다. 그리고는 이 새 친구에게 다정스러운 입맞춤을 하고 나서 다시 여행길에 올랐다.

그 이후의 여행은 꿈결과도 같이 황홀했다. 끝없는 포옹과 애무의 도취가 있을 뿐이었다. 그녀에게는 이제 아무것도 보이지 않았다. 풍경도, 사람도, 자기가 서 있는 자리도 보이지 않았다. 오직 보이는 것이라곤 줄리앙뿐이었다.

이제 두 사람 사이에서는 사랑의 유희가 시작되었다. 달콤하고 기분 좋은 말들이 오고갔다. 두 사람은 서로의 입술이 즐겨 찾는 상대방의 육체 곳곳에 사랑스러운 이름을 붙이고는 즐거워했다.

잔느는 항상 오른쪽을 아래로 하여 잤기 때문에 아침에 눈을 뜨면 왼쪽 젖가슴이 드러나는 때가 많았다. 줄리앙은 그것을 알고는 거기에다 '노숙자' 라는 이름을 붙였고, 또 다른 한쪽에는 '연애 박사' 라는 이름을 붙였다. 그쪽의 장밋빛 젖꼭지가 키스에 훨씬 민감하다는 것을 알았기 때문이다.

젖가슴의 가운데에 패인 깊숙한 골짜기는 '어머니의 산책길' 이라는 이름이 붙여졌다. 줄리앙이 늘 그곳을 산책하기 때문이었다. 그리고 더 비밀스러운 또 하나의 길은 오타의 계곡을 추억하는 뜻에서 '다마스커스에의 길' 이라는 이름이 붙여졌다.

바스티아에 도착했을 때는 그때까지 길을 안내해 준 안내인에게 돈을 지불해야 했다. 주머니를 뒤적거리던 줄리앙은 돈이 모자르자 잔느에게 말했다.

"어머니가 주신 이천 프랑은 아직 쓰지 않았으니 내게 맡겨요. 내 허리에 차고 있으면 안전할 뿐더러, 내가 가진 큰돈을 헐지 않아도 될 테니 말이야."

그녀는 지갑을 그에게 건네 주었다.

그들은 리브루느로 건너가, 플로렌스 지방과 제노바 그리고 코프니슈의 가도를 두루두루 구경했다.

북동풍이 부는 어느 날 아침, 그들은 마르세이유로 돌아왔다.

레푸풀의 저택을 출발한 지도 이 개월이나 되었다. 때는 시월 십 오 일이었다.

멀리 노르망디의 들판에서 불어오는 듯한 찬바람에 잔느는 뭔지 모를 애수를 느꼈다. 줄리앙은 얼마 전부터 사람이 달라진 것처럼 쉬이 피로를 느꼈고, 모든 것에 무관심해진 것 같았다. 그래서 잔느는 왠지 불안했다.

아름다운 태양의 나라를 떠나고 싶지 않은 마음에 잔느는 여정을 나흘 동안이나 더 늦추었다. 잔느는 그 행복한 여로의 끝에 서 있음을 깨달아야 했다.

마침내 그들은 마르세이유를 떠났다.

그들은 레푸풀에 살림을 차리는 데 필요한 물건들을 사기로 되어 있었다. 그래서 잔느는 어머니가 주신 돈으로 좋은 물건들을 살 수 있을 것이라는 생각에 몹시 즐거워했다. 그녀가 맨 먼저 사려고 마음먹은 물건은 코르시카의 젊은 여인에게 보내 줄 권총이었다.

파리에 도착한 다음날, 그녀는 줄리앙에게 말했다.

"여보, 어머니가 주신 돈을 돌려주세요. 선물을 사야겠어요."

그는 불쾌한 표정으로 돌아보았다.

"얼마가 필요한데?"

그녀는 깜짝 놀라 제대로 말을 하지 못했다.

"글쎄요…… 얼마가 되든 좀 주세요."

그가 말했다.

"그렇다면 백 프랑 주겠소. 어쨌든 낭비는 안 되오!"

그녀는 딱히 무어라 말해야 좋을지 몰라 당황했다. 그러나 곧 마음을 가다듬고 입을 열었다.

"그렇지만…… 제가…… 그 돈을 맡긴 건……."

그는 그녀가 끝까지 말하도록 내버려두지 않았다.

"그래, 당신 말은 알아들었어. 하지만 당신 주머니에 있으나 내 주머니에 있으나 그건 매한가지 아니오. 당신에게 돈을 주지 않으려는 것이 아니잖아. 봐 이렇게 백 프랑 주겠다는데……."

금화 다섯 개를 받아 쥔 그녀는 더 이상 말을 하지 않았다. 아니 더 달라고 말할 수가 없었다. 그래서 그녀는 권총 한 자루 사는 것으로 만족해야 했다.

일주일 뒤 그들은 레푸풀로 떠났다.

6

하얀 울타리의 벽돌로 쌓아 만든 문기둥 앞에서 가족들과 하인들이 기다리고 있었다. 역마차가 그 앞에 멈추어 섰다. 그들은 오랫동안 포옹했다. 어머니는 눈물을 흘렸다. 잔느도 감정이 격해져 울음이 나왔다. 아버지는 어쩔 줄 모르고 왔다 갔다했다.

마차에서 짐이 내려지는 동안 응접실의 난로 앞에서는 여행에 관한 이야기가 벌어졌다. 무척이나 많은 말들이 잔느의 입에서 흘러나왔다. 너무나 빨리 이야기한 탓에 빼먹은 두세 가지 사소한 것을 빼놓고는 불과 반 시간도 되지 않아, 있는 그대로의 사실을 전부 이야기했다.

그리고 나서 이 젊은 아내는 짐을 풀기 시작했다. 로잘리는 가슴을 두근거리면서 그 일을 도왔다. 그 일이 끝나자 로잘리는 속옷, 옷, 화장 도구 같은 것을 모두 제자리에 갖다 놓고는 자기 방으로 돌아갔다. 잔느는 피곤하여 자리에 앉아 있었다.

그녀는 이제 앞으로 무엇을 해야 할지에 대하여 생각해 보았다. 아래층에서 졸고 있는 어머니 옆으로 다시 내려가기는 싫었다. 산책이라도 할까 생각했지만 창문 너머로 바라다보이는 바깥 경치가 너무나도 우울하여 그만두기로 했다.

순간 그녀는 자기에게 이제 아무 할 일이 없다는 것을 깨달았다. 그것도 영원히 없다는 것을. 수녀원에 있을 때 그녀의 청춘은 미래를 생각하고 공상에 빠지는 데에 온 마음을 빼앗겼다. 그러는 동안 그녀의 꿈은 자라났고 그 무시무시한 수녀원의 담벼락을 나서자마자, 사랑에 대한 그녀의 기대는 지체없이 이루어졌다. 불과 수주일도 되지 않아 꿈 속에서나 상상하던 남자를 만났고, 사랑하고 그리고 결혼했다. 너무나 서둘러 한 결혼이었으므로 그녀에게는 생각할 만한 충분한 시간도 없이 그저 남자의 팔에 끌려갔다.

결혼 당시의 감미롭던 현실은 여기 이렇게 일상적인 현실로 옮아 가고 있다. 끝없는 희망이나 미지의 세계에 대한 매혹적이고 불안한 기대는 이제 막을 내리고 일상적인 현실로 접어든 것이다. 그렇다. 이것으로 무언가를 기대한다는 것은 끝장난 것이다.

이제 아무 할 일이 없다. 오늘도, 내일도, 그리고 영원히. 그녀는 이런 막연한 생각을 하자 무엇인가 환멸을 느꼈다. 그녀는 자신의 꿈이 무너지는 것을 깨달았다.

그녀는 일어나 창가로 갔다. 차가운 유리창에 얼굴을 대고 한동안 어두운 구름으로 뒤덮여 있는 하늘을 바라보았다. 그녀는 마침내 바깥으로 나가 봐야겠다고 마음먹었다.

이것이 오월의 그 벌판, 그 풀밭, 그 나무들이란 말인가. 그렇다면 햇빛을 받아 반짝이던 나뭇잎의 그 밝았던 즐거움은 어디로 간 것일까. 푸르름이 깔려 있던 잔디밭의 시정은 어디로 가 버렸을까. 불꽃처럼 돋아 있던 할미꽃과 핏빛의 양귀비꽃, 만발한 데이지와 꿈결 같았던 노랑나비는 다 어디로 갔을까. 이제 더 이상 생명이며 향기며 무수한 원자로 충만했던 공기는 존재하지 않았다.

가을비에 젖어 버린 가로수 길은 두터운 낙엽 방석으로 뒤덮인 채 헐벗고 여위어 떨고 있는 백양나무 아래로 뻗어 있었다.

서리의 상처를 입은 나뭇가지들이 바람에 떨며 아직도 남아 있는 몇 개의 잎사귀를 흔들어 공중으로 날려 보낼 기세를 하고 있었다. 샛노랗게 변해 버린 커다란 잎들이 가지에서 떨어져 빙글빙글 돌다가는 끝내 땅으로 떨어졌다. 하루 종일 쉬지 않고 내리는, 저 눈물이 날 정도로 쓸쓸한 비처럼.

잔느는 방풍림이 있는 곳까지 가 보았다. 숲은 죽어 가는 사람의 방처럼 슬퍼 보였다. 꾸불꾸불하고 아담한 오솔길을 다른 장소와 격리시켜 아늑하게 만들어 주었던 그 신록의 벽은 오간 데 없이 사라졌다. 관목들은 가느다란 레이스 편물처럼 얼기설기 뒤섞여 그 여윈 가지를 서로 부딪쳤다. 미풍에 날려 여기저기 날리다가 소복이 쌓인 마른 나뭇잎의 부스럭거리는 소리는 흡사 비참한 임종의 한숨 소리 같았다.

추위에 떨고 있는 작은 새들이 보금자리를 찾겠다고 이리저리 날아다녔다.

바람막이로 서 있던 느릅나무의 두터운 장막으로부터 보호를 받은 보리수와 플라타너스는 아직도 화려한 여름철의 옷을 입고 있었다. 보리수와 플라타너스는 각각 붉은 벨벳과 오렌지색 비단옷을 걸친 것처럼 보였는데, 첫서리를 맞으면서 제각기 다른 수액의 성질에 따라 그렇게 물이 든 것이다.

잔느는 쿠이야르네 농장을 따라 어머니의 산책 길을 천천히 걸었다. 이제 막 시작된 이 단조로운 생활의 권태가 앞으로 오랫동안 계속되지나 않을까 하는 예감에 잔느는 마음이 무거워졌다.

그녀는 줄리앙이 처음으로 자기에게 사랑을 고백했던 비탈에 가서 앉았다. 하지만 그녀는 아무 생각 없이 그저 멍하니 앉아 있었다. 이미 마음 밑바닥까지 피로할 대로 피로해진 그녀로서는 오늘의 이 비애에서 벗어나기 위하여 잠 속으로 빠져들고 싶었다.

갑자기 동풍에 휩쓸려 갈매기 한 마리가 하늘을 가로지르는 것이 눈에 띄었다. 잔느는 코르시카의 침침한 오타 계곡에서 본 독수리가 떠올랐다. 그러자 잔느는, 즐거웠으나 이제는 영원히 끝나 버린 추억 때문에 마음이 요동쳤다. 갑자기 아름다웠던 코르시카 섬이 눈앞에 선명했다. 야생의 향기, 오렌지와 세드라를 익혀 주는 태양, 장밋빛 봉우리를 가진 산들과 갈색의 항만, 급류가 흐르던 계곡이 눈앞에 펼쳐졌다.

그녀를 둘러싸고 있는 이 축축하고 거친 풍경, 음산한 꼴로 떨어져 있는 나뭇잎과 바람에 밀려가는 회색 구름의 풍경이 너무나도 깊은 비애를 안겨 주었으므로, 그녀는 터져나오려는 울음을 참고 마침내 집으로 돌아갔다.

어머니는 난로 앞에서 세상 모르고 졸고 있었다. 우울한 생활에 젖어 있었으므로 이제 그녀는 아무것도 느끼지 못했다. 아버지와 줄리앙은 앞으로의 사업 계획에 대하여 상의하려는 것인지 함께 산책을 나가고 없었다. 날이 어두워지고 넓은 응접실에는 음울한 그림자가 펼쳐져 있었으나, 난롯불의 반사로 인하여 이따금 밝아지기도 했다.

창 너머로 바깥을 내다보니 날이 저물고 있었다. 낮의 빛이 조금 남아 있어서인지, 기울어져 가는 해와 진흙투성이가 된 것 같은 회색 하늘과는 구별되었다.

얼마 뒤 남작이 들어왔고 줄리앙도 따라 들어왔다. 어두운 방으로 들어오자마자 남작은 초인종을 누르며 고함쳤다.

"빨리 불을 켜라! 너무 음산해서 견딜 수가 없구나!"

그러고는 난로 앞 의자에 앉았다. 열 때문에, 젖어 있는 그의 발에서 김이 솟았다. 구두창에 붙어 있던 진흙은 어느새 말라 퍼석퍼석 떨어졌다. 그것을 바라보면서 남작은 유쾌한 모습으로 두 손을 비벼 댔다.

"오늘밤은 몹시 춥겠군."

그가 말했다.

"북쪽 하늘이 밝은 것이, 오늘밤에는 보름달이 뜨겠어. 아마 몹시 추울 거야."

그러고는 딸을 바라보며 물었다.

"어떠냐, 잔느야? 집으로 돌아온 소감이."

이 간단한 질문에도 잔느는 충격을 받았다. 잔느는 눈에 잔뜩 눈물이 고인 채 아버지의 품으로 와락 달려들었다. 그녀는 용서를 빌기라도 하는 것처럼 신경질적으로 키스했다.

명랑해지려고 노력해도 자꾸만 슬퍼졌기 때문이다. 그녀는 아버지를 만나면 얼마나 기쁠까 하고 생각했던 여행중의 기억을 되살려 보았다. 하지만 지금 자기의 애정을 마비시키고 있는 이 냉정함에 스스로 놀라지 않을 수 없었다. 그것은 자기가 좋아하는 사람과 멀리 떨어져 함께 있는 일상의 습관을 잃게 되면, 다시 만난다 하더라도 공동 생활의 유대가 다시 맺어질 때까지 애정이 일시 두절되는 그런 상태였다.

저녁 식사는 오래 걸렸다. 말하는 사람은 아무도 없었다. 줄리앙은 아내의 존재를 잊어버린 사람처럼 보였다.

식사 뒤 잔느는 응접실의 난롯불 앞에서 졸고 있었다. 그녀 바로 앞에서는 어머니가 완전히 잠들어 있었다. 잔느는 뭔가 의논하고 있는 것 같은 두 남자의 목소리에 잠에서 깼다. 잔느는 정신을 차리려고 애쓰다가 이런 생각을 했다. 자기도 이런 아무 변화 없는 습관적인 생활과 우울한 혼수 상태로 끌려들어가는 것은 아닐까.

불그스름했던 난로의 불꽃은 세차게 타올라 탁탁거리는 소리를 내며 훨훨 타올랐다.

남작이 미소를 띠며 다가왔다. 그리고 벌겋게 타고 있는 난롯불에 손을 내밀면서 말했다.

"야, 잘 탄다. 잘 타! 그런데 아무래도 오늘 밤은 춥겠어! 너희들도 추위에 조심해라."

그리고 나서 남작은 잔느의 어깨에 손을 얹고 불을 가리키며 말했다.

"알겠니, 잔느야. 세상에서 이것처럼 좋은 것이 없단다. 이 난로가 말이야, 온 가족이 이 난로 앞에 모이니 이것보다 더 좋은 것이 어디 있겠니? 너희들도 이제 그만 자도록 해라. 몹시 피곤들 할 거야."

방으로 돌아온 젊은 아내는 의아하다는 생각이 들었다. 자신이 그토록 사랑했던 곳으로 돌아왔는데도 왜 예전의 느낌과 지금의 느낌이 이렇게도 다른 것일까. 어찌하여 이렇게 상처라도 받은 것처럼 느껴지는 것일까. 이 집, 이 정든 고장, 지금껏 내 마음을 들뜨게 하고 즐겁게 해주었던 이 모든 것이, 어째서 오늘은 이다지도 서럽게만 느껴지는 것일까.

문득 그녀는 머리 위에 놓여 있는 시계를 보았다. 조그마한 꿀벌이 여전히 왼쪽에서 오른쪽으로, 오른쪽에서 왼쪽으로 재빠르면서도 한결같은 동작으로 끊임없이 황금꽃 위를 날고 있었다. 그러자 잔느는 별안간 애정의 충동이 가슴속에서 울컥 치미는 것을 느꼈다. 잔느는 자기를 위하여 노래로 시간을 알려주고, 인간의 가슴처럼 마냥 두근거리며 살아 있는 것 같은 조그만 기계를 앞에 두고 눈물이 나올 만큼 격한 감동을 느꼈다.

아버지나 어머니와 포옹했을 때도 이렇게까지 감동하지 않았다. 사람의 마음이란 논리적으로 밝혀 낼 수 없는 어떤 신비함이 있는 것 같았다.

결혼하고 난 이후 그녀는 처음으로 혼자 침대를 지켰다. 줄리앙은 여독을 구실로 다른 방에서 잤다. 제각기 다른 방을 갖는다는 것은 그리 나쁠 것도 없다.

그녀는 좀처럼 잠을 이루지 못했다. 자기 몸뚱이에 맞대고 있어야 할 또 하나의 몸뚱이를 느끼지 못한다는 사실에 이상한 기분이 들었다. 말 그대로의 독수공방 신세인데다 하필이면 심술 사납게도 끈질긴 폭풍조차 불어, 밤새도록 마음이 편하지 않았다.

다음날 아침, 밝은 햇살에 눈을 떠보니 침대는 핏빛으로 물들어 있었다. 유리창은 온통 성에로 뒤덮여 있었고, 지평선 전체가 태양으로 불타고 있었다.

커다란 화장용 가운을 걸친 그녀는 창문으로 달려가 문을 열어젖혔다. 살을 에는 듯한 차가운 바람이 방 안으로 흘러들었다. 눈물이 스며 나올 정도의 차가움이 살을 찔렀다. 빨갛게 물들어 있는 하늘 복판에 술꾼의 얼굴처럼 벌겋게 부풀어오른 빛나는 태양이 수목 뒤에서 그 모습을 드러냈다. 하얀 서리로 뒤덮인 대지는 딱딱하고 얼어 있어서 농부가 발을 뗄 때마다 아작아작 소리를 냈다. 이 하룻밤 사이에, 몇 개의 잎만을 남겨 두고 있던 포플러가 완전히 발가벗겨져 버렸다. 벌판 너머로는 하얀 파도가 일렁이는 새파란 바다가 보였다.

플라타너스와 보리수는 돌풍으로 인하여 순식간에 잎들을 떨구었다. 갑작스러운 서리로 말미암아 가지에서 떨어져 나간 나뭇잎들이 얼음처럼 차가운 바람이 지나갈 때마다 소용돌이를 치며 허공으로 흩날렸다. 잔느는 옷을 입고 밖으로 나왔다. 그리고 무엇인가 해야 되겠다는 생각으로 우선 소작인 집에 가 보기로 했다.

마르탱네 가족은 두 손을 들어 잔느를 환영해 주었다. 마르탱 부인은 잔느의 볼에 키스를 해주며 과일주 한 잔을 그녀에게 권해 왔다. 잔느는 또 다른 농가에도 가 보았다. 쿠이야르네 역시 잔느를 환영해 주었고, 그 부인은 잔느의 귓불에 키스해 주었다. 그리고는 먹딸기 열매로 담갔다는 술을 권했다. 그녀는 그것들을 받아 마시고 식사 시간이 되어서야 집으로 돌아왔다.

이 날 하루도 어저께와 마찬가지로 덧없이 흘러갔다. 다만 축축했던 어제보다 오늘은 날씨가 많이 차갑다는 것이 달랐다. 이로부터 일주일 뒤의 다음날들도 이 이틀 동안과 똑같았다. 이 달의 모든 주일도 최초의 한 주일과 다를 것이 없었다.

하지만 먼 나라들을 그리워하는 마음은 차차 사라져 갔다. 습관이 그녀의 생활에 체념이라는 이불을 덮어씌웠다. 그것은 어떤 종류의 물이 어떤 물질 위에 석회질의 피막을 형성하는 것과 같았다. 일상 생활에서의 극히 사소한 일에 대한 흥미와, 평범하고 단순한 관례적인 것들에 대한 관심이 그녀의 마음속에 다시금 되살아났다. 그녀의 가슴속에는 애달픈 우수와 삶에 대한 막연한 환멸이 자라나기 시작했다. 무엇이 필요한지, 무엇을 원하는지 자기 자신도 알 수 없었다.

어떤 세속적인 욕망도 그녀의 마음을 사로잡지는 못했다. 쾌락에 대한 갈망도, 환희를 위한 충동도 그녀의 마음을 붙들어 놓지는 못했다. 그래, 환희라고 해서 별 수 있겠는가. 숱한 세월을 지내는 동안 색이 바랜 응접실의 의자들처럼 그녀의 눈에는 모든 것이 퇴색되었다. 모든 것이 희미해지고 색조를 잃어 갔다.

줄리앙과의 관계도 완전히 변했다. 그는 신혼 여행에서 돌아오고부터는 딴 사람이 된 듯했다. 그것은 배우가 자기 역할을 다한 뒤에 평소의 모습으로 돌아가는 것과 같았다. 그녀에게 관심을 갖는 일도 거의 없었고, 말을 걸어오는 일도 매우 드물었다. 사랑의 추억도 순식간에 사라졌다. 그리고 아내의 침실로 들어오는 경우 또한 아주 드물었다.

그는 재산이나 집안 살림을 맡아 관리했다. 소작인들과의 임대 계약을 살펴보고 그들을 감독했으며, 또 생활비를 절약하는 데에 마음을 썼다. 그의 옷차림은 시골 사람처럼 수수하게 변했고, 때문에 약혼 시절의 우아하고 세련된 모습은 흔적조차 찾아볼 수 없었다.

그는 벨벳으로 된 낡은 사냥복을 벗으려 하지 않았다. 때문고 얼룩이 져 마치 호랑이 가죽처럼 보이는 그 옷은, 총각 시절에 썼다는 구리쇠 손잡이가 달려 있는 장롱에서 손수 끄집어낸 물건이었다. 이미 여인의 환심이 필요없는 사내의 등한 감에서인지 그는 면도도 하지 않았다. 그래서 손질하지 않은 구레나룻이 그의 얼굴을 보기 싫게 만들었다. 그리고 식후에는 반드시 조그만 술잔으로 코냑 너덧 잔을 들이켰다.

잔느가 다정스러운 말투로 그에게 주의를 주면 그는,

"상관하지 마."

너무나도 무뚝뚝하게 대답했으므로 그녀는 두 번 다시 그에게 충고하는 일 따위는 하지 않았다.

그녀는 스스로도 놀랄 정도로 남편의 이와 같은 변화에 체

넘해 갔다. 이제 그는 그녀에게 있어서 완전히 남이나 마찬가지인 존재가 되었다. 마음도 영혼도 그녀와는 완전히 격리된 타인이었다. 그녀는 이 점에 대하여 깊이 생각해 보았다. 그를 알게 되고, 열정적으로 사랑하게 되고, 마침내 결혼까지 하게 된 사이임에도 불구하고 한 이불 속에서 잠잔 일도 없는 것 같은 완전한 타인으로 갑자기 변해 버린다는 것이 대체 있을 수 있는 일인가. 그녀는 도무지 이 사실을 이해할 수가 없었다.

하지만 이렇게 남편으로부터 버림받은 것이 그다지 고통스럽게 느껴지지 않는 것은 왜일까? 이것이 인생이라는 걸까? 두 사람이 서로 오해하고 있는 것은 아닐까?

이제 내게 더 이상 미래란 없는 것일까? 만약 줄리앙이 여전히 멋을 내고 기품 있고 매혹적이었다면 지금보다 더 괴로웠을까?

정월이 지나면 아버지와 어머니는 루앙의 집으로 돌아가 몇 달 동안 머물기로 되어 있고, 이 집에는 신혼 부부만 남게 된다. 이 젊은 두 사람은 이곳 레푸풀에서 겨울을 나야 한다. 앞으로의 인생을 보낼 이 고장에 하루바삐 익숙해지고, 정을 붙여 안정적인 생활을 해야 하기 때문이다. 줄리앙은 인근에 살고 있는 귀족들에게 아내를 소개시킬 작정이었다. 귀족들이란, 브리즈빌 가와 쿠틀리에 가, 그리고 푸르빌 가 사람들이었다.

하지만 이 두 젊은 부부는 아직 그들을 방문할 처지가 되지 못했다. 마차의 문장(영국 등 서양에서 국가나 가문이나 단체

등을 상징적으로 나타내기 위하여 동·식물이나 기타 여러 가지 물체를 도안화한 그림이나 문자)을 새로 그려 넣어 줄 그림쟁이가 아직 도착하지 않았기 때문이다.

말할 것도 없이 이 집의 낡은 마차는 남작으로부터 사위에게로 물려진 것이다. 라마르 가문의 방패 모양의 문장 옆에 페르뒤 데 보 가문의 문장이 그려지지 않는 한 줄리앙으로서는 어떤 일이 있어도 다른 귀족의 집을 방문할 수가 없었다.

그런데 이 지방에는 문장을 그리는 전문가라곤 한 사람밖에 없었다. 바타유라고 불리는 볼베크의 그림쟁이였다. 그는 마차의 문짝에 귀중한 장식을 그려 넣기 위하여 노르망디의 모든 저택에 차례차례로 불려 다니는 중이었다.

마침내 십이월의 어느 날 아침, 식사가 끝날 쯤 해서 한 사내가 울타리를 거쳐 이쪽으로 걸어오는 것이 보였다. 등에 상자를 둘러멘 그 사내는 그들이 고대하던 그림쟁이 바타유였다.

그는 식당으로 안내되었고 귀빈 못지않은 환대를 받았다. 그럴 수밖에 없는 것이 이 전문 기사(技師)는 원래부터 시골에 흩어져 있는 귀족들과 끊임없이 접촉하고 있었고, 동시에 문장과 글자, 표상에도 조예가 깊었다. 귀족 가문치고 더없이 신성한 자기네들의 문장을 소중히 여기지 않는 집안은 없었다. 때문에 그는 어느 귀족과도 대등한 교분을 맺고 있었다.

그가 식사하는 동안, 남작과 줄리앙은 연필과 종이를 가지고 오게 해서 사 등분한 방패 모양의 문장을 그려 보았다. 이런 일에 관심이 많은 남작 부인은 이런저런 의견을 내놓았다.

잔느마저도 내심 신비로운 흥미가 솟구쳐 그들의 대화에 끼어들었다.

바타유도 식사를 하면서 자신의 의견을 말했고, 때로는 연필로 기본 구도를 그려 보기도 했다. 또한 여러 가지 예를 들어 주면서 이 지방 귀족들의 마차에 대하여 자세히 설명해 주기도 했다. 이러한 그의 태도에는 일종의 귀족적인 분위기가 깃들어 있었다.

몸집이 작은 그 사내는 짧게 깎은 머리에 백발이 듬성듬성 났고, 손은 물감으로 더렵혀져 있었으며, 전신에서 휘발유 냄새를 풍기고 있었다. 그는 한때 추문을 일으킨 적도 있었으나, 지체 높은 가문의 존경을 한 몸에 받고 있던 터라 이제는 옛날의 그 오점이 묻혀져 버렸다.

커피를 마시자 사람들은 그를 마차간으로 안내했다. 그리고는 마차를 덮어 두었던 초칠이 된 포장을 거두었다. 바타유는 일단 그 마차를 살펴보았다. 자기 구도대로라면 문장의 크기는 얼마만해야 된다느니 하면서 그는 제법 까다롭게 굴었다. 그리고 나서 남작과 줄리앙을 상대로 몇 마디 의견을 더 나누고는 마침내 작업에 착수했다.

날씨가 몹시 차가웠는데도 불구하고 남작 부인은 의자를 가지고 오게 하여 마차 옆에 앉아서 그의 작업을 구경하기로 했다. 조금 뒤 발끝이 시려 오자 부인은 하녀로 하여금 조그만 난로를 가지고 오게 했다. 그리고는 다시 태평스럽게 그 그림쟁이와 이야기를 시작했다. 자신이 아직 모르고 있는 가문끼리의 결혼이나 이미 죽은 사람들의 이야기, 또 새로 태어난 사람들에 대하여 부인은 꼬치꼬치 캐물었다. 그녀는 이렇게 해서 수집한 정보를 머릿속에 저장해 둠으로써 자신의 기억 속에 작성되어 있는 귀족 족보를 보다 완전한 것으로 다듬었다.

장모 옆에 나란히 앉은 줄리앙도 그의 작업을 구경했다. 입에 파이프를 문 줄리앙은 마룻바닥에 침을 뱉기도 하면서 그들이 나누는 이야기에 귀를 기울였다. 그리고 자기의 신분이 그림으로 그려지는 것을 지켜보았다.

얼마 뒤, 괭이를 어깨에 메고 밭으로 나가던 시몽 노인마저 걸음을 멈추고 이것을 구경했다. 바타유가 왔다는 소문은 어느새 농가에 좍 퍼져 두 소작인의 아내가 구경꾼 속에 끼어 있었다. 그녀들은 남작 부인의 양옆에 한 사람씩 서서 정신을 빼앗긴 채 작업을 바라보았다. 그런데 그중 한 여인이 같은 말을 되풀이해서 말했다.

"이런 그림을 그리려면 여간한 재주로는 안 되겠죠?"

두 짝의 문에 방패 모양의 문을 그려 넣는 일은 이튿날 열한 시경이나 끝이 났다. 사람들이 그림을 보기 위하여 몰려들었다. 그들이 더 자세히 보고 싶다고 조르는 통에 마차는 밖으로 끌려 나왔다.

문장은 참으로 훌륭했다. 연장 상자를 어깨에 둘러메고 떠나려는 바타유를 보고 모두들 입에 침이 마르도록 칭찬했다. 남작도, 남작 부인도, 그리고 잔느와 줄리앙도, 그 사내가 굉장한 솜씨를 갖고 있으며 만약 사정이 허락했다면 틀림없이 이름난 예술가가 되었을 것이라는 데 의견을 같이했다.

가계 비용을 줄이기 위하여 이것저것 개혁하던 줄리앙은 그것을 위하여 새로운 변화를 시도했다.

늙은 마부는 정원지기가 되었다. 자작 스스로 말을 몰기로 했기 때문이다. 또한 말의 사료 비용을 아끼기 위하여 마차를 끌던 말도 팔았다.

대신 마차를 끌 말이 필요할 때를 대비해서 쿠이야르네와 마르탱네와의 임대차 계약서에 새로운 조항 하나를 추가했다. 즉 두 소작인은 지주가 정하는 날에 말 한 필씩을 지체 없이 제공하도록 한 것이다. 대신 가축을 바치는 의무를 면제해 주기로 했다.

또한 주인들이 마차에서 내려 일을 보고 있는 동안 말을 붙잡고 있을 사람이 있어야 된다고 해서 소 먹이는 소년이었던 마리우스를 하인으로 고용했다.

이렇게 해서 쿠이야르네는 아직 길이 채 들지 않은 누런 말을, 그리고 마르탱네는 털이 긴 조그마한 백마를 끌고 와서 마차에 매었다. 그러자 시몽 노인이 입었던 낡아빠진 커다란 작업복에 푹 파묻힌 꼴을 한 마리우스가 이 마차를 끌고 저택의 돌계단 앞으로 왔다.

산뜻한 옷차림을 한 줄리앙은 상체를 뒤로 젖히고 있었는데 예전의 우아한 모습을 되찾은 것 같았다. 하지만 제멋대로 자라게 내버려둔 구레나룻 때문에 비천한 모습을 숨길 수가 없었다.

그는 말과 마차와 이 조그마한 하인을 살펴보고는 이 정도면 안심할 수 있다고 생각했다. 그로서는 새로 칠해진 문장만

이 소중할 뿐이었다.

 방 안에서부터 남편의 부축을 받으며 내려온 남작 부인이 힘겹게 마차에 올랐다. 그러고는 쿠션에 등을 대고 자리를 잡았다. 이번에는 잔느가 나타났다. 말 꼬락서니를 본 그녀는 웃음을 터뜨렸다. 흰 말이 꼭 밤색 말의 손자 같다는 것이었다. 휘장이 붙은 모자 속에 얼굴이 파묻혀 콧등으로 모자를 지탱하고 있는 마리우스는, 옷이 너무 커서 소매 깊숙이 두 손이 숨어 버렸고, 두 다리에 걸려 있는 바지는 너무 커서 치마를 입은 것 같은 차림이었다. 그 아래로 보이는 발은 엄청나게 큰 구두를 신어 기묘한 꼴을 하고 있었다. 그는 앞을 볼 때는 머리를 뒤로 한껏 젖혀야 했고, 걸음을 걸을 때는 마치 개울물을 건널 때처럼 두 바짓가랑이를 팔꿈치가 어깨 위로 올라갈 만큼 치켜들어야 했다. 그래서 무엇을 시키기라도 하면 그 헐렁한 옷 속에 푹 파묻혀 장님처럼 더듬거렸다. 이것을 보자 잔느는 그만 웃음이 터져나왔고 그 웃음은 그칠 줄 몰랐다.

 남작도 뒤를 돌아보고는 어이없는 표정으로 어린 하인을 바라보았다. 그러자 그 역시도 딸에게 감염된 듯 웃음을 터뜨렸다. 남작은 제대로 말을 잇지도 못한 채 아내를 불렀다.

 "저, 저것 좀 보시오, 부인. 저 마, 마리우스를 보, 보란 말이오! 나 원 웃겨서!"

 남편의 말을 들은 남작 부인은 마차의 문으로 상체를 내밀고 소년을 보았다. 부인 역시 맹렬한 웃음의 발작을 일으키고 말았다. 이 때문에 마차는 용수철 위에서 덜컹덜컹 춤을 추었고, 굵은 자갈밭을 달릴 때처럼 요동쳤다.

그러나 줄리앙은 얼굴이 창백해지면서 소리질렀다.

"뭐가 그리 우습다고 그러십니까? 정신이 이상해지신 것 아닙니까?"

너무 웃은 탓에 배가 아프고 경련이 일어난 잔느는 더 이상 견딜 수가 없어서 그만 현관 앞 돌계단에 주저앉고 말았다. 남작도 마찬가지였다. 그리고 마차 안에서는 경련이 일어난 것 같은 재채기와 암탉의 울음소리 같은 소리가 연신 들려왔다. 말할 것도 없이 남작 부인이 웃음 때문에 숨이 막히고 있다는 증거였다. 그러자 별안간 마리우스의 외투가 들썩거리기 시작했다. 이 소년도 사람들이 왜 웃는지 알고 있었기에 자기 역시 옷 속에서 큰소리로 웃고 말았다.

그러자 줄리앙은 울컥 화가 난 얼굴로 후닥닥 달려가더니 꼬마의 따귀를 한 대 갈겼다. 기습을 받은 소년의 모자는 땅으로 떨어졌고, 그 모자는 멀리 잔디밭까지 굴러갔다. 줄리앙은 장인 쪽으로 몸을 휙 돌리더니 노기 띤 목소리로 말했다.

"장인께서 웃을 일이 아닌 듯싶은데요. 만약 장인께서 돈을 물 쓰듯 하지 않았다면 이렇게까지 되지 않았을 겁니다. 우리가 지금 이런 꼴로 사는 게 대체 누구 때문입니까?"

분위기는 금세 얼어붙고 웃음이 싹 가셨다. 그리고는 아무도 입을 열지 않았다. 잔느는 터질 것 같은 울음을 참으며 마차 위로 올라가 어머니 옆에 앉았다. 어이없어하던 남작은 가만히 입을 다문 채 두 여인의 맞은편에 자리잡고 앉았다. 줄리앙은 여전히 화난 얼굴로, 눈물짓고 있는 소년을 자기 옆으로 끌어올린 뒤 자신도 마부석에 자리잡았다.

마차가 지나가는 길은 쓸쓸하고 멀게만 느껴졌다. 아무도 입을 여는 사람이 없었다. 세 사람 모두 우울하고 어색하여 지금 자기 마음속에 있는 이야기를 꺼낼 엄두가 나지 않았다. 그렇다고 다른 이야기를 꺼내고 싶지도 않았다. 이 사건은 세 사람에게 뼈아픈 상처를 주었다. 그래서 이 쓰라린 문제를 건드리기보다는 차라리 입을 다물고 서글픔을 짓씹는 편이 낫다고 생각했다.

제멋대로 달리는 두 마리의 말이 어느 농가의 앞마당을 따라 달렸다. 그 소리에 놀란 검정 암탉들이 재빨리 울타리 안으로 도망쳐 숨었다. 이따금 사납게 짖어 대는 개가 마차 뒤를 쫓아오기도 했다. 진흙투성이의 나막신을 신은 푸른 작업복의 젊은이가 두 손을 주머니에 찌른 채 걷고 있다가 옆으로 비켜섰다. 그가 모자를 벗자 몇 가닥의 검은 머리칼이 이마에 달라붙어 있었다.

한 농가를 지나고 다음 농가에 이를 때까지 다시금 들판을 지나가야 했다. 농가들이 멀리 산재해 있었기 때문이다.

마침내 마차는 전나무 숲으로 들어섰다. 바퀴가 진창에 빠질 때마다 마차는 기울어졌고, 어머니는 그 때마다 비명을 질러 댔다. 가로수 길이 끝나는 곳에 다다르니 하얀 칠이 된 울타리가 닫힌 채로 있었다. 마리우스가 뛰어내려 그것을 열어 젖혔다. 마차는 다시 둥글게 곡선을 그리며 나 있는 넓은 잔디밭을 한 바퀴 빙 돌아 멈춰 섰다. 덧문을 닫아 놓은 높고 넓은 건물은 몹시 음산해 보였다.

중앙에 있는 문이 갑자기 열리면서 중풍을 앓고 있는 것처럼 보이는 늙은 하인이 앞치마 한쪽 부분이 가려진 검은 무늬의 빨간 조끼를 입고 비틀걸음으로 현관 계단을 내려왔다. 방문객의 이름을 듣자 그는 항상 닫혀 있는 응접실의 덧문을 힘겹게 열고는 손님을 안내했다. 가구는 모두 덮개로 덮여 있었다. 탁상 시계와 가지가 많이 달려 있는 촛대는 하얀 천으로 싸여 있었다. 곰팡내 나는 공기와 차갑고 축축한 고풍스러운 공기로 말미암아 폐와 심장과 피부에는 애수가 스며들었다.

모두들 앉아서 주인을 기다렸다. 이층 복도에서 발소리가 들렸다. 몹시 서두르고 있는 듯했다. 저택의 주인들은 뜻밖의 내객으로 인하여 옷을 갈아입느라고 부산을 떨고 있음이 틀림없었다. 시간이 많이 흘렀다. 초인종도 몇 번이나 울렸다. 계단을 오르내리는 여러 사람의 발소리가 들렸다.

남작 부인은 몸 속으로 스며드는 한기에 연방 재채기를 터뜨렸다. 줄리앙은 온 방 안을 왔다갔다했다. 잔느는 침울한 표정으로 어머니 옆에 바싹 붙어 앉아 있었다. 그리고 남작도 난로의 대리석 가장자리에 몸을 기대어 눈을 아래로 떨어뜨린 채 생각에 잠겨 있었다.

마침내 사람 키보다도 훨씬 높게 만들어진 문이 하나 열리더니 브리즈빌 자작 내외가 나타났다. 두 사람 모두 키가 작고 메말라 깡충깡충 뛰는 듯한 걸음걸이였다. 나이를 짐작하기 어려운 이 사람들은 만사에 예의 범절만 찾는 사람들이었는데 몹시 당황하고 있는 것처럼 보였다. 부인은 나뭇가지 무늬의 옷에 리본이 달린 모자를 썼으며, 높은 톤의 목소리로 빠르게 말을 했다.

 우아한 프록코트로 몸을 감싼 남자는 무릎을 굽혀 인사를 했다. 코도, 눈도, 잇몸이 드러난 이빨도, 흡사 초칠을 한 것 같은 머리카락도, 호화로운 의상도, 어느 것 하나 예외 없이 정성들여 닦아 놓은 물건처럼 번쩍거렸다.

 환영한다는 첫 인사말과 이웃으로서 잘 부탁한다는 서로의 인사말이 모두 끝나자 누구 한 사람, 더 이상의 할말을 찾아내지 못하고 있었다. 그래서 자연 서로를 축복하는 말만 주고받았다. 그리고 이러한 교제를 오래오래 계속했으면 좋겠다고도 말했다. 일 년 내내 이런 시골에만 틀어박혀 사는 처지로서는 이렇게 만나서 환담을 나누는 것이 큰 위로가 된다는 것이었다.

 하지만 얼어붙을 듯한 응접실의 차가운 공기는 뼛속까지 스며들고 목소리조차 쉬게 만들었다. 남작 부인의 재채기는 멎지도 않았는데 이번에는 기침까지 터져 나왔다. 그러자 남작이 물러갈 뜻을 밝혔다. 이에 브리즈빌 부부는 태연한 표정으로 만류했다.

 "아니, 좀더 계시지 않고요! 벌써 가시렵니까? 조금만 더 놀다 가십시오."

 잔느는 자리에서 일어났다. 줄리앙이 너무 일찍 돌아가서야 되겠느냐고 눈짓을 하는 것도 못 본 체했다.

 초인종을 눌러 하인을 부르고, 마차를 현관 앞에 대령케 하려 했으나 초인종이 울리지를 않았다. 그래서 주인이 몸소 나갔다 돌아와서는, 말은 마구간에 있으니 좀 기다려야 한다고 했다.

 그래서 모두들 기다렸다. 사람들은 제각기 해야 할 말을 찾느라고 애를 썼다. 금년 겨울에는 웬 비가 이렇게 많이 내리느냐 하는 따위의 말들이었다. 가슴이 답답해진 잔느는 몸을 비틀다가, 단 두 분이서 일 년 내내 뭘 하며 지내시느냐고 뜬금없이 물었다. 그러나 브리즈빌 부부는 이런 질문에는 의외라는 듯이 놀랐다. 그들은 나름대로 하는 일이 많았기 때문이다. 온 프랑스 내에 있는 귀족 친지들에게 수백 통의 편지를 쓰기도 하고, 자질구레한 집안 일로 하루를 보내야 하며, 부부끼리 마주보고 앉았으면서도 마치 남에게 하는 것처럼 인사를 차리거나 시시하기 짝이 없는 일을 과장해서 떠들어 대느라 어쨌든 나름대로 따분하다고는 할 수 없는 신세였기 때문이다.

 모든 것이 덮개로 얌전히 덮여 있는 널찍한 응접실의 높은 천장 아래에 앉아 있는 부부는 조그맣고, 깔끔하고, 단정하여 귀족 통조림처럼 여겨졌다.

 이제야 마차가 말에 끌려 창문께로 지나는 게 보였다. 그러나 마리우스는 보이지 않았다. 저녁때까지 일이 없을 것으로 생각하고 아마 들판으로 놀러 나간 모양이었다. 화가 난 줄리앙은 나중에 걸어서 오도록 하라고 그 집 사람들에게 일렀다. 그리고는 서로 싫증이 날 정도로 숱한 인사치레를 한 뒤 귀가길에 올랐다.

 마차에 올라타자 잔느와 아버지는 아까 줄리앙의 호통을 받은 뒤로 언짢아진 기분이 아직 가슴 한 구석에 남아 있었으나 내색하지 않고, 브리즈빌 부부의 몸짓이나 말소리를 흉내 내며 웃음을 터뜨렸다. 남작은 그 집 주인의 흉내를 냈고, 잔느는 그 부인의 흉내를 냈는데 남작 부인은 그들 부부를 존경하고 있던 터였으므로 남편과 딸의 소행을 못마땅하게 생각했다.

"그렇게 사람을 무시하면 안 돼요. 훌륭한 가문에다 그럴 수 없이 얌전한 분들이신데!"

부인의 마음을 거슬리지 않게 하기 위하여 두 사람은 입을 다물었다. 그러나 더 이상 견딜 수 없었는지 잔느와 남작은 서로 얼굴을 바라보며 다시 시작했다. 남작은 깍듯이 절을 해 보이고는 정중한 어조로 말했다.

"부인, 레푸풀의 저택은 몹시 춥죠? 하루 종일 바다 쪽에서 강풍이 불어올 테니까요."

그러자 이번에는 잔느가 시치미를 떼고, 목욕하는 집오리처럼 머리를 부들부들 떨어 보이고는 거짓 웃음을 띠면서 말했다.

"천만예요! 여기서도 몹시 바쁜걸요. 친척들이 많아서 편지를 쓰는 것만 해도 여간한 일이 아니죠. 남편은 무슨 일이든 저에게 맡겨 버리거든요. 남편은 벨 신부님과 함께 학문을 연구하고 있는데, 요즘 두 분이서 노르망디 종교사를 저술하고 있답니다."

이번에는 남작 부인도 웃음을 지었다. 그리고는 당혹스러우면서도 부드러운 얼굴로 말했다.

"우리와 같은 귀족을 그렇게 흉보는 것은 나빠요."

그때 갑자기 마차가 멎었다. 줄리앙이 누군가 뒤따라오는 사람을 부르면서 고함을 치는 소리가 들렸다. 잔느가 무슨 일인지 살피기 위하여 창문 밖을 내다보니 뭔가 이상한 것이 이쪽으로 굴러 오는 것 같았다. 헐렁한 마부복에 다리가 걸리고, 자꾸만 아래로 처지는 모자에 눈이 가려진, 길바닥에 괴어 있는 물을 뛰어넘으려다 흙탕물만 튀기고, 널려 있는 돌멩이마다 발끝에 채여 넘어졌다 다시 일어나는 마리우스가 전속력으로 숨을 헐떡거리며 마차를 쫓아오는 것이었다.

겨우 마차에 다다르자 줄리앙은 허리를 굽혀 마리우스의 멱살을 움켜쥐고는 자기 옆자리로 끌어올렸다. 그리고 말고삐를 늦추더니 소년의 머리에 주먹질해 댔다. 북소리와도 같은 소리를 내며 두들김을 당한 소년의 모자가 어깨까지 내려왔다. 꼬마는 모자 속에서 비명을 지르며 어떻게든 달아나려고 마부석에서 뛰어내리려 했다. 그러나 주인은 한 손으로 멱살을 잡고 다른 손으로 계속 주먹질했다.

잔느는 기절할 듯이 놀라며 중얼거렸다.

"아버지…… 어머나! 아버지!"

남작 부인 역시 화가 치밀어 남편의 팔을 붙들었다.

"여보, 저걸 좀 말려요! 어서요!"

남작은 대뜸 앞쪽 창문을 열어 사위의 소매를 잡고는 떨리는 목소리로 말했다.

"그만두게나. 어린애를 왜 자꾸만 때리는 건가."

줄리앙이 놀라 뒤를 돌아보며 말했다.

"아니, 얘가 제 옷을 어떻게 버려 놨는지 안 보이십니까?"

남작은 두 사람 사이로 얼굴을 내밀며 말했다.

"옷이 그렇게 중요한가? 그렇다고 사람을 그렇게 때리는 법이 어디 있나?"

그러자 줄리앙이 또 화를 내며 말했다.

"제발 상관하지 마세요. 장인 어른과 상관없는 일입니다!"

그러고는 다시 주먹을 추켜들었다. 남작은 그 손을 붙잡아 냅다 아래로 끌어내렸는데 자칫 마부석의 판자에 부딪힐 뻔했다. 남작은 화가 나서 소리쳤다.

"그만두지 못하겠다면 내가 내리겠네. 그 따위 짓은 용서할 수가 없어!"

그 말이 너무나도 격렬했으므로 줄리앙은 곧 잠잠해졌다. 그리고는 아무 대꾸도 없이 어깨를 한 번 으쓱해 보이고는 채찍으로 말을 때렸다. 말은 빠른 속도로 달리기 시작했다.

두 여인은 창백해져서 꼼짝도 하지 않았다. 심하게 뛰고 있는 남작 부인의 심장 소리만이 똑똑히 들려왔다.

저녁 식사 시간에는 줄리앙이 여느 때보다도 명랑해 보였다. 그는 아무 일도 없었던 것처럼 상냥하게 굴었다. 잔느나 남작 부부는 원래부터 솔직하고 뒤끝이 없는 호인이었으므로 그런 일은 곧 잊어버렸다. 그리고 줄리앙의 애교에 완전히 감동되어서는 회복기에 접어든 병자처럼 느긋한 행복감에 휩싸여 유쾌한 모습을 되찾았다. 잔느가 다시 브리즈빌 부부의 이야기를 끄집어내자 이번에는 남편까지도 그 웃음 속에 끼어들었다. 그러나 잠시 정색하더니 모두에게 한마디 던졌다.

"하지만 그렇게 해놓고 산다는 게 대단하지 뭐야!"

그날 이후로 다시는 다른 집을 방문하는 일이 없었다. 마리우스 사건이 되풀이될까 염려했던 탓이다. 그리하여 설날에는 이웃 사람들에게 명함만 돌리기로 하고, 정식 방문은 날이 따뜻해지는 봄으로 미루기로 했다.

크리스마스가 왔다. 신부와 촌장 부부가 레푸풀의 저택에 초대되었다.

이것이 단조롭기 짝이 없는 생활에서 지루함을 가시게 해 주는 유일한 방도였다.

아버지와 어머니는 일월 구 일에 레푸풀을 떠나기로 되어 있었다. 잔느는 어떻게든 만류하고 싶었으나 줄리앙은 그것에 관심을 두지 않았다. 남작은 날로 냉담해지는 사위를 보고는 루앙으로부터 역마차를 불러오게 했다.

출발하기 전날은 몹시도 추웠다. 하지만 이미 짐도 다 꾸려 놓았고 또 맑은 날씨여서 잔느와 아버지는 이포르까지 갔다 오기로 했다. 코르시카에서 돌아온 이후 한 번도 가 보지 못했던 것이다.

두 사람은 숲을 지났다. 그곳은 결혼 당일, 평생의 반려자가 될 잔느와 줄리앙이 서로 몸과 마음을 바치기로 수없이 다짐하면서 산책했던 바로 그 숲이었다. 또한 오타의 황량한 계곡 속의 샘터에서 샘물을 입에 넣어 키스하면서 비로소 알게 된 그 관능적 사랑을 예감한 숲이었다.

지금은 나뭇잎도 없고 가시덩굴도 없었다. 가지와 가지가 스치는 소리, 설 한풍 속에 앙상한 모습을 드러낸 잡목 수풀의 메마른 수군거림밖에는.

두 사람은 작은 마을로 들어섰다. 인적 없는 한적한 도로는 바다와, 해초와, 고기 냄새에 절어 있었다. 다갈색의 커다란 그물이 여느 때와 마찬가지로 문간 앞에 걸려 있거나, 자갈밭에 널려 있었다. 회색빛의 차가운 바다는 썰물 때를 앞두고 영원히 끊어지지 않을 것 같은 물결 소리를 내면서 멀리 페캉 쪽 절벽 아래에 푸르죽죽한 암석을 드러내고 있었다. 해변 일대에는 마치 죽어 있는 커다란 고기와도 같이, 큰 몸집을 한 보트가 옆으로 쓰러져 있었다. 해가 저물어 갔다. 그러자 어부들이 삼삼오오 떼를 지어 모래밭으로 몰려들었다. 모두 힘에 겨운 듯 기다란 장화를 질질 끌고, 목에는 털목도리를 두르고 있었다. 한쪽 손에는 일 미터 짜리 브랜디 술병을, 다른 한쪽 손에는 배에서 쓸 호롱불을 들고, 그들은 옆으로 누워 있는 배 주위를 오랫동안 서성거렸다.

그들은 노르망디 사람들 특유의 느릿느릿한 동작으로 밧줄과 부표, 커다란 빵, 버터 통, 컵, 술 따위를 배에 실었다. 그러고 나서 배를 일으켜 물위로 밀어냈다. 배는 큰소리를 내면서 자갈 위를 미끄러져 물거품을 일으키면서 나아갔다. 파도 위에서 잠시 머뭇거리던 배는 돛대 끝에 등불을 달고는 다갈색 돛에 바람을 한아름 안고서 어둠이 깔리기 시작한 바닷속으로 사라졌다.

얇은 옷으로 우람한 뼈대를 살짝 가린 몸집 큰 어부의 아낙네들이 마지막 배가 떠날 때까지 바닷가에 서 있었다. 아낙네들은 억양을 높여 큰소리로 왁자지껄 떠들면서 어둠에 졸고 있는 마을로 돌아갔다.

남작과 잔느는 어부들이 어둠 속으로 멀어져 가는 것을 복받치는 마음으로 바라보았다. 생각하면 이 사람들은 굶어 죽지 않기 위하여 이렇게 저녁마다 바다로 나가는 것이었다. 그런데도 그들은 가난하여 고기라고는 일 년에 한 번도 먹지 못했다.

"무섭긴 하지만 그래도 아름답구나. 적막한 밤바다, 많은 사람들을 위험에 빠뜨리는 바다, 이 얼마나 감탄할 일이냐! 안 그러니, 자네트?"

그녀는 얼어붙은 듯한 미소를 띠며 대답했다.

"하지만 지중해만은 못해요!"

그러나 아버지는 흥분한 어조로 말했다.

"지중해라고? 그것이 기름이냐, 설탕물이냐. 아니면 세숫대야 속의 시퍼런 물이냐. 저것 좀 봐라! 저 일렁이는 파도의 하얀 거품들 좀 보라고! 얼마나 멋지냐! 그리고 생각해 봐라. 바다로 나간 저 보이지 않는 어부들을!"

잔느는 한숨을 쉬면서 고개를 끄덕였다.

"그래요. 아버지 말씀이 맞아요."

그녀는 자기 입술에 올렸던 '지중해'라는 말에 가슴을 쓸었다. 그리고는 저 먼 나라로, 잠자고 있는 자신의 꿈이 달려가는 것을 느꼈다.

얼마 뒤, 아버지와 딸은 아까의 그 숲을 거치지 않고 한길로 나와 무거운 걸음걸이로 산기슭을 올랐다. 두 사람은 거의 말을 하지 않았다. 작별하는 날이 다가와 있었으므로 서로의 마음에 슬픔이 가득 차 있었기 때문이다.

농가를 둘러싸고 있는 도랑을 끼고 한참 걸어가니 이따금 짓이긴 능금 냄새가 풍겼다. 이런 계절에 접어들면 으레 노르망디의 시골에서는 있기 마련인 새 사과술의 강렬한 냄새였다. 그리고 또 가축 우리에서 나오는 냄새와 소 외양간의 짚 냄새 같은 것이 물씬 풍겨 왔다. 등불이 밝혀져 있는 조그만 들창 하나가 마당 안쪽 깊숙이 사람이 살고 있음을 나타내 주고 있었다.

잔느는 문득 자신의 영혼이 넓게 퍼져 눈에 보이지 않는 사소한 것까지도 다 볼 수 있을 것 같은 느낌이 들었다. 들판에 드문드문 흩어져 있는 조그마한 불빛들이 별안간 그녀의 가슴에 격한 고독감을 안겨 주었다. 사랑하는 사람과 헤어지거나 멀리 떨어져 있는 사람이라면 누구나 느끼는 그런 강렬하고 가혹한 고독감이었다.

그래서 잔느는 체념한 듯한 덤덤한 어조로 말했다.

"인생이란 언제나 즐거운 것만은 아닌가 봐요?"

남작이 한숨지으며 말했다.

"어쩔 수 없는 일이지. 우리가 무얼 어떻게 하겠니."

이튿날, 아버지와 어머니가 떠났다. 잔느와 줄리앙만이 뒤에 남았다.

7

젊은 부부의 따분한 생활은 트럼프 놀이로 이어졌다. 날마다 점심을 들고 나면 줄리앙과 아내는 베이지크 놀이를 몇 판씩이나 했다. 그러는 사이에도 그는 담배 파이프를 입에 물고 코냑을 대여섯 잔씩 마셔 대며 놀이에 열중했다. 트럼프 놀이마저 끝나면 잔느는 거실로 올라가 창가에 앉아서 자수에 열중했다. 비가 유리창에 내리치는 날이나, 바람이 유리창을 흔들어 대는 날에도 잔느는 한결같이 속옷에다 수를 놓았다. 때때로 몹시 지칠 때면, 어둠이 깔리기 시작하는 바다에 하얀 거품을 머리에 이고 너울너울 밀려오는 파도를 멍하니 바라보기도 했다. 그러나 불과 몇 분도 채 되지 않아 그녀는 다시 손을 놀려 자수에 몰두했다.

그 일 말고 달리 잔느가 할 일이라고는 없었다. 줄리앙은 집안일을 모조리 장악하고, 손수 처리했다. 그는 이 집안에서

나마 자신의 권세와 재물욕을 충족시키려 했다.

그는 잔인할 만큼 인색하여 어떠한 경우에도 용돈을 주는 법이 없었다. 먹는 음식조차도 호사스러운 것은 피했다. 결혼 전, 이곳 레푸풀로 오고 나서부터 잔느는 아침마다 노르망디 식 소형 케이크를 제과점으로부터 납품하게 했는데, 줄리앙 은 그 비용마저 절약하겠다고 보통 빵으로 바꾸었다.

그녀는 변명을 듣고 싶지도 않았고 또 토론이나 싸움 따위 를 피하기 위하여 일체의 참견을 하지 않았다. 그러나 지나치 게 탐욕스러운 남편의 모습을 볼 때마다 바늘 끝으로 가슴이 찔리는 것 같은 아픔을 느끼지 않을 수 없었다. 그녀로서는 남편이 하는 짓이 천하고 비열하게만 보였다. 돈이라고는 모 르고 자란 그녀였기 때문이다. 그녀는 오늘날까지, 어머니가 '돈이란 쓰기 위하여 있는 거예요.'라고 말하는 것을 숱하게 들으며 자라 왔다. 그런데 요즈음 줄리앙은 이렇게 대꾸하는 것이었다.

"당신은, 돈을 창 밖으로 내던지는 못된 버릇을 고쳐야 해!"

그리고 하인들에게 주는 급료를 깎거나 물건 대금을 에누 리하기라도 하면 그저 좋아서 빙긋 웃고는 잔돈을 호주머니 에 쑤셔 넣으며 말했다.

"티끌 모아 태산이야!"

날이 갈수록 잔느는 생각에 젖어 있는 때가 잦아졌다. 일도 손에 잡히지 않고 눈은 몽롱해지는 것 같았다. 이럴 때면 그 녀는, 자신의 머릿속으로 신나는 모험을 시작하는 아름다운 소녀를 주인공으로 하여 하나의 소설을 꾸며 보기도 했다. 그러나 갑자기 줄리앙이 시몽 노인에게 무엇인가 일을 시키는 목소리라도 들려오면 이와 같은 황홀한 꿈도 금세 깨져 버렸다. 그러면 그녀는 다시 하던 일을 시작했고 '모든 것은 이미 지나가고 말았어!' 하며 자신에게 타일렀다. 그러면 자신도 모르는 사이에 바늘을 놀리고 있는 손가락 위로 눈물 한 방울이 떨어졌다.

언제나 쾌활하고 늘 입에 노래를 달고 살았던 하녀 로잘리도 요즘은 딴사람처럼 변해 버렸다. 오동통하던 두 볼도 그 빨갛던 윤기를 잃었고, 이제는 광대뼈가 드러날 정도로 되어 어떤 때는 진흙을 발라 놓은 것처럼 혈색이 좋지 않았다.

간혹 잔느는 그녀에게 물었다.

"너 어디 아프니?"

그럴 때마다 젊은 하녀는 대답했다.

"아니에요, 아씨."

그렇게 말하는 그녀의 광대뼈 근처에는 살짝 붉은빛이 비쳤고, 이내 서둘러 달아나 버리기 일쑤였다.

예전처럼 뛰어다니는 법도 없었고, 걸음걸이 또한 두 다리를 질질 끌고 있는 것처럼 느릿느릿했다. 그리고 화장도 하지 않는 것 같았다. 행상인이 와도 아무것도 사는 법이 없었고, 비단이며, 리본이며, 코르셋이며 온갖 향수며 그녀가 예전에 자주 사들였던 물건도 전혀 사지 않았다.

커다란 저택은 마치 텅 비어 있는 집처럼 음산했고 바깥쪽 벽은 빗물로 말미암아 회색빛으로 더러워졌다.

정월도 다 지나가는 어느 날 눈이 내렸다. 커다란 구름이 어두운 바다를 북쪽으로 가로지르며 흘러가는 것이 보였다. 그러자 하얀 솜 부스러기 같은 눈이 내리기 시작했다. 눈은 하룻밤 사이에 온 들판을 하얗게 뒤덮었고, 아침에 보니 수목들은 얼음 거품으로 감싸였다.

줄리앙은, 노동자 같은 옷차림에 장화를 신고는 방풍림 깊숙한 도랑에 숨어서 철새 떼를 기다리며 시간을 보냈다. 이따금씩 얼어 버린 들판의 침묵을 총성이 뚫고 지나갔다. 이에 놀란 한 무리의 검은 새들이 커다란 나무 위로 선회하면서 날아갔다.

잔느는 권태로운 나머지 때때로 현관 앞 돌계단까지 내려왔다. 생명의 움직이는 소리가 온갖 곳에서 들려왔다. 그것은 창백하고 침울한 눈 내린 들판 위의 정적을 뚫고 전해져 왔다.

숨소리와도 같은 먼 물결 소리와 얼어붙은 물의 꽃이 쉴새 없이 내리는 소리만이 가냘프게 들려왔다. 소담스러운 눈송이가 그칠 줄 모르고 내려 들판의 눈은 시시각각 쌓았다.

함박눈이 내리던 어느 날 아침이었다. 잔느는 꼼짝하지 않고 거실의 난로가에서 불을 쬐고 있었고, 나날이 사람이 달라져 가는 듯한 로잘리는 느릿느릿 침대를 치우고 있었다. 그때 갑자기 잔느는, 등뒤에서 몹시 괴로운 듯한 한숨 소리를 들었다. 잔느는 돌아보지도 않고 물었다.

"왜 그러니?"

하녀는 언제나처럼 대답했다.

"아무것도 아니에요, 아씨."

그러나 그 목소리는 힘이 없고 금세라도 꺼질 듯 가냘팠다.

잔느는 이미 다른 것을 생각하고 있었으나 등뒤에서 아무런 기척이 느껴지지 않자,

"로잘리!"

하고 불러 보았다. 그러나 대답이 없었다.

그녀는 로잘리가 바깥으로 나간 줄 알고 다시 큰소리로,

"로잘리!"

하고 불러 보았다. 그래도 아무 기척이 없자 초인종을 누르려고 팔을 뻗치는 순간 바로 자기 옆에서,

"음, 음……."

하는 신음 소리가 들려왔다. 깜짝 놀란 그녀는 떨리는 다리에 힘을 주며 벌떡 일어섰다.

새파랗게 질린 얼굴로 눈에 핏발까지 선 하녀는 침대가에 등을 기댄 채 두 다리를 쭉 뻗고 있었다.

잔느는 하녀의 곁으로 뛰어갔다.

"왜 그래? 어떻게 된 거야?"

상대방은 한마디 말도 없이 꼼짝하지 않고 앉아서 정신나간 듯한 눈길로 잔느를 바라보았다. 그리고 몸이 찢겨 나가는 듯한 격렬한 고통으로 신음했다. 경련이 일어난 것처럼 온몸이 뻣뻣해지는가 싶더니, 이내 이를 악물고 비명을 삼키면서 뒤로 넘어갔다.

그때 벌리고 있던 두 다리 사이의 달라붙은 옷 아래서 무언가가 꿈틀거렸다. 그러더니 그곳에서 이상한 소리가 들려왔

다. 물이 찰랑거리는 소리 같기도 하고 목이 졸려 간신히 토해 내는 숨소리 같기도 했다. 이어 그 소리는 고양이의 긴 울음소리처럼 변했다. 고통을 호소하는 여리디여린 그 소리는, 다름아닌 이 세상에 태어난 갓난아기의 첫 울음소리였다.

순식간에 상황을 깨달은 잔느는 머릿속이 복잡해졌다.
"줄리앙, 줄리앙!"
그녀는 남편을 부르면서 계단 쪽으로 뛰어갔다.
"무슨 일이야?"
그가 아래층에서 대답했다.
"저, 로잘리가…… 저……."
겨우 입을 연 잔느는 그 다음 말을 이을 수가 없었다.

줄리앙은 벌떡 일어나 이층으로 뛰어올라갔다. 그는 성큼성큼 방 안으로 들어가더니 대뜸 하녀의 아랫도리를 추켜들었다. 거기에는 오싹할 만큼 혐오스러운 살덩어리가 있었다. 주름투성이에다 빽빽 울어대는 살덩어리, 깜짝깜짝 경련을 일으키는 듯한 끈적끈적한 살덩어리가, 노출된 두 다리 사이에서 움직였다.

그는 몹시 찌푸린 얼굴로, 기절하다시피 한 아내를 방 밖으로 밀어내면서,
"당신이 알 일이 아니야. 내려가서 뤼드빈느와 시몽 노인을 불러 와."
하고 말했다. 잔느는 떨리는 다리로 간신히 부엌까지 내려갔다. 그리고는 이층으로 올라갈 엄두가 나지 않아 객실로 들어갔다. 부모님께서 이곳을 떠난 뒤로는 한 번도 불을 지핀 적

이 없는 차가운 방에서 그녀는 이층 소식을 불안한 마음으로 기다렸다.

곧 하인이 집을 뛰어나가는 것이 보였다. 오 분쯤 지나자 이 고장 산파인 당추 과부가 하인과 함께 들어왔다.

그러자 이번에는 계단에서 마치 중상자를 실어 나르는 것 같은 소동이 벌어졌다. 줄리앙은 잔느에게로 가, 방으로 들어가라며 말했다.

그녀는 불길한 예감에 계속 몸을 떨었다. 그녀는 다시 난롯불 앞에 힘없이 앉으며 그에게 물었다.

"그 애는 어떻게 되었어요?"

줄리앙은 무슨 걱정이라도 있는 사람처럼 신경질적인 동작으로 방 안을 이리저리 왔다갔다했다. 그는 아마도 노여움에 복받쳐 흥분하고 있는 것 같았다. 처음에는 아무런 대답도 하지 않던 그가 얼마 뒤에 걸음을 멈추고 말했다.

"당신은 저 계집애를 어떻게 할 생각이오?"

그녀는 그가 무슨 말을 하고 있는지 알 수가 없어 남편을 응시하며 물었다.

"어떻게 하다뇨? 그게 무슨 뜻이에요? 전, 전 몰라요!"

그러자 별안간 그가 고함을 쳤다. 억울한 일에 분개하고 있는 것만 같은 말투였다.

"저 따위 사생아를 집에 둘 수는 없잖아!"

그의 말을 듣고 보니 잔느도 난처해졌다. 한동안 침묵을 지키고 있던 잔느는 이렇게 말했다.

"유모를 구해서 맡겨 놓고 키우면 되잖아요!"

그는 그녀의 말을 가로막으며 말했다.

"그럼 그 비용은 누가 대지? 당신이 대겠다는 건가?"

그녀는 다시 생각에 잠기다가 무언가 좋은 해결책을 찾았다는 듯 이렇게 말했다.

"그야, 아이 아버지가 맡겠죠. 어린애 아버지 말이에요. 그리고 애 아버지가 로잘리와 결혼한다면 무슨 문제가 있겠어요?"

줄리앙은 더는 견딜 수 없다는 듯이 자리를 박차고 일어나더니 부르짖다시피 말했다.

"아버지? 아버지라고? ……당신은 알고 있는 건가? ……그 아버지를? 물론 모르겠지? 그렇다면 어떻게 한다는 거지?"

잔느도 흥분하여 기를 쓰고 말했다.

"아무튼 사내가 로잘리를 모른 체하지는 않겠죠. 그런 짓은 비열한 짓이니까요. 이름을 알아내서 만나 보도록 해요. 그 사내의 말을 들어 봐야 할 것 아니에요?"

줄리앙은 조금 침착해진 태도로 다시 방 안을 걷기 시작했다.

"그런데 그 계집애가 입을 열지 않는다면, 그 사내의 이름을 가르쳐 주지 않는다면 어쩔 거요? 아마 당신에게도 말하지 않을걸? 그리고 또 그 사내가 결혼하지 않겠다고 나오면 어떻게 하지? 어쨌든 아비 없는 자식을 낳은 여자와 그 아이를 우리 집에 둘 수는 없어. 알겠소?"

잔느는 끈질기게 고집부렸다.

"그렇다면 그 사내는 인간이 아니죠. 어떤 일이 있어도 그 사내를 밝혀야 해요. 그래서 우리가 처리를 해줘야 하지 않겠어요?"

줄리앙은 시뻘건 얼굴로 다시 짜증을 냈다.

"그럼 그때까지는 어떻게 하지?"

잔느로서도 어떻게 해야 할지 알 수가 없었다. 그래서 남편에게 물었다.

"당신 생각은 어때요?"

그는 즉시 자기 생각을 말했다.

"아, 나 말이오? 그야 간단하지. 돈 몇 푼 줘서 애새끼와 함께 내쫓아 버리면 되지."

그러나 젊은 아내는 분개하며 말했다.

"그건 절대로 안 돼요. 로잘리와 저는 유모와 한 집에서 자랐어요. 잘못을 저지른 것은 사실이지만 그렇다고 그렇게 냉혹한 짓은 할 수 없어요. 이렇게도 저렇게도 안 된다면 제가 그 애를 키우겠어요."

그러자 줄리앙의 노여움이 폭발했다.

"그렇게 하면 퍽도 좋은 소문을 듣겠군. 훌륭한 명성과 가문을 가지고 있는 우리가 말이야. 만약 그렇게 되면 모두들 수군거릴 거야. 창녀 같은 년을 두둔한다고 말이야. 그리고 점잖은 사람들이 우리 집과는 발길을 끊을 거야. 그런데도 당신이 그런 생각을 할 수 있어? 당신 미친 거 아냐?"

그러나 잔느는 태연하게 말했다.

"로잘리를 쫓아내다니, 결코 그런 짓은 하지 않겠어요. 만약 당신이 끝내 반대한다면 어머니가 맡아 주실 거예요. 어떤 일이 있어도 우린 애 아버지를 찾아내야 해요."

그러자 줄리앙은 노발대발하여 밖으로 나가면서 문을 거칠게 닫고 소리쳤다.

"계집들은 하나같이 다들 미련해. 꼭 저렇게 바보 같은 소리만 하고 자빠졌으니!"

오후에 잔느는 산모의 방으로 가 보았다. 젊은 하녀는 당추 과부의 간호를 받으면서 눈을 뜬 채 자리에 가만히 누워 있었다. 산파는 갓난아기를 두 팔에 안고 흔들었다.

아씨의 얼굴을 보자, 로잘리는 모포로 얼굴을 가리고 절망에 몸부림치면서 훌쩍거리기 시작했다. 잔느가 키스를 해주려 하자 로잘리는 얼굴을 숨기고 피하려고만 했다. 그러자 산파인 당추 과부가 팔을 내밀어 담요를 쳐들었다. 로잘리는 더 이상 저항하지 않았다. 그녀는 여전히 소리를 죽이며 울었다.

난로 속에서는 불이 활활 타올랐다. 그런데도 방 안은 추웠다. 갓난아기는 울고 있었다. 잔느는 어린애에 대한 것을 묻고 싶었으나 차마 입이 떨어지지 않았다. 다시 로잘리가 울부짖을 것만 같았기 때문이다. 그녀는 하녀의 손을 잡고 위로했다.

"걱정 마, 로잘리. 괜찮아."

잔느는 이와 같은 말을 계속해서 반복했다. 이 가련한 여인은 산파를 흘끔흘끔 보기도 하고, 어린애의 울음소리에 귀를 기울이기도 했다. 그녀는 자신의 멍든 운명에 목이 메여 이따금씩 발작하듯 훌쩍거렸고, 목구멍으로 넘어간 눈물은 꿀꺽꿀꺽 소리를 냈다.

잔느는 다시 한 번 로잘리에게 키스해 주며 귀에 대고 소곤거렸다.

"아기는 내가 돌봐 줄 테니 걱정할 것 없어."

로잘리가 다시 울음을 터뜨릴 것 같았으므로 잔느는 얼른 자리를 피해 아래층으로 내려왔다.

잔느는 날마다 산모를 돌보았다. 그 때마다 로잘리는 아씨를 보며 울음을 터뜨렸다.

아기는 이웃에 사는 어느 여자에게 맡겨졌다. 그러는 동안 줄리앙은 아내와 어떠한 말도 하지 않았다. 하녀를 내쫓는 것에 반대한 아내를 몹시도 괘씸하게 생각하는 모양이었다. 어느 날 줄리앙은, 이 골치 아픈 문제를 다시 끄집어냈다. 그러나 잔느는 호주머니에서 어머니의 편지를 끄집어냈다. 그것은, 하녀를 레푸풀에 둘 수 없다면 당장이라도 좋으니 자기한테로 보내 달라는 내용이었다. 줄리앙은 울컥 화를 내면서 고함쳤다.

"당신 어머니도, 당신 못지 않은 바보로군!"

그러나 그는 더 이상 참견하지 않았다.

반 달도 채 되지 못해 자리를 털고 일어난 산모는 다시 일을 하기 시작했다.

어느 날 아침, 로잘리를 자기 앞에 불러 앉힌 잔느는 두 손을 붙잡고 뚫어지게 그녀를 보면서 말했다.

"로잘리, 나한테 하나도 숨기지 말고 얘기해야 된다!"

로잘리는 부들부들 떨기 시작했다. 그리고 중얼거리듯 물었다.

"아씨, 무엇을 말씀입니까?"

"누구지? 그 애 아버지는?"

젊은 하녀는 다시 두려운 절망감에 사로잡혔다. 그녀는 얼굴을 가리기 위하여 정신없이 손을 빼내려 했다.

그러나 잔느는 그녀의 두 손을 꼭 잡고 키스해 주면서 위로했다.

"운이 나빴던 거야. 이제 와서 어떻게 하겠니. 어쨌든 애 아버지와 결혼만 한다면 일은 쉬워질 거야. 그리고 그 사람도 우리 집에 살아도 상관없어."

로잘리는 고문을 당하기라도 하는 것처럼 신음 소리를 냈다. 그리고는 자꾸만 그 자리를 빠져나가기 위하여 몸부림쳤다. 잔느는 말을 계속했다.

"부끄러워하는 네 마음은 이해해. 하지만 넌 알 거야. 우리가 조금도 노하지 않고 있다는 걸 말이야. 이렇게 조용히 애기하고, 사내의 이름을 묻는 것도 모두 너를 생각하기 때문이란다. 네가 그렇게도 슬퍼하는 걸 보니 아마 그 사내가 너를 버리려 하고 있다는 생각이 들거든. 네가 말만 해준다면 틀림없이 줄리앙이 그 사내를 만나러 가 줄 테고, 그러면 어떤 일이 있어도 그 사내와 너를 결혼시켜 줄 거야. 그리고 너의 부부 모두를 우리 집에 데리고 있겠어. 난 어떻게 해서든 그 사내가 너를 행복하게 해주도록 만들 테야!"

로잘리는 안간힘을 써서 여주인의 팔을 뿌리치고는 미친 사람처럼 달아났다.

그날 밤 식사 때, 잔느가 줄리앙에게 말했다.

"로잘리에게 그녀를 유혹한 사내에 대하여 알아내려고 했지만 또 실패하고 말았어요. 당신이 한번 힘을 써 보세요. 하루빨리 그 사내와 결혼시켜야 해요."

그러나 줄리앙은 화를 벌컥 내며 말했다.

"뭐라고? 난 그 따위 소리는 조금도 듣고 싶지 않아. 당신이 두고 싶어서 그러는 걸 내가 뭐라 하겠어. 아무튼 당신 맘대로 해. 더 이상 그런 말은 나한테 하지 말고!"

로잘리가 아이를 낳고 난 다음부터 줄리앙은 전에 없이 성미가 더 거칠어졌다. 그리고 언제나 화난 표정을 했고, 아내에게는 예외 없이 고함을 쳤다. 그런데도 아내는 일체의 말다툼을 피하기 위하여 낮고 부드러운 어조로, 타협적인 말투와 태도로 계속 줄리앙을 대했다. 그런 까닭에 잔느는 잠자리에 들면서 남몰래 눈물을 흘리는 적이 많았다.

남편은 끊임없이 초조해하면서도 신혼 여행에서 돌아온 뒤로는 사뭇 잊고 있었던 사랑의 습관을 다시 하기 시작했다. 그리하여 규방의 문턱을 사흘이 멀다 하고 넘나들었다.

얼마 가지 않아서 로잘리는 완전히 회복되었다. 여전히 무엇인가 정체를 알 수 없는 공포에 사로잡힌 양 불안한 모습이기는 했지만, 해산 무렵보다는 훨씬 명랑했다.

그럼에도 불구하고 로잘리는 두 번이나 달아나려고 했다. 잔느가 그 사내의 이름을 물었기 때문이다.

갑자기 줄리앙의 기분도 유쾌해진 것 같았다. 그래서 젊은 아내는 막연하게나마 희망 같은 것을 느끼기도 했다. 그녀는 아무에게도 말하지 않았지만 이따금씩 속이 이상할 때가 있었다.

눈이 녹으려면 조금 더 있어야 했다. 벌써 오 주째, 낮에는 푸른 수정 같은 낮은 하늘과, 밤에는 얼음꽃처럼 보이는 하늘 —— 넓고 넓은 공간이 추위로 가득 채워지면서 —— 이 반짝반짝 빛나는 설원 위에 펼쳐졌다.

네모꼴의 안마당에 드문드문 흩어져 있는 농기구가, 눈으로 하얗게 화장한 고목 뒤에 숨어 있는 모습은 하얀 속옷 바람으로 졸고 있는 것처럼 보였다. 사람도, 가축도 이제는 바깥으로 나오지 않았다. 다만 짚으로 이은 지붕에 솟아나 있는 가냘픈 굴뚝으로부터 가느다란 연기가 얼어붙은 대기 속으로 기어오르는 것으로 봐서 주변에 숨어 있는 생명이 있다는 것을 알 수 있었다. 들판도, 울타리도, 느티나무도, 그 밖의 모든 것이 추위로 목숨이 끊어진 것처럼 보였다. 때때로 나무가 크게 흔들리는 소리가 들려오기도 하고, 커다란 나뭇가지가 부러져 떨어질 때도 있었다. 그것은 결코 저항을 허락하지 않는 추위가 수액을 화석처럼 얼어붙게 만들어 줄기를 꺾어 버렸다.

잔느는 따뜻한 미풍이 불어올 날을 불안한 마음으로 기다렸다. 자신의 몸 속에 머물고 있는 막연한 고통이 추위 때문에 떠나지 않고 있는 것이라고 생각했기 때문이다.

간혹 아무것도 먹고 싶지 않을 때가 있었다. 음식만 보면 속이 메슥거렸다. 어떤 때는 맥박이 몹시 고르지 못할 때도 있었다. 또 때로는 먹은 것이라고는 조금밖에 되지 않는데도 소화가 되지 않아 토해 버릴 때도 있었다. 신경이 날카로워지고 끊임없이 동요하고 있었기 때문에 잔느는 계속되는 흥분 속에서 생활하지 않으면 안 되었다.

어느 날 밤이었다. 온도계의 눈금이 여느 때보다도 더욱 내려갔다. 줄리앙은 벌벌 떨면서 식탁을 떠나(식당은 따뜻한 때라곤 없었다. 그는 그토록 장작을 아꼈다) 두 손을 비비면서 말했다.

"오늘밤은 함께 잤으면 좋겠어. 어때 당신은?"

그는 예전의 총각 때로 돌아간 듯한 미소를 지어 보였다. 그래서 잔느는 남편의 목을 껴안았으나 하필이면 이날 밤은 기분이 몹시 좋지 않은 상태였다. 무엇인가 답답하고 신경이 곤두서 있었으므로 그녀는 남편의 입술에 자신의 입술을 갖다 대면서 오늘밤은 혼자 자고 싶다고 말했다. 그리고 두세 마디 덧붙였다.

"미안해요, 여보. 정말 몸이 좋지 않아요. 내일은 틀림없이 좋아질 거예요."

줄리앙은 굳이 고집을 부리지 않았다.

"알았어. 좋을 대로 해요. 몸조리 잘해……."

그러고 나서 그들은 다른 이야기를 했다.

잔느는 일찌감치 잠자리에 들었다. 줄리앙은 전에 없이 자기 방에 불을 지피게 했다.

"잘 타고 있습니다."

하인이 말하자, 그는 아내의 이마에 키스하고는 방을 나갔다.

집 전체가 추위에 떨고 있는 것 같았다. 벽조차도 추위가 스며들어 떨고 있는 것처럼 보였다. 그리고 잔느 역시 이불 속에서 떨고 있었다.

그녀는 두 번이나 자리에서 일어나 난로에 장작을 지폈다. 그리고 옷이며 스커트며 헌 옷가지들을 가지고 와서는 이불 위에 덮었다. 그렇게까지 했어도 잠자리는 따뜻해지지 않았다. 발끝이 얼어붙는 것만 같았고, 장딴지와 허벅지에도 오한이 나는 것만 같았다. 그녀는 추위 때문에 잠을 이루지 못했고 수없이 몸을 뒤척였다. 신경은 점점 곤두서고 흥분은 더해 갔다.

시간이 흐르자 이번에는 턱이 덜덜 떨려 오고 손도 떨리고 가슴이 죄어 왔다. 심장의 고동은 느리고 둔해져서 금세라도 얼어 버릴 것만 같았다. 목은 타고 죄어 들어가 이제는 공기조차 통하지 않는 것 같았다.

견딜 수 없는 맹렬한 추위가 뼛속까지 스며들자 그녀는 무서운 불안에 사로잡혔다. 이런 일은 지금까지 한 번도 겪어 보지 않았다. 이런 꼴로 삶의 세계에서 버림을 받고 숨을 거두려 하다니, 그녀로서는 상상조차 해 보지 못했다.

그녀의 마음속에서는 이런 생각이 일었다.

'이제 나는 죽는구나…… 이렇게 죽어 가는구나…….'

그러자 그녀는 그만 무서운 공포감에 휩싸였다. 그녀는 급히 침대에서 뛰쳐나왔다. 그리고는 로잘리를 부르는 초인종을 눌렀다. 그녀는 얼음처럼 싸늘한 몸으로 로잘리를 기다렸다.

아무리 기다려도 하녀는 나오지 않았다. 아마도 깊은 잠에 빠진 모양이다. 그렇다면 쉬이 잠에서 깰 리가 없다. 잔느는 정신없이 맨발로 계단을 올라갔다.

잔느는 소리를 내지 않고 계단을 올라가 더듬거리며 문을 찾았다. 그리고는 그것을 열면서 '로잘리'하고 불렀다. 잔느는 방 안으로 곧장 걸어 들어갔다. 침대에 몸이 부딪히자 손으로 그곳을 더듬어 보니 텅 비어 있었다. 뿐만 아니라 차가운 기운으로 봐서 그곳에 사람이 잠잔 흔적이라고는 조금도 없었다.

그녀는 깜짝 놀라 생각했다.

'어떻게 된 일일까? 이렇게 추운 밤에 아직 밖에 있단 말인가!'

별안간 그녀는 불안해졌다. 심장이 격하게 뛰면서 숨이 가빠 오자 그녀는 줄리앙을 깨우려고 비틀거리는 걸음으로 다시 계단을 내려갔다.

그녀가 다짜고짜 남편의 방으로 뛰어들어간 것은 죽기 전에, 의식을 잃기 전에, 남편을 한번 만나야겠다는 심정에서였다.

사그라지는 난로 불빛 사이로 어렴풋이 보인 것은, 남편의 머리 옆 베개 위에 얹혀 있는 로잘리의 머리였다.

정신없이 터뜨린 그녀의 고함 소리에 줄리앙과 로잘리는 벌떡 일어났다. 그녀는 이 발견에 넋을 잃고 일순 꼼짝도 하지 못했다. 그러나 다음 순간 그녀는 도망치기 시작했다. 그녀가 자기 방으로 왔을 때, 당황한 줄리앙은 연신 그녀를 불러 댔다.

"잔느!"

 그러나 그녀는 그 목소리를 듣는 것도, 그의 얼굴을 보는 것도, 그의 변명을 듣는 것도, 거짓말을 듣는 것도, 모두 무섭고 지겹고 더럽게 생각되었다. 다시 계단으로 나간 그녀는 한 달음에 그곳을 뛰어내렸다.

 계단에서 떨어지는 것도, 절벽에서 떨어지는 것도 그녀는 겁나지 않았다. 오직 좀더 먼 곳으로 도망치고 싶을 뿐이었다. 그녀는 앞으로, 앞으로 달려갔다.

 아래층으로 내려오자 그녀는 그 자리에 주저앉았다. 맨발에 속옷 차림이었다. 그녀는 멍하니 그곳에 앉아 있었다.

 줄리앙은 침대에서 벌떡 일어나 급히 옷을 주워 입었다. 그가 움직이며 걷는 소리가 그녀에게 들렸다. 남편으로부터 더 멀리 달아나야겠다고 생각한 그녀는 다시 일어났다. 남편도 계단에 첫 발을 내딛었다.

 "잔느, 내 말 좀 들어 봐요."

 남편은 큰소리로 외쳤다.

 아니, 듣고 싶지 않다. 그의 손가락 하나라도 내 몸에 닿는 것은 싫다. 잔느는 살인마한테 쫓기기라도 하듯이 필사적으로 달렸다. 그녀는 식당으로 뛰어들었다. 나가는 문은 없는지, 숨을 곳은 없는지, 으슥한 곳은 없는지, 남편을 피하는 방법은 없는지 그녀는 마구 찾았다. 그녀는 식탁 밑으로 기어들어가 웅크리고 앉았다. 그러나 남편은 이미 문을 열려 했다. 그는 계속 외쳐 댔다.

 "잔느!"

그녀는 다시 토끼처럼 뛰쳐나와 부엌으로 들어갔다. 그녀는 구석에 몰린 짐승처럼 그 안을 두 바퀴나 빙 돌았다. 남편은 계속 쫓아와 그녀를 붙잡으려 했다. 그녀는 별안간 울타리의 문짝을 힘껏 밀쳐 버리고는 들판으로 뛰어나갔다.

 살이 다 드러난 두 다리의 무릎까지 눈 속에 빠졌지만 그 차가운 냉기는 그녀에게 새로운 힘을 주었다. 그녀는 발가벗은 몸이나 마찬가지였지만 춥지도 않았고 아무렇지도 않았다. 넋의 경련이 육체를 마비시킨 것이다. 그녀는 대지와 다름없는 하얀 모습으로 달리고 또 달렸다.

 그녀는 가로수 길을 따라 달리고, 방풍림을 뚫고 나가고, 도랑을 뛰어넘고, 황야를 가로질렀다.

 달은 없었다. 별들만이, 새까만 밤하늘에 흩어지는 불꽃처럼 번득였다. 그러나 들판은 밝았다. 희뿌연 밝음으로 가득 찬 들판은 꽁꽁 얼어 움직이지 않았고, 끝없는 침묵을 지키고 있었다.

 잔느는 숨도 쉬지 않고, 아무 생각 없이 오직 앞으로만 나아갔다. 그러자 갑자기 절벽 끝에 이르렀다. 그녀는 본능적으로 우뚝 걸음을 멈추었다가 그 자리에 주저앉았다. 모든 사념도, 모든 의지도 그녀로부터 빠져나갔다.

 침묵 속의 거무튀튀한 바다가 눈앞에 모습을 드러냈다. 물이 빠진 갯벌에 남겨 놓은 해초의 짠 냄새는 절벽 위에까지 풍겨 왔다.

 그녀는 몸도 마음도 지칠 대로 지쳐 그 자리에 오랫동안 앉아 있었다. 그러다가 그녀는 추위로 몸을 떨기 시작했다. 그것도 바람에 나부끼는 깃발처럼 감당할 수 없을 만큼 와들와들 떨렸다. 팔과 손과 발이 어떻게 저항해 볼 수도 없는 무서운 힘에 의하여 격렬하게 흔들렸다. 그러자 별안간 의식이 되살아났다. 그것도 거울에 비치듯 분명히 눈앞에 드러났다.

지난날의 환영이 차례차례 눈앞에 스쳐 지나갔다. 라스치크 영감의 고깃배로 '그 사람'과 함께 했던 뱃놀이, 둘이서 주고받던 이야기들, 싹터 오르던 사랑, 배의 명명식, 그리고 더 슬러 올라가 레푸풀에 도착하던 날, 그날 밤은 온갖 즐거운 꿈으로 들떠 있었지. 그런데, 지금은, 지금은 어떤가! 아아, 자신의 인생이 파멸하고 말았다. 모든 기쁨은 끝나고, 모든 기대는 허사로 돌아갔다. 번민과 배반과 절망에 찬 두려운 미래가 마침내 드러나고 만 것이다. 그렇다면 차라리 죽는 게 낫다. 그렇게 하면 모든 것이 일순에 끝나고 말 것 아닌가.

그때 멀리서 사람들의 외치는 소리가 들렸다.

"여기야, 이쪽으로 와. 여기 발자국이 있어. 빨리빨리 이쪽으로 와!"

줄리앙이 그녀를 찾고 있는 소리였다.

오오, 그렇다. 그녀는 그 사람을 두 번 다시 보고 싶지 않았다. 바로 눈앞의 물가에서 어렴풋한 소리가 들려왔다. 바위에 부딪히는 파도 소리였다.

이미 결심이 서 있었으므로 그녀는 일어섰다. 그리고 절망한 인간들이 인생에 작별을 고하려고 할 때처럼 그녀는 죽음으로 가는 마지막 말을 내뱉었다. 전쟁터에서 배를 찔린 병사가 마지막으로 '어머니' 하고 내뱉을 때처럼.

갑자기 어머니가 눈앞에 떠올랐다. 통곡하는 어머니의 모습이었다. 산산이 부서진 시체를 앞에 놓고 무릎을 꿇고 있는 아버지의 모습도 보였다. 일순, 그녀는 부모님의 절망적인 고통을 온몸으로 느꼈다.

그녀는 다시 눈 위로 쓰러졌다. 줄리앙과 시몽 노인이 등불을 손에 든 마리우스를 데리고 나타났을 때에도 그녀는 달아나지 않았다. 별안간 그들은 그녀의 팔을 잡고 뒤쪽으로 잡아당겼다. 그녀는 절벽 끝에 아슬아슬하게 다가가 있었다.

그들은 그녀의 몸뚱이를 마음대로 다룰 수 있었다. 왜냐하면 그녀는 이미 움직일 수도 없었기 때문이다. 그녀는 자신이 운반되어 침대에 눕혀지고, 뜨거운 수건으로 온몸을 마찰하고 있는 것을 어렴풋이 느꼈다. 그리고 마침내는 그녀로부터 모든 기억이 사라져 갔고, 완전히 의식을 잃었다.

그러고 나서 악몽이 —— 과연 그것을 악몽이라고 할 수 있을까? —— 그녀를 괴롭혔다. 그녀는 자기 방에 누워 있었다. 이미 날이 샜다. 하지만 그녀는 일어날 수가 없었다. 왜 일어나지 못하는 걸까? 알 수가 없다. 그러자 마루 위에서 무슨 소리가 났다. 무엇을 긁는 것도 같고, 물건이 스치는 소리 같기도 했다. 갑자기 한 마리의 조그마한 쥐가 모포 위를 날쌔게 가로질렀다. 또 한 마리의 쥐가 그 뒤를 따랐다. 그런데 세 번째 쥐가 이번에는 자기 가슴 위로 기어 왔다. 그녀는 그것이 무섭지 않았다. 그래서 그것을 붙잡으려고 손을 뻗었으나 잘 잡히지 않았다. 그러자 또 다른 쥐들이 열 마리, 스무 마리, 수백 마리, 수천 마리씩 꼬리에 꼬리를 물고 눈앞에 나타났다. 쥐들은 기둥을 기어오르고, 벽걸이 위를 달리기도 했으며, 마침내는 침대를 뒤덮고 말았다. 쥐들은 곧 이불 속으로도 기어들어 왔다. 그들이 피부 위로 미끄러지고 다리를 간질이고 몸뚱이를 따라 올라갔다 내려갔다 하는 것을 느낄 수가 있었다. 쥐들은 또 침대 다리를 타고 기어올라 왔다. 이불 속으로도 기어들고 목덜미까지도 기어올랐다. 그녀는 몸부림치며 손을 뻗쳐 그것들을 잡으려 했으나 아무리 해도 헛손질만 되풀이할 뿐이었다.

마침내 견디다 못한 그녀는 달아나려고 소리를 질렀다. 그러나 누군가가 자기를 꽉 붙들고 있어서 그것마저 뜻대로 되지 않았다. 억센 팔이 자기를 끌어안고 꼼짝하지 못하도록 하고 있는 모양이었다. 그러나 그곳에는 아무도 보이지 않았다.

시간 관념이라고는 조금도 없었다. 그것은 너무나도 긴 시간이었음에 분명했다.

그러고 나서 눈을 떴다. 몸이 늘어지고 욱신거렸지만 기분은 나쁘지 않았다. 무엇인가 나른하고 몹시 지친 것 같은 기분이었다. 어머니가 방 안에 와 있는 것을 눈으로 직접 보고도 그녀는 놀라지 않았다. 어머니는 알지도 못하는 뚱뚱한 사내와 나란히 서 있었다.

대체 나는 몇 살일까? 그녀는 자신의 나이조차도 알 수 없었다. 다만 자신이 아직 소녀인 것 같았다. 기억이라곤 전혀 없었다.

뚱뚱한 사내가 말했다.

"자, 이제 의식을 되찾았습니다."

그 말을 듣고 어머니는 울기 시작했다. 그러자 뚱뚱한 사내가 말을 계속했다.

"자, 진정하십시오, 남작 부인. 이제 괜찮다고 말씀드리지 않았습니까? 하지만 이야기는 시키지 않는 것이 좋습니다. 절대로 아무 말도 하지 마십시오. 지금은 안정을 취해야 합니다."

잔느는 무언가를 생각하기 위하여 애를 썼다. 그러나 그럴 때면 곧 머리가 어지러워지고 졸음이 밀려왔다. 그래서 그녀는 아무것도 생각하지 않기로 했다. 무언가를 기억해 낸다는 것이 막연하게나마 무서운 생각이 들었기 때문이다.

그녀가 다시 눈을 떴을 때는 줄리앙이 침대 옆에 서 있었다. 그러자 별안간 모든 것이 되살아났다. 마치 과거의 생활을 가리고 있던 장막이 일시에 걷힌 것만 같았다.

그녀는 가슴에 무서운 고통을 느끼고 다시 도망치려 했다. 이불을 밀치고 침대에서 뛰어내린 그녀는 그 자리에서 쓰러지고 말았다. 그녀의 다리는 몸을 받치고 설 만한 힘이 없었다.

줄리앙이 그녀에게 달려들었다. 그가 자기 몸에 손을 대고 있다는 것을 느낀 그녀는 비명을 지르며 몸부림쳤다. 문이 열렸다. 리종 이모가 당추 과부와 함께 방으로 뛰어들어왔다. 남작도 뒤따라 들어왔다. 마지막으로 어머니가 헐떡이며 들어왔다.

모두 그녀를 다시 침대에 눕혔다. 그녀는 일부러 눈을 감고 있었다. 그렇게 하면 말을 하지 않아도 되고, 마음대로 무슨 일이건 생각할 수 있었기 때문이다.

어머니와 이모가 그녀를 간호하면서 이것저것 물었다.

"잔느야, 우리를 알아보겠니? 우리 귀여운 잔느."

그녀는 들리지 않는 것처럼 아무 대답도 하지 않았다. 그녀는 날이 저물고 있다는 것을 알았다. 이윽고 밤이 되었다. 당추 과부가 옆에 지키고 앉아서 때때로 약을 먹여 주었다.

그녀는 말없이 그 약을 받아먹었으나 잠들지는 못했다. 그녀는 쓰라린 마음을 가누지 못하고 이미 지나간 일을 상기하고 따져 보기 시작했다. 기억 속에는 커다란 구멍이 여기저기 뚫려 아무런 기록도 있지 않았다.

오랜 시간 안간힘을 써서 그녀는 모든 것을 기억하는 데 성공했다. 그리고 집요하리만큼 언제까지 그것을 생각했다.

어머니와 리종 이모, 그리고 남작마저 놀라 뛰어와 있을 정도이니 그녀의 병이 꽤 심각했던 모양이었다. 줄리앙은 대체 뭐라고 말을 했을까? 아버지와 어머니는 이 일을 알고 계실까? 그리고 로잘리는 지금 어디에 있을까? 대체 어떻게 해야 할까?

하지만 그럴 듯한 생각이 떠오르자 그녀는 갑자기 마음이 밝아졌다. 그렇다, 아버지와 어머니를 따라 루앙으로 돌아가는 것이다. 그리고 옛날처럼 혼자 사는 것이다. 그렇게 하면 모든 것이 해결된다.

그녀는 때를 기다리기로 했다. 침대맡에서 사람들이 떠들고 있는 것을 낱낱이 듣고 있었으나 그녀는 일체 듣지 못한 척하고, 기운이 차츰 회복되는 것을 남 몰래 즐겼다.

저녁이 되자, 남작 부인과 잔느 두 사람만이 방에 있게 되었다. 그래서 그녀는,

"어머니."

하고 살짝 불러 보았다. 그녀는 스스로의 목소리에 놀랐다. 마치 처음으로 듣는 남의 말소리 같았기 때문이다. 남작 부인은 그녀의 손을 꼭 쥐었다.

"아가야, 우리 귀여운 잔느야, 나를 알아볼 수 있겠니?"

"예, 어머니. 하지만 울지 마세요. 저, 할 얘기가 있어요. 제가 왜 눈 속을 헤맸는지 줄리앙이 얘기하던가요?"

"그래, 들었다. 네가 몹시 심한 열병을 앓았다고 하더구나."

"그런 게 아니에요, 어머니. 열이 난 것은 그 다음 일이에요. 그 사람이 내가 왜 열이 났는지 얘기했느냐고요? 그리고 왜 바깥으로 달아났는지도요?"

"아니다. 그런 얘기는 듣지 못했다."

"그건 말이에요, 어머니. 그 사람이 로잘리와 함께 자고 있는 것을 제가 보았기 때문이에요."

남작 부인은 그녀가 아직 헛소리를 하고 있는 줄로만 알고 다정스럽게 말했다.

"좀더 잠을 자는 것이 어떻겠니? 아가야, 마음 푹 놓고 자렴."

그러나 잔느는 계속해서 말했다.

"어머니, 전 지금 제정신이에요. 맑은 정신으로 이야기하고 있는 거라고요. 며칠 동안 제가 헛소리를 해댔는지는 모르지

만 지금은 아니에요, 어머니. 며칠 전 밤이었어요. 몸이 좋지 않아 줄리앙을 찾으러 갔는데 글쎄, 로잘리가 거기서 함께 자고 있지 뭐예요. 전 너무나 슬프고 놀라서 정신없이 눈밭으로 달아났던 거예요. 그때 전, 절벽 위에서 뛰어내리려고 했어요."

이렇게 말했는데도 남작 부인은 엉뚱한 소리만 되풀이했다.

"그래, 그래, 알았다 애야. 넌 너무 심한 열병에 걸려 있었던 모양이더구나."

"그게 아니라는데 어머니는 왜 자꾸 그러세요. 전, 줄리앙의 침대에 로잘리가 있는 것을 봤단 말이에요. 전 이제 줄리앙과는 같이 살고 싶지 않아요. 옛날처럼 루앙으로 가고 싶어요. 어머니, 절 데려가 주세요."

남작 부인은 잔느의 마음을 상하게 해서는 안 된다는 주의를 의사로부터 받았기 때문에,

"알았다, 잔느야."

하고 대답했다. 그러나 환자는 초조해졌다.

"어머니는 제 말을 믿지 않으시는군요. 그렇다면 아버지를 불러 주세요. 아버진 틀림없이 제 말을 알아들으실 거예요."

남작 부인은 하는 수 없이 힘겹게 일어나 지팡이를 짚고 다리를 질질 끌면서 방을 나갔다. 얼마 뒤 그녀는 남작의 부축을 받으며 다시 방으로 들어왔다.

그들이 침대 옆에 앉자, 잔느는 곧 이야기를 시작했다. 그녀는 그간의 경위를 가냘프고 조용한 목소리로, 그러나 분명

한 어조로 말했다. 줄리앙의 괴상한 성격과 잔인하고 인색한 것에 대해서, 그리고 마지막으로 이번의 배신 행위에 대해서 세세하게 이야기했다.

이야기가 끝났을 때, 남작은 그녀가 하는 말이 결코 헛소리가 아니라는 것을 알았다. 그러나 그로서도 무슨 생각을 해야 할지, 어떻게 해결해야 할지, 그리고 딸에게 무어라 대답해야 할지 막막하기만 했다.

남작은 예전에 동화를 이야기해 주며 그녀를 잠재웠을 때처럼 딸의 손을 다정하게 잡았다.

"얘야, 내 말 잘 들어라. 무슨 일이든 신중하게 생각하고 처리해야 한다. 함부로 행동해서는 안 되는 거야. 우선 우리가 어떤 방침을 세울 때까지는 남편에 대해서도 참도록 해라. 알겠니? 약속해 주겠지?"

그녀는 작은 목소리로 대답했다.

"네, 알았어요, 아버지. 제가 자리를 털고 일어나기만 하면, 전 여기 있지 않을 거예요."

그런 뒤에 소리를 죽이고 말했다.

"로잘리는 지금 어디 있어요?"

남작이 말했다.

"이제 그 애를 만날 일은 없을 거다."

그러나 그녀는 아버지를 졸랐다.

"그 애는 어디 있어요, 아버지? 꼭 알고 싶어요"

남작은 하는 수 없이 아직 그녀가 이 집 안에 있음을 털어놓았다. 그러나 곧 떠날 것이라며 단호하게 말했다.

잔느의 방에서 나온 남작은 깊은 상처를 받았다. 남작은 분노로 치를 떨며 줄리앙을 만나러 갔다. 그리고는 느닷없이 소리를 질렀다.

"봐, 난 자네의 그 비열한 소행에 대하여 변명을 듣고 싶네. 자네는 하녀와 짜고 내 딸을 속였어. 그야말로 파렴치한 짓을 했더군."

그러나 줄리앙은 자신은 결백하다며 한사코 우겨댔다. 그는 자기의 무고함을 주장하기 위하여 하느님까지 내세우며 맹세했다. 그리고 무슨 증거가 있느냐, 잔느는 열병에 걸려 정신이 나갔다, 발병했을 무렵에는 정신 착란을 일으켜 야밤에 눈 속으로 도망친 일까지 있었다, 잔느는 병으로 발작하고 있었다, 발가벗은 꼴로 온 집 안을 뛰어다니며 남편의 이부자리 속에 하녀가 있다고 떠들었다…….

그리고 그는 격노하여 소송하겠다고 으름장을 놓았다. 그러자 당황한 남작은 도리어 사과하는 신세가 되고 말았다. 남작은 서로 성실을 맹세하는 의미로 악수하자고 손을 내밀었지만 줄리앙은 본 체 만 체했다.

잔느는 남편의 대답을 전해 듣고는 별로 노하지 않았다. 다만 이렇게 말했을 뿐이다.

"거짓말이에요, 아버지. 하지만 어떻게든 실토시키고 말 거예요. 두고 보세요."

그러고 난 뒤 이틀 동안 그녀는 침묵을 지키며 생각에 잠겨 있었다.

사흘째 되는 날 아침, 그녀는 로잘리를 만나고 싶다는 말을 했다. 남작은 하녀를 부르는 일에 반대하며 지금 그녀는 집을 나가고 없다고 잘라 말했다. 그러나 잔느는 그대로 물러서지 않고 자꾸만 되풀이하여 간청했다.

"누가 그 집에 가서 데려오면 되잖아요."

그러는 동안 그녀는 몹시 흥분했고, 이어 의사가 찾아왔다. 의사의 판단에 도움을 주기 위하여 남작은 그 동안의 일을 전부 이야기해 주었다. 그러자 잔느는 갑자기 울음을 터뜨렸고, 신경은 극도로 흥분해 있었다. 그녀는 같은 말을 되풀이하며 소리쳤다.

"로잘리를 만나고 싶어요. 로잘리를 불러 줘요."

그러자 의사는 그녀의 팔목을 잡고 나직이 말했다.

"부인, 진정하십시오. 흥분하시면 큰일납니다. 부인은 지금 임신중이에요."

그녀는 뒤통수를 한 대 얻어맞은 것 같은 충격을 받았다. 그러자 뱃속에서 뭔가가 꿈틀거리고 있는 것만 같았다. 그녀는 아무 말 없이 생각에 잠겼다. 밤새도록 그녀는 잠을 이룰 수가 없었다. 자기의 뱃속에 아기가 있다고 생각하니 기분이 묘했기 때문이다. 하지만 그 아이가 줄리앙의 아이라는 것을 생각하자 곧 마음이 서글프고 아파 왔다. 그 아이가 아비를 닮지 않을까 하고 걱정스러웠다. 날이 새자 잔느는 아버지를 불렀다.

"아버지, 전 결심했어요. 일이 이렇게 된 이상, 전 그 진상을 밝히고 말겠어요. 전 꼭 그렇게 할 거예요. 아버지도 알고 계시죠? 이런 몸으로 제 기분을 자꾸 상하게 하면 안 된다는

걸요. 그러니 아버지께서 제 말을 꼭 들어 주셔야 해요. 어서 신부님을 모셔 오도록 하세요. 로잘리가 거짓말하는 것을 막기 위해서는 아무래도 신부님이 계시는 게 나을 것 같아요. 신부님이 오시면 아버지, 어머니도 함께 여기 계세요. 그리고 무엇보다도 줄리앙이 눈치채지 못하도록 조심하세요."

한 시간 뒤쯤 신부가 도착했다. 신부는 그전보다 더 살이 찐 듯, 어머니 못지않게 숨을 헐떡거렸다. 어머니 옆 의자에 앉은 신부의 아랫배가 두 다리 사이로 쳐졌다. 여느 때처럼 줄무늬 손수건으로 이마의 땀을 연방 닦아 내던 신부는 입을 열면서 농담부터 했다.

"그런데 남작 부인, 어떻습니까? 우린 아무래도 살 빠지기는 글렀죠? 우리 두 사람은 잘 어울리는 한 쌍 같습니다."

그러고 나서 신부는 환자 쪽을 돌아보며 말했다.

"아, 젊은 부인. 소문을 듣자니, 곧 또 새로운 명명식이 있을 거라고요? 하하하! 하지만 이번에는 배의 명명식은 아니겠죠?"

이어 그는 짐짓 진지한 어조로 말했다.

"장군이겠죠?"

다시 그는 잠시 생각에 잠기더니 말을 이었다.

"아니면, 현모양처일지도 모르겠군요."

이렇게 말한 신부는 남작 부인에게 고개를 한번 숙여 보이고 나서는,

"꼭 부인처럼 말입니다."

하고 덧붙였다.

그때 안쪽 문이 열렸다. 눈물로 범벅이 된 로잘리가 방 안으로 들어가지 않겠다며 미친 사람처럼 문짝을 붙들고 발버둥쳤다. 그러나 격노한 남작의 손에 등을 떠밀린 채 그녀는 방 안으로 들어서고 말았다. 그녀는 두 손으로 얼굴을 가리고 훌쩍거렸다.

잔느는 그녀의 모습을 보자, 벌떡 일어나 침대 위에 앉았다. 그녀의 얼굴은 침대보다도 창백했다. 살에 달라붙은 그녀의 얇은 슈미즈가 심장이 뛸 때마다 펄떡였다. 그녀는 목이 메이고 숨이 찼다. 입술도 굳어 말이 나오지 않았다. 겨우 입을 열기는 열었으나, 흥분으로 말미암아 소리가 토막토막 끊어졌다.

"난…… 난…… 너를 보는 것만으로…… 내 앞에서…… 그런 꼴로 서 있는 것만 봐도…… 그렇게 부끄러워하는 것만 봐도…… 난 다 알 수 있어……."

그녀는 숨이 막혀 더 이상 아무 말도 할 수가 없었다. 그러다 잠시 뒤, 그녀는 다시 입을 열었다.

"하지만, 난 꼭 알고 싶어…… 확실한 걸 말이야…… 확실히. 신부님을 오시게 한 것도…… 이것이 참회가 되기를 바랐기 때문이야……. 알았니?"

로잘리는 꼼짝도 하지 않고 서 있었다. 얼굴을 가리고 있던 손이 부들부들 떨리면서, 그 사이로 비명과도 같은 신음 소리가 새어 나왔다.

남작은 노여움에 북받쳐 그녀의 두 손을 얼굴에서 난폭하게 떼어 냈다. 그리고 억지로 침대 옆에 꿇어앉히며 말했다.

"자, 말해…… 대답해 보란 말이야!"

로잘리는 그림 속의 마들레느와 같은 자세로 마룻바닥에 엎드렸다. 모자가 벗겨지고 앞치마가 마룻바닥에 퍼져 버렸다. 그녀는 다시 또 두 손으로 얼굴을 가렸다.

그러자 신부가 그녀에게 말했다.

"자, 아가씨. 마님이 하는 말을 잘 들어요. 그리고 솔직히 대답해요. 난 아가씨를 괴롭히려는 게 아니니까. 다만 어떤 일이 있었는지 그것만 알면 돼."

잔느는 침대가로 나앉으며 몸을 숙이고는 상대를 물끄러미 바라보았다. 그리고 말했다.

"내가 갑자기 들어갔을 때, 네가 줄리앙의 이불 속에 있었던 게 사실이지?"

로잘리는 두 손 사이로 신음하듯 말했다.

"네, 아씨."

그러자 남작 부인은 숨이 막힌 듯한 소리를 내면서 울기 시작했다. 그 경련 같은 울음소리는 로잘리의 말에 대한 반주처럼 들렸다.

잔느는 하녀를 노려보면서 물었다.

"언제부터야, 그게?"

로잘리가 더듬거리며 말했다.

"저, 여기 오셨을 때부터……."

그 말뜻을 제대로 이해할 수 없었던 잔느는 다시 물었다.

"여기 왔을 때부터라니…… 그렇다면…… 지난봄부터?"

"네, 마님."

"이 집에 처음 왔을 때부터란 말이니?"

"네, 마님."

잔느는 여러 가지 의문이 일시에 밀려와 성급하게 물었다.

"어떻게 해서 그렇게 되었다는 거니? 그가 어떻게 요구하던? 어떤 방법으로 너를 꾀었어? 언제 어떤 모양으로 너는 그 사람의 말을 들어 주었지? 어떻게 해서 그 사람에게 몸을 내맡기게 되었냐고?"

그러자 로잘리는 얼굴에서 두 손을 뗐다. 스스로 대답하고 싶어졌던 것이다.

"저도 잘 모르겠어요. 처음 당한 일이라서 말이에요. 그분이 처음으로 여기서 저녁을 드시던 날 밤, 제 방으로 오셨어요. 아마 그 방에 숨어 계셨던 모양이에요. 소문나면 곤란할 것 같아서 저는 고함을 지르지 않았어요. 그리고는 저하고 같이 주무셨어요. 저는 그때 그분이 제게 무슨 짓을 하는지조차도 몰랐어요. 그분은 자기 하고 싶은 대로 하죠. 저는 끝까지 아무 말도 하지 않고 있었어요. 그분이 좋은 분이고 생각했기 때문이에요."

잔느는 소리쳤다.

"그렇다면…… 너의…… 너의 애는 그 사람의 애니?"

로잘리는 흘러내리는 눈물을 닦으려고도 하지 않고 대답했다.

"네, 아씨."

그러고는 두 사람 모두 입을 다물었다. 이제 방 안에는 로잘리와 남작 부인의 훌쩍거리는 소리만이 들려왔다.

너무나 큰 충격을 받은 잔느의 눈에서는 눈물이 넘쳤다. 그리고 그것은 두 볼을 타고 소리 없이 흘러내렸다.

하녀의 아이와 자기 아이의 아버지가 같은 사람이라니! 그녀의 분노는 가라앉았다. 대신 어두운 절망이 눈앞에 펼쳐져 있는 것을 느꼈다. 그 끝없는 절망을.

그녀는 금세 딴 사람으로 바뀐 듯 울음 섞인 목소리로 다시 입을 열었다.

"우리가…… 그…… 거기서…… 여행에서…… 돌아오고 난 뒤엔…… 언제부터 또 시작했니?"

하녀는 완전히 마룻바닥에 엎어져서 더듬더듬 말했다.

"도…… 돌아오신 바로 그날 밤……."

로잘리의 한 마디 한 마디에 잔느의 심장은 오그라들었다. '돌아온 바로 그날 밤? 레푸풀로 돌아온 바로 그날 밤? 그렇다면 그 첫날 밤에 이 계집한테 가려고 내 방에 오지 않았다는 건가? 그래서 나 혼자 자게 한 거로군!'

이제 모든 것을 다 알게 되었다. 더 이상은 알고 싶지도 않다. 그녀는 소리쳤다.

"이제 그만 나가!"

그러나 로잘리는 정신나간 사람처럼 꼼짝하지 않고 있었다. 잔느는 아버지를 불렀다.

"어서 저 애를 내보내세요! 제발 내보내세요!"

여태까지 가만히 앉아 듣고만 있던 신부가 마침내 한마디 설교라도 해야겠다는 듯 입을 열었다.

"그야말로 부끄러운 짓을 했구나. 네가 저지른 짓은 너무나도 나쁜 짓이야! 자비로운 하느님께서도 쉽게 용서하시지 않을 거다. 앞으로 훌륭한 일을 하지 않으면 지옥으로 떨어진다는 걸 알아야 해! 그 점을 잘 생각해야 한다. 이제 너도 자식이 있는 어미다. 하루라도 빨리 네 처신을 올바로 하지 않으면 안 돼. 남작 부인께서 틀림없이 너를 도와 주실 거다. 그리고 우리 모두 네 남편감을 찾아 주겠다."

신부는 더 많은 말을 할 듯이 보였다. 하지만 남작이 로잘리의 어깨를 움켜쥐고 문 밖으로 끌고 가서는 무슨 짐짝이라도 던져 버리듯 그녀를 복도에 팽개쳐 버렸다.

남작이 하녀보다도 더 창백한 얼굴로 다시 돌아오자 신부가 말을 계속했다.

"이제 와서 어쩌겠습니까? 할 수 없는 일이죠. 이 지방의 계집애들은 모두가 저 모양입니다. 통탄할 일이기는 해도 어떻게 할 수가 없습니다. 사람의 약점이니 관대하게 처리해 줘야죠. 이 지방의 처녀치고 임신하지 않고 시집가는 처녀는 도대체가 하나도 없다니까요."

그는 미소를 지으며 다시 말했다.

"이 고장의 풍습이라도 되는 것처럼요."

그러고 나서는 노기 띤 어조로 덧붙였다.

"아무튼 나이도 어린것들이 모두 그런 짓을 한단 말입니다. 아마 작년이었을 겁니다. 내가 묘지 옆을 지나가다 아이들을 발견했답니다. 그런데 그게 누군 줄 아십니까? 글쎄, 교리문답을 배우러 다니는 아이들이었습니다. 그래서 그 사내아이와 계집아이의 부모를 불러 주의를 주었죠. 그런데 그 부모들이란 게 뭐라고 말한 줄 아십니까? '할 수 없습니다요, 신부님. 그런 음탕한 짓을 우리가 시킨 것도 아니잖습니까? 우리로서도 어떻게 할 수가 없습니다요.' 하고 말하는 겁니다. 남작님, 댁의 하녀도 다른 계집애들과 똑같은 짓을 한 셈입니다. 그러니……."

그러나 신경질적으로 몸을 부르르 떨고 있던 남작이 신부의 말을 가로막으며 말했다.

"하녀라고요? 그 따위 계집애는 어떻게 되어도 상관없습니다. 난 줄리앙의 소행이 괘씸할 뿐입니다. 그놈의 소행을 생각하면 할수록 괘씸해서 참을 수가 없어요. 난 딸을 데리고 갈 겁니다."

그렇게 말한 남작은 분에 못 이겨 방 안을 왔다갔다했다.

"내 딸을 배반하다니, 정말 비열한 놈이야. 그놈은 불한당이야. 쌍놈이야. 아주 악질이지. 내 그놈에게 똑똑히 말해 주겠어. 뺨을 갈겨 주고 이 지팡이로 때려죽일 거야!"

그러나 눈물을 흘리고 있는 남작 부인 옆에서 코담배를 한 움큼 끄집어내어 냄새를 맡고 있던 신부는, 이 사람들을 어떻게 진정시킬까에 대하여 생각했다. 한참 뒤에 신부가 입을 열었다.

"남작님, 그건 이 세상 사내라면 누구나 하는 짓입니다. 그 역시 그런 짓을 저지른 것뿐입니다. 자기 아내에게 정말로 충실한 남자를 남작님은 몇 명이나 보셨습니까?"

그러고 나서 호인다운, 장난기 섞인 말투로 계속 말했다.

"어떻습니까, 우리끼리 내기를 해도 좋습니다. 남작님 자신은 그런 일이 없었습니까? 한번 가슴에 손을 얹고 생각해 보세요."

자신의 약점을 찔린 남작은 신부 앞에서 멈칫했다. 그러나 신부는 그것에 개의치 않고 계속해서 말했다.

"그렇고 말고요. 남작님께서도 그런 짓을 했을 겁니다. 다른 사내들처럼요. 저렇게 예쁜 하녀였다면 아마 먼저 손을 내밀었겠지요. 사람들이 하는 짓이란 다 똑같습니다. 그렇다고 해서, 부인께서 그것 때문에 덜 행복하셨다든지, 사랑을 덜 받으셨다든지 하는 일은 없으셨을 테죠. 안 그렇습니까?"

남작은 한 방 먹은 것 같아 입을 다물어 버리고는 꼼짝하지 않았다.

그렇다, 그 말을 듣고 보니 유감스럽기는 하지만, 자기 자신도 그런 짓을 했다. 그것도 한두 번이 아니었다. 기회만 있으면 그랬다. 그런 일에 두려움도 갖지 않았다. 아내의 하녀라고 해서 주저한 적도 없었다. 그렇다고 해서 나는 나쁜 사람이었을까? 자신의 그런 행위는 벌받을 일이라 생각하지 않으면서 어째서 줄리앙의 소행만은 그렇게 준엄하게 따지고 드는 것일까?

너무 운 탓에 괴로운 듯 가쁜 숨을 쉬던 남작 부인은 젊은 시절 남편이 저지른 일을 상기하고는 입가에 미소를 띠었다. 그녀는 연애 사건을 생활의 일부라고 생각하는 감상적인 사람이었기 때문이다.

잔느는 지친 나머지 안쪽으로 눈길을 향한 채 반듯이 누웠다. 그녀는 두 손을 힘없이 아래로 떨구고 괴로운 생각에 빠져 있었다. 로잘리가 지껄인 말 한마디가 마음에 걸려 자꾸만 생각났기 때문이다.

'저는 끝까지 아무 말도 하지 않고 있었습니다. 그분이 좋은 분이고 생각했기 때문이에요.'

이 말은 그녀의 넋에 상처를 주었고, 날카로운 송곳처럼 심장을 찔렀다.

자기 자신도 그를 좋은 사람이라고 생각했다. 그렇게 생각했기 때문에 몸을 바쳤고, 평생을 그에게 맡겼으며, 다른 모든 꿈을 접고, 온갖 계획마저 단념했다. 뿐만 아니라 혹시 나타날지도 모를 다른 남자마저 포기했던 게 아닌가. 이렇게 해서 그녀는 결혼이라는 함정에 빠진 것이다. 다시 헤어나오지 못할 심연 속으로, 비참함 속으로, 슬픔 속으로, 절망 속으로 빠진 것이다. 모든 까닭은 그를 좋은 사람이라고 생각했던 단 하나의 죄 때문이었다.

그때 갑자기 문짝이 와락 열렸다. 줄리앙이 들어온 것이다. 그는 잔인한 표정을 짓고 있었다. 계단에서 울고 있는 로잘리를 발견한 그는 무엇인가 일이 벌어졌고, 하녀 역시 모든 걸 고백해 버린 것으로 생각하고는 방 안 사정을 살피러 온 것이었다.

신부를 보자 그는 멈칫했다.

그는 몹시 떨고 있었으나 침착한 목소리로 말했다.

"어떻게 된 겁니까? 무슨 일이 있었습니까?"

조금 전까지 노발대발하던 남작도 지금은 아무 말도 하지 못했다. 신부의 조리 있는 설득이 있었던데다가, 자기 자신의 과거를 사위로부터 지적당하는 것도 두려웠기 때문이다. 그러나 잔느는 두 손을 짚고 몸을 일으키더니 자신을 그렇게나 괴롭혔던 이 잔인한 사내를 가쁜 숨을 몰아쉬며 쏘아보았다.

그녀는 더듬거리는 말투로 내뱉듯이 말했다.

"무슨 일이 있었냐고요? 우린 모든 것을 다 알게 되었죠. 당신의 파렴치한 소행을 이젠 모두가 알게 되었다고요. …… 당신이 이 집에 온 바로 그날부터…… 그 하녀의 아이는 당신의 아이였더군요. ……내가 낳을 아이처럼 말이에요. ……그렇게 되면 두 아이는 형제간이 되겠네요……."

잔느는 견딜 수 없는 슬픔으로 침대 위에 쓰러져 미친 듯이 울기 시작했다.

그는 멍청히 서 있었다. 무슨 말을 어떻게 해야 할지 몰라서였다. 신부가 다시 두 사람 사이에 끼어들었다.

"자, 너무 그렇게들 슬퍼하지 마십시오. 젊은 마님도 정신을 차리셔야죠."

신부는 일어서서 그녀에게로 다가갔다. 그리고 자신의 따뜻한 손을 절망에 찬 그녀의 이마 위에 살짝 얹었다. 이 단순한 접촉은 이상하게도 그녀의 마음을 부드럽게 가라앉히고 솟구쳤던 감정을 누그러뜨렸다. 그 손이 죄를 용서할 때나 사람들의 용기를 북돋을 때처럼 그녀를 진정시켰다. 그녀는 진정제라도 복용한 듯 긴장이 풀리고 마음이 편안해졌다. 옆에 서 있던 신부는 계속 말했다.

"부인, 사람은 용서할 줄 알아야 합니다. 물론 당신에게는 커다란 불행입니다. 그러나 자비로운 하느님께서 커다란 행복을 내려 주심으로써 그것을 보상해 주셨습니다. 이제 당신이 어머니가 된다는 것이 바로 그것이죠. 그 아이는 당신의 희망이 되고 삶의 보람이 될 것입니다. 나는 아이의 이름을 걸고 당신에게 부탁합니다. 아무쪼록 줄리앙의 잘못을 용서하십시오. 어린아이는 당신네 두 사람을 영원히 묶어 줄 것입니다. 동시에 앞으로 남편이 부인에게 성실히 임하겠다는 맹세의 보증도 되어 줄 것입니다. 자신의 몸 속에 남편의 씨앗을 간직하고 있으면서도 남편과 헤어진다는 것은 결코 옳은 일이 아닙니다."

그녀는 아무런 대답도 하지 않았다. 산산이 짓밟히고 상처 투성이가 되어 버린 몸과 마음에서는 이미 힘이라고는 다 빠져 화낼 힘도, 원망할 힘도 남아 있지 않았다. 신경은 무디어지고 그것마저도 토막토막 끊겨 버린 것만 같았다. 그녀는 그저 목숨만 붙어 있는, 의지할 곳 없는 존재에 지나지 않았다.

남작 부인은 남을 원망할 줄 모르는 사람이었고, 또한 그런 생각을 가졌다 하더라도 그것을 끈질기게 밀고 나갈 사람이 되지 못했으므로 딸에게 살짝 속삭였다.

"잔느야, 알겠니?"

때를 놓칠세라, 신부는 재빨리 청년의 손을 잡아 끌어당겨서는 아내의 손 위에 얹었다. 그러고는 그 손을 찰싹 한 번 때리면서 떨어질 수 없는 것으로 묶어 주려고 했다. 그리고 나서 신부는 직업적이고 설교적인 말투를 버리고 만족스러운 듯 말했다.

"자, 이제 잘되었습니다. 잘 보십시오. 비 내린 뒤에 땅이

굳어지는 것과 같은 이치입니다."

두 사람의 손은 언뜻 가까워진 듯했으나 곧장 떨어지고 말았다. 줄리앙은 차마 잔느에게 키스할 수 없어서 어머니의 이마에 키스를 하고는 몸을 홱 돌려 남작의 팔을 잡았다. 남작은 그가 하는 대로 내맡긴 채 가만히 있었다. 일이 이렇게 해결되자 남작도 속으로 기뻤다. 남작과 줄리앙은 담배를 피우겠다는 구실로 함께 밖으로 나갔다.

아픈 잔느는 지칠 대로 지쳐 조는 듯이 눈을 감고 있었고, 신부와 어머니는 낮은 소리로 천천히 이야기를 나누기 시작했다. 신부는 자신이 지닌 생각에 대하여 오랫동안 설명했다. 남작 부인은 그의 말에 일일이 고개를 끄덕이면서 찬성의 뜻을 표했다. 마지막으로 결론을 내리기 위하여 신부가 말했다.

"잘 알았습니다, 부인. 그럼 부인께선 로잘리에게 바르빌 농장을 주시기로 하고, 나는 사윗감을 찾기로 한 겁니다. 정직하고 성실한 청년으로요. 이만 프랑의 재산이라면 희망자는 얼마든지 있겠죠. 아니, 너무 많아서 고르기가 힘들 겁니다."

남작 부인은 기쁜 듯이 미소짓고 있었다. 불그레한 볼에는 아직 두 방울의 눈물이 맺혀 있었으나, 그것이 흘러내리던 자국은 이미 말라 있었다.

부인은 집요하리만큼 또 그 말을 되풀이했다.

"알겠습니다. 바르빌 농장은 아무리 적게 잡아도 이만 프랑은 넉넉히 될 거예요. 하지만 이 재산은 아이 명의로 해야 해요. 부모는, 살아 있는 동안 거기서 나오는 수익을 마음대로 쓸 수 있다는 조건으로 하고 말이에요."

신부는 일어나서 어머니의 손을 쥐었다.

"그냥 계십시오, 남작 부인. 아니 그냥 계시라니까요. 한 걸음을 걷는다는 것이 얼마나 힘든 일인지는 누구보다 제가 더 잘 알죠."

신부가 방을 나서려 할 때였다. 마침, 병자를 위문하러 온 리종 이모와 마주치고 말았다. 그녀는 아무것도 모르고 있었다. 누구 한 사람도 그녀에게 이야기해 주지 않았기 때문이다. 그래서 그녀는 여전히 아무것도 모르고 있었다.

8

 로잘리는 이미 집을 떠났고, 잔느는 괴로운 임신 기간을 보내고 있었다. 어머니가 된다는 것을 알고 있었으나 그녀는 조금도 기쁘지 않았다. 기쁜 생각을 갖기에는 너무나도 가혹한 슬픔에 빠져 있었기 때문이다. 불행을 두려워하는 마음은 태어날 아기에 대한 호기심조차도 눌러 버렸다. 그녀는 조금의 기대도, 기쁨도, 그리고 호기심마저도 갖지 않은 채 태어날 아기를 기다렸다.
 봄이 살짝 다가왔다. 앙상한 나무들은 아직도 차가운 바람에 떨고 있었다. 그러나 지난가을에 떨어진 낙엽이 썩어 있는 풀숲에서는 이미 노란 싹이 움트고 있었다. 온 들판에서, 농가의 마당에서, 그리고 물에 젖은 논밭에서 축축한 냄새가 풍겨 나와 마치 무엇인가가 발효하고 있는 것 같은 느낌을 주었다. 그리고 초록색의 조그마한 점들이 갈색의 흙에서 무수하

게 움터 나와 햇빛에 빛나고 있었다.

성채처럼 튼튼하게 생긴 여자가 로잘리 대신에 고용되었다. 그녀는 남작 부인을 부축하여 예의 그 가로수 길을 오가는 단조로운 산책을 도와 주었다. 날이 갈수록 무거워진 부인의 다리는 언제나 진구렁에 빠진 진흙투성이의 발자국을 산책 길에 남겨 놓았다.

잔느는 아버지의 부축을 받았다. 이미 만삭이 된 그녀는 숨이 몹시 찼다. 그리고 리종 이모는 다가올 경사를 앞두고 무엇인가 분주하게 움직였다.

그들은 이렇게 서로 한마디의 말도 없이 몇 시간이고 산책 길을 거닐었다. 한편, 줄리앙은 말을 타고 부근을 돌아다녔다. 그는 요즈음 갑자기 말을 타는 취미에 사로잡혔다.

이제 그들의 단조로운 생활을 휘저을 만한 일은 아무것도 없었다. 단, 남작 부부와 자작이 푸르빌 댁을 한 번 방문한 일이 있었다. 어떻게 해서 서로 알게 되었는지는 모르나 줄리앙은 이미 그들과 잘 알고 있는 사이인 것 같았다. 그리고 또 한 번 언제나 잠자고 있는 듯한 저택에서 조용히 숨어살고 있는 브리즈빌 부부를 방문한 일도 있었다.

그러던 어느 날 오후 네 시경이었다. 말을 탄 두 남녀가 속보로 저택 앞의 안마당으로 들어왔다. 줄리앙은 몹시 흥분하여 잔느의 방으로 뛰어왔다.

"빨리빨리 가 봐요. 푸르빌 내외분이 오셨어! 당신이 아프다는 소식을 듣고 문병하러 오신 것 같아. 난 외출중인데 곧 돌아올 거라고 얘기해 줘! 옷을 갈아입어야 하니까!"

잔느는 깜짝 놀라 아래층으로 내려갔다. 젊고 아름다운 부인이 남편과 함께 있었다. 우수가 깃든 표정에 정열적인 눈매를 가진 그 부인은, 태양의 애무라고는 한 번도 받아 본 적이 없어 보이는 창백한 얼굴에 윤기 없는 금발을 하고 있었다. 그녀는 조용한 목소리로 자기 남편을 소개했다. 그런데 남편이라는 사람은 거구에다가 붉은빛이 도는 무성한 콧수염을 가진 괴물 같은 사람이었다. 인사가 끝나자 백작 부인이 말했다.

"그동안 라마르 씨를 몇 번 뵌 적이 있죠. 부인께서 편찮다는 얘기를 진작부터 들어 알고 있었습니다. 한번 문병이라도 온다는 것이 이렇게 늦어졌군요. 그래서 오늘은 인사도 차리지 않고 허물없이 지내는 이웃처럼 이렇게 찾아뵙게 되었습니다. 보시다시피 말을 타고 왔으니 용서해 주세요. 그리고 지난번에 남작 부부께서 찾아와 주셔서 얼마나 기뻤는지 모릅니다."

그녀는 상냥하고 친근감 넘치는 우아한 태도로 말했다. 잔느는 당장 매혹되어 대번에 그녀가 좋아졌다. 정말 좋은 친구가 생겼다고 잔느는 생각했다.

이 여인과는 반대로 푸르빌 백작은 응접실에 뛰어든 곰 같았다. 자리에 앉자, 그는 의자 옆에 모자를 놓고 잠시 자기 손을 어디에 두어야 할지 모르겠다는 듯 무릎 위에 얹었다가, 자기가 걸터앉은 의자의 팔걸이에 얹었다가, 나중에는 기도라도 하는 사람처럼 두 손가락으로 깍지를 끼기도 했다.

그때 줄리앙이 불쑥 들어왔다. 처음에 잔느는 그 사람이 남편인 줄을 몰랐다. 수염을 깎은 것이었다. 두 사람의 약혼 시절처럼, 아름답고 우아하고 매력이 넘치는 모습이었다. 줄리앙은 곧 졸고 있던 백작의 털북숭이 손을 잡고 악수를 주고받았다. 그리고 이번에는 그 부인의 손에 키스했다. 상아처럼 하얀 그녀의 얼굴에는 살짝 붉은빛이 감돌았고 눈꺼풀이 가볍게 떨리는 듯했다.

줄리앙은 명랑한 모습으로 그들과 대화를 나누었다. 예전처럼 그지없이 상냥한 모습이었다. 사랑의 거울처럼 보이는 그의 커다란 눈에는 열정적인 빛이 감돌았다. 조금 전까지만 해도 푸석푸석하고 윤기 없던 머리카락은 머릿기름과 향유로 곱게 손질이 되어 옛 모습으로 돌아가 있었다.

푸르빌 백작 부부가 작별 인사를 할 즈음, 백작 부인은 줄리앙을 바라보며 말했다.

"어떠세요, 자작님. 목요일에 말 타고 산책이나 하시지 않겠어요?"

"네, 좋고 말고요, 부인."

하고 줄리앙이 말하면서 고개를 숙이는 동안, 백작 부인은 잔느의 손을 잡고 다정스러운 미소를 지어 보이며 부드러운 목소리로 차분하게 말했다.

"부인께서도 건강을 되찾으시거든, 우리 셋이 함께 말을 타고 뛰어다녀 봐요. 퍽 재미있을 거예요. 어떠세요?"

그녀는 승마복의 옷자락을 젖히고는 참새처럼 가벼운 동작으로 안장 위에 올라 탔다. 그런데 그녀의 남편은 무뚝뚝한 태도로 작별 인사를 하고 나서 몸집이 유달리 큰 노르망디 종의 말에 올라탔다. 그가 말 위에 떡 버티고 앉아 있는 모습은 꼭 반인 반마(半人半馬)처럼 보였다.

그들의 모습이 울타리 모퉁이로 사라지자, 줄리앙이 몹시 들뜬 목소리로 말했다.

"얼마나 상냥하고 좋은 분들인지 몰라! 보람 있는 교제가 될 것 같아!"

잔느도 왠지 흡족한 기분으로 대답했다.

"백작 부인은 너무나도 멋있는 분이에요. 정말 훌륭한 분이세요. 저도 어서 친해졌으면 좋겠어요. 하지만 남편 되시는 분은 좀 무섭게 생겼더군요. 당신은 어디서 그분들을 알게 되셨죠?"

그는 몹시 유쾌한 듯 두 손을 비비면서 말했다.

"브리즈빌 댁에서 우연히 알게 되었지. 바깥주인은 좀 거칠게 보이기도 해. 그런데 사냥을 꽤나 좋아하는 사람이라는군. 하지만 진짜 귀족이야, 그 사람은."

저녁 식사는 즐거웠다. 오랫동안 숨어 있던 행복이 갑자기 집 안으로 찾아든 것만 같았다.

그 뒤 칠월 그믐께까지는 별다른 일 없이 지나갔다. 그러던 어느 화요일 저녁이었다. 모두는 플라타너스 나무 그늘에서 조그만 컵 두 개와 브랜디 병이 올려져 있는 나무 탁자를 둘러싸고 앉아 있었다. 갑자기 잔느가 울부짖는 듯한 소리를 질렀다. 그러고는 얼굴이 새파래지면서 두 손으로 배를 눌렀다. 날카롭고 갑작스러운 고통이 전신을 휩쓸고는 사라진 것이었다.

그러나 십 분도 되지 못해 또 다른 고통이 그녀의 전신을 훑고 지나갔다. 먼저보다 심하지는 않았으나 훨씬 더 오래 지속되었다. 아버지와 남편이 그녀를 안고 집 안으로 들어왔다. 플라타너스에서 방까지 오는 시간이 길게 느껴졌다. 그녀는 무의식적으로 말을 내뱉으며, 앉혀 달라거나 눕혀 달라고 떼썼다. 뱃속이 한없이 무겁게 느껴지고 쉴새없는 고통이 그녀를 덮쳐 왔기 때문이다.

예정일은 구월이었으므로, 이 돌발적인 사태에 놀란 가족들은 즉각 시몽 노인더러 의사를 불러오라고 시켰다. 노인은 마차를 몰고 전속력으로 달려갔다.

의사는 한밤중이 되어서야 도착했다. 그는 대뜸 조산의 징후가 있다고 말했다.

자리에 눕자 고통은 조금씩 사라졌다. 그러나 무서운 고뇌가 잔느를 억눌렀다. 전신을 휩쓰는 절망적인 무력감이었다. 뭔지 모르지만 죽음을 예감하게 하는 죽음의 신비에 자꾸만 다가서는 듯한 느낌이었다. 죽음이 바로 몸 옆을 스쳐 가고, 그 숨결이 심장을 얼어붙게 만들 것처럼 생각되기도 했다.

방 안에는 여러 사람들이 있었다. 어머니는 새파랗게 질려 팔걸이 의자에 앉아 있었고, 남작은 두 손을 떨면서 이리저리 뛰어다니며 물건을 날라 주기도 했다. 남작은 의사와 의논을 하기도 했는데, 정신을 제대로 차리지 못하는 것 같았다. 줄리앙은 바쁜 듯이 방 안을 왔다갔다하고 있었으나 냉담한 태도였다. 염려할 것 없다는 듯 담담한 표정으로 침대가에 서 있는 당추 과부는, 어떤 사태에도 놀라지 않는 경험 많은 여인의 태도였다. 간호사이기도 하고 산파이기도 한 이 여인은 세상에 태어나는 인간의 첫 울음소리를 듣고 그들의 새로운 육체를 맨 먼저 더운물에 씻어 주며 새 옷을 입혀 주었다.

찬모 뤼드빈느와 리종 이모는 방해되는 것을 염려하여 방 안으로 들어오지 않고 문 밖 복도에 서 있었다.

산모는 이따금 가냘픈 신음 소리를 토해 냈다. 출산까지는 아무래도 많은 시간이 걸릴 것이라고 모두들 생각했다. 그런데 새벽녘에 갑자기 진통이 시작되었고 점점 맹렬해졌다.

잔느는 악문 이빨 사이로 비명을 내지르면서도 쉴새없이 로잘리의 일을 머리에 떠올렸다. 로잘리는 이렇게 고통받는 것 같지 않았다. 신음 소리 한 번 내지 않았다. 그녀의 아이는 별다른 고통 없는 가운데 쉽게 태어났다.

천 갈래 만 갈래로 찢어지는 비참한 심정으로 잔느는 자꾸만 자기와 로잘리를 비교했다. 그리고 신을 저주했다. 평소 그럴 수 없이 경외하던 신을 저주했다. 운명의 불손한 장난에 분개하고, 바른 일과 착한 일을 설교하던 사람들의 죄 많은 허위에 분노했다.

때때로 덮쳐 오는 진통은 머릿속의 생각들을 모두 짓밟아 버리기도 했다. 이제는 힘도 생명도 지각도 없어지고 오직 고통만이 남았다. 진통이 잠시라도 멈출 때에는 그녀의 눈길이 줄리앙에게로 쏠렸다. 그러면 육체의 고통과는 또 다른 고통이 그녀를 사로잡았다. 그것은 그날을 상기하는 고통이었고, 영혼의 고통이었다. 하녀가 그날, 바로 이 침대가에서 두 다리 사이로 아이를 낳았을 때의 일이었다. 그 아이는 지금 자신의 뱃속을 이렇게도 잔인하게 쥐어뜯는 아이와 형제가 된다. 그리고 그녀의 생생한 기억 속에 보이는 것은 그 쓰러져 있는 여인 앞에서의 남편의 거동과 눈초리와 말들이었다. 지금 남편이 생각하고 있는 것이 동작 하나하나에 나타나 잔느는 남편의 생각을 분명히 짐작할 수 있었다. 그 여인에 대하여 품었던 생각과 조금도 다를 것 없는 무관심, 그리고 아버지가 된다는 사실에 의하여 자극된 이기적인 남성의 냉담함을 발견할 수가 있었다.

그 순간, 무서운 경련이 그녀를 엄습했다.

"아, 아, 나 죽어, 나 죽어!"

정신없이 소리칠 만큼 혹독한 고통이었다. 그러자 미칠 듯한 반항심이, 저주하고픈 욕구가 그녀의 넋을 송두리째 뒤흔들었다. 그리고 자기를 짓밟은 이 사내, 자기를 죽여 버릴 것 같은 이 미지의 아이에 대한 증오심이 치밀었다.

이 무거운 짐을 자기 몸에서 떨쳐 버리려고 그녀는 마지막 안간힘을 썼다. 그러자 갑자기 뱃속이 텅 비어 버린 것 같은 느낌이 들었다. 그리고 곧 고통은 사라졌다.

산파와 의사는 그녀 옆에 웅크리고 앉아 뭔가를 바삐 처리했다. 두 사람은 무엇인가를 들어올렸다. 그러자 전에 들어본 적이 있는, 짓눌린 듯한 소리가 갑자기 들려왔다. 그녀는 오싹 몸을 떨었다. 그 괴로운 듯한 작은 부르짖음이, 갓난아이의 가냘픈 울음소리가 그녀의 넋 속으로, 그리고 심장 속으로 뚫고 들어왔다. 그녀는 무의식적인 동작으로 두 팔을 뻗쳐 그것을 붙잡으려고 했다.

그녀의 몸 속에 환희가 스쳐 지나갔다. 바야흐로 새로운 행복을 향한 약진이었다. 순식간에 그녀는 해방되었고 안정을 되찾았으며 행복을 느꼈다. 일찍이 느껴 보지 못한 그런 행복감이었다. 마음도 육체도 마침내 생기를 되찾았다. 그녀는 어머니로서의 자신을 깨달았다.

아기가 어떤 모습을 하고 있는지 보고 싶었다. 너무 일찍 태어나는 바람에 머리카락도 없고 손톱도 없었다. 그녀는 이 아기가 애벌레처럼 꿈틀거리는 것을 보았을 때, 입을 벌리고 울기 시작했을 때, 주름투성이 얼굴을 찌푸렸을 때, 그리고 달도 채우지 않았던 그 육체를 만져 보았을 때, 그녀는 저항할 수 없는 환희에 휩쓸렸다. 자신은 되살아났고, 온갖 절망에서 헤쳐 나왔으며, 어떤 것보다도 소중한 사랑을 얻게 되었음을 이제 이해한 것이다.

그때부터 그녀의 머릿속에는 오직 한 가지밖에는 없었다. 아이와 함께 있다는 것, 그녀는 별안간에 열광적인 어머니가 되어 버린 것이다. 애정에 배반당하고 희망에 속았기 때문에 더욱 격한 것이었는지도 모른다. 자기 침대 옆에는 항상 아이의 요람이 있어야 했다. 그리고 거동을 할 수 있게 되자, 창가에 앉아서 가볍게 요람을 흔들어 주며 하루를 보내는 것이 일과가 되었다.

그녀는 유모한테도 질투를 느꼈다. 젖을 갈망하는 조그만 존재가 푸르스름한 혈관이 보이는 커다란 유방에 팔을 뻗쳐 탐욕스럽게 보이는 입술로 주름진 다갈색의 젖꼭지를 무는 것을 보았을 때, 그녀는 새파랗게 질린 얼굴로 태평스러운 농사꾼의 아낙을 노려보기도 했다. 아이를 떼 내어 그 맛있게 빨고 있던 가슴팍을 손톱으로 할퀴고 싶은 충동도 느꼈다.

그녀는 아이를 예쁘게 치장해 주기 위하여 아주 좋은 천으로 훌륭한 자수품을 만들겠다고 마음먹었다. 그리하여 아이는 레이스의 안개에 감싸여 화려한 모자를 썼다. 그녀는 그런 일밖에는 몰랐다. 다른 사람과 대화를 하다가도 문득 생각난 듯이, 배내옷이며 가슴받이며, 힘들여 만든 리본 따위를 끄집어내서는 상대방을 어리둥절하게 만든 적이 한두 번이 아니었다. 자기 주위에서 누가 무슨 말을 하고 있든지간에, 그녀는 그런 데에는 조금도 관심이 없는 듯 린네르의 천 조각에만 정신이 팔려 있기도 했다. 천 조각을 이리저리 만지며 뚫어지게 바라보기도 하면서 그녀는 무엇을 어떻게 만들어 줄까 하고 생각했다. 그러다 갑자기 상대방에게 이렇게 말했다.

"이거 어때요? 아기한테 어울릴까요?"

남작과 부인은 이와 같은 광적인 모성애를 바라보며 미소지었다. 그러나 줄리앙은 울어 대기만 하는 이 폭군의 출현으로 인하여 평소의 분위기가 바뀌고, 동시에 자신의 지배적인 중요성이 깎인 것에 대하여 화를 냈다. 집안에서의 자기의 지위를 빼앗아 버린 이 인간의 분신에 대하여 무의식적으로나마 질투를 느끼고 울화가 치밀었다. 그는 몇 번이고 되풀이해서 말했다.

"저 애새끼가 생기고 나서부터는 여편네가 귀찮아 죽겠어!"

잔느는 날이 갈수록 아이에 대한 애정에 사로잡혔다. 밤이

늦도록 아이가 잠들어 있는 요람 옆을 떠나지 않는 때도 많았다. 이러한 광적이고 병적인 행동에 그녀는 자신의 모든 정력을 다했다. 휴식조차 취하지 않았으므로 그녀는 날로 쇠약해져 갔고 기침까지 했다. 의사는 그녀로부터 아이를 격리하라고 남작 부부에게 일렀다.

잔느는 성을 내며 울고불고 애원했다. 그러나 그녀의 애원은 받아들여지지 않았다. 어린애는 밤마다 유모가 데리고 잤다. 그리고 밤마다 아이 엄마는 맨발로 아이 방으로 가서 열쇠 구멍에 귀를 대고 아이가 잠들고 있는지의 여부를 살폈다. 또 배가 고프지나 않을까 해서 훔쳐보기도 했다.

어느 때는 이런 짓을 하다가 줄리앙에게 들키고 말았다. 줄리앙은 푸르빌 댁의 만찬에 초대되었다가 밤늦게 집으로 돌아오던 참이었다. 그래서 그날부터 방문에 자물쇠를 채우고 그녀로 하여금 그런 짓을 하지 못하게 했다.

구월 초순에, 리종 이모가 수도원으로 돌아갔다. 그녀가 없어진 것을, 그녀가 이곳에 있을 때와 마찬가지로 누구 한 사람 관심을 갖지 않았다.

어느 날 저녁 식사 때, 신부가 찾아왔다. 마치 무슨 비밀이라도 품은 사람처럼 몹시 당혹한 눈치였는데 몇 마디 쓸데없는 이야기를 늘어놓은 끝에 남작 부인과 남작에게 잠깐 사사로운 이야기가 있으니 시간을 좀 내 달라고 했다. 세 사람은 다같이 방을 나가 느린 걸음으로 큰 가로수 길 끝에까지 걸으면서 열심히 이야기했다. 한편 잔느와 둘이 남아 있던 줄리앙은 그들이 무슨 이야기를 나누는지 궁금하여 불안한 마음으로 초조해했다. 신부가 돌아가겠다는 인사를 하러 오자 줄리앙은 그를 배웅하겠다고 하면서 함께 밖으로 나갔다. 그들은 때마침 울려 퍼지는 교회의 저녁 종소리를 들으며 그쪽으로 모습을 감추었다.

날씨는 선선하다기보다는 거의 추울 정도여서 모두는 응접실로 들어왔다. 그리고 졸음이 다가올 무렵 줄리앙이 숨을 할딱거리면서 얼굴이 벌겋게 상기되어 방 안으로 들어왔다. 몹시 화가 난 눈치였다.

잔느가 그 자리에 있다는 것도 잊은 채 그는 장인 장모를 향하여 고함쳤다.

"두 분은 도대체 정신이 나갔습니까? 뭣 때문에 그 따위 계집한테 이만 프랑이나 준단 말입니까!"

그러나 이 말에 아무도 대꾸하지 않았다. 너무나 당돌한 그의 언동에 놀랐기 때문이다. 그는 분노를 터뜨리면서 계속 소리쳤다.

"그런 바보 같은 짓이 어디 있습니까? 그렇다면 두 분은 우리한테는 재산을 조금도 남겨 주지 않겠다는 겁니까?"

그러자 남작은 겨우 마음을 가라앉히고 상대를 나무랐다.

"조용히 하게! 자네 처가 있지 않나!"

그러나 줄리앙은 분함을 참지 못하고 몸부림쳤다.

"무슨 상관입니까? 이 사람도 무슨 일인지 잘 알고 있을 겁니다. 결국은 이 사람이 손해를 보게 만든 일이니까요."

잔느는 무슨 영문인지 몰라 눈을 크게 떴다. 그리고 남편을 바라보며 물었다.

"무슨 일이에요?"

그러자 줄리앙은 아내 쪽으로 돌아섰다. 재산의 손실은 아내에게도 커다란 피해를 주는 것이므로 그는 아내를 자기편으로 만들려고 했다. 그는 아내에게 로잘리를 결혼시키려고 당신 부모들이 일을 꾸미고 있다는 이야기를 해주었다. 그리고 적어도 이만 프랑의 가치가 있는 바르빌 농장을 지참금으로 주려 한다는 것도 덧붙였다. 그리고 되풀이해서 말했다.

"당신 부모는 정말 정신이 나갔어. 어디다가 가두어야 할 미친 사람들이란 말이오. 이만 프랑이야! 그야말로 머리가 어떻게 된 게 틀림없어. 사생아에게 이만 프랑을 주다니……."

잔느는 그 말에 아무런 감정도, 부아도 나지 않았다. 자신이 너무나도 냉정한 것이 스스로 우습게 느껴질 정도였다. 지금의 그녀에게는 자기 아이와 직접 관련된 이야기가 아닌 한 생각할 여유도, 흥미도 없었다.

남작은 기가 막혀 대답할 바를 찾지 못했다. 그러나 마침내 울화통을 터뜨리고 발을 쾅쾅 구르며 소리질렀다.

"자기가 한 말이 무슨 뜻인지 생각해 보았나? 그야말로 언어도단이지! 아이가 딸린 처녀에게 지참금을 주도록 만든 게 누구 때문이지? 그 아이가 대체 누구 아이야? 이젠 아예 자식마저 알거지로 내버릴 셈인가!"

줄리앙은 남작의 기세에 깜짝 놀라 가만히 상대를 바라보았다. 그러다가 이번에는 침착해진 태도로 말을 계속했다.

"아무리 그렇더라도 천 오백 프랑 정도만 주면 충분하지 않습니까? 어떤 계집애들도 그 정도의 흠은 다 있습니다. 결혼

전에 아이를 갖는 일은 비일비재하지 않습니까? 그게 누구의 자식이건간에 조금도 상관없어요. 아무튼 이만 프랑 짜리 농장을 준다는 것은 우리에게 막심한 손해입니다. 또한 그 사건을 세상 사람들에게 선전하는 거나 다름없죠. 우리 체면이나 지위도 좀 생각해 주셔야 하지 않습니까!"

그는 아주 논리적으로 말했다. 자기의 권리를 주장하고 자기의 이론에 자신을 가진 사내다운 태도였다. 남작은 뜻밖의 반박을 당하고는 달리 해명하지도 못하고 당황했다. 그러자 형세가 자기에게 유리해진 것으로 판단한 줄리앙이 결론내렸다.

"아직 실행하지 않았으니 다행한 일입니다. 저는 그 계집애와 결혼하려는 젊은이를 알고 있어요. 아주 성실한 사내지요. 그 청년과 함께라면 일이 잘될 겁니다. 아무튼 저에게 맡겨 주십시오."

이렇게 말을 마친 그는 곧장 밖으로 나가 버렸다. 아마도 더 이상 말다툼하는 것이 두려웠던 모양이었다. 모두가 입을 다물고 있는 것을 동의한 것으로 간주하고 다행스럽게 생각했던 것이다.

그가 사라지자 남작은 몸을 떨면서 소리쳤다.

"아, 지독하다, 지독해!"

그러나 잔느는 어이없어하는 아버지를 보면서 웃음을 터뜨렸다. 무엇인가 우스울 때, 곧잘 나타내던 옛날 그대로의 밝은 표정이었다. 그녀는 되풀이해서 말했다.

"아버지, 아버지, 들으셨죠? 그 사람이 이만 프랑이란 말을 몇 번이나 들먹거렸는지 아세요?"

남작 부인은 눈물과 마찬가지로 즐거움도 그 자리에서 금세 솟아나는 사람인지라, 사위의 격분하던 표정과 분노해서 지르던 소리, 그리고 제가 유혹한 처녀에게 자기 돈도 아닌 돈을 주는 것을 그렇게도 맹렬히 반대하던 생각을 하면서, 또 잔느의 기분이 좋아진 것이 기쁘기도 해서 숨이 끊어질 것 같은 웃음으로 온몸을 흔들어 댔고 동시에 눈에는 눈물까지 담고 있었다. 그러자 이번에는 남작까지 웃음의 전염병에 걸린 듯 함께 소리내어 웃었다. 그리하여 세 사람이 다같이, 그 즐겁던 지난날처럼 옆구리가 아파 웃을 수 없을 때까지 웃었다. 웃음이 가라앉자 잔느가 주춤거리면서 말했다.

"참 이상해요. 전 아무렇지도 않아요. 이젠 그이가 꼭 남처럼 보여요. 제가 그 사람의 아내라는 게 믿어지지 않아요. 보시다시피 그 사람의 쌍스러운 행동에도 이렇게 웃음이 난다니까요."

그들은 계속 흥분한 채, 서로 미소를 교환하면서 입맞춤을 했다.

그로부터 이틀 후 점심 식사 뒤의 일이다. 줄리앙이 말을 타고 집 밖으로 나가자, 스물 두 살 내지 스물 다섯 살쯤 되어 보이는 훤칠한 키의 청년이, 단추가 달린 풍덩한 소매의 푸른색 작업복을 입고 마침 아침부터 그곳에 잠복하고 있던 것처럼 살짝 울타리를 뛰어넘어 쿠이야르네 도랑을 따라 집을 한 바퀴 돌고는 언제나처럼 플라타너스 나무 아래에 앉아 있는 남작과 두 사람의 부인 앞으로 조용히 다가왔다.

세 사람이 앉아 있는 것을 보자, 그는 모자를 벗었다. 그러고는 겸연쩍은 얼굴로 굽실굽실 절하면서 앞으로 나왔다.

말소리가 들릴 만큼 가까이 다가오자 그는 더듬더듬거리며 입을 열었다.

"안녕하십니까! 남작님, 마님, 그리고 아씨!"

그러나 아무도 대꾸를 해주지 않자 그는 스스로 이름을 밝혔다.

"데지레 르코크라는 자가 바로 접니다."

그가 자신의 이름을 댔어도 생각나는 바가 없던 남작은,

"무슨 일인가?"

하고 물었다.

그러자 이 젊은이는 완전히 당황했다. 자신의 용건을 스스로 설명하지 않으면 안 되었기 때문이다. 그는 손에 쥐고 있는 모자와 저택의 지붕 꼭대기를 몇 번이고 번갈아 보면서 중얼거렸다.

"신부님한테 들은 얘깁니다마는······."

여기서 이 젊은이는 말을 그쳐 버렸다. 함부로 지껄이다가 손해를 보는 일이 있어서는 안 되겠다고 생각한 것이다.

남작은 그래도 무슨 뜻인지를 몰라 다시 물었다.

"신부님한테 들은 얘기라니? 무슨 얘긴지 도대체 모르겠군."

그러자 상대방은 결심을 단단히 한 듯, 말소리를 낮추면서 말하기 시작했다.

"저, 댁에서 일하는 하녀에 대한 일입니다요······ 로잘리라

고 하는……."

 그제야 짐작이 간 잔느는 자리에서 일어나 아이를 두 팔에 안고 자리를 피했다. 그러자 남작이 말했다.

 "아, 그래, 이쪽으로 오게."
하고 말하면서 잔느가 앉았던 의자를 가리켰다.

 "친절하시게도…… 감사합니다."
하고 젊은이는 중얼거리면서 그 의자에 앉았다. 그러고는 아무런 할말이 없다는 듯 묵묵히 앉아 있었다. 꽤 오랫동안 입을 다물고 있다가 쑥스러웠는지 다시 입을 열면서,

 "요즘은 날씨가 참 좋습죠. 이젠 씨앗도 다 뿌렸으니 풍년이나 기다려야죠."
하고 말했다. 그러고는 다시 또 입을 다물었다.

 남작은 짜증났다. 그래서 불쑥 이야기의 핵심을 찔러 무뚝뚝하게 말했다.

 "그럼, 자네가 로잘리와 결혼하겠다는 그 청년이란 말인가?"

 사내는 금방 불안해졌다. 노르망디 사람 특유의 교활함에서 비롯된 불안으로, 일이 예정대로 되지 않았을 때 생겨나는 그런 것이었다. 그래서 그는 좀더 조심하면서 힘있는 목소리로 대답했다.

 "그런데 그게 경우에 달렸습죠. 할 수도 있고 하지 않을 수도 있다는 것입죠."

 이러한 엉거주춤한 대화에 짜증이 난 남작은 큰소리로 말했다.

"그런 말버릇이 어디 있나! 솔직히 말하라고! 어떻게 한다는 거야? 결혼한다는 거야, 하지 않는다는 거야?"

사내는 몹시 난처한 표정을 지으며 자기 발부리만 내려다보고 있었다.

"신부님 말씀대로라면 결혼하겠지만, 이 댁 서방님 말씀대로라면 결혼할 수가 없습니다요."

"그래, 줄리앙이 뭐라고 하던가?"

"서방님은 제게 천 오백 프랑만 주겠다고 하셨지만, 신부님은 이만 프랑을 주겠다고 말씀하셨죠. 이만 프랑이라면 승낙하겠지만 천 오백 프랑이라면 저도 싫습니다요."

그때 팔걸이 의자에 파묻혀 앉아 있던 남작 부인은 이 시골뜨기의 불안해하는 모습에 그만 웃음을 터뜨렸다. 젊은 농부는 영문을 몰라 불만스러운 눈초리로 부인을 흘겨보았다. 그러면서 그는 대답을 기다렸다.

남작은 이와 같은 거래가 귀찮아 잘라 말했다.

"내가 신부님께 이야기했네. 자네가 결혼한다면 자네가 살아 있는 동안은 바르빌 농장을 자네에게 주고 그 다음에는 아이에게 준다고 말이야. 그 바르빌 농장은 이만 프랑의 값어치가 있지. 난 거짓말은 하지 않아. 자, 어떻게 할 건가? 결혼을 할 건가, 말 건가?"

사내는 비열하면서도 만족스러운 얼굴로 빙긋이 웃었다. 그러고는 갑자기 떠들어 댔다.

"아, 그렇다면 싫다고는 말할 수 없습죠. 제가 걱정한 것이 바로 그것이었으니까요. 신부님한테서 말씀을 들었을 때는 당장 그렇게 하리라 마음먹었습죠. 남작님께서 좋아하시는 일이라면 제게도 기쁨이 되니까요. 남작님 또한 저를 고맙게 생각해 주시겠죠. 사람이란 서로 돕고 사는 거니까요. 그런데 이 댁 서방님이 오셔서 천 오백 프랑만 주겠다고 하시기에, 이렇게 제가 직접 남작님을 만나 봐야겠다고 생각하고 온 것입죠. 좀더 똑똑히 알아야겠기에 말입니다. 계산이 깨끗하면 교제도 깨끗하다고 하지 않습니까. 만사를 분명히 하는 것이 좋을 것 같아서요. 그렇지 않습니까, 남작님!"

그의 말을 제지하기 위하여 남작이 물었다.

"결혼식은 언제쯤 올릴 건가?"

그러자 사내는 갑자기 걱정스러운 표정을 지어 보이며 말했다.

"그에 앞서 무슨 증표라도 하나 적어 주시면 고맙겠는데요."

남작은 마침내 화를 냈다.

"뭐라고? 고약하기 짝이 없는 놈이군 그래! 결혼 증서가 있잖아. 그것보다 소중한 증표가 어디 있나?"

젊은 농부는 남작의 말에 아랑곳하지 않고 끝까지 우겨 댔다.

"그렇기는 합니다만, 그래도 그때까지는 역시 글로 써 주시는 게 좋겠는뎁쇼. 별로 해로운 일도 아니지 않습니까?"

남작은 빨리 끝장내기 위하여 자리에서 일어났다.

"자, 어떻게 할 건가? 승낙할 건가, 말 건가? 당장 말해 봐! 자네가 아니어도 데려갈 사람이 또 있네."

경쟁자가 있다는 말에 노르망디 농부는 당황했다. 그는 바로 결심하고는 암소를 샀을 때처럼 한 손을 내밀며 말했다.

"좋습니다요, 남작님. 이렇게 약속한 이상, 무효로 하진 않겠습니다."

남작은 손뼉을 쳤다. 그러고 나서 큰소리로,

"뤼드빈느!"

하고 불렀다. 그러자 찬모가 창문을 통하여 얼굴을 내밀었다.

"포도주 한 병 가지고 와."

약속을 한 기념으로 두 사람은 건배를 했다. 젊은이는 처음 올 때와는 달리 가벼운 걸음걸이로 돌아갔다. 이 사내가 다녀간 것을 줄리앙에게는 말하지 않았다. 결혼 증서는 아무도 모르게 준비되었다. 그리고 약혼이 발표되고 나서 곧 어느 월요일 아침 결혼식이 거행되었다.

신랑 신부 뒤에는 이웃의 한 여인이 어린애를 안고 있었다. 확실한 재산 보증이라도 되는 것처럼 말이다. 이 고장 사람들은 누구 한 사람 이를 이상히 여긴 사람이 없었다. 도리어 모두는 데지레 르코크를 부러워했다.

'그놈 참, 부자가 될 팔자를 타고났어.'

그들은 서로 교활한 미소를 띠며 이야기했고, 조금도 비난하는 기색은 없었다.

줄리앙은 누구에게나 못살게 굴었다. 그 바람에 남작과 부인은 서둘러 레푸풀을 떠났다. 잔느는 그다지 슬픈 기색을 보이지 않고 부모님을 배웅했다. 폴이 그녀에게 다시없는 행복의 원천이 되었기 때문이다.

9

 잔느는 산후 건강을 완전히 회복했다. 그래서 부부 동반으로 푸르빌 댁과 쿠틀리에 댁을 방문하기로 했다.
 줄리앙은 얼마 전에 경매장에서 새 마차를 샀다. 덮개가 없는 경쾌한 네 바퀴 마차인데, 이것은 말 한 마리면 끌 수 있는 것이어서 한 달에 두 번은 외출할 수 있었다.
 십이월의 어느 맑은 날이었다. 마차에 말이 매어지고, 마차는 노르망디의 들판을 두 시간 동안 달려 조그마한 계곡으로 접어들었다. 산기슭은 숲이 울창했고, 계곡 아래는 경작지였다.
 더 나아가자 씨앗이 뿌려진 밭이 나타났고, 그곳을 지나자 목장이 나왔으며, 나중에는 늪지대가 나왔다. 계절적으로 볼 때 아직 덜 자란 갈대가 길가에 무성했다. 갈대의 기다란 잎이 누런 리본처럼 바람에 나풀거렸다.

산모퉁이를 꺾어 돌아가자 별안간 라브리예트의 대저택이 눈앞에 나타났다. 한쪽은 수목이 울창한 비탈로 이어지고, 반대쪽은 돌담이 전부 호수에 잠긴 채 서 있었다. 그 호수는 넓게 펼쳐져서 골짜기 반대쪽을 뒤덮고 있는 커다란 전나무 숲까지 뻗어 있었다.

집 안으로 들어가기 위해서는 고색 창연한 도교(跳橋)를 건너 루이 십 삼 세 식의 으리으리한 정면 현관을 지나지 않으면 안 되었다. 그곳을 지나자 우아한 저택이 나타났다. 이것 역시 루이 십 삼 세 식의 건물로, 가장자리가 벽돌로 만들어지고 옆 벽에는 슬레이트 지붕으로 된 여러 개의 작은 탑들이 붙어 있었다.

줄리앙은 건물의 구석구석을 잔느에게 설명해 주었다. 그는 이 집에 사는 사람처럼 내부를 훤히 알고 있었다. 그는 그 아름다움을 입에 침이 마르도록 칭찬했다.

"여보, 저 정면에 있는 현관을 좀 봐! 굉장하지? 이렇게 호화로운 저택은 드물 거야. 집 뒤는 호수에 닿아 있고, 돌계단은 물가에까지 나 있거든. 그리고 그 계단 아래에는 보트가 네 척이나 매여 있지. 두 척은 백작이 쓰는 것이고, 나머지 두 척은 부인이 쓰는 거야. 멀리 건너편에 포플러가 줄지어 서 있는 거 보이지? 이 호수는 거기까지 뻗어 있고 거기서부터 페캉으로 흐르는 강이 시작되는 거야. 이 부근에는 물새들이 많아서 여기서 백작이 사냥을 즐긴다는군. 이 집이야말로 진짜 귀족의 저택이지!"

입구의 문은 열린 채로 있었다. 그리고 거기에 새하얀 얼굴을 한 백작 부인이 미소를 띠며 앞으로 나와 방문객을 맞았다. 옛날의 성주(城主) 부인처럼 그녀는 기다란 옷자락을 땅에 끌고 있었다. 그야말로 이 저택에 어울리는 호수 위의 미인이 아닐 수 없었다.

응접실에는 창문이 여덟 개가 있었다. 그 가운데 네 개는 호수에 면해 있었고, 바로 정면에 나 있는 창문으로는 울창한 송림으로 뒤덮인 언덕이 보였다.

검은빛이 감도는 수목들의 푸르름 때문에 호수는 깊고 삼엄하면서도 침울하게 보였다. 그리고 바람이 불면 나뭇가지가 흔들려 마치 호수의 숨소리처럼 들렸다.

백작 부인은 잔느의 손을 잡고 악수했다. 어릴 적 친구라도 만난 것 같은 다정스러운 태도였다. 그녀는 잔느에게 자리를 권하고 자기도 그 옆에 앉았다. 그리고 줄리앙은 오랫동안 잊고 있었던 우아한 거동을 다섯 달 만에 되찾았다. 그는 오늘도 몹시 상냥했고 명랑했으며 많은 이야기를 떠들어 댔다.

백작 부인과 줄리앙은 주로 두 사람의 승마에 대한 이야기를 했다. 그녀는 그의 승마 솜씨가 서툴다고 웃으며 '비틀거리는 기사'라고 놀렸다. 그러자 줄리앙도 그녀에게 질세라 곧장 '승마복의 여왕님'이라며 되받아치고는 웃음을 터뜨렸다. 창문 아래에서는 한 방의 총성이 울렸다. 잔느는 깜짝 놀랐다. 백작이 물오리를 잡는 소리였다.

백작은 지난번에 보았을 때보다 훨씬 더 침착하고 편안해 보였다. 아마 자기 집이기 때문에 그런 것이라고 잔느는 생각했다. 그는 몹시 기뻐하며 손님을 맞이했다. 그리고 벽난로에 장작을 더 지피게 하고는, 마데르에서 산출되는 유명한 포도주와 비스킷을 가져오게 했다. 그는 별안간 큰소리로 말했다.

"두 분, 오늘 저녁 식사는 저희와 함께 하시는 거죠?"

잔느는 아이가 걱정되어 사양했다. 그러나 백작은 자꾸만 저녁 식사까지 하고 가라고 권했고, 옆에서 보고 있던 줄리앙도 몹시 답답하다는 듯 눈을 부라리며 아내를 흘겨보았다. 그녀는 줄리앙의 급한 성질을 알고는 그 심술궂은 성미가 폭발할까 두려워 마침내 그들의 권유에 따르기로 했다.

오후는 즐거웠다. 먼저 일행은 수원지를 구경하러 갔다. 샘은 두꺼운 이끼가 낀 큰 바위 틈 사이에서 솟구쳐 나왔고, 끓고 있는 물처럼 수반 밖으로 넘쳐흘렀다. 그들은 뱃놀이도 했다. 배를 타고 갈대밭 속으로 뚫려 있는 길을 따라 호수 위를 한 바퀴 돌았다. 백작은, 연신 코를 벌름거리며 냄새를 맡고 있는 두 마리의 사냥개 사이에 앉아서 배를 저었다. 노를 저을 때마다 커다란 배가 기우뚱하면서 앞으로 나아갔다. 잔느는 이따금 차가운 호수 물에 손을 담그고 손가락에서 심장으로 전해 오는 차가운 감촉을 즐겼다. 뱃머리 쪽에는 줄리앙과 숄을 걸치고 있는 백작 부인이 미소 띤 얼굴로 서로 바라보았다. 너무나도 행복해서 무슨 말을 해야 할지 모르는 사람들이 띠는 그런 미소였다.

해질 무렵이 되자, 누런 갈대밭 사이로 얼음처럼 차가운 전율을 느끼게 하는 북풍이 지나갔다. 태양은 전나무 숲 속으로 모습을 감춰 버렸다. 붉은 하늘에는 기묘한 모양을 한 새빨간 구름 조각이 드문드문 흩어져 있어 보기만 해도 추위를 느끼게 했다.

그들이 돌아왔을 때 응접실에서는 난롯불이 거대한 불꽃을 이루며 활활 타고 있었다. 훈훈한 공기와 마음속의 환희가 사람들을 즐겁게 했다. 백작은 너무나도 흥에 겨워 역도 선수의 팔처럼 생긴 두 팔로 자기 아내를 안더니, 어린애를 들어올리듯 자기 입 가까이까지 들어올려 그녀의 두 볼에 한 차례씩 키스했다.

그러자 잔느는 콧수염만 봐도 식인종처럼 보이는 이 거인을 미소 띤 얼굴로 바라보았다. 그리고 그녀는 생각했다.

'이런 선량한 사람을 내가 오해하고 있었구나. 사람들은 자칫하면 진실을 모르고 지나가는 수가 많아!'

그때 얼핏 줄리앙을 바라보니 그는 문간에 우뚝 서서 창백해진 얼굴로 백작을 응시하고 있었다. 그녀는 남편에게 다가가 낮은 소리로 물었다.

"어디 불편한 데라도 있으세요? 왜 그러세요?"

그는 무뚝뚝하게 대답했다.

"아무것도 아냐. 그냥 내버려둬. 조금 추워서 그러니까."

식당으로 들어가려는데, 백작이 사냥개도 함께 들어가게 해 달라며 양해를 구했다. 식당으로 들어온 개는 주인의 좌우에 한 마리씩 앞발을 세우고 앉았다. 백작은 연신 음식 조각을 개 입에 물려 주면서 매끄럽게 보이는 기다란 털을 어루만졌고, 개들은 목을 길게 빼고 꼬리를 흔들면서 만족스러운 양 몸뚱이를 흔들었다.

식사를 한 뒤 잔느와 줄리앙이 작별 인사를 하자, 푸르빌 백작은 횃불을 들고 물고기 잡는 것을 구경하고 가라며 다시 또 만류했다.

　백작은 이 두 사람과 자기 아내를 돌계단 아래쪽에 서서 구경하게 하고는 자신은 투망과 횃불을 들고 배에 올랐다. 하늘 아래의 밤은 금가루를 뿌려 놓은 듯 밝았으나 살을 에일 정도로 차가웠다. 횃불은 한들거리는 불꽃의 꼬리를 물위로 끌면서 갈대밭 속으로 춤추는 듯한 빛을 던지며 전나무 숲으로 된 커다란 장막을 비추었다. 그때 배가 제자리에서 한 바퀴 빙 돌자 이상하고도 거대한 그림자가 밝게 비춰진 숲 가장자리에 떠올랐다. 그것은 사람의 그림자였다. 그림자의 머리 부분은 수목 위로 뻗어 나가더니 공중으로 사라져 버리고 다리 부분만 물 속으로 들어가는 것이 보였다. 그러자 그 터무니없을 정도로 커 보이는 그림자가 팔을 뻗쳐 별을 움켜쥐려는 것처럼 보였다. 그 커다란 두 팔은 별안간 위로 올라가더니 다시 아래로 내려갔다. 그러자 곧 물을 매질하는 듯한 찰싹거리는 소리가 어렴풋이 들려왔다.

　이때 배가 또 한번 천천히 방향을 바꾸었으므로 예의 그 이상한 유령은 불빛을 받은 숲을 따라 달려가고 있는 것처럼 보였다. 지평선 속으로 파묻혀 버린 그림자는 얼마 뒤 다시 나타났다. 이번에는 먼젓번보다 더 크고 똑똑하게 보였다. 그리고 저택의 정면 현관을 배경으로 한 그 독특한 동작도 뚜렷이 보였다.

　백작의 우렁찬 목소리가 들렸다.

　"질베르트, 여덟 마리나 잡았어!"

노 젓는 소리가 들렸다. 거대한 그림자가 벽에 드리워져 있었으나 그것은 차츰 작아져 갔다. 머리 부분도 낮아져 가고 몸뚱이 부분도 작아져 갔다. 그리고 푸르빌이 횃불을 든 하인과 돌계단을 올라왔을 때는 그 그림자는 본인의 몸뚱이와 꼭 같은 크기로 변했고 그의 동작을 하나하나 흉내냈다.

그가 들고 있는 그물 속에는 여덟 마리의 커다란 물고기가 펄떡펄떡 뛰고 있었다.

잔느와 줄리앙이 그 집에서 빈 망토와 모포를 빌려 몸을 감싸고 귀로에 올랐을 때, 잔느는 무의식중에 소리 지르고 말았다.

"참 좋은 사람이에요, 그 거인 말이에요!"

그러자 줄리앙도 말을 몰면서 맞장구를 쳤다.

"그래, 하지만 예의 바른 사람은 아닌 것 같아!"

일주일 뒤 두 사람은 쿠틀리에 댁을 방문했다. 이 가문은 이 지방에서는 첫째가는 귀족으로 손꼽혔다. 루미르 저택은 카니의 큰 마을과 인접해 있었다. 루이 십 사 세 시대에 건축된 새 저택은 흙담으로 둘러싸인 드넓은 정원 속에 있었다. 언덕 위에는 폐허로 남아 있는 옛 저택이 보였다. 제복을 입은 하인들이 두 사람을 호화롭게 꾸며져 있는 큰 홀로 안내했다. 홀 중앙에는 둥근 기둥이 서 있고, 그 꼭대기에는 세빌랴 도기로 된 커다란 컵이 놓여 있었다. 그리고 기둥 밑에 있는 받침에는 황제 친필로 된 서한이 수정으로 만든 판자 아래에 놓여 있었다. 그 서한이라는 것은 레오폴 에르베 조세프 제르멜 드 베르누빌 드 롤보스크 드 쿠틀리에 후작 앞으로 보내진 것인데, 아무쪼록 이 황제가 보내는 선물을 받아 주십사 하고 쓰여 있는 것이었다.

잔느와 줄리앙이 국왕으로부터 보내 온 선물을 들여다보고 있을 때, 마침 후작 내외가 방으로 들어왔다. 부인은 머리에 분을 뿌리고 짙은 화장을 하고 있었는데, 상냥하고 너그럽게 보이기 위하여 일부러 꾸미는 태도가 어색해 보였다. 백발을 곧바로 빗어 넘긴 그녀의 남편은 몸집이 몹시 뚱뚱한 사내였다. 그는 몸짓이나 목소리에 자신의 존엄을 과시하려는 듯이 거만한 빛을 드러내고 있었다.

이들은 정신도, 감정도, 언어도, 항상 오만에 찬 것 같은, 그리고 무슨 일이고 격식만 찾는 그런 종류의 사람들이었다.

그들은 상대방의 대답도 기다리지 않고 자기들끼리 지껄이거나 건성으로 웃어 보였다. 그런 것들이 자기들의 지체 높은 신분을 과시하고, 그럼으로써 주변의 시골뜨기 귀족들을 위압하려는 것처럼 보였다.

긴장한 잔느와 줄리앙은 애써 상냥하게 처신하려고 노력했다. 그러나 곧 더 이상 머물러 있기가 어색하여 물러가려고 했으나 어떻게 인사를 하고 물러가야 할지 몰라 마음속으로 주저했다. 그러나 곧 후작 부인이 이 방문에 매듭을 지어 주었다. 알현을 알맞게 끝내게 해주는 예의 바른 여왕처럼, 말씀을 그쳐 주었기 때문이다. 그래서 방문은 자연스럽게, 그리고 간단하게 끝낼 수 있었다.

돌아오는 길에 줄리앙이 말했다.

"당신만 좋다면 이제 더 이상 이런 행사는 하지 않았으면 좋겠어. 난 푸르빌 댁만으로도 충분해!"

잔느도 같은 의견이었다.

십이월도 서서히 흘러갔다. 음울한 달이었고, 일 년이라는 밑바닥에 뚫린 어두운 구멍 같은 달이기도 했다. 지난해와 마찬가지로 다시 통 속에 갇힌 것 같은 겨우살이가 시작되었다. 그러나 잔느는 폴에게 정신이 팔려 조금도 따분함을 느끼지 않았다. 그런데 줄리앙은 폴을 못마땅한 눈초리로 흘겨보고만 있었다.

아이를 두 팔에 안고 여느 어머니들처럼 뜨거운 애정으로 애무하던 잔느는 곧잘 폴을 아이 아버지에게 내밀면서 이렇게 말했다.

"여보, 이 귀여운 아기에게 키스해 주세요. 당신은 이 애가 귀엽지도 않으세요?"

그러면 줄리앙은 하는 수 없이 내키지 않는 동작으로 아이의 이마에 살짝 입술을 대는 시늉을 해 보였다. 그러고는 으레 밖으로 휙 나가 버렸다. 보기 싫은 것을 피해 도망가듯이.

촌장과 의사와 신부가 가끔 저녁 식사에 초대되기도 했다. 그리고 때로는 푸르빌 내외도 찾아왔는데 이 사람들과는 점점 더 친밀해져 갔다.

백작은 폴을 몹시 귀여워했다. 집에 놀러 올 때면 줄곧 폴을 무릎 위에 앉혀 놓았고, 어떤 때는 한나절을 계속해서 안고 있을 때도 있었다. 거인의 손처럼 우람하게 생긴 손으로 조심조심 다루면서, 기다란 콧수염 끝으로 아이의 콧등을 간질여 보기도 하고, 짙은 애정에 휩쓸리기라도 한 듯이 자주 자기들에게 아이가 없다는 것을 한탄하곤 했다.

  삼월의 하늘은 맑고, 공기는 건조했다. 삼월은 포근한 날씨의 연속이었다. 질베르트 백작 부인이, 넷이서 말을 타고 먼 곳으로 소풍을 가자고 제의해 왔다. 잔느는 날이면 날마다, 밤이면 밤마다 단조롭기 짝이 없는 생활에 진력이 나 있던 터라, 이 제안을 기쁘게 받아들여 곧장 승낙했다. 그리고 일주일 전부터 승마복을 만들기 시작했다.

  그리하여 네 사람은 말을 타고 집을 나섰다. 그들은 언제나 두 사람씩 몰려다녔다. 백작 부인과 줄리앙이 앞에 서고, 백작과 잔느는 백 보쯤 뒤떨어져 말을 몰았다. 이 뒤쪽의 두 사람은 마치 친구 사이처럼 조용히 대화를 나누고 있었다. 두 사람 모두 곧고 바른 마음씨와 소박한 성품을 가졌기 때문에 그것이 서로를 끌어당겨 다정한 친구로 만든 것이다. 앞쪽의 두 사람 사이에는 낮은 소리로 대화가 오가고 있었으나 때로는 커다란 소리로 웃음을 터뜨리기도 했고, 갑자기 서로의 얼굴을 보면서 눈길을 교환하기도 했다. 그리고 가끔은 냅다 달릴 적이 있었는데, 그것은 될 수 있으면 멀리, 조금이라도 더 떨어진 곳으로 가 버렸으면 하는 강한 충동을 받고 있는 것처럼 보이기도 했다.

  이번 여행길에서, 질베르트는 마음의 안정을 잃은 모양이었다. 그녀의 날카로운 목소리가 산들바람에 실려 뒤에 떨어져 있는 두 사람의 귀에까지 들려오기도 했다. 그럴 때마다 백작은 미소를 지으며 잔느에게 이렇게 말했다.

  "제 아내가 요즘, 내내 기분이 좋지 않은 것 같아요."

어느 날 저녁, 소풍에서 돌아올 때의 일이었다. 백작 부인은 암말의 옆구리에 박차를 가하더니 고삐를 확 당겼다 늦추었다 하는 등 말을 자극했다. 이것을 본 줄리앙이 그녀에게 몇 번씩 주의를 주는 소리가 들려왔다.

"조심하세요! 그렇게 하면 말이 날뛸 수도 있습니다."

그러자 그녀가 대꾸했다.

"미안하지만 상관하지 말아요!"

그 소리가 너무나 또렷하고 냉랭하여 하늘에 떠오른 것처럼 온 들판으로 울려 퍼졌다.

뒷발을 곤두세운 말은 헛발길질을 하며 입에 거품을 뿜었다. 순간 불안한 마음에 백작이 고함쳤다.

"조심해! 질베르트!"

그러자 질베르트는 그 말에 도전이라도 하듯, 그 무엇으로도 말릴 수 없는 여성 특유의 히스테리를 일으키며 채찍으로 말머리를 맹렬하게 후려쳤다. 말은 순식간에 미친 듯이 일어서서 앞다리로 허공을 한 번 차더니, 그 다리가 땅에 닿는 순간 무서운 기세로 다시 뛰어올랐다. 말은 전속력을 다해 달리기 시작했다.

말은 목장을 뛰어넘고 경작지를 가로지르며 질주했다. 뒷발로 축축한 흙과 모래를 쳐 올리며 쏜살같이 앞으로 나아갔다.

당황한 줄리앙은 그 자리에 우두커니 서서 소리만 질러 댈 뿐이었다.

"부인! 부인!"

백작은 울부짖는 듯한 신음 소리를 내더니 몸을 앞으로 바싹 기울이고는 마치 온몸으로 말을 밀어내듯이 전방으로 말을 몰았다. 백작은 계속 그와 같은 자세로 박차를 가하여 말을 흥분시켰다. 말을 앞으로, 앞으로 내몰기 위해서였다. 그 모습은 거대한 기수가 두 허벅지 사이에 무거운 동물을 끼고 달리는 것처럼 보였고, 하늘로 그 말을 채가는 것처럼 보이기도 했다. 이렇게 해서 두 마리의 말은 믿을 수 없을 만큼 빠른 속도로 질주해 갔다. 백작 내외의 모습은 잔느의 눈에서 멀어져 가다가 이윽고 사라졌다. 그것은 두 마리의 새가 쫓고 쫓기면서 지평선 저쪽으로 자취를 감추는 것 같았다.

줄리앙은 잔느에게 다가와 화난 목소리로 말했다.

"백작 부인이 오늘은 미친 것 같아."

두 사람은 물결치는 들판 속으로 자취를 감춰 버린 친구들을 따라 나란히 말을 몰기 시작했다.

십 오 분도 되지 않아 백작 내외가 이쪽으로 돌아오는 것이 보였다. 모두는 곧 다시 어울렸다.

벌겋게 상기된 백작의 얼굴에는 땀이 비 오듯 흘렀다. 그래도 그는 만족스러운 표정으로 아내의 말고삐를 꽉 잡았고, 한편 새파랗게 질려 있는 부인의 얼굴에는 고통스러운 빛이 스쳐갔다. 남편의 어깨를 손으로 짚고 간신히 몸을 지탱하고 있는 그녀는 금방이라도 실신해 버릴 것만 같은 모습이었다.

잔느는 이 날, 백작이 아내를 얼마나 뜨겁게 사랑하고 있는지 알게 되었다.

그런 일이 있은 뒤로, 백작 부인은 전에 없이 아주 명랑한 모습이었다. 부인은 이 한 달 동안 더욱더 자주 레푸풀로 찾아왔고 끊임없이 웃어 댔다. 가끔은 충동적인 애정으로 잔느를 얼싸안을 때도 있었다. 뭔지 모르는 신비로운 황홀 상태가 그녀의 생활 속으로 끼어든 것처럼 보였다. 남편인 백작 또한 행복한 모습으로 한시도 아내에게서 눈을 떼지 않았다. 그리고 더욱 짙어 가는 애정으로 아내의 손이며 옷깃을 만지기 위하여 애쓰는 것 같았다.

어느 날 밤, 백작이 잔느에게 말했다.

"우리는 요즘 참 행복합니다. 질베르트가 이렇게 다정하게 군 적이 일찍이 없었죠. 불쾌해하거나 화내는 일도 없어졌습니다. 난, 아내가 나를 사랑한다는 것을 알 수가 있어요. 사실 난, 여태까지 그런 확신이 없었지요."

줄리앙 역시 딴사람이 된 것 같았다. 예전보다 훨씬 쾌활해졌고 신경질을 부리는 일도 없어졌다. 두 집안의 친목이 각 가정에 평화와 환희를 가져다준 것처럼 보였다.

봄은 생각보다 일찍 다가왔다. 화창한 날씨도 계속되었다. 따뜻한 훈풍이 살랑거리기 시작하는 아침나절부터 조용하고 매혹적인 저녁 무렵까지, 태양은 온 천지에 움터 나오는 새싹을 어루만졌다. 그것은 온갖 생명의 움틈에 때를 같이한 급격하고 힘찬 애무였고, 수액의 저항할 수 없는 분출이었으며, 온 세상으로 하여금 젊음을 되찾게 할 것 같은 갱생의 열기였다.

잔느는 이 생명의 발효에 막연하긴 하지만 한 가닥 번뇌를 느끼지 않을 수 없었다. 풀숲에 외로이 피어 있는 한 송이 꽃만 보아도 갑자기 마음이 흐려졌고, 까닭 모를 우수에 잠겨 몇 시간이고 덧없는 공상에 빠져 있기도 했다.

그리고 첫사랑을 느꼈을 때처럼 가슴을 저리게 하는 추억에 휩쓸릴 때도 있었다. 그렇다고 해서 줄리앙에 대한 애정이 되살아난 것은 아니었다. 그것은 이미 끝난 것이었다. 영원히 끝난 것이었다. 미풍이 자기 몸을 어루만지는 것 같기도 하고, 봄의 향기에 취한 것 같기도 한 잔느는 마음이 산란해졌다. 눈에 보이지 않는 그 무언가에 이끌리기라도 한 듯 그녀는 가슴이 울렁거렸다.

그녀는 혼자 있는 것이 좋았다. 멍하게 햇빛이라도 쬐고 있는 것이 좋았다. 아무 생각도 품지 않고 그저 막연한 그리고 조용한 환희의 감각에 젖어 있고 싶었다.

이렇게 그녀가 공상에 잠겨 있던 어느 날 아침이었다. 그녀의 뇌리에 환영 하나가 스쳐 갔다. 에트르타 근처의 조그마한 숲 속 덤불, 그 사이에 구멍처럼 뚫려 있는 빈터에 햇빛이 내리쬐고 있는 환영이었다. 그렇다, 그 장소였다. 자기를 사랑해 주는 청년 옆에서 처음으로 자신의 육체가 떨리는 것을 느꼈던 바로 그 장소였다. 그곳에서 그는 자신의 마음을 수줍은 듯 더듬거리며 고백했다. 그곳은 그때의 두 사람에게 빛나는 미래를 축복해 준 곳이기도 하다.

그러자 그녀는 다시 그 숲 속에 가 보고 싶어졌다. 다분히 감상적이고 미신적인 이 순례 행위를 그녀는 해 보고 싶었다. 그곳에 다시 한 번 찾아가면 왠지 자신의 삶에 새롭고 기운찬 희망이 생길 것만 같았다.

줄리앙은 새벽부터 집을 나가고 없었다. 어디로 갔는지 그녀도 몰랐다. 요즈음 그녀는 말을 곧잘 타고 다녔다. 잔느는 마르탱네의 흰 말에 안장을 얹어 그것을 타고 출발했다. 날씨는 화창했고, 풀잎 하나 나뭇잎 하나 어느 것 하나 흔들리지 않는 조용하기 그지없는 날씨였다. 바람은 죽어 없어진 듯했고, 만물은 마치 시간의 끝까지 영원히 움직이지 않으려고 기를 쓰고 있는 것 같았다. 벌레 한 마리 보이지 않았고 우는 소리 또한 들리지 않았다.

불타는 듯한 태양은, 금빛 안개로 한없는 정적을 뿌려 놓았다. 잔느는 말등에 흔들리면서 앞으로 나아갔다. 몹시 행복한 모습이었다. 때때로 그녀는 눈을 치켜뜨고, 한줌의 솜덩어리 같은 한 조각의 구름을 바라보았다. 하늘 한가운데 걸려 있는 뭉게구름은 언제까지고 푸른 하늘 속에서 움직이지 않았다. 그녀는 계곡으로 내려갔다.

이 계곡은 '에트르타의 문'이라고 불리는 여러 개의 바위 문이 바다까지 뻗어 있는 계곡이었다. 그녀는 천천히 숲으로 말을 몰았다. 아직 야위어 있는 나뭇잎 사이로 햇살이 빗줄기처럼 쏟아졌다. 그녀는 그곳을 찾기 위하여 오솔길을 이리저리 헤맸다.

길게 뻗어 있는 오솔길을 가로지르려 할 때였다. 잔느는 길가에 두 마리의 말이 매여져 있는 것을 보았다. 안장이 얹혀 있는 말은 모두 나무에 매여져 있었다. 잔느는 그 말들이 누구의 것인지를 금방 알 수 있었다. 그것은 다름아닌 질베르트와 줄리앙의 말이었다. 오랫동안 숲을 헤맨 터라 점점 고독감이 밀려오고 있던 참이었다. 그녀는 뜻밖의 만남이 여간 기쁘지 않았다. 그래서 서둘러 말을 그쪽으로 몰았다.

이렇게 오랫동안 매여 있는 일에 익숙해져 있는 것 같은 참을성 있는 말들 옆으로 오자, 그녀는 사람들을 불러 보았다. 그러나 아무런 대답이 없었다.

밟힌 흔적이 있는 잔디 위에는 부인용 장갑 한 짝과 두 자루의 채찍이 떨어져 있었다. 그렇다면 두 사람은 여기 있다가 좀더 먼 곳으로 간 것이 틀림없었다.

그녀는 십 오 분 동안이나 그들을 기다렸다. 그리고 다시 더 이십 분을 기다렸다. 대체 무슨 일로 이렇게 돌아오지 않을까 하고 염려되기도 했으나 이상한 생각은 들지 않았다. 그녀는 말에서 내려 나무에 몸을 기댄 채 가만히 있었다. 그때 산새 두 마리가 그녀가 있다는 것을 모르는 양 그녀의 발부리 옆에까지 날아와 앉았다. 그중 한 마리가 파닥거리며 날개를 벌리더니 고개를 갸웃거리면서 다른 한 마리의 주위를 맴돌기 시작했다. 그리고 날개를 한두 번 푸덕거리는가 싶더니 갑자기 교미하는 것이었다.

잔느는 깜짝 놀랐다. 그녀는 마음속으로 중얼거렸다.

'참, 그렇지. 봄이 왔지.'

그러자 이번에는 다른 생각이 머리에 떠올랐다. 그것은 어떤 의심이었다. 그녀는 새삼스레 땅에 떨어져 있는 장갑을 바라보았다. 그리고 버려져 있는 두 마리의 말과 채찍도 바라보았다. 이윽고 그녀는 황급히 말에 올라탔다. 달아나고 싶은 견딜 수 없는 충동이 일어난 것이다.

그녀는 곧장 레푸풀을 향하여 말을 몰았다. 그녀의 두뇌는 바쁘게 움직이며 사건을 추리하고, 결합하고, 상황을 점쳤다. 왜 나는 좀더 일찍 깨닫지 못했을까? 왜 그렇게 조금도 눈치를 채지 못했을까? 줄리앙이 그렇게 자주 집을 비우고, 예전처럼 멋을 부리고 명랑해진 것을 보고도 전혀 생각하지 못한 일이었다. 또한 질베르트의 신경질적인 발작과 지나칠 정도의 애교, 백작을 행복하게 만든 그녀의 바뀌어진 생활 태도 등은 무엇을 말하는가? 말할 나위도 없이 이것들은 그녀의 추리를 강력히 뒷받침해 주고 있었다.

그녀는 말을 천천히 몰았다. 좀더 신중히 생각하기 위해서였다. 말이 너무 빨리 달리면 생각을 어지럽힌다.

처음의 흥분이 좀 가시자, 그녀는 마음을 가라앉힐 수가 있었다. 질투심도 일지 않았고, 증오심도 생기지 않았다. 경멸만이 가슴에서 치밀어올랐다. 이미 줄리앙에 대한 생각은 머리에서 사라지고 없었다. 이런 일로 그녀는 놀라지 않았다. 다만 친구라고 생각했던 백작 부인의 이중 배신에 그녀는 분노하지 않을 수 없었다. 그렇다면 이 세상 모든 사람들은 한 사람의 예외도 없이 모두 불성실하고 거짓말쟁이이고 위선자뿐이란 말인가. 그녀는 눈물을 흘렸다. 죽음을 슬퍼하며 흘리는 눈물이 있는가 하면, 때에 따라서는 환멸에 대한 비애감에 눈물을 흘리기도 한다.

잔느는 아무것도 모르는 척하기로 결심했다. 이 세상의 사람들이 소중하다고 여기고 있는 그런 애정 따위에는 눈을 감아 버리자. 그녀는 오직 폴과 부모님만을 사랑하겠다고 생각했다. 또한 남들의 그런 사랑의 장난에는 일체 고개를 돌려 버려야겠다고 스스로 다짐하고 또 다짐했다.

집으로 돌아오자마자 그녀는 아들에게 달려갔다. 그리고 한 시간 동안이나 아이를 두 팔에 안고 키스를 퍼부었다.

줄리앙은 저녁 식사 때쯤 해서 돌아왔다. 상냥한 표정에 미소까지 띤 그는 그녀의 비위를 맞추기 위하여 애를 쓰고 있는 듯이 보였다. 그는 이런 질문까지 했다.

"왜 올해는 장인 장모님이 오시지 않지?"

이와 같은 그의 친절이 고마워서 그녀는 숲 속에서의 일을 거의 용서하고 싶은 심정이었다. 이렇게 되자, 폴 다음으로 가장 좋아하는 부모님을 어서 빨리 만나고 싶은 욕망에 휩싸였다. 그래서 그녀는 어서 이곳으로 와 달라는 편지를 밤 늦게까지 썼다.

부모님은 오월 이십 일에 오겠다고 알려 왔다. 오늘은 오월 칠 일이었다.

그녀는 나날이 더해 가는 초조함 속에서 부모님이 도착하기를 손꼽아 기다렸다. 딸로서의 애정에서 비롯되는 것뿐 아니라, 하루빨리 자신의 마음을 정직한 사람들의 마음과 섞어 보고 싶은 강렬한 욕구가 용솟음쳤기 때문이다. 생활, 사고, 욕망, 행위 등 모든 것이 올바른 사람들, 파렴치한 짓이라고는 하지 않는 깨끗하고 맑은 마음씨를 가진 사람들과 가슴을 열어 놓고 이야기라도 해 보고 싶었다.

그녀가 지금 느끼고 있는 것은 이와 같은 더러운 양심들 가운데 홀로 외로이 놓여져 있는 자기 양심의 고독감이었다. 그녀가 자신의 감정을 숨기고 드러내지 않는 법을 금세 배웠다고 하지마는, 그리고 여전히 미소를 띠고 손을 뻗어 백작 부인을 맞아들였다고는 하지만 이와 같은 공허감과 인간에 대한 멸시감이 시시각각으로 증대하여 그것이 자신을 송두리째 덮어 싸고 있는 것을 느꼈다. 그리고 매일처럼 들려오는 이 고장의 추잡한 여러 가지 소문은 인간에 대한 보다 더 심한 혐오감과 경멸감을 그녀의 넋에 불러일으켰다.

쿠이야르네 딸이 아이를 낳아 조만간 결혼하게 되었다든가, 마르탱네의 고아 출신 하녀가 임신했다든가, 열다섯 살밖에 되지 않은 어떤 처녀가 임신했다든가, 또 절름발이 과부에다가 '말똥'이라는 별명을 가진 더럽고 가난한 여인까지 아이를 뱄다는 소문이 끝도 없이 들려왔다. 그런가 하면 누구네 집 딸이 무슨 짓을 했다느니, 유부녀가 혹은 사람들에게서 존경받는 어떤 지주가 바람이 났다느니 하는 추잡하고 음탕한 소문도 들려왔다. 유난히 따뜻한 금년 봄은 초목의 수액처럼 인간의 체액도 펄펄 끓게 하는 것 같았다.

그런데 잔느는, 이제 그 감각마저 사라진 지 오래였다. 오직 상처받은 마음과 감상적인 넋만이 너그럽고 따뜻한 미풍에 흔들리는 것 같았다. 흥분하고 공상한다고 해도 그것은 그저 꿈꾸고 있는 것이지, 육체적인 욕망이라고는 조금도 없었다. 그러므로 이와 같은 추잡한 소문을 들을 때마다 그녀는 그저 놀랄 뿐이었고, 가슴속의 혐오가 참을 수 없는 증오로 바뀔 뿐이었다.

생물의 교접도 지금의 그녀에게는 자연을 배신하는 소행처럼 느껴졌다. 그래서 그녀는 그런 것에도 분개했다. 만약 그녀가 질베르트를 원망했다고 할지라도 그것은 자신의 남편을 빼앗았다는 사실 때문이 아니라, 질베르트도 세상의 여느 여인과 다를 것 없이 더러운 진구렁에 빠져 버렸다는 사실 때문이었다.

질베르트는 비열한 본능에 지배되는 시골뜨기와 그 핏줄이 다른데도 불구하고 어째서 그 동물만도 못한 사람들처럼 타락한 것일까?

부모님이 도착하기로 되어 있던 그날 아침, 줄리앙은 몹시 유쾌한 듯이 떠들다가 그녀에게 빵집 주인 이야기를 해주었다. 그는 그런 이야기를 아무 스스럼없이 예삿일처럼 말했기에 그녀의 혐오감을 한층 더 부추기고 말았다.

"글쎄, 빵집 주인이 어제 빵 굽는 날도 아닌데 가마에서 이상한 소리가 나기에 도둑고양이가 들어간 줄 알고 가마를 살짝 열어 보았다는군. 그랬더니 그 집 마누라가 빵은 굽지 않고 그 안에서 딴 짓을 하고 있었다는 거야."

줄리앙은 이야기를 계속했다.

"빵집 주인이 그만 가마의 뚜껑을 꼭 막아 버리는 바람에 두 남녀가 그 안에서 질식해 죽을 뻔했다지 뭐야. 그런데 그 집 꼬마가 이웃으로 달려가서 이 사건을 알렸다는군. 이 꼬마는 엄마와 대장장이가 가마 속으로 들어간 것을 보았던 거지."

이렇게 말한 줄리앙은 뭐가 그리 우스운지 견디지 못하겠다는 듯 깔깔거렸다. 그리고는 몇 마디를 덧붙였다.

"정말 고약한 놈들이야. 우리한테 사랑의 빵을 먹여 주려 했으니 말이야. 꼭 이솝 우화에 나오는 이야기 같지 않아?"

잔느는 그 말을 들은 다음부터 빵을 만지는 것조차 싫어졌다.

역마차가 현관 앞에 멈추었다. 남작이 마차의 창문으로 기쁨에 넘친 얼굴을 내밀었을 때, 젊은 여인의 넋과 가슴에서는 깊은 감동이 일어났다. 그것은 일찍이 느껴 보지 못했던 깊고도 격한 애정의 충격이었다.

그러나 그녀는 곧 오싹하는 두려움에 그만 자리에 우뚝 서고 말았다. 어머니의 모습이 보였기 때문이다. 남작 부인은 지난겨울 동안에, 그러니까 육 개월 동안에 십 년이나 더 늙어 버렸다. 커다란 두 볼은 푸르죽죽한 빛을 띠며 축 늘어져 있었고, 눈은 꺼져 들어가 없어져 버린 것 같았다. 부축 없이는 한 걸음도 뗄 수 없을 것처럼 보이는 어머니는 가쁜 숨결을 씩씩거리고 있었는데, 그것이 너무나도 괴로워 보여 오히려 옆에 있는 사람이 더 견딜 수 없을 것만 같았다.

남작은 그런 어머니를 매일 보고 있었으므로 미처 변화를 깨닫지 못하고 있는 것 같았다. 그리고 어머니가 쉴새없이 호흡의 고통을 호소하거나, 심장의 압박이 점점 악화되고 있는 것을 한탄하기라도 할라치면 남작은 이렇게 대답하는 것이었다.

"별일 아닐 거요. 당신은 항상 그 모양 아니오!"

잔느는 부모님을 방에다 모셔 드리고는 자기 방으로 돌아와 울음을 터뜨렸다. 그녀는 미친 듯이 그리고 정신없이 울었다. 얼마 뒤 그녀는 아버지에게로 가 그의 가슴에 얼굴을 파묻었다. 그때까지도 그녀의 눈에는 눈물이 가득 고여 있었다.

"아아, 어머니가 어쩌면 저렇게 달라지실 수가 있어요? 왜 저렇게 되셨어요, 아버지? 왜 저렇게 되셨는가 말이에요?"

아버지는 몹시 당혹해하면서 말했다.

"변하기는 뭐가 변했다고 그러느냐? 별 소릴 다하는구나. 그럴 리가 없단다. 난 네 엄마 옆에서 한시도 떠난 적이 없어. 그런데 달라진 게 뭐가 있겠니? 언제나 똑같지."

그날 밤, 줄리앙이 아내에게 말했다.

"아무리 봐도 당신 어머니 건강이 아주 좋지 않아 보여. 어디 아프신 건 아닐까?"

그러자 잔느가 와락 울음을 터뜨렸다. 그는 짜증 섞인 목소리로 말했다.

"여보, 제발 우는 것 좀 그만해 둬. 내가 어디 어머니가 돌아가신다고 했나? 대체 왜 그래? 정말 걸핏하면 이 모양이니, 원. 난 그저 어머니의 모습이 많이 변했다는 뜻으로 한 말이라고. 나이도 나이니 그럴 수밖에 없지 않겠어?"

일주일이 지나자 그녀는 그런 일은 잊어버렸다. 어머니의 달라진 모습이 눈에 익숙해졌기 때문이다. 어쩌면 그것은 공포심을 짓밟아 버린 탓도 있었을 것이다. 일종의 이기적인 본능에서, 혹은 영혼의 평안을 바라는 자연의 욕구에서, 사람들이 눈앞의 공포나 걱정을 짓밟아 버리거나 내팽개쳐 버리는 것과 같은 것이었다.

남작 부인은 이미 혼자 걸을 수 있는 힘조차 없어져 버렸으므로 요즈음은 하루에 삼십 분 이상의 외출은 하지 않았다.

'자신의' 산책 길을 겨우 한 바퀴 돌고 나면 더 이상 움직일 수가 없었던 부인은 '자신의' 의자에 앉혀 달라며 말하곤 했다. 그리고 산책 길을 끝까지 갈 자신이 없을 때에는 이렇게 말했다.

"여기서 그만두자꾸나. 이 뚱뚱한 몸뚱이가 내 다리를 분질러 버릴 것만 같아."

남작 부인은 이제 좀처럼 웃지도 않았다. 작년까지만 해도 큰소리로 몸을 흔들며 웃을 일도, 지금은 겨우 얼굴에 미소를 띨 뿐이었다. 다만 시력은 아직 좋은 편이어서 코린이나 마르티스의 《명상 시집》 같은 것을 되풀이해 읽으며 세월을 보냈다. 또 때로는 기념품이 들은 서랍을 가져오게 할 때도 있었다. 그리고 추억 어린 옛 편지들을 자기의 무릎 위에 쏟아 놓고, 서랍은 자기 옆의 의자 위에 얹어 놓았다. 그녀 자신이 손수 유물을 챙겨 넣기 위해서였다. 그녀는 혼자 있을 적에, 아무도 없고 자기 혼자만 있을 적에 꼭 어떤 편지에다가 입맞춤을 하기도 했다. 그것은 마치 지금은 없는 옛날 연인의 머리칼에 살며시 입을 맞추는 것과도 같았다.

어쩌다 잔느가 불쑥 어머니 방에 들어가 보면 어머니는 울고 있을 때도 있었다.

"어머, 왜 그러세요, 어머니?"

잔느가 다그쳐 물으면 부인은 긴 한숨을 내쉬며 말했다.

"내 유물 탓이란다. 즐거웠던 일들이 떠올라서 말이지. 글쎄, 내 기억에서 거의 사라져 가던 사람들이 뜻밖에 눈앞에 떠오르지 뭐겠니. 그 사람의 모습이 보이고 그 사람의 목소리까지 들리는 것 같아서 이렇게 눈물을 흘리고 말았단다. 너도 얼마 가지 않아서 이런 내 심정을 알게 될 거야."

이렇게 비수(悲愁)에 빠져 있을 때 불쑥 남작이 들어올 때도 있었다. 그럴 때면 그는 나직한 목소리로 이렇게 말했다.

"알았니, 잔느? 내 말대로 편지 같은 건 다 태워 버려야 한다. 하나도 남김없이 말이야. 어머니한테서 받은 것도 나한테서 받은 것도 모조리 없애 버려라. 나중에 늙어서 젊은 날의 추억을 되씹는다는 것은 아주 무서운 일이야."

그러나 잔느는 편지를 모으고 있었고, 어머니처럼 자신의 유물함도 마련해 두었다. 그녀는 모든 점에서 어머니와 다르기는 했지만, 꿈을 그리워하는 감상적인 성격만큼은 유전적 본능에 따르고 있었다.

그러고 나서 며칠 뒤의 일이었다. 남작은 루앙에 볼일이 있어서 집을 비우고 외출했다.

찬란한 계절이었다. 별빛과 달빛이 한데 어우러져 있는 부드러운 밤은 고요한 저녁의 뒤를 이어 주었고, 온화한 저녁은 찬란한 낮을 이어 주었다. 찬란한 낮은 눈부신 여명의 뒤를 이은 것이었다. 어머니의 건강도 얼마 지나지 않아 회복되었다. 그리고 잔느는 줄리앙의 불의의 사랑이나 질베르트의 배신마저 잊어버리고 자신의 행복을 거의 완전한 것으로 느끼고 있었다. 온 들판은 꽃으로 뒤덮였고 향기로웠다. 언제나 고요한 바다는 아침부터 저녁까지 태양 아래서 찬란하게 빛나고 있었다.

어느 날 오후, 잔느는 폴을 두 팔에 안고 들판으로 나갔다. 자기의 아들과 길가에 우거진 풀숲 속의 꽃을 번갈아 보면서 잔느는 그지없는 행복감에 젖어 들었다. 그녀는 연신 아이에게 키스를 퍼붓고는 정열적으로 꼭 껴안았다. 그리고 들판에 감돌고 있는 뭔가 감미롭기만 한 향기를 흠뻑 들이마시며 무한한 행복 속으로 녹아 들어가는 듯했고, 이내 황홀한 기분에 휩싸였다. 그녀는 아들의 장래를 공상하기도 했다. 대체 이 아이는 어떤 사람이 될까⋯⋯. 어떤 때에는 권세를 누리고 이름을 드날리는 유명인이 되기를 바라는 때도 있었다. 그러나 또 어떤 때에는 평범한 사람이라도 좋으니 항상 자기 옆에 있으면서 헌신적이고 다정하고, 어머니를 위해서라면 언제든지 두 팔을 활짝 벌리는 그런 아이가 되어 주었으면 하는 생각도 했다. 어머니로서의 이기심이 앞설 때는 아이가 어디까지나 자기의 아들이 되어 주었으면, 오직 자기만의 아들이었으면 하고 바랐고, 이성(理性)이 앞설 때에는 무엇이라도 좋으니 이 세상에 이름을 떨치는 훌륭한 사람이 되어 주기를 열망했다. 그녀는 도랑가에 걸터앉아 아이의 얼굴을 뚫어지게 바라보았다.

그런데 그 얼굴은 마치 처음 보는 얼굴처럼 느껴졌다. 이 조그마한 생명도 자꾸만 자랄 것이고, 또 씩씩한 걸음걸이로 걷게 될 것이다. 그리고는 마침내 두 볼에 수염을 기르고 우렁찬 목소리로 이야기하겠지. 그런 생각에 빠져들자 잔느는 언뜻 놀라지 않을 수 없었다.

멀리서 누군가가 부르는 소리가 들렸다. 그녀는 고개를 들었다. 마리우스가 달려오고 있었다. 잔느는 손님이라도 온 모양이라고 생각했다. 그래서 벌떡 일어섰으나 모처럼의 공상을 방해받았다는 생각에 억울한 마음이 들었다. 기를 쓰고 달려온 마리우스는 말소리가 들릴 듯한 위치에 서서 큰소리로 고함쳤다.

"아씨! 큰일났어요! 큰 마님께서 위독하시답니다!"

그녀는 차가운 한 방울의 물이 등골을 타고 흘러내리는 듯한 전율을 느꼈다. 그녀는 정신없이 달렸다.

플라타너스 아래에 사람들이 몰려 있는 것이 보였다. 그녀가 다가가자, 그곳에 모여 있던 사람들이 길을 내주었다. 거기에 어머니가 쓰러져 있는 것이 보였다. 어머니는 두 개의 베개에 머리를 괸 채 땅바닥에 넘어져 있었다. 얼굴에는 검은 빛이 돌았고, 두 눈은 꼭 감겨져 있었다. 이십 년 동안이나 헐떡이고 있던 가슴은 이미 멎어 있었다. 유모가 달려와서 젊은 어머니의 품안에서 아이를 빼앗아 안고는 그대로 가 버렸다.

잔느는 울부짖으며 물었다.

"어떻게 된 일이에요? 왜 넘어졌어요? 어서 의사를 불러 줘요."

그녀가 뒤를 돌아다보았을 때, 신부가 그곳에 있었다. 어떻게 알고 달려왔는지 알 수는 없었으나, 신부는 두 팔을 걷어붙이고 간호를 거들었다. 그러나 식초도, 콜로뉴 수(水)도, 마사지도 아무런 효과가 없었다.

"옷을 벗기고 좀더 편안한 자세로 눕혀야 해요."

신부가 말했다. 소작인 조셉 쿠이야르도, 시몽 노인도, 뤼드빈느도 모두 거기에 있었다. 그들은 비코 신부의 도움을 받아 남작 부인을 집으로 옮기려고 했다. 그러나 안아 일으켜 보니 머리는 축 늘어지고 모두가 붙잡고 있던 옷은 찢어져 버렸다. 살찐 여인의 몸뚱이가 무거워 옮길 수가 없었다. 그것을 보자 잔느는 너무나 무서운 생각이 들어 그만 울음을 터뜨리고 말았다. 그래서 모두들 할 수 없이 이 물컹물컹한 커다란 육체를 다시 땅 위에 내려놓았다.

응접실의 팔걸이 의자를 내와야만 했다. 사람들은 그녀를 그 위에 앉히고 의자째 들어올렸다. 한 걸음씩 한 걸음씩, 현관 앞의 돌계단을 올라 집 안으로 들어갔다. 마침내 방 안에 이르자 사람들은 그녀를 침대 위에 눕혔다.

찬모가 미처 옷을 벗기기도 전에 당추 과부가 달려왔다. 신부와 마찬가지로 우연히 왔다가 이 소식을 듣고 방 안으로 달려온 것이다. 하녀들의 이야기대로 두 사람 다 '죽음의 냄새'를 맡은 것처럼 생각되었다.

조셉 쿠이야르는 미친 듯이 말을 몰아 의사를 부르러 갔다. 그리고 신부가 성유(聖油)를 가지러 가려고 하자 당추 과부가 그의 귀에 대고 속삭였다.

"그러실 필요 없어요, 신부님. 이미 늦었어요. 벌써 돌아가신걸요."

잔느는 깜짝 놀라 어떻게 해야 좋을지, 무슨 방법을 써야 할지, 어떤 약을 먹여야 할지 몰라 당황했다. 잔느는 신부에게 어떻게 해야 하는 건지 가르쳐 달라고 울부짖었다.

신부는 사죄(赦罪, 죄를 뉘우친 사람을 위하여 죄와 그 벌에 대하여 예수를 대신하여 없애 줌을 알려 주는 행위)의 기도문을 외기 시작했다.

사람들은 두 시간 동안을 기다렸다. 생명 없는 푸르뎅뎅한 육체를 눈앞에 두고 묵묵히 기다린 것이다. 다만 잔느만이 방 바닥에 쓰러져 불안과 슬픔으로 가슴이 터지는 괴로움을 느끼며 울부짖고 있었다.

문이 열리고 의사가 방안으로 들어왔다. 구세주가 들어오는 것처럼 생각된 잔느는 위안과 희망이 눈앞에 보이는 듯했다. 그녀는 의사에게로 달려가 자기가 알고 있는 모든 상황을 말했다.

"어머니는 여느 때처럼 산책을 하고 계셨어요……. 어머니는 요즈음 건강이 그다지 나쁘지는 않으셨는데…… 아니, 퍽 좋은 편이었다고도 할 수 있어요. 낮에는, 수프와 계란 두 개를 드셨고…… 그런데…… 갑자기 쓰러져서…… 보시다시피 이렇게 거무스름하게 되셨어요…… 도무지 움직이지 않으시기에…… 숨을 쉬게 하려고 할 수 있는 모든 일을 다 해 보았지만…… 할 수 있는 모든 일을……."

여기서 그녀는 말을 멈추었다. 당추 과부가 의사에게 눈짓을 하고 있는 것을 보고 가슴이 덜컹 내려앉았기 때문이다. 이미 일은 돌이킬 수 없는 일이 되었고, 이제는 어떻게 해도 가망이 없다는 것을 알리는 것 같았다. 그래서 잔느는 억지로 모른 척하며 걱정스럽게 되풀이해서 물었다.

"위독한 상태인가요? 의사 선생님은 어떻게 생각하세요?"

의사는 겨우 입을 열었다.

"아무래도…… 저…… 임종하신 것 같습니다. 마음을 단단히 먹으십시오. 정말이지 마음 단단히 먹으셔야 합니다."

그 말을 듣자 잔느는 두 팔을 벌리고 어머니의 몸 위로 쓰러졌다.

그때 줄리앙이 돌아왔다. 이 뜻밖의 사태에 정신을 잃고 멍하게 서 있던 그는 몹시 당혹스러워했다. 그는 슬퍼하는 소리도 내지 않았고 절망의 빛을 띠지도 않았다. 너무도 갑작스러운 일이라 이런 경우에 어떤 태도를 취해야 할지 미처 생각나지 않는 듯했다. 그는 나직한 소리로 말했다.

"이럴 줄 알았어. 진작부터 가망이 없을 줄 알았다니까."

그는 말을 마치자 손수건을 끄집어내어 눈가를 닦았다. 그리고는 무릎을 꿇고 성호를 그은 다음 입속말로 뭔가 중얼거린 뒤 일어났다. 그리고 어머니 위에 쓰러져 있는 아내를 일으키려고 했다. 그러나 그녀는 두 손으로 시체를 꽉 붙잡고 미친 듯이 입맞춤을 해 댔다. 그는 미친 사람이 되어 버린 듯한 그녀를 겨우 밖으로 끌어냈다.

한 시간 뒤 잔느는 다시 시체가 있는 방으로 돌아왔다. 그러나 이제는 아무런 희망도 없었다. 어머니의 방이 시체 안치소로 바뀌어 버린 것이다. 창가에서는 줄리앙과 신부가 나직한 목소리로 이야기를 하고 있었다. 팔걸이 의자에 편안히 앉아 있는 당추 과부는 초상집마다 불려 다니며 밤을 새우는 여인다웠고, 죽음의 냄새가 나는 집이라면 그 집을 자기 집처럼 여기는 여인다웠다. 이미 그 여인은 의자에서 꾸벅꾸벅 졸기 시작했다.

밤이 되었다. 신부는 잔느한테 다가가 손을 잡고는 마음을 굳게 가지라는 당부를 하고, 이미 무슨 말로도 달랠 수 없게 된 그녀의 마음에 교역자(敎役者)다운 설교를 쏟아 놓았다. 신부는 설교자답게 고인에 대한 칭찬을 아끼지 않았다. 죽은 자는 신부에게 이익을 가져다주는 것이 사실이지만, 신부는 더욱 비통한 모습을 지어 보이며 오늘 밤은 유해 옆에서 밤새도록 기도드리겠다고 자청했다.

그러나 그녀는 솟구쳐 오르는 눈물을 주체하지 못하며 목멘 소리로 그것을 사절했다. 그녀 혼자 있고 싶었다. 영원한 작별의 밤을 오직 자기 혼자서 보내고 싶었다. 줄리앙이 그녀 앞으로 다가서며 말했다.

"하지만, 그렇게는 안 되지. 꼭 그렇게 하고 싶다면 나하고 함께 남아 있도록 해."

그녀는 고개를 가로저으며 말했다.

"싫어요."

이제는 말도 제대로 나오지 않는 그녀는 가까스로 다음과 같이 덧붙였다.

"저의 어머니, 저의 어머닌걸요. 저 혼자서 어머니와 마지막 밤을 보낼 거예요!"

의사가 말했다.

"원하는 대로 해드립시다. 당추 부인이라도 옆방에서 대기하고 있으면 되니까요."

신부와 줄리앙은 각자 자기들의 잠자리를 머릿속으로 염려하면서 잔느의 청을 받아들였다. 비코 신부는 무릎을 꿇고 기도를 드린 뒤 밖으로 나갔다. 그러면서 그는 중얼거렸다.
"참으로 성녀 같은 분이었지."
그 어조가 꼭 '주는 너희들과 더불어' 하고 성경을 욀 때와 같았다.
그러자 줄리앙이 여느 때와 다름없는 목소리로 물었다.
"뭐 좀 먹지 않겠소?"
잔느는 대답하지 않았다. 자기에게 한 말인 줄을 몰랐다. 그는 거듭 말했다.
"뭐라도 먹어야 할 거야. 그래야 기운차리지."
그녀는 정신나간 사람처럼 대답했다.
"어서 아버지를 불러다 주세요!"
방을 나온 그는 루앙으로 급사를 보냈다.
그녀는 깊은 슬픔 속에 빠져 있었다. 노도처럼 밀려오는 절망적인 회한의 슬픔에 몸을 맡기기 위하여 최후의 대면을 기다리는 것 같았다.
어둠이 방 안으로 숨어들어 죽은 자를 암흑으로 감쌌다. 당추 과부가 발짝 소리를 죽이고 살금살금 주변을 돌아다니면서 필요한 물건을 찾아내기도 하고 치우기도 했다. 그리고 촛불 두 개를 켜서 하얀 천으로 덮여 있는 침대 옆에 놓았다.
잔느는 아무것도 보이지 않았고, 아무것도 느껴지지 않았으며, 아무것도 이해할 수가 없었다. 그녀는 자기 혼자만 남게 될 때를 기다렸다. 이때 식사를 끝낸 줄리앙이 방 안으로 들어왔다.
"뭐 좀 먹어야지?"

아내는 말 대신 고개를 가로저었다.

그는 의자에 앉았다. 슬퍼한다기보다는 체념하고 있는 사람 같았다. 입도 열지 않고 그저 가만히 앉아만 있었다.

세 사람은 모두 제각기 의자에 앉은 채 꼼짝하지 않았다.

이따금 당추 과부가 코를 가볍게 골며 졸고 있는 듯했으나 금세 다시 눈을 떴다.

마침내 줄리앙이 의자에서 일어나 잔느에게로 다가갔다.

"꼭 혼자 있고 싶소?"

그녀는 남편의 손을 잡고 목멘 소리로 말했다.

"그래요, 이대로 혼자 있게 해주세요."

그는 아내의 이마에 키스하며 말했다.

"나중에 올게."

그는 당추 과부와 함께 방을 나갔다. 그 과부는 자기가 앉았던 의자를 옆방으로 가지고 갔다.

잔느는 문을 닫고는 두 곳에 나 있는 들창문을 열었다. 그러자 풀을 베는 계절의 훈훈한 공기가 애무하듯 그녀의 얼굴에 와 닿았다. 어제 베어 낸 잔디가 달빛 아래 누워 있었다.

잔느는 이 달콤한 감각이 불쾌하게 느껴졌다. 자신을 비꼬고 있는 것처럼 생각되었기 때문이다.

그녀는 침대 쪽으로 돌아와, 이미 얼음처럼 차가워진 손을 거머쥐고 어머니의 얼굴을 가만히 바라보았다.

졸도했을 때처럼 부어 있지는 않았다. 그냥 조용히 잠들어 있는 것처럼 보였다. 흔들리는 촛불이 쉴새없이 얼굴의 그림자를 이동시키고 있어서인지 어머니의 얼굴은 마치 살아 움직이고 있는 것 같았다.

　잔느는 어머니의 얼굴을 뚫어지게 바라보았다. 그러자 먼 옛날 소녀 시절의 무수한 추억들이 일시에 몰려들었다.

　어머니가 수녀원의 면회실로 찾아왔을 때의 일, 과자가 가득 든 상자를 건네주셨을 때의 거동, 숱한 자질구레한 사건들, 조그마한 애정의 표시, 이야기, 목소리, 버릇, 웃을 때 눈꼬리에 잡히는 주름살, 앉았을 때의 헐떡거리는 숨결, 이런 온갖 것들이 머리에 떠올랐다.

　이렇게 그녀는 꼼짝하지 않고 어머니를 바라보았다. 일종의 마비 상태에 빠져 버린 그녀는 '어머니가 돌아가셨다'는 말을 머릿속으로 되뇌였다. 그러자 이 말이 품고 있는 공포에 그만 사로잡히고 말았다.

　여기 뻣뻣하게 누워 있는 이 사람, 어머니는 정말 죽은 것일까? 이제는 움직이는 일도 없고 이야기하는 일도 없으며 웃는 일도 없으리라. 아버지와 마주앉아 식사하는 일도 없으리라. '안녕, 자네트!' 하고 말하는 일도 없으리라. 어머니는 죽은 것이다.

　얼마 있지 않아 어머니는 관에 누이게 될 것이고 못질이 되어 땅 속에 묻힐 것이다. 그러면 만사는 끝이 난다. 두 번 다시 볼 수 없게 된다. 그런 일이 정말로 있을 수 있을까? 어째서 그런 일이 있는 것일까? 그러면 이제 어머니라는 것은 없어지는 것일까? 그렇게나 다정스럽던 얼굴, 그것은 이 세상에 태어나서 처음 눈떴을 때부터, 처음 팔을 벌렸을 때부터 사랑해 온 얼굴이었는데, 그 그리운 얼굴, 넘쳐나도록 사랑을 안겨 주었던 사람, 다시 또 있을 수 없는 사람, 어느 누구보다도 소중한 어머니라는 사람이 이제 없어지는 것이다. 이 얼굴은 지금 아무것도 생각하지 않고 있다. 이미 움직이지 않는 얼굴이지만 그것도 앞으로 몇 시간 뒤면 다시는 볼 수 없게 될 것이다. 그리고 아무것도, 어떤 것도 남지 않게 된다. 오직 무로 돌아갈 뿐이다. 남는 것이 있다면 추억뿐이겠지.

그러자 잔느는 쓰러지듯 무릎을 꿇었다. 절망의 무서운 발작에 휩쓸린 것이다. 수의를 쥐고 있던 그녀의 손이 다시 떨리기 시작했다. 그녀는 입술을 침대에 대고 쓰러지며 울었다.

"아아, 어머니, 불쌍한 우리 어머니!"

그녀는 목이 터져라 큰소리로 울부짖었지만, 그 비통한 소리는 침대와 이불에 묻혀 밖으로 새나가지는 않았다.

그저 미쳐 버릴 것만 같은 기분이 되어, 어느 날 밤 눈밭으로 뛰쳐나갔던 때와 꼭 같은 비참한 기분이 되어 그녀는 일어나 창문 쪽으로 갔다. 머리를 식히고 맑은 공기를 들이마시기 위해서였다. 이 침대의 공기 말고, 저 죽은 사람의 공기 말고 신선한 바깥 공기를 마시고 싶었다.

곱게 다듬어진 잔디와 나무들, 벌판과 저 먼바다 따위가 매혹적인 달빛 아래 모두 고요하고 평화롭게 잠들어 있었다. 기분을 가라앉게 해주는 부드러움이 얼마간 잔느의 몸 속으로 스며들었으므로 그녀는 소리를 죽이려고 애쓰며 훌쩍거리기 시작했다.

그리고 나서 침대맡으로 돌아온 그녀는 어머니의 손을 꼭 감쌌다. 병자를 간호하는 것처럼.

커다란 벌레 한 마리가 촛불의 빛에 이끌려 방 안으로 들어왔다. 그 벌레는 총알처럼 벽에 부딪히며 온 방 안을 이리저리 날아다녔다. 윙윙거리면서 날고 있는 벌레에 마음을 빼앗긴 잔느는 눈을 치켜뜨며 그것을 바라보려고 했으나, 하얀 천장에 그 그림자가 움직이고 있는 것밖에는 보이지 않았다.

얼마 뒤 그 벌레의 날아다니는 소리마저 들리지 않았었다. 그러자 이번에는 괘종시계의 똑딱거리는 소리가 들려 왔다. 그리고 또 한 가지 다른 소리 — 소리라기보다는 거의 느낄 수조차 없는 가냘픈 속삭임 같은 것이 들려왔다. 어머니의 회중 시계가 움직이고 있는 소리였다. 그 시계는 의자에 걸려 있는 옷 속에 있었다. 그러자 갑자기 죽은 사람과, 아직도 멎지 않고 있는 이 기계와의 막연한 대조가 잔느의 마음에 다시금 모진 고통을 되살려 놓았다.

그녀는 시계를 보았다. 아직 열 시밖에는 되지 않았다. 앞으로 긴 밤을 여기서 새지 않으면 안 된다고 생각하니 오싹 소름이 끼쳤다. 공포가 그녀의 마음을 짓눌렀다.

또 다른 생각이 가슴에 떠올랐다. 그것은 그녀 자신의 생활에 관한 추억 — 로잘리와 질베르트 — 이었다. 모두가 그녀의 마음에 드리워진 쓰디쓴 환멸이었다. 그러고 보면 이 세상의 모든 것은 비참하고, 고뇌에 찼으며, 불행한 것이었다. 모든 것이 사람을 속이고, 모든 것이 거짓말하며, 모든 것이 비애를 안겨 주고, 울음을 가져다준다. 손톱 끝만한 휴식이나 환희는 어디서 찾아야 한단 말인가? 그것은 틀림없이 저 세상일 것이다. 넋이 지상의 시련에서 해방될 때일 것이다. 그녀는 이 측량할 수 없는 신비를 공상하기 시작했다. 별안간 시적인 확신이 생기는가 싶더니 그에 못지않은 막연한 다른 가정이 그것을 부인하기도 했다.

그렇다면 대체 어머니의 넋은 어디에 있는 것일까? 움직이지 않는, 얼음처럼 차가운 육체의 넋은? 틀림없이 멀고 먼 곳에 있으리라. 그럼 그 공간은 어디일까? 그곳은 어디쯤일까? 시들어 버린 꽃의 향기처럼 사라지는 것일까? 아니면 새장에서 달아난 새처럼 어딘가를 방황하는 것일까?

하느님의 부름을 받은 것일까? 아니면 어쩌다가 새로운 창조물 속에 끼어 움터 오는 새싹 속에 섞여 들어간 것일까?

어쩌면 바로 옆에 있는지도 모른다. 이 방 안에, 금방 떠났던 그녀의 생명 없는 육체의 주변에 있는지도 모른다. 그러자 불쑥 유령이라도 와서 닿은 것처럼 잔느는 무슨 입김 같은 것이 제 몸을 스치고 지나감을 느꼈다. 그녀는 공포에 휩싸였다. 그것은 너무나도 격한 공포였다. 꼼짝도 할 수 없고 숨도 쉴 수 없는 그런 무서움이었다. 심장이 미친 듯이 뛰었다.

그러자 별안간 아까의 그 벌레가 또다시 온 방 안을 빙빙 돌면서 벽에 부딪히기 시작했다. 그녀는 발끝에서 머리 꼭대기까지 오싹해졌다. 그러나 곧 그것이 벌레라는 것을 깨닫고는 금방 안심했다. 그녀는 일어나 뒤쪽을 돌아보았다. 그때 문뜩, 스핑크스의 조각이 붙어 있는 책상, 어머니의 유물 서랍이 있는 책상이 눈에 띄었다.

그녀는 갑자기 가슴이 울렁거렸다. 그리고 기묘한 생각이 떠올랐다. 그것은 최후의 밤에 어울리는 경건한 독서처럼, 지금은 고인이 된 어머니의 추억이 어려 있는 그 옛날 편지를 읽어 봤으면 하는 생각이었다. 그것은 자상하고 인정 있는 신성한 의무처럼 여겨졌고, 저 세상의 어머니에 대한 진정한 효도처럼 생각되었다.

그것은 그녀로서는 전혀 본 적이 없는 외할아버지와 외할머니의 옛 편지였다. 잔느는, 그분들의 딸이었던 이 시체 너머로 외할아버지와 외할머니에게 두 팔을 뻗어 안아 보고 싶어졌다. 이 슬픈 밤에 그분들도 한탄과 비통에 빠져 있을 것으로 생각되었기 때문이다. 그녀는 옛날에 돌아가신 그분들, 그리고 방금 돌아가신 어머니, 그리고 또 땅 위에 남아 있는 그녀 자신과의 사이에 신비로운 애정의 쇠사슬 같은 것을 만들어 보고 싶었다.

그녀는 일어서서 책상 서랍을 열었다. 아래쪽 서랍에서 누렇게 바랜 편지 다발 하나를 끄집어냈다. 편지들은 가지런히 간추려져서 실로 꽁꽁 묶여 있었다.

그녀는 그것을 모두 어머니의 팔 옆에 놓았다. 어머니의 마음을 헤아린 그녀의 감상적인 동정에서였다. 그러고 나서 그녀는 편지들을 읽기 시작했다.

그것은 웬만한 이름 있는 집안이라면 헌 책상 같은 데에 흔히 소장되어 있는 곰팡내 나는 편지들이었다.

맨 처음 편지는 '그리운 그대'라는 말로 시작되었다. 다른 하나는 '귀여운 우리 아가'로 시작되어, 그것이 '귀여운 내 딸', '보고 싶은 내 딸', '무엇보다도 귀여운 내 딸', 그러고는 '사랑하는 아가', '사랑하는 아델라이드'라고 되어 있었다. 그것은 어린 딸에게, 그리고 처녀가 된 딸에게, 나중에는 남의 아내가 된 딸에게 보낸 편지임을 알 수 있었다.

어느 것이나 정열적이었으나, 지극히 허물없는 사랑에 충만된 내용들이었다. 집안 사람들끼리의 사소한 일이라든지, 남들에게는 아무런 흥밋거리도 되지 못하는 자질구레한 일상 생활에 관한 소식들이 적혀 있었다. 이를테면, '아버지가 감기에 걸리셨어요, 하녀 울탕스가 손가락을 불에 데었어요, 고양이 크록이 죽었어요, 울타리 오른편에 있던 전나무를 베어 버렸어요, 엄마가 교회에서 돌아오는 길에 성경책을 잃어버렸는데 엄마는 그것을 도둑맞았다고 생각하고 있어요', 이런 따위의 내용들이었다.

그 편지에는 잔느가 잘 모르는 사람의 이야기도 쓰여 있었다. 그러나 어린 시절에 막연하게나마 그 이름들을 들은 적이 있는 것처럼 느껴지는 그런 사람들이었다.

이런 내용들에 접하자 그녀는 새삼 가슴이 울렁거리는 것을 느꼈다. 뭔지 모르지만 그 하나하나가 무슨 계시처럼 느껴졌기 때문이다. 마치 그녀는 어머니의 과거로, 신비롭게만 여겨지는 어머니의 마음속으로 별안간 뛰어든 심정이었다. 그녀는 어머니의 유해를 눈앞에 둔 채, 커다란 목소리로 그것을 읽기 시작했다. 죽은 어머니를 위하여, 어머니의 마음을 위로하기 위하여 그리고 어머니의 넋을 달래기 위하여 그녀는 편지를 읽어 나갔다.

그러자 유해도 행복해하는 것 같았다.

다 읽은 편지는 한 장 한 장 침대 아래로 던졌다. 관 속에

꽃을 넣듯이 이것을 어머니의 품속에 넣어 주어야겠다고 생각했기 때문이다.

그녀는 다른 편지 다발을 풀렀다. 그것은 방금 읽은 것과는 필적이 달랐다. 그녀는 그것도 읽기 시작했다. '이제는 당신의 사랑 없이는 하루도 살 수 없을 것 같습니다. 미칠 듯이 당신을 사랑하고 있습니다.'

더 이상은 쓰여 있지 않았다. 이름도 적혀 있지 않았다.

그녀는 영문을 몰라 그것을 뒤집어 보았다. 수신인은 역시 '르 페르뒤 데 보 남작 부인'이라고 되어 있었다. 그녀는 다음 편지를 펴 보았다.

'오늘 밤 이리로 와 주십시오. 그 사람이 외출하거든 즉시 말입니다. 한 시간은 함께 지낼 수 있을 것 같습니다. 난 당신을 그리워하고 있습니다.'

또 다른 한 통에는 이렇게 쓰여 있었다.

'나는 당신을 그리워하는, 미쳐 버릴 것만 같은 심정을 안고 또 하룻밤을 헛되게 보내고 말았습니다. 나는 당신을 내 품속에 안고 있었습니다. 당신의 입술은 내 입속에, 당신의 눈동자는 내 눈동자 속에 담고 있었습니다. 그러자 바로 이 순간에도 당신이 그 사람 옆에서 잠자고 있을 것을 생각하니, 그리고 그 사람이 당신 육체를 마음대로 하고 있을 생각을 하니 미칠 것 같았습니다. 그래서 창문으로 몸을 던져 버렸으면 하는 생각이 듭니다.'

잔느는 기절할 정도로 놀랐다. 대체 이게 무슨 말인가? 어떻게 된 일인가? 누가 누구에게 보낸 사랑의 호소란 말인가?

잔느는 의혹에 빠졌다.

그녀는 계속 읽어 나갔으나 거기에 쓰여 있는 것은 앞의 것과 다름없는 미칠 것같이 뜨거운 사랑의 고백이요, 조심해서 행동하라고 덧붙여져 있는 밀회의 약속이었다. 마지막에는 으레 '이 편지를 꼭 불태워 없애도록'이라고 적혀 있었다.

마지막으로 펴 본 편지는 평범한 것이었는데 만찬의 초대를 승낙한다는 뜻이 적혀 있었다. 그러나 그 필적은 앞의 편지의 것과 똑같았고 '폴 레느마르'라고 서명되어 있었다. 이것은 남작이 지금까지도 '폴 녀석'이라고 부르고 있는 사람으로서, 그의 부인은 남작 부인과는 둘도 없는 다정한 친구이기도 했다.

그러자 갑자기 한 가지 의문이 잔느의 뇌리를 스쳤다. 그러나 다음 순간 그것은 움직일 수 없는 확신으로 변했다. 어머니는 그 사람과 사랑하고 있었던 것이다.

별안간 머리가 어지러워지고 형언할 수 없는 혐오가 가슴에 치밀었다. 그녀는 더러운 물건을 팽개치듯이 편지를 몽땅 집어던졌다. 마치 몸을 기어오르는 독벌레를 떨쳐 버리려는 것처럼.

그녀는 창문가로 달려갔다. 울음이 터져 나왔다. 가슴 밑바닥에서 솟구쳐 오르는 울음, 목이 터질 것만 같은 울음을 터뜨리고 말았다. 얼마 동안이나 그랬을까. 마침내 그녀는 온몸에서 힘이 빠져 방바닥에 쓰러지고 말았다. 그녀는 커튼으로 얼굴을 가렸다. 이제는 자신의 울음소리가 누구에게라도 들리는 것이 겁이 났고, 또 싫었다. 그녀는 흐느껴 울었다. 깊은 절망 속으로 끝없이 빠져 들어가는 비통한 흐느낌이었다.

그녀는 이렇게 밤새도록 울음으로 보냈다.

그때 옆방에서 발소리가 들렸다. 그녀는 벌떡 일어섰다. 아버지가 오신 것일까? 침대 위와 마룻바닥에는 편지들이 가득 흩어져 있었다. 아버지가 그 가운데 하나만 보게 되어도 모든 게 끝장이다! 아버지도 이 일을 알게 되는 것이다. 아버지도!

그녀는 몸을 날려 누렇게 바랜 옛 편지들 —— 외할아버지와 외할머니의 것과 연인의 것, 그리고 펴 보지도 않은 편지들과 서랍 속에 아직 묶인 채로 있는 것들을 모조리 두 손으로 움켜쥐고 한 덩어리로 똘똘 말아 난롯불 속으로 던졌다. 그리고 협탁 위에서 타고 있는 촛불 하나를 집어들고는, 난로 속으로 미처 넣어 버리지 못한 한 다발의 편지에 불을 붙였다. 커다란 불꽃이 활활 춤추듯 타오르며 방 안을, 침대를, 시체를 비춰 주었다. 불꽃은 굳어진 얼굴과 수의 속의 거대한 시체의 윤곽을 침대 뒤의 벽에 꺼멓게 그려 놓았다.

난로 속에는 이미 한 줌의 재밖에 없었다. 그녀는 더 이상 유해 옆에 있을 용기가 나지 않았다. 그녀는 다시 창문가로 가 주저앉으며, 두 손으로 얼굴을 가리고 흐느끼기 시작했다.

"아아, 불쌍한 어머니! 아아, 불쌍한 어머니!"

가슴이 찢어지는 듯한 끝없는 슬픔이 그녀의 흐느낌을 타고 마치 신음 소리처럼 흘러나왔다.

그러자 어떤 무서운 생각이 떠올랐다. 만약 어머니가 죽어 있는 것이 아니라면? 다만 혼수 상태에 빠진 것에 지나지 않은 것이라면? 그리고 지금이라도 벌떡 일어나 정신을 차리기라도 한다면? 어머니의 무서운 비밀을 알게 되므로 해서 자식으로서의 애정을 덜어 내는 결과가 되는 건 아닐까? 전과 똑같은 애정으로 어머니의 입술에 키스할 수 있을까? 그리고 거룩한 애정으로 어머니를 사랑할 수 있을까? 안 된다, 이제는 그렇게는 안 될 것이다. 이렇게 생각하자 그녀는 금방이라도 가슴이 찢겨져 나갈 것만 같았다.

날이 새기 시작했다. 별빛도 흐려졌다. 새벽녘의 싸늘한 기운이 느껴졌다. 기울어지기 시작한 달은 바다를 진줏빛으로 물들이며 곧 가라앉으려 했다.

레푸풀에 왔을 때, 창가에서 보낸 그날 밤의 추억이 잔느의 가슴을 찔렀다. 그것이 왜 이다지도 먼 옛날처럼 느껴지는 것일까! 왜 이다지도 달라진 것일까! 왜 자신의 미래가 다르게 보이는 것일까!

어느덧 하늘이 장밋빛으로 변했다. 마음이 들뜨는 듯한, 연정을 품게 하는 듯한 찬란하기 그지없는 장밋빛이었다. 그녀는 무슨 신비로운 현상이라도 보듯 놀라운 마음으로 이 새벽빛을 바라보았다. 이 황홀한 여명, 이 아름다운 새벽을 맞이할 수 있는 환희도, 행복도 이 세상에 없을 수 있을까 하고 생각해 보았다.

문이 열리는 소리에 잔느는 몸이 오싹해졌다. 줄리앙이었다.

"괜찮아? 피곤하지?"

그녀는 그를 보지도 않고,

"아니에요."

하고 입속으로 중얼거렸으나 이제는 혼자 있지 않게 된 것이 반가웠다.

"자, 가서 좀 쉬어."

그가 말했으므로, 그녀는 헤어지기 싫은 듯 어머니에게 다정스런 키스를 했다. 피맺히는 쓰라린 키스였다. 그러고 나서 자기 방으로 돌아갔다.

그날 하루는, 언제나 죽음에 따르기 마련인 갖가지 슬픈 일들로 흘러가 버렸다. 저녁에는 남작이 도착했다. 남작은 몹시 울었다.

장례식은 다음날 치러졌다.

잔느는 자신이 마지막 화장을 해준 어머니의 싸늘한 이마 위에 마지막으로 입을 맞추었다. 그리고 유해가 관에 넣어져 못질되는 것을 보고 난 뒤에 물러갔다. 문상객들이 오기 시작했다.

질베르트가 맨 먼저 도착했다. 그녀는 흐느껴 울면서 잔느의 품속으로 몸을 던졌다.

빠른 속도의 마차 몇 대가 울타리를 빙 돌아 안으로 들어오는 것이 보였다. 사람들의 웅성거리는 소리가 넓은 현관 쪽에서 들려 왔다. 검은 옷을 입은 여인들이 하나둘씩 방 안으로 들어왔다. 모두가 잔느에게는 낯선 여인들이었다. 쿠틀리에 후작 부인과 브리즈빌 자작 부인이 잔느의 이마에 키스를 했다.

문득 그녀는 리종 이모가 자기 옆으로 오는 것을 깨달았다. 그녀는 다정스럽게 이모를 껴안아 주었다. 이 때문에 그 노처녀는 기절할 정도로 놀랐다.

줄리앙이 들어왔다. 훌륭한 상복을 입은 그는 여간 당당해 보이지 않았다. 그는 몹시 분주해 보였고, 조객이 몰려드는 것을 자못 만족해하는 것처럼 보였다. 그는 무슨 긴요한 이야기라도 하는 것처럼 잔느의 귀에다 소곤거리기도 했다. 그는 나지막한 목소리로 잔느에게 말했다.

"온 귀족들이 다 모였어. 훌륭한 장례식이 될 거야."

그는 귀부인들에게 공손히 고개를 숙여 보이고는 방을 나갔다.

장례식이 거행되는 동안, 질베르트 부인과 리종 이모만이 잔느 옆에 남아 있었다. 백작 부인은 쉴새없이 잔느의 이마에 키스하면서,

"아, 가여워라! 아, 가여워라!"

하고 되풀이해서 말했다.

아내를 데리러 온 푸르빌 백작은 자기 어머니를 잃은 사람처럼 울었다.

10

 장례식을 치른 다음에는 몹시 슬픈 나날이 계속되었다. 친한 사람이 영원히 사라져 버린, 그리고 그 부재로 말미암아 온 집안이 텅 비어 버린 것 같은 느낌이었다. 허망하고 침울한 나날이 계속되었다. 죽은 사람이 평소 아끼던 물건들을 볼 때마다 격렬한 아픔이 가슴을 파고들었다. 순간 순간, 추억이 가슴속에 떠올라 마음을 헤집어 놓았다. 여기에 어머니의 팔걸이 의자가 있다. 현관에는 어머니의 파라솔이 있고, 하녀가 미처 치우지 못한 컵이 있다! 그리고 어느 방이나 미처 치우지 못한 물건들이 있었다. 가위라든가, 한 짝뿐인 장갑이라든가, 손때 묻은 책이라든가, 그 밖에 온갖 시시한 물건들이 남아 있었다. 그런 것들이 가슴을 아프게 하는 것은 그 모든 것들이 온갖 추억을 생각나게 했기 때문이다.
 그리고 목소리가 있었다. 이것이 그들을 뒤쫓았다. 목소리

가 들리는 것만 같았다. 어디든 달아나고만 싶었고 괴롭기만 한 이 집에서 도망치고 싶었다. 그러나 다른 사람들 역시 달아나지 않고 괴로움을 당하고 있으니 자기도 여기 있지 않으면 안 되었다.

 게다가 잔느는 뜻밖에 자신이 발견하게 된 어머니의 비밀 때문에 마음이 더욱 쓰리고 아팠다. 그것만 생각하면 가슴은 금세 무거워지고 심장은 터져 버릴 것만 같았다. 그녀의 고독감은 이로 말미암아 한없이 짙어만 갔다. 그녀는 마침내 최후의 신뢰도 최후의 신앙도 모두 함께 잃고 말았다.

 아버지는 며칠 뒤 루앙으로 돌아갔다. 아버지 역시 나날이 깊어져만 가는 쓰라린 슬픔에서 헤어나고 싶었고, 새 공기를 마시고 싶었을 것이다.

 이렇게 한 사람씩 주인이 사라져 가는 이 광대한 저택은 얼마 지나지 않아 그 평온하고 규칙적인 생활로 되돌아갔다.

 그러자 이번에는 폴이 병이 났다. 잔느는 거의 이성을 잃다시피 했고 열이틀 동안이나 거의 잠도 자지 않고, 식사도 하지 않았다.

 마침내 폴이 회복되었다. 그러나 그녀는 폴에게도 죽음이 있다는 것을 깨닫게 되었고, 이 무서운 생각에 사로잡히고 말았다. 만약 폴이 죽는다면 어떻게 할까? 어떻게 될까? 이런 생각이 들자 그녀는, 아이 하나를 더 가져야겠다는 희미한 욕망이 가슴 한 구석에서 솟아오름을 느꼈다. 곧 그녀는 그것만 생각하게 되었다. 그녀는 처녀 시절부터 사내아이 하나와 계집아이 하나를 소망했는데, 이제 새삼스럽게 그것을 간절히 바라게 되었다. 그리고 이 소망은 한시도 그녀의 머리에서 떠나지 않는 집념으로 변했다.

그러나 로잘리 사건 이래로 그녀는 줄리앙과 한 지붕 밑에서 살고 있기는 했으나 서로 별거나 다름없는 생활을 하고 있었다. 지금과 같은 상태로 두 사람이 다시 가까워진다는 것은 거의 불가능했다. 줄리앙은 다른 곳에 사랑하는 대상이 있었고, 게다가 그녀는 그것을 잘 알고 있었다. 그리고 그의 애무에 몸을 내맡긴다는 것은 생각만 해도 소름이 끼치는 일이었다.

하지만 목적을 위해서는 그것도 참아야 한다고 그녀는 생각했다. 그 정도로 그녀는 다시 어머니가 되고 싶은 욕망에 사로잡혔다. 그러나 어떻게 하면 두 사람의 키스가 시작될 수 있을까 하고 그녀는 생각했다. 자기가 먼저 그런 의사를 밝힌다는 것은 죽기보다도 싫었다. 그리고 줄리앙도 자신 못지않게 아내를 잊고 사는 것처럼 보였다.

그녀는 그것을 체념해야 할 처지였다. 그러나 그녀는 밤마다 계집아이를 갖고 싶은 욕망에 시달렸다. 때로는 플라타너스 나무 그늘에서 사내아이와 계집아이가 사이좋게 장난치고 있는 것이 눈앞에 아른거리기도 했다. 그녀는 간혹 밤에 잠자리에서 일어나 남편의 방으로 살짝 가 볼까 하는 충동을 느끼기도 했다. 그녀는 남편이 자고 있는 방의 문 앞까지 두세 번 정도 가 보았으나 그 때마다 급히 되돌아서고 말았다. 부끄러운 생각에 가슴이 울렁거렸기 때문이다.

남작은 자기 집으로 돌아가 버렸고 어머니는 이 세상 사람이 아니었다. 지금의 잔느에게는 마음속의 비밀을 털어놓고 의논할 만한 상대가 아무도 없었다.
 그래서 그녀는 비코 신부를 만나기로 결심했다. 고해의 비밀을 지켜 준다는 약속만 해준다면, 자신이 품고 있는 그 어려운 계획을 상의해 보고자 했다.
 그녀가 성당으로 찾아갔을 때, 신부는 과일 나무가 몇 그루서 있는 조그마한 정원에서 성서를 읽고 있었다. 잠시 이런저런 이야기를 나누다가 마침내 그녀는 하기 힘든 이야기를 끄집어냈다.
 "신부님, 고해를 하고 싶어요."
 그는 깜짝 놀라 안경을 치켜올리며 상대를 가만히 훑어보았다. 그러더니 그만 웃음을 터뜨렸다.
 "이거 뜻밖인데요. 부인이 양심에 거슬리는 짓을 했을 리는 없을 테고."
 그녀는 당황하여 어쩔 줄 몰라 하면서도 계속해서 말을 이었다.
 "아니, 그게 아니라…… 좀 의논할 게 있어서요…… 의논이라고는 해도…… 그게…… 그게…… 좀 어려운 문제가 되어서요…… 여기서 이렇게 이야기할 수는 없어요……."
 신부는 금세 호인다운 모습을 감추고 성직자다운 근엄한 표정을 지으며 말했다.
 "그렇다면 고해소에서 듣기로 하지요. 자아, 들어갑시다."
 그러나 그녀는 마지막 결심을 하지 못하고 신부를 붙들어 세웠다. 이런 부끄러운 일을 고요 속에 잠겨 있는 성당 안에서 이야기한다는 것이 너무나도 벅차게 느껴졌기 때문에 순간 주저하고 만 것이다.

"저어…… 다름이 아니고…… 신부님…… 저…… 저는…… 신부님께서…… 허락하신다면…… 저…… 여기서 오늘 방문한 이유를 말하고 싶어요. 좋으시다면 저기…… 저 등나무 아래로 가서……."

그들은 천천히 그쪽으로 갔다. 그녀는 어떻게 말을 해야 좋을지, 어떻게 말을 시작해야 될지 곰곰이 생각해 보았다. 그들은 등나무 그늘 아래 의자에 앉았다.

"신부님."

그러고 나서 또 잠시 동안 머뭇거리다가 그녀는 다시 '신부님' 하고 되풀이했다. 그러나 자꾸만 마음이 혼란스러워 그만 입을 다물어 버렸다.

신부는 두 손을 배 위에 깍지 낀 채 가만히 기다리고 있었다. 상대가 당황하고 있는 것을 본 신부는 용기를 주기 위하여 입을 열었다.

"몹시 난처하신 모양인데, 자아, 용기를 내십시오."

그녀는 위험 속으로 뛰어드는 겁쟁이처럼 마침내 눈을 딱 감고 말했다.

"신부님, 전 아이 하나를 더 갖고 싶어요."

신부는 아무런 말도 하지 않았다. 무슨 말인지 도무지 알아들을 수가 없었기 때문이다. 그녀는 설명을 하긴 했지만, 떨리는 목소리로 두서 없이 늘어놓을 뿐이었다.

"전, 지금 이 세상에서 외톨이예요. 아버지와 남편은 사이가 좋지 않고, 어머니는 돌아가셨어요. 그래서…… 그래서…….”

그녀는 온몸을 떨면서 낮은 목소리로 말했다.

"요전에는 우리 아이가 심하게 앓았어요. 하마터면 잃을 뻔했지요! 그러니 만약 무슨 일이라도 생긴다면 전 어떻게 되겠어요?”

그렇게 말하고 잔느는 입을 다물어 버렸다. 신부는 무슨 말을 해야 할지 몰라 상대방을 물끄러미 바라보다가 물었다.

"그래서요?”

그녀가 말했다.

"전, 아이가 하나 더 있었으면 좋겠어요!”

그 말을 듣고 신부는 빙긋 웃었다.

늘 신부 앞에서도 허물없이 지껄이는 농부들의 농담을 들어온 터라 그는 알겠다는 듯이 고개를 끄덕이면서 말했다.

"그래요? 하지만 그건 부인께서 마음먹기에 달려 있는 것 아닌가요?”

그녀는 순진한 눈으로 신부를 쳐다보다가 갑자기 당황하여 더듬더듬 말했다.

"그렇긴 한데…… 신부님도 알고 계시겠지만…… 지난번 그 사건 이후로…… 남편과 저는…… 별거하고 있습니다…… 우린 전혀 접촉하지 않아요.”

시골의 문란한 풍속이나 난잡한 만남에 익숙해져 있는 신부는 이 고백을 듣고 놀랐다. 그리고 비로소 이 젊은 부인의 진심이 무엇인지를 알 수 있을 것 같았다. 그는 그녀의 서러운 소망에 대한 호의와 동정이 깃든 마음으로 그녀를 곁눈질했다.

"이제야 확실히 알 것 같군요. 그…… 부인의 독신 생활이나 다름없는 쓰라린 심정을 말입니다. 부인은 아직 젊고 건강하니까요. 정말 지당하신 말씀입니다. 지극히 자연스러운 이치죠."

그는 다시 빙긋 웃었다. 시골 신부의 추잡한 기질이 고개를 치켜든 것이다. 그는 잔느의 손을 한번 툭 치면서 말했다.

"당신은 허락된 몸입니다. 계율에도 그럴 권리가 보장되어 있지요. '육체의 행위는 혼인 관계에서만 행하라'고 말입니다. 부인은 결혼한 몸입니다. 그러니 어렵게 생각할 일이 아니지 않습니까?"

이번에는 잔느 쪽에서 신부의 말이 무엇을 뜻하는 것인지 알 수가 없었다. 그러나 이윽고 그의 뜻을 알아차린 잔느는 얼굴을 붉히고 눈물을 흘리며 말했다.

"어머! 신부님, 무슨 말씀을 그렇게 하세요? 어떻게 그런 생각을 하시죠? 전 그런 게 아니에요. 결코 말이에요!"

신부는 또다시 놀라며 말했다.

"부인을 괴롭히려고 한 말은 아닙니다. 내가 지나친 농담을 한 모양이로군요. 마음만 바로 가진다면 그다지 노하실 일도 아닙니다. 그저 나를 믿어 주십시오. 믿어 주시면 됩니다. 하루바삐 줄리앙을 만나서 이야기해 보겠습니다."

그녀는 더 이상 무어라고 말해야 좋을지 몰랐다. 이렇게 중간에서 다리를 놓아 주면 도리어 역효과가 나기 쉬우므로 그

녀는 사양하고 싶었다. 그러나 그녀는 아무런 말도 입에 올릴 수가 없었다. 그래서 그녀는,

"고맙습니다, 신부님."

하고 인사를 하는 둥 마는 둥 하고는 서둘러 그 자리를 빠져 나왔다.

일주일이 지나갔다. 그녀는 불안과 괴로움 속에서 하루하루를 보냈다.

어느 날 밤 저녁 식사 때였다. 줄리앙이 이상한 눈초리로 그녀를 바라보았다. 입가에는 야릇한 미소를 머금고 있었다. 그러나 거기에는 약간의 애교 같은 것도 섞여 있었다. 두 사람은 식사를 한 뒤 산책을 나갔다. 그가 그녀에게 속삭이듯 말했다.

"우리 이제는 화해한 셈인가?"

그녀는 한 마디도 대답하지 않고, 눈을 아래로 떨군 채 곧게 뻗어 있는 길바닥만 바라보고 있었다. 이미 풀이 자라서 보이지는 않았으나 거기에는 남작 부인의 수많은 발자국이 새겨져 있던 곳이다. 그것을 생각하자 잔느는 가슴이 찢어질 듯 괴로웠다. 모든 사람들이 떠나 버리고 이 세상에 홀로 남은 것 같은 생각이 들었다.

줄리앙은 계속해서 말했다.

"난 그렇게 되기를 바라고 있었어. 다만 당신이 불쾌하게 여길까 봐 그것이 걱정이었지."

날은 저물어 가고, 대기는 훈훈했다. 잔느는 울고 싶었다. 사랑하는 사람에게 마음속을 모두 털어놓고 싶은 그런 심정

이었다. 이 슬픔을 하소연하면서 상대를 꼭 껴안았으면 하는 심정이었다. 오열이 그녀의 목구멍으로 치밀어올랐다. 그녀는 두 손을 들고는 줄리앙의 품 속으로 얼굴을 묻었다.

그리고 그녀는 울었다. 뜻밖의 사태에 몹시 놀란 그는 그녀의 머리를 바라보았다. 얼굴은 가슴에 파묻혀 보이지 않았다. 그는 아내가 자기를 사랑하고 있는 것으로 알고 그녀의 목덜미에 키스를 했다.

그러고 나서 그는 한 마디도 하지 않고 집으로 돌아왔다. 그는 그녀의 방으로 따라 들어가 그날 밤을 함께 보냈다.

두 사람은 옛날과 같은 생활로 되돌아갔다. 줄리앙은 그것을 마치 의무처럼 수행하고 있었으나 별로 불쾌해하는 것 같지는 않았다. 그녀로서는 그것이 구역질날 만큼 싫었으나 어쩔 수 없이 참고 견뎠다. 그러므로 임신만 확인하고 나면 다시는 이런 일을 하지 않겠다고 생각했다.

그런데 얼마 지나지 않아 그녀는 남편의 애무가 예전과는 많이 달라졌다는 것을 알게 되었다. 예전보다 더 세련된 것인지는 몰라도 지난날처럼 완전한 것이 되지 못했다. 그는 마치 그녀를 조심해야 할 연인처럼 다루었다. 모든 것을 서로 내맡기는 부부의 태도가 아니었다.

그녀는 그의 이런 태도에 놀라 자세히 관찰해 보았다. 곧 알게 된 일이지만 남편의 온갖 포옹은 그녀가 수태할 수 있는 상태에 도달하기 직전에 끝나는 것이었다.

그래서 어느 날 밤, 그녀는 그에게 소곤거리듯이 말했다.

"왜 전처럼 당신 몸을 완전히 내맡기지 않는 거예요?"

그는 냉소를 띠며 대답했다.

"할 수 없는 일이야. 임신하지 않게 하려면 어쩔 수 없지."

그녀는 부르르 떨었다.

"그럼 당신은 아이를 하나 더 갖는 게 싫다는 말이에요?"

그는 너무나도 놀라 한동안 입을 열지 못하다가 이윽고 소리쳤다.

"뭐, 뭐라고? 정신이 돌았나? 아이를 하나 더 갖겠다고? 천만의 말씀이야! 지금 하나 있는 것도 귀찮아 죽겠는데 그게 무슨 소리야? 그저 깽깽거리기나 하고 뒷바라지하는 것만도 이만저만이 아냐. 그뿐인가? 돈은 또 얼마나 많이 드는데. 어쨌든 난 하나 더 낳는다는 것에 절대 반대야!"

그녀는 두 팔로 그를 끌어안으며 키스했다. 그리고 다정스럽게 속삭이듯이 말했다.

"부탁이에요, 여보. 다시 한 번 어머니가 되게 해주세요."

그러나 그는 화를 내며 마치 모욕이라도 당한 것처럼 흥분했다.

"정말, 당신은 머리가 돌았어. 그런 어림없는 일은 꿈도 꾸지 마! 내가 도리어 부탁할게!"

그녀는 입을 다물고 말았다. 그러고는 꾀를 내어 자신이 꿈꾸고 있는 행복을 찾기로 작정했다.

그래서 그녀는 미친 듯한 열정으로 오래도록 키스했다. 온 정신이 이에 열중한 것처럼 보이게 하기 위하여 두 팔로 경련하듯 남편을 힘껏 끌어안았다. 그 밖에 온갖 수법을 다 동원하기도 했으나, 남편은 여전히 자제를 잃지 않았고 자기를 잊어버리는 일이 없었다.

일이 이렇게 되자 그녀는 자신의 결심에 불을 붙였다. 어떠한 방법을 써서라도 일을 성사시켜야겠다고 생각한 그녀는 다시금 비코 신부를 찾아갔다.

신부는 막 점심 식사를 마친 뒤였다. 식사 뒤에는 심장의 고동이 심해지므로 그는 벌건 얼굴을 하고 있었다. 그녀가 들어오는 것을 보자 곧, 그는 "어떻게 되었습니까?" 하고 큰소리로 물었다. 자기가 교섭한 일의 결과를 어서 알고 싶었던 것이다.

이제 더 이상 주저할 것 없다고 생각한 그녀는 곧장 그 말에 대답했다.

"남편은 아이를 갖는 것이 싫대요."

신부는 새삼 흥미를 느끼며 그녀를 바라보았다. 고해실을 재미있는 곳으로 만들어 주는 규방의 비화를 성직자다운 호기심으로 한번 알아보고 싶었다. 그래서 그는 물었다.

"왜죠?"

그 말을 듣고 보니, 이미 결심이 서 있는 잔느로서도 막상 뭐라고 대답을 해야 좋을지 몰랐다.

"남편은…… 남편은 싫어해요…… 제가 아이 어머니가 되는 것을 말이에요……."

신부는 곧 이 말뜻을 알아차렸다. 그러나 이런 일쯤은 그에게는 문제도 되지 않았다. 그래서 그야말로 그녀에게 자세한 내막을 물었다. 단식을 하던 사내가 먹을 것을 탐하듯 그는 꼬치꼬치 캐물었다.

그러고 나서 잠시 생각에 잠겨 있던 신부는 풍년이 들었다고 이야기할 때처럼 만족스러운 어조로 문제점을 하나하나 풀어 가면서 교묘하기 짝이 없는 방법을 가르쳐 주었다.
"일이 그렇게 되었다면 방법은 하나밖에 없습니다. 다름아니라 부인이 임신했다고 남편을 속이는 겁니다. 남편이 그것을 정말로 믿게끔 말입니다. 그렇게 되면 남편도 조심하는 것을 그만둘 게 아닙니까! 그러면 그때 가서 진짜 임신하는 거죠."
그녀는 눈썹까지 벌겋게 되었다. 그러나 이미 굳은 결심을 한 그녀였으므로 다시 한 번 물었다.
"그렇지만 제 말을 믿지 않으면 어떻게 하죠?"
신부는 사람을 어떻게 다루어야 하는지를 잘 아는 사람이었다.
"임신했다고 온 동네에 소문을 내는 겁니다. 어딜 가든지 말입니다. 그렇게 하면 나중에는 남편도 어쩔 수 없이 믿을 것입니다."
그러고 나서 신부는 이 책략을 변명이라도 하듯 한마디 덧붙였다.
"그건 부인의 권리입니다. 교회가 남녀 관계를 관대하게 다루고 있는 것도 모두 자손을 불어나게 하기 위한 목적입니다."
그녀는 이 교활한 충고에 복종했다. 그리고 반 달 뒤 그녀는 임신한 것 같다는 말을 줄리앙에게 했다. 그는 깜짝 놀라 기겁하며 말했다.

"설마! 그럴 리가 있을라고!"

그녀는 그럴 만한 이유를 댔다. 그러나 그는 곧 침착을 되찾으며 말했다.

"그거야 좀더 기다려 보면 알겠지."

그래서 그는 아침마다 물었다.

"어때?"

그러면 그녀는 한결같이 이렇게 대답했다.

"아직도 없어요. 임신한 게 틀림없어요."

이번에는 줄리앙이 불안해하기 시작했다. 울화가 치밀고 화가 난 줄리앙은 쉴새없이 같은 말을 되풀이했다.

"아무래도 알 수가 없어. 어떻게 해서 그렇게 되었지? 그 이유를 알 수만 있다면 난 목을 매도 좋아!"

한 달쯤 뒤에 그녀는 온 마을에 자신이 임신했다는 소문을 퍼뜨리고 다녔다. 그러나 질베르트 백작 부인에게만은 그러잖아도 복잡 미묘한 일종의 수치심을 느꼈다.

차츰 불안해지기 시작한 줄리앙은 결코 그녀 곁으로 가려고 하지 않았다. 그러나 시일이 흐르자 그는 몹시 분개하면서도 결심을 달리 한 것 같았다.

"원하지도 않은 애새끼가 하나 더 생기겠군."

그는 그렇게 말하면서 다시 아내의 방을 드나들기 시작했다.

신부의 책략은 보기 좋게 들어맞았다. 그녀가 임신한 것이다.

그러자 미칠 것만 같은 기쁨에 젖어, 그녀는 저녁마다 방문을 걸어 잠그고는 자신이 숭배하는 막연한 신에 대한 감사의 충동으로 이제는 영원히 몸을 더럽히지 않겠다고 맹세했다.

그녀는 다시 행복을 느꼈다. 어머니를 떠나 보낸 슬픔이 이렇게나 쉽게 가셔 버렸다는 사실에 그녀 자신도 새삼 놀랐다. 다시는 떨쳐 버릴 수 없을 것 같던 고뇌가 불과 이 개월도 되지 못해 이렇게도 빨리 해결되리라고는 일찍이 상상하지 못했다. 지금의 그녀에게는 감미로운 우수 같은 것만이 남아 있었는데 그것은 마치 생활을 감싸고 있는 슬픔의 장막 같았다. 이제는 그 어떤 불행도 일어날 것 같지 않았다. 아이들은 나날이 자랄 것이고, 어머니를 사랑해 줄 것이다. 자기도 이제 남편 따위에는 신경 쓰지 않고 만족스러운 생활을 하면서 조용히 늙어 갈 것이다.

구월 하순경, 비코 신부가 작별 인사를 하기 위해서 찾아왔다. 아직 일주일 정도밖에 되지 않은 새 신부복을 입고 있던 신부는 후임자로 부임한 트로와 바르 신부를 소개해 주었다. 작은 키에 깡마른 젊은 신부는 무슨 말이나 과장해서 말하는 버릇을 가진 사람이었다. 그리고 쑥 들어간 거무스름한 눈매에는 격한 성미가 드러나 있었다.

늙은 신부는 고데르빌의 수도원장으로 영전되었다. 잔느는 이 작별이 몹시 아쉬웠다. 이 호인의 모습은 젊은 아내의 온갖 추억 속에 자리잡고 있었다. 그녀를 결혼시킨 것도, 폴에게 세례를 준 것도, 남작 부인의 장사를 지내 준 것도 모두 이 신부였다. 에토방의 추억을 되살릴 때마다 농가의 뜰을 따라 걷고 있는 이 신부의 뚱뚱한 배를 상기시키지 않을 수가 없었다. 그녀는 누구보다도 이 신부를 좋아했다. 명랑하고 조금도 허식이 없는 사람이었기 때문이다.

승진했음에도 불구하고 그는 별로 기쁜 기색을 보이지 않았다. 그는 이렇게 말했다.

"마음이 괴롭습니다, 부인. 이곳에 온 지 십 팔 년 되었거든요. 그 동안 돈 때문에 애로가 많았습니다. 기부금이라고는 쥐꼬리 만큼밖에 들어오지 않는, 말 그대로 이름뿐이었죠. 그것도 그럴 수밖에 없는 것이 남자들은 신앙심이 없는데다가 여자들이라는 게 또 아시는 바와 같이 행실들이 돼먹지 않았으니까요. 대개 배가 불룩해져야 교회 문턱을 밟는다는 말입니다. 그러니 처녀들이 써야 하는 오렌지 화관이 여기서는 값어치 없는 물건이 되어 버렸습니다. 할 수 없는 일이지만 말입니다. 그래도 나는 이 고장이 좋아요. 정말이지 난 이곳을 떠나고 싶지 않습니다."

후임 신부는 이 말을 듣고 얼굴이 빨개지더니 불쑥 참견을 했다.

"내가 부임한 이상 그렇게 놔두지는 않을 겁니다."

그는 심술궂은 어린애와도 같은 얼굴을 하고 있었다. 낡은 것이기는 했지만 그는 깨끗한 신부복 차림이었다.

기분이 좋을 때면 언제나 곁눈질로 상대방을 바라보는 버릇이 있는 비코 신부는, 이번에도 상대를 곁눈질하다가 입을 열었다.

"하지만, 신부님. 그런 걸 말리려면 교구 사람들을 모두 쇠사슬로 묶어 놓아야 할 겁니다. 묶어 놔 봤자 뭐 소용도 없겠지만 말입니다."

몸집이 작은 신부는 거친 말투로 대답했다.

"두고 보면 아시겠죠."

그러자 늙은 신부는 코담배를 맡으면서 미소를 지었다.

"나이가 당신을 진정시켜 줄 겁니다. 경험도 도움이 되지요. 자칫 잘못하다가는 마지막 남은 신자까지 교회를 떠나게 될지도 모릅니다. 이 지방 사람들은 모두가 명색이 신자이기는 합니다만, 어느 한 사람 성실한 신자라고는 없지요. 아무튼 조심하시는 게 좋을 겁니다. 배가 불룩한 아가씨가 교회 문을 들어서는 것을 보면 난 이렇게 생각했죠. '오호라, 이 처녀가 새 교구민을 하나 데리고 왔군.' 하고 말이죠. 그리고 그들을 결혼시키기 위하여 노력했습니다. 알겠습니까? 당신이 아무리 그래도 그들이 잘못을 저지르는 것까지 못하게 하기는 어려울 겁니다. 그러나 상대 남자를 찾아서 아이 엄마가 된 여자를 버리지 못하도록 할 수는 있을 겁니다. 그러니 무리하지 말고, 두 사람을 결혼시키는 그런 방향으로 다스리도록 하세요. 그리고 그 이상은 너무 간섭하지 않는 것이 좋을 겁니다."

새 신부는 성을 내며 거칠게 대답했다.

"저하고는 생각이 다르시군요, 신부님! 더 이상 이야기해 봤자 소용없는 일이겠죠."

그러자 비코 신부는 다시 또 이 고장과 작별하게 되어 더없이 마음이 쓰라린다고 말하기 시작했다. 그는 신부 사택의 창문 너머로 보이는 바다며, 그 바다 위를 흰 돛대에 바람을 담뿍 안고 달리는 배며, 일과경을 읽으면서 거닐었던 계곡 따위들을 들먹거리면서 뜻밖의 이별을 못내 아쉬워했다.

얼마 뒤 두 신부는 떠나갔다. 늙은 신부는 잔느에게 키스했다. 잔느는 떠나가는 그의 뒷모습을 보며 눈물지었다.

일주일이 지나자 트로와 바르 신부가 집으로 왔다. 한 나라의 통치권을 쥐고 있는 왕이라면 가능할지도 모를 개혁을 수행해 보겠다는 듯, 그는 줄곧 그런 이야기만 했다. 그리고 자작 부인께서는 주일 미사에 결코 빠져서는 안 된다며 꼭 참여할 것을 두세 번이나 다짐하게 했다.

"부인과 나는 이 고장의 수뇌입니다. 그러니 우리는 이 고장을 다스려야 하고, 항상 훌륭한 본보기가 되어야 할 것입니다. 강력한 권력을 가지고, 그리고 존경받기 위해서는 우리의 힘을 합치지 않으면 안 됩니다. 교회와 이 댁이 손을 잡는다면 나머지 농민들은 우리를 두려워하고 따를 것입니다."

잔느의 신앙은 전적으로 감정적인 것이었다. 여자라면 누구나 가지고 있는 몽상적인 신앙심을 가졌을 뿐이다. 그녀가 비록 신자로서의 의무를 다소나마 하고 있는 것은, 그것이 수녀원 시절부터 몸에 벤 습관에 따른 것이었다. 그리고 이미 그녀에게는 남작의 반종교적인 철학이 스며들어 그녀의 신념을 뒤집어 놓고 있던 터였다.

비코 신부는 잔느가 바치는 최소한의 신자로서의 봉사만으로도 만족하고 결코 탐욕스럽게 굴지는 않았다. 그러나 그의 후임자는 그녀가 요전 주일날 교회에 나오지 않은 것이 걱정이 되어 몹시 심각한 얼굴로 곧장 달려왔다.

그녀는 신부와의 사이가 나빠지는 것이 싫었으므로 처음 몇 주일 동안만이라도 성실하게 보여야겠다고 생각했다. 그래서 교회에 부지런히 나가겠다며 신부와 약속을 했다.

그런데 차츰 그녀는 교회에 나가는 습관이 몸에 배었다. 그리하여 열정적이고 완고한 이 신부의 영향을 받기 시작했다. 신비주의적인 그는 종교적인 흥분과 정열적인 신앙 태도로 그녀의 마음을 사로잡았다. 어떤 여자라도 그 영혼 속에 간직하고 있을 종교적 시정을 일깨워 주었다.

그의 준엄한 신앙 태도와 속세와 육욕에 대한 경멸, 세상 사람들의 타락한 사고방식에 대한 혐오, 신에 대한 사랑, 젊은이다운 무경험, 엄격한 언행, 그 불요불굴의 의지 모두가 잔느로 하여금 순교자는 이런 것인가 하는 인상을 갖게 만들었다. 그녀는 갖은 고생으로 말미암아 모든 꿈을 잃어버리고 있던 참이었으므로 하느님의 사도인 이 나이 어린 신부에게 마음을 빼앗기지 않을 수 없었다.

신부는 신앙의 경건한 기쁨이 어떻게 그녀의 고뇌를 일체 없애 주는지를 설교함으로써 그녀에게 위안을 주고, 그리스도의 깊은 신앙으로 그녀를 이끌어 갔다. 그녀는 불과 열댓 살로밖에 보이지 않는 신부 앞에 나아가면, 자신이 너무나도 연약해 보이고 미미한 존재로만 느껴졌다. 따라서 그녀는 언제나 겸손한 태도로 고해소의 문을 두드렸고, 경건하게 무릎을 꿇었다.

그런데 얼마 가지 않아 이 신부는 온 마을 사람들로부터 미움을 받았다.

자기 자신에 대해서부터 완고하고 빈틈없이 처신하고 있던 신부는 다른 사람들에게도 가차 없는 준엄한 태도로 대했다. 그 가운데서도 그를 격노하게 한 것은 마을 사람들의 음란한 정사였다. 그는 설교 때에도 이 문제를 언급했는데, 그럴 때마다 성직자 특유의 준엄한 말로써 색욕을 규탄하는 벼락 같은 노성을 시골 신자들의 머리 위에 퍼부었다. 그리고 격분한 나머지 온갖 상상이 꼬리에 꼬리를 물고 일어났으므로 그는 노기로 자신의 몸을 부들부들 떨었고 미친 듯이 발을 굴렀다.

마을 청년이나 처녀들은 교회 안 여기저기에서 서로 눈짓을 교환했고 열광적인 이 신부를 비웃었다. 그리고 늙은 농부들은 미사가 끝나고 집으로 돌아가는 길에 푸른 작업복을 입은 아들이나, 검은 외투를 입은 마누라를 상대로 이 조그마한 신부의 지나친 완고함을 곧잘 비난했다. 그리하여 마침내 온 마을이 이 문제로 들끓었다.

고해실에서도 그가 너무나 엄격하다든지, 그가 부과하는 속죄가 너무 가혹하다든지 하는 것으로 사람들은 서로 소곤거렸다. 그리고 순결을 잃은 처녀들에 대해서 그는 고집스러우리만큼 죄의 소멸 선고를 거부했으므로 사람들은 말끝마다 그에 대한 비난과 조소를 덧붙였다. 축제일의 대미사 때는 젊은이들이 의자에 앉은 채 성체를 모시지 않아 사람들은 그것을 보고 웃었다.

이제 신부는 산지기가 밀렵꾼의 뒤를 쫓듯 사랑하는 남녀의 뒤를 쫓아 그들의 밀회를 막고 나섰다. 달밤이면 이곳저곳의 도랑가에서, 여기저기 헛간 뒤에서, 그리고 바닷가 경사지의 풀숲 속에서 그는 밀회자들을 끌어냈다.

언젠가 한번은, 그의 앞에서도 여전히 떨어지지 않은 채 상대방의 허리에 팔을 감고 움푹 파인 자갈밭을 걸어가는 연인을 본 적이 있다.

신부는 노기 띤 목소리로 고함을 쳤다.

"아니, 이것들이 그만두지 못해! 부랑자들 같으니라고!"

그러자 젊은이가 돌아보면서 대답했다.

"별 소릴 다 하시는군요. 신부님이 상관할 일이 아니지 않습니까?"

그래서 신부는 돌멩이를 집어 들어 개에게 하듯 두 남녀에게 팔매질을 했다.

두 사람은 낄낄거리며 도망쳤다. 다음 주일날, 신부는 교회에 모인 신도들 앞에서 그들의 이름을 발표했다.

그 젊은이들은 다시는 교회에 나오지 않았다.

신부는 목요일 저녁마다 잔느의 만찬에 초대되었다. 그리고 가끔은 다른 날도 참회하는 그녀와 이야기를 나누러 왔다. 그녀도 그와 마찬가지로 정신 세계에 대한 토론으로 흥분했으며, 어려운 종교 문제를 따져 보기도 했다.

그들은 어깨를 나란히 하고 그전에 남작 부인이 매일 산책하던 그 길을 따라 걸으면서, 그리스도며 그 사도들이며 성모며 신부들을 거론하면서 시간 가는 줄 모르고 이야기했다. 그들은 이따금 걸음을 멈추고는 서로 심각한 질문을 교환했고, 이것은 두 사람으로 하여금 신비적이고 걷잡을 수 없는 대화에 빠져들게 했다. 그녀는 불화살이 하늘로 치솟는 듯한 시적인 이론에 넋을 빼앗겼고, 그녀보다 이성적인 신부는 원을 사각형으로 바꾸는 수학적 공식을 증명하기 위하여 애쓰는 편집광의 대변인처럼 논설했다.

줄리앙은 새 신부를 대단한 존경심으로 극진히 대했고, 자주 이런 말을 했다.

"이번 신부님은 마음에 쏙 들어. 솔직하고 타협이라는 걸 모르니 말이야."

그는 자진해서 고해를 했고, 성체 예배에도 나가서 훌륭한 본을 보여주기도 했다.

이 무렵 줄리앙은 거의 매일같이 푸르빌 댁을 찾아갔고, 이제는 줄리앙 없이는 못살게 된 것 같은 푸르빌 백작과 사냥을 했다. 한편 그 백작 부인과는 눈이 오나 비가 오나 말을 타고 산과 들을 헤매고 다녔다. 백작은 언제나 이렇게 말했다.

"저 두 사람은 말이라면 정신을 차리지 못합니다. 아내에게는 좋은 일이죠."

남작은 일월 중순경에 돌아왔다. 그는 갑자기 확 늙어 버렸고, 기운이라고는 없어 보였으며, 마치 딴 사람처럼 변해 있었다. 마음 밑바닥까지 스며든 어두운 슬픔에 몹시 시달림을 받고 있었던 것 같다. 그러나 그와 딸 사이를 묶고 있는 애정이 더욱 두터워질 때마다 우울하고 고독했던 지난 몇 개월이 원래대로 되돌려지는 것 같았다.

잔느는 자기 마음속에 움튼 새로운 생각들을 아버지에게 털어놓았다. 그리고 트로와 바르 신부와의 친밀한 교제와 자신의 종교적 정열에 대해서도 이야기했다. 그러나 아버지는 신부를 보자마자 그에 대한 격렬한 적의를 느꼈다.

그날 밤 잔느가 남작에게 물었다.

"아버지는 그 신부님을 어떻게 생각하세요?"

아버지는 이렇게 대답했다.

"그 사내 말이냐? 그는 바로 이단 규문자 같더라. 대단히 위험한 인물이니 조심해야 한다!"

그러고 나서 그는 친한 농부들로부터 그 젊은 신부가 지나치게 엄격하고 난폭하며, 또한 인간이 태어날 때부터 가지고 있는 본능이나 자연의 법칙에 심한 박해를 가하고 있다는 이야기를 듣자 격렬한 증오심을 품었다.

남작으로 말하면, 자연을 숭배하는 옛날 철학자들과 같은 인종으로서 두 마리의 동물이 포개지기만 해도 감동하고 마는 사람이었다. 그는 일종의 범신론적인 신 앞에서는 두말없이 무릎을 꿇으면서도, 기독교적인 사고방식에 대해서는 많은 분노를 느꼈다. 즉, 그 부르주아적인 의지며, 위선적인 분노며, 폭군적인 복수 따위를 지니고 있는 '하느님'에 이르러서는 더 이상 참을 수가 없었다. 그와 같은 '하느님'은 전능하고 무한하며 숙명적인 창조 —— 사람의 인지로는 조금밖에 볼 수 없는 —— 를 제약하고 있었다. 창조 —— 그것은 동시에 생명이기도 하고, 빛이기도 하며, 대지이기도 하고, 사고이기도 하고, 암석이기도 하고, 인간이기도 하고, 공기이기도 하고, 금수이기도 하고, 별이기도 하고, 곤충이기도 한 창조, 또한 조물주이기 때문에 만물을 만드는 창조, 의지보다 강하고 이성보다 높고 목적도 없이 이유도 없이 끝도 없이 만물을 만

들어 내서는 온갖 방향으로, 온갖 형식으로, 무한한 공간을 통하여 우연의 필연성에 따르며, 또한 세계를 감싸고 있는 모든 별에 접근함으로써 만물을 만들어 내는 창조를 제약할 뿐이라는 것이었다.

창조는 모든 것의 싹을 그 안에 지니고 있으므로, 사상이나 생명은 마치 꽃이나 과일이 나무에서 생겨나듯 이 창조에서 움터 나오는 것이다.

그러므로 남작은, 생식은 어디까지나 일반적인 대법칙이며, 신성하고 존경해야 할 숭고한 행위이며, 이 행위야말로 우주적인 존재의 불변의 의지를 실현시키는 것으로 확신했다. 그래서 그는 농가를 돌아다니면서 생명의 박해자인 완고한 신부에 대하여 맹렬한 전투 태세를 갖추기 시작했다.

그는 성성한 백발을 흔들면서 되풀이해 말했다.

"그런 놈들은 사람이 아니야! 그런 놈들은 아무것도 모른다니까. 그야말로 아무것도, 아무것도 모르는 인간들이지. 그들은 숙명적인 꿈속에서 헤매고 있을 뿐, 반자연적인 사람들이야. 그런 놈들을 그냥 둘 수는 없어. 그런 놈들은 없애 버려야 해! 그것은 우리의 권리이고 동시에 의무야!"

잔느는 너무나도 슬픈 마음에 기도를 올리고 나서, 아버지에게 그러지 말라고 애원했다.

신부 역시 남작을 자기의 적으로 의식하고 있었다. 그러나 저택과 젊은 부인을 손아귀에서 놓치지 않기 위하여 최후의 승리를 믿고 때를 기다렸다.

그러는 동안, 어떤 고정 관념이 신부의 머리에 틀어박히고 말았다. 우연하게도, 줄리앙과 질베르트와의 정사를 목격한 그는 어떤 희생을 치르더라도 그 두 사람을 떼어놓겠다고 생각했다.

어느 날이었다. 잔느를 만나러 온 그는 오랫동안 신비로운 대화를 나눈 끝에 느닷없이 자기에게 협력해 달라고 말했다. 그것은 위기에 빠진 두 사람의 영혼을 구하기 위해서는 그녀의 가정 안에서 일어나고 있는 재난과 싸워 그것을 전멸시켜야 한다는 이야기였다.

그녀는 무슨 뜻인지 알 수가 없어 자세한 설명을 요구했다.
"아직 그것을 말씀드릴 때가 아닙니다. 다시 뵙기로 하죠."
그는 그렇게만 대답하고 서둘러 돌아갔다.

겨울도 다 가고 있었다. 축축하고 춥지 않은 겨울이었다.

이, 삼 일 뒤에 신부가 다시 찾아왔다. 애매하기는 했으나 그는 점잖은 사람들 사이에서 벌어지고 있는 파렴치한 소행에 대해서 이야기했다. 그리고 그런 사실을 알게 된 이상, 모든 수단을 동원해서 그것을 저지할 것이라는 말도 했다. 그리고는 숭고한 논리를 펼치더니 그녀의 손을 덥석 잡고 부디 정신차려 자기 말을 이해하고 도와 달라고 부탁했다.

그녀도 신부가 무슨 말을 하는지 알아들을 수 있었다. 그러나 그녀는 아는 체하지 않았다. 지금 평화롭고 무사하게 잘 지내고 있는데, 섣불리 집안을 시끄럽게 만드는 것이 싫었기 때문이다. 그래서 신부의 이야기를 알아듣지 못하는 척했다. 그러자 신부는 더 이상 주저해서는 안 되겠다고 판단했는지 분명하게 말했다.

"제가 지금부터 하는 말은 대단히 괴로운 일입니다. 하지만 달리 좋은 방법이 없으니 어쩔 수 없이 제 직분에 따라 부인께 말씀드리겠습니다. 분명히 말씀드립니다만, 당신 남편은 푸르빌 백작 부인과 불의의 관계를 맺고 있습니다."

이미 체념하고 있던 그녀는 힘없이 고개를 아래로 떨구었다.

신부는 계속해서 말했다.

"이제 부인께서는 어떻게 하시겠습니까?"

그러자 그녀는 더듬거리며 물었다.

"신부님께서는 어떻게 했으면 좋겠는지요?"

그는 격한 어조로 대답했다.

"부인께서 몸소 이 죄 많은 정욕을 방해하십시오."

그녀는 울음을 터뜨렸다. 그리고 슬픈 목소리로 말했다.

"남편은 예전에도 하녀하고 그런 관계를 맺은 적이 있어요. 제 말은 들어주지도 않죠. 이미 저를 사랑하지도 않고요. 제가 자기 비위에 거슬리는 말을 하면 저를 심하게 괴롭힌답니다. 그러니 제가 그 일을 어떻게 감당할 수 있겠어요?"

신부는 직접적인 대답을 하지 않고 고함치듯 말했다.

"그렇다면 부인은 굴복하시겠다는 말씀입니까? 체념하시겠다는 말씀이냐고요? 그래도 괜찮다는 겁니까? 부인이 사시는 이 지붕 아래서 계속해서 간통이 이루어지고 있는데도 부인은 그것을 허락하신다는 말씀입니까? 죄악이 부인의 눈앞에서 벌어지고 있습니다. 그런데 그것을 보지 못한 체하시겠다고요? 그래도 부인이 한 사람의 아내라고 할 수 있습니까?

그리스도 신자라고 할 수 있냐고요? 또 아이의 어머니라고 할 수 있습니까?"

그녀는 흐느껴 울었다.

"그렇다면 어떻게 하라는 말씀이신가요?"

그가 말했다.

"이런 파렴치한 일을 용서하시겠다면 차라리 무슨 짓이라도 하십시오. 아시겠습니까? 어떤 짓이라도 하시란 말입니다. 아니, 이 집을 떠나도록 하세요. 이런 더럽혀진 집에서 떠나는 것이 옳은 일입니다."

그녀가 말했다.

"하지만 제게는 돈이 없습니다. 그리고 신부님, 제게 그럴 용기도 없고요. 게다가 뚜렷한 증거도 없는데 어떻게 제가 집을 나갈 수가 있겠습니까? 그럴 권리는 제게도 없을 겁니다."

신부는 자리를 박차고 일어나며 말했다.

"부인은 비겁합니다. 내가 부인을 잘못 보았군요. 부인은 하느님의 은총을 받을 자격이 없습니다."

그녀는 쓰러지듯 마룻바닥에 주저앉으며 무릎을 꿇었다.

"제 소원입니다, 신부님. 아, 제발 절 버리지 말아 주세요. 제게 지혜를 주세요."

그는 무뚝뚝하게 말했다.

"푸르빌 씨의 눈을 열어 주십시오. 이 일을 끝장낼 수 있는 것은 그 사람뿐입니다."

이 말에 그녀는 소스라치게 놀랐다.

"하지만 그건 사람 둘을 죽이는 결과가 될 거예요, 신부님!

게다가 저는 밀고의 죄를 범하게 되는 것이기도 하고요. 그것만은 절대로 하지 못합니다!"

그러자 그는 손을 쳐들었다. 분노한 나머지 마치 그녀를 저주하고 있는 것처럼 보이기도 했다.

"그렇다면 부인은 그 치욕스럽고 죄 많은 생활을 계속하십시오. 부인은 오히려 그 두 사람보다 죄가 더 무거울 것입니다. 부인은 여간 자비로운 분이 아니시로군요. 더 이상 할말도 없습니다."

그는 나가 버렸다. 격노한 나머지 그의 두 다리는 와들와들 떨렸다.

그녀는 정신없이 그의 뒤를 쫓았다. 양보하고 그렇게 하겠노라고 소리를 질렀다. 그러나 분노한 신부는 다리를 떨며 빠른 걸음으로 멀어져 갔다. 그는 자기 키보다도 큰 파란 우산을 신경질적으로 흔들며 걸어갔다.

울타리 옆에 서 있는 줄리앙이 하인들에게 일을 시키고 있는 것이 신부의 눈에 띄었다. 그는 쿠이야르 네 농장을 가로질러 가기 위하여 왼쪽 길을 꺾어 들어가면서도 여전히 되풀이해서 말했다.

"내버려두십시오, 부인. 전 이제는 드릴 말씀이 없습니다."

마침 쿠이야르네 마당 한가운데서 한 무리의 아이들이 모여 있는 것이 보였다. 그 집 아이들과 이웃 아이들이 암캐 루이자의 개집을 둘러싸고 신기한 것이라도 있는 양 그 안을 들여다보고 있는 중이었다. 그 아이들 복판에는 남작이 뒷짐을 지고 역시 그것을 바라보고 있었는데, 그 모양이 마치 학교

교장 선생님 같았다. 그는 멀리서 걸어오는 신부의 모습을 발견하고는 그 자리를 떠나 버렸다. 신부를 만나기가 싫었다.
뒤따라오던 잔느가 애원을 했다.
"신부님, 아무튼 이, 삼 일만이라도 여유를 주세요. 그리고 다시 우리 집으로 와 주세요. 그러면 제가 말씀드리겠어요. 제가 어떻게 하겠다든지, 어떤 작정을 했다든지 하는 것을 말이에요. 그리고 다시 의논드리도록 하겠어요."
두 사람은 아이들 옆에까지 왔다. 신부는 아이들이 무엇을 보고 저렇게 야단들일까 하고 자기도 그 안을 들여다보았다. 그것은 암캐가 새끼를 낳고 있는 광경이었다. 개집 앞에는 벌써 다섯 마리의 새끼들이 꾸물거리고 있었다. 어미 개는 옆으로 누운 채로 새끼들을 핥아 주었다. 신부가 들여다봤을 때는 어미 개가 경련이라도 일으킨 듯 몸을 바르르 떨더니 여섯 번째 새끼를 낳았다. 그러자 개구쟁이들이 와와 하고 환성을 지르며 손뼉까지 치면서 좋아했다.
"야, 또 한 마리 나왔어! 또 한 마리가 나왔다고!"
그들에게 있어 그것은 하나의 놀이였다. 불순한 것이라고는 조금도 섞이지 않은 자연 그대로의 놀이. 마치 사과나무에서 사과가 떨어지는 것을 보는 것처럼 그렇게 생명이 탄생되고 있는 것을 관찰하고 있었다.
트로와 바르 신부는 어리둥절했다. 그러나 그것을 보고 있는 동안 불현듯 분노를 느꼈다. 그는 손에 쥐고 있던 우산으로 거기에 몰려 있는 아이들의 머리를 후려치기 시작했다. 깜짝 놀란 개구쟁이들은 사방으로 쏜살같이 달아났다. 그러더니 이번에는 암캐한테 달려들었다. 개는 고통스러운 듯이 일어서려고 했다. 그러나 신부는 그럴 여유마저 주지 않고 미친 사람처럼 힘껏 내려치기 시작했다. 사슬에 묶여 있던 개는 달아나지도 못하고 우산대 밑에서 발버둥을 치면서 처절한 비명을 질렀다. 마침내 우산대가 부러지고 말았다. 수중에 무기를 잃은 그는 이번에는 개를 덮쳤다. 그러고는 맨손으로 정신없이 때리고 밟고 후려쳤다. 그러는 사이에 개는 마지막 새끼를 낳았다. 그가 압박을 가했으므로 밀려나온 것이다. 이제 막 나온 새끼들은 눈도 뜨지 않은 채 비틀비틀 걸으며 끙끙댔다. 어미젖을 찾고 있는 것이었다. 한복판에서는 어미 개가 피투성이가 된 채 꿈틀거렸다. 그는 그런 어미 개에게 마지막 일격을 가해 숨통을 끊어 놓았다.

잔느가 도망치려 하자 신부는 그녀에게 와락 달려들며 그녀의 뒷덜미를 움켜쥐었다. 그러나 그 순간 그는 불꽃 튀는 따귀를 얻어맞고 모자를 떨어뜨렸다. 격노한 남작은 그를 울타리 있는 데까지 끌고 가서는 한길 쪽으로 팽개쳐 버렸다.

남작이 돌아보았을 때는, 강아지들 사이에서 무릎을 꿇고 있던 딸이 눈물을 흘리며 강아지들을 치맛자락에 싸고 있었다. 그는 성큼성큼 딸에게 오더니 소리쳤다.

"거 봐라! 그게 신부복을 입은 사내란 말이다. 이제는 잘 알았겠지!"

그때 소작인들이 달려왔다. 모두들 배가 터져 버린 개를 바라보았다. 그 속에서 쿠이야르 부인이 소리쳤다.

"어머나! 어쩜 이렇게 끔찍한 일을 저지를 수가 있을까요!"

잔느는 일곱 마리의 강아지를 옷자락에 담아 가지고는 자기가 그것을 모두 키우겠다고 우기며 데리고 왔다.

우유를 먹였으나 다음날 세 마리가 죽어 버렸다. 그래서 시몽 노인이 온 마을을 헤매며 젖을 먹여 줄 수 있는 암캐를 찾았으나 불행하게도 찾아내지 못했다. 노인은 암캐 대신에 암고양이 한 마리를 데리고 왔다. 그는 이 암고양이가 충분히 암캐 역할을 해낼 것이라고 장담했다. 여섯 마리까지 다 죽자 남은 한 마리는 종족이 다른 이 유모에게 맡겨졌다. 암고양이는 새끼 강아지를 곧장 자기 새끼로 대접하고 옆으로 눕더니 젖을 주기 시작했다.

이 주일 뒤에 강아지는 젖을 뗐다. 잔느는 손수 강아지에게 우유를 먹였다. 그녀는 강아지에게 '토토'라는 이름을 붙여 주었다. 남작은 독단으로 그 이름을 '마사클(학살)'이라고 바꿔 불렀다.

그 일이 있은 뒤 신부는 다시는 나타나지 않았다. 그러나 다음 주일날, 그는 설교단에서 남작의 저택을 향하여 저주와 악담과 위협을 늘어놓았다. 상처에는 벌겋게 달군 쇠를 대 주어야 한다며 마구 욕설을 퍼붓기도 했다. 그리고 남작을 파문하겠다고 선언했다. 그러나 장본인은 신부의 그런 언동을 도리어 재미있어했다. 신부는 또 다소 애매한 표현이기는 했으나 줄리앙의 새로운 정사를 신자들에게 넌지시 퍼뜨렸다. 자작은 몹시 분개했으나, 놀라운 추문이 더 퍼져나가는 것이 두려워 참을 수밖에 없었다.

신부는 그 뒤 설교 때마다 복수를 다짐하고, 동시에 하느님의 심판이 다가와 있으며, 그의 모든 적은 하느님의 분노를 사리라는 것 등을 소리 높여 외쳤다.

줄리앙은 대사교 앞으로, 공손하면서도 강경한 내용이 담긴 편지를 한 통 썼다. 이 때문에 트로아 바르 신부는 좌천될 것이라는 협박을 받기도 했다.

이제 혼자 외로이 산책하는 트로와 바르 신부의 모습을 더러 볼 수가 있었다. 뭔가 흥분한 듯, 그는 큰 걸음걸이로 성큼성큼 걷고 있었다. 질베르트와 줄리앙도 늘 그와 같은 신부의 모습을 산책 길에 보았다. 들판의 먼 끝에서나, 절벽 가장자리에서나 까만 점 같은 것이 보일 때는 그것이 신부라는 것을 대번에 알 수 있었다. 때로는 좁은 계곡에서 성서를 읽고 있는 그와 마주치기도 했다.

봄이 왔다. 봄은 그들의 사랑을 불꽃처럼 타게 해서는 어떤 때는 여기서, 어떤 때는 저기서, 혹은 말이 가는 대로, 어디서든지 두 사람을 포옹하게 했다.

나뭇잎이 움트기 시작했다. 초원은 아직 축축이 젖어 한 여름처럼 숲 속 깊은 곳까지 들어갈 수가 없었다. 그래서 대개의 경우 그들은 자신들의 밀회를 숨기기 위하여 목동들이 사용하는 이동식 움막을 이용했다. 작년 여름부터 보코트의 언덕 위에 내버려져 있던 것이다.

이 움막은 수레바퀴 위에 높이 얹혀져 있었다. 절벽에서 약 오백 미터쯤 되는 곳으로, 골짜기의 급한 비탈이 시작되는 위치에 있었다. 그 속에만 있으면 남의 눈에 띌 염려는 절대로 없었다. 판자 사이로 사방을 훤히 볼 수 있기 때문이었다. 수레 손잡이에 매여 있는 두 마리 말은 그들이 애무에 지치기를 기다렸다.

그러던 어느 날이었다. 이 은신처를 빠져 나오려는 순간 두 사람은 트로와 바르 신부의 모습을 보고 말았다. 신부는 비탈 아래 풀숲에 거의 숨다시피 하고 있었다.

"앞으로 이 말들은 저 아래 움푹 패인 곳에다 매어 두어야 겠소. 여기 놔두면 먼 데서도 우리들이 이곳에 있다는 걸 한눈에 알게 될 테니까 말이오."

줄리앙이 말했다.

그 뒤로 두 마리 말은 언제든지 계곡 끝의 움푹 패인 숲 속에 매여 있었다.

어느 날 밤, 라브리예트로 돌아온 두 사람이 막 백작 집을 들어서려 할 때였다. 그들은 집 안에서 나오는 에토방의 신부와 마주쳤다. 그는 두 사람을 위하여 길가로 비켜서 주었다. 그리고 가볍게 눈인사를 했다.

한 가닥 불안이 두 사람의 가슴을 스쳤으나 이내 사라졌다.

그 뒤 오월 초순, 바람이 몹시 부는 어느 날 오후였다. 난롯가에서 책을 읽고 있던 잔느의 눈에 문뜩 푸르빌 백작의 모습이 보였다. 말도 타지 않고 뛰어온 것 같은데 몹시 서두르는 모습이었다. 잔느는 무슨 불행한 일이나 생긴 것이 아닐까 하고 생각했다.

그를 맞이하기 위하여 급히 계단을 뛰어내려간 잔느는 그와 마주치고 말았다. 그의 얼굴은 미친 사람처럼 보였다. 그는 평소 집에 있을 때만 쓰는 사냥 모자에 사냥복 차림이었다. 평소에는 벌건 얼굴빛과 분간할 수 없었던 붉은 수염이 새파랗게 질려 있는 낯빛으로 인하여 불꽃처럼 보였다. 완전히 이성을 잃은 듯, 두 눈은 시뻘겋게 핏발이 선 채 뒤집혀 있었다.
그는 더듬거리면서 말했다.
"제 아내가 여기에 오지 않았습니까?"
잔느는 소스라치게 놀라며 대답했다.
"아니, 오시지 않았습니다만……."
그러자 그는 두 다리가 꺾이듯 의자에 걸터앉았다. 그는 모자를 벗고 이마의 땀을 닦았다. 그리고 나서 벌떡 일어나더니 그녀 앞으로 성큼성큼 다가왔다. 그는 두 팔을 벌리며 입으로 뭔가를 말하려고 했다. 그 모습이 마치 무서운 고뇌라도 털어놓으려는 것 같았다. 얼마 동안 그는 가만히 그녀를 바라보고 있다가 헛소리하듯 중얼거렸다.
"당신…… 당신, 남편입니다…… 당신도……."
이렇게 영문 모를 소리를 중얼거리던 그는 별안간 바깥으로 후닥닥 뛰쳐나갔다.
잔느는 그를 불러 세우기 위하여 소리를 지르면서 뒤따라갔다. 공포가 그녀의 가슴을 덮쳐 눌렀다.
'아, 백작도 모든 것을 알고 있어! 어떻게 하려고 저러는 것일까. 아아, 들키지나 말아야 할 텐데!'
그녀는 마음속으로 빌고 또 빌었다.
그녀는 끝내 그를 놓치고 말았다. 그는 잔느의 말을 들으려 하지도 않고, 자기의 목표에 확신이라도 있는 듯 아무런 주저없이 곧장 달려나갔다. 거인과도 같은 다리로 도랑을 넘고 풀밭을 헤치며 절벽이 있는 데까지 갔다.

잔느는 나무가 있는 비탈에 서서 그가 사라져 가는 것을 바라보았다. 마침내 그의 모습이 시야에서 사라지자 집으로 돌아왔다. 그러나 그녀는 불안해서 견딜 수가 없었다.

한편 그는 오른쪽으로 방향을 바꾸어 달리기 시작했다. 거친 파도가 갯가의 바위를 때리고 있었다. 시꺼먼 구름 떼가 맹렬한 속력으로 꼬리를 물고 바다 위로 지나갔다. 그 구름 떼가 지날 때마다 해안에는 폭포와 같은 소나기가 퍼부었다. 바람은 울부짖으며 풀과 작물과 나무를 휩쓸었고, 커다란 흰 갈매기를 마치 거품처럼 먼 육지 쪽으로 싣고 갔다.

굵은 빗발은 숨쉴 틈도 주지 않고 백작의 얼굴과 콧수염을 때렸다. 백작의 두 볼과 구레나룻은 빗물에 흠뻑 젖었다. 콧수염에서는 물방울이 떨어지고 귀는 빗소리에 막혀 버렸으며 심장은 미친 듯이 뛰었다.

눈앞에는 멀리 보코트의 계곡이 깊은 골짜기의 입을 열고 있었다. 목동들이 사용하는 움막이 그 근처에서 보였다. 그것은, 지금은 한 마리의 양도 없는 텅 빈 목장의 가장자리에 우뚝 서 있었다. 말 두 마리가 그 수레바퀴 손잡이에 매여 있는 것이 보였다. 이렇게 비바람이 몰아치는 날에 누가 와서 볼까 하는 두려움은 가질 필요도 없었다.

말에게 들킬까 봐 백작은 땅바닥에 엎드렸다. 그러고는 팔꿈치와 무릎으로 기었다. 진흙투성이가 된 커다란 몸집에 모피 모자를 쓴 꼴이 흡사 괴물 같았다. 우뚝 서 있는 오두막에 다다른 그는 그 밑으로 기어들어 갔다. 그리고는 판자 틈 사이로 안을 들여다보았다.

두 마리의 말은 백작을 보자 흥분했다. 그는 손에 쥐고 있던 시퍼런 칼로 말의 고삐를 끊어 버렸다. 별안간 돌풍이 불더니 우박이 요란한 소리를 내면서 오두막의 지붕을 두드렸다. 이 소리에 놀란 말은 어디론가 달아나 버렸다.

백작은 다시 틈 사이로 안을 들여다보았다.

그는 꼼짝도 하지 않았다. 그는 무언가를 기다리고 있는 것 같았다. 꽤 오랜 시간이 흘렀다. 이윽고 그는 벌떡 일어났다. 온몸이 진흙투성이가 된 그는 미친 사람 같았다. 그는 밖에서 잠그도록 되어 있는 움막의 빗장을 걸었다. 그리고는 수레의 손잡이를 움켜쥐고 산산이 부서져라 흔들기 시작했다. 그는 손잡이를 움켜쥐고 혼신의 힘을 다하여 소처럼 수레를 끌었다. 그는 이동식 움막과 그 속에 들어 있는 사람들을 비탈 쪽으로 끌고 갔다.

안에 든 사람들은 비명을 질렀다. 무슨 일이 일어났는지도 모르고 그들은 주먹으로 움막의 판자 벽을 두드렸다.

비탈진 꼭대기에 이르자, 그는 움막을 아래로 살짝 밀어 버렸다. 움막은 비탈을 구르기 시작했다. 움막은 차츰 그 속도를 더해 가면서 마치 살아 있는 야수처럼 뛰고 구르고 튀어 오르고 부딪치며 쏜살같이 내려갔다.

늙은 거지 한 사람이 때마침 도랑 속에 웅크리고 있다가 놀라서 멍해 있는 그의 머리 위를 튕기며 넘어가는 움막을 보았다. 그는 그 커다란 나무 상자에서 처참한 비명 소리를 들었다.

 갑자기 상자가 무엇인가에 부딪히자 한쪽 바퀴가 날아갔다. 그러자 이번에는 마치 공이 구르듯이 옆으로 굴러갔다. 그것은 마치 밑부분이 떨어져 나가 버린 집이 산꼭대기에서 굴러 떨어지는 모양 같았다. 마지막으로 움푹 패인 곳에까지 다다르자 그것은 커다란 곡선을 그리며 튕겨 오르더니 절벽 아래 계곡 밑창으로 떨어져 버렸다.

 크고 작은 돌로 메워져 있는 계곡 밑창으로 떨어진 움막은 깨진 달걀처럼 산산조각이 났다. 방금 자신의 머리 위로 그것을 날려 보낸 늙은 거지는 풀숲을 헤치고 나와 그쪽으로 살살 내려가 보았다. 그는 냉큼 현장으로 가지 않고 조심성 있게 부근 농가에다 이 괴상한 사건을 알렸다. 그러자 농부들이 달려왔다. 모두들 달려들어 상자의 파편을 치우고는 시체 두 구를 끄집어냈다. 둘은 상처투성이라기보다는 산산이 깨진 모습이었다. 사내의 얼굴은 완전히 으깨어졌고, 떨어져 나간 여자의 턱이 머리통에 매달려 흔들거렸다. 부러진 그들의 팔다리는 그 속의 뼈를 모두 발라낸 것처럼 흐물흐물했다. 그러나 이것이 누구인가는 짐작이 가는 일이었다. 그래서 모두들 이 사고의 원인을 따지기 시작했다. 의견은 분분했다.

 "이런 좁고 누추한 움막 속에서 대체 뭘 하고 있었을까요?"

 어떤 여인이 말했다. 그러자 거지 노인은 폭풍우를 피하기 위하여 움막에 들어갔다가 그만 비바람에 움막이 뒤집히고 그것이 비탈에 굴러서 떨어진 것이라고 말했다. 그리고 그가 덧붙인 바에 의하면, 자기도 그 속에서 비를 피하려고 했으나, 말이 매여 있는 것을 보고 단념했다는 것이었다.
거지는 다시 만족스러운 얼굴로 한 마디 더했다.
"만약 그렇지 않았더라면, 내가 저 세상에 갈 뻔했지."
그러자 어떤 사람이 말했다.
"그렇게 된 게 잘된 일인가?"
그러자 늙은 거지는 발끈 성을 내면서 떠들었다.
"뭐라고? 난 거지고 이 자들은 부자라서 그렇다는 게냐? 자, 보라고. 이 꼬락서니들을 말이야. 이렇게 되고 보면……."
땟물이 뚝뚝 떨어지는 더러운 노인은, 배배 꼬인 수염으로 뒤덮인 얼굴에 밑창 빠진 모자 아래로 머리카락을 늘이고 선 채, 온몸을 부들부들 떨면서 꼬부라진 지팡이로 두 구의 시체를 가리키며 말했다.
"우린 모두 평등하다고. 하느님 앞에 나가면 말이야!"
농민들이 자꾸만 더 모여들었다. 모두 한결같이 두려운 눈빛으로 이 광경을 들여다보았다.
이윽고 구경꾼들은 이 시체를 어떻게 해야 할지에 대하여 의논하기 시작했다. 그 결과, 시체를 각자의 집으로 실어다 주기로 했다. 두둑한 보수를 받을 것을 기대하고 그렇게 결정한 것이다. 그래서 털털거리는 낡은 마차 두 대가 준비되었다. 그런데 까다로운 문제가 생겼다. 마차 바닥에 짚을 깔고 시체를 놓느냐 아니면 모포를 깔고 놓느냐였다.
아까 입을 열었던 아낙네가 다시 입을 열었다.
"모포를 깔면 피로 얼룩질 텐데, 그렇게 되면 표백제를 사서 빨아야 할걸요."

그러자 뚱뚱하게 생긴 농부가 말했다.

"그렇게 되면 그 댁에서 비용을 주겠지, 뭐. 좋은 모포일수록 보수를 많이 받게 될걸!"

이것으로 논의는 끝났다. 그리하여 두 구의 시체는 용수철도 없는 털털거리는 수레바퀴 위에 얹혀져 한 대는 오른쪽을, 한 대는 왼쪽을 향하여 서둘러 출발했다. 조금 전까지만 해도 포옹을 하고 있던 두 유해는 이제 영원히 만나지 못하는 사이가 되어 자꾸만 멀어져 갔다.

푸르빌 백작은 움막이 빠른 속도로 비탈을 구르는 것을 확인하자 폭풍 속을 달려 도망쳤다. 그렇게 몇 시간을 달렸다. 길을 가로지르고, 둔덕을 뛰어넘고, 울타리를 짓밟으며 마구 달렸다. 그리하여 어떻게 돌아왔는지 모를 지경으로 아무튼 어둡기 전에 집으로 돌아왔다.

하인들은 초조하게 주인이 돌아오기를 기다리고 있었다. 그리고 두 마리의 말이 모두 기수도 없이 맨몸으로 돌아왔다고 주인에게 알렸다. 줄리앙의 말도 백작 부인의 말을 따라 이 집까지 온 것이다.

이 말을 듣자 백작은 순간 비틀거렸다. 그러고는 띄엄띄엄 말했다.

"날씨가 이러니 어디서 사고를 당했는지도 모르는 일이야. 어서 빨리 나가서 찾아보거라!"

그도 집을 나섰다. 사람들의 눈이 미치지 못하는 곳까지 오자 그는 길가의 수풀 사이로 몸을 숨겼다. 그리고 아직까지도 야성적으로 사랑하고 있는 아내가 시체로 돌아올지, 중상자로 돌아올지를 살피기 위하여 한길 쪽을 엿보고 있었다.

이윽고 한 대의 마차가 이상한 것을 싣고 그의 눈앞을 지나갔다. 마차는 저택 앞에 멎었고, 집 안으로 들어갔다. 그렇다, 저것은 아내다. 그러나 무서운 고뇌가 그로 하여금 그 자리에 얼어붙게 만들었다. 안다는 것이 얼마나 무서운 일인가를, 사실에 부딪힌다는 것이 얼마나 무서운 것인가를 그는 생각하기에 이르렀다. 그는 그 자리에서 꼼짝하지 않았다. 산토끼처럼 웅크리고 앉아 몸을 떨고 있을 뿐이었다.

그는 한 시간이나 기다렸다. 아니, 두 시간이었는지도 모른다. 그래도 마차는 자기 집에서 나오지 않았다. 아내가 지금 마지막 숨을 토하고 있는지도 모른다고 그는 생각했다. 아내의 얼굴을 보게 되거나, 아내의 눈길과 마주칠지도 모른다고 생각하니 그는 소름이 끼쳤다. 이렇게 숨어 있다가 사람들에게 들켜서 억지로 아내의 임종을 보게 되는 것이나 아닌지 그는 무서운 생각이 들었다. 그는 더욱더 깊은 숲 속으로 달아났다. 그러나 갑자기 아내는 틀림없이 중상일 것이고, 따라서 간호해 줄 사람이 필요할 터인데 나 말고는 돌봐 줄 사람이 없지 않은가 하는 생각에 미치자 미친 사람처럼 뛰어서 집으로 돌아왔다.

도중에 정원지기를 만난 백작은 그에게 물었다.

"어떻게 되었어?"

사내는 대답하려고 하지 않았다. 그러자 푸르빌 백작은 부르짖듯이 커다란 소리로 말했다.

"죽었나?"

하인이 더듬거리며 말했다.

"네, 주인님."

그는 안도의 한숨을 쉬었다. 갑작스러운 안도감이 그의 혈액과 그의 떨리는 근육을 정상으로 되돌려 놓았다. 그러자 그는 야무진 걸음걸이로 커다란 현관 앞 돌계단을 올라갔다.

다른 한 대의 마차는 레푸풀에 도착했다. 잔느는 먼 곳에서 그것을 보았고, 더욱이 다가온 마차 위에 모포가 있는 것을 보고는 그 위에 사람이 눕혀져 있을 것으로 짐작했다. 그녀는 이미 모든 사태를 감지했다. 그녀는 너무나도 강한 충격 탓에 그 자리에서 졸도하고 말았다.

의식을 되찾았을 때는 아버지가 머리를 받쳐 주고 식초로 관자놀이를 적셔 주는 중이었다. 그는 머뭇거리며 물었다.

"알고 있었니?"

그녀는 고개를 끄덕이며 말했다.

"네, 아버지."

그녀는 일어나려고 했으나 꼼짝할 수가 없었다. 그녀는 그토록 심한 충격을 받았던 것이다.

그날 밤, 그녀는 죽은 아이를 낳았다. 계집아이였다.

그녀는 줄리앙의 장례식이 행해진 것도 몰랐다. 너무나 높은 열로 신음했기 때문이다. 다만 며칠 뒤 리종 이모가 와 있다는 것을 깨달았을 뿐이다. 집요하게 사람을 사로잡고 있는 악몽 속에서, 이 노처녀가 지난번에 레푸풀을 떠난 것이 언제였는지, 왜 떠났는지를 열심히 생각해 내려고 했지만 아무것도 생각할 수 없었다. 열이 내리고 머리가 좀 맑아졌을 때에도 그것을 생각하기란 불가능했다. 다만 어머니가 돌아가신 뒤에도 그녀를 보았던 기억만을 되살릴 수 있었다.

11

 삼 개월이란 짧지 않은 시일을 그녀는 방 안에서만 지냈다. 몹시 쇠약해지고 얼굴빛도 좋지 않았으므로 사람들은 저마다 회복하기 어려울 것이라고 생각했고, 드러내 놓고 그런 말을 했다. 그러나 그녀는 차츰 건강을 되찾았다. 아버지와 리종 이모도 레푸풀에 주저앉아서는, 다시는 그녀 곁을 떠나지 않겠다고 했다. 충격을 받은 이후로 그녀는 일종의 신경 쇠약 증세를 보였다. 부스럭거리는 소리만 들어도 그녀는 기절했고, 별것도 아닌 사소한 원인으로도 오랫동안 가사 상태에 빠졌다.
 그녀는 줄리앙의 죽음에 대하여, 그리고 그 경위에 대해서는 자세히 알려고도 하지 않았다. 들어 본들 무슨 소용이 있겠는가? 이미 충분히 알고 있지 않은가? 다른 사람들은 우연히 불행한 사고를 당한 것이라고 생각했지만 그녀는 그렇게

생각하지 않았다. 그녀는 그 비밀을 혼자 가슴속에 간직하고 있었는데, 그것은 고문을 당하는 것보다도 더 고통스러웠다. 그들이 간통하고 있다는 것을 알고 있었던데다가 바로 그날 무서운 모습으로 나타났던 백작의 환영.

이렇게 된 지금, 그녀는 지난날의 여러 가지 추억을 머리에 떠올렸다. 그 옛날 그녀가 남편으로부터 받은 짧은 동안의 사랑의 기쁨을 새삼 더듬어 보는 감미롭고 우울한 추억이었다. 불현듯 옛날의 일들이 생각나서 바르르 몸을 떨 때도 있었다. 약혼 시절의 남편의 모습과 코르시카의 찬란한 태양 아래서 처음으로 눈뜬, 그녀 평생에 유일하게 가져 보았던 남편에 대한 뜨거운 열정이 눈에 보이는 듯했다. 남편의 온갖 결점은 조그맣게 되고, 무정하고 냉정한 태도도 사라졌으며, 심지어 자신을 배신했던 행위조차도 이미 닫혀진 무덤의 추억이 멀어져 감에 따라 그녀의 가슴에서 지워졌다. 그리고 한때는 우람한 두 팔로 자기를 안아 주었던 그 사내에 대하여 일종의 고마움 같은 것을 느끼기도 했고, 자기에 대한 학대도 용서하고 싶었다.

그리하여 지금 그녀는 즐거웠던 추억만으로 가슴을 채웠다. 이렇게 시간과 세월은 흘러가서, 달 위에 달이 겹쳐지고, 먼지가 쌓여 가듯 그녀의 모든 추억과 괴로움 위에도 망각의 먼지가 쌓여 갔다. 이제 잔느는 자신의 모든 것을 아이에게 바쳤다.

아이는 그를 둘러싸고 있는 세 사람의 우상이 되었고 다시 없는 관심거리였다. 아이는 전제 군주처럼 그들에게 군림했

고, 아이를 섬기는 세 사람의 노예 사이에는 일종의 질투 같
은 것이 생기기도 했다. 남작이 아이를 무릎 위에 앉혀 놓고
어르다가 아이로부터 뜨거운 입맞춤이라도 받으면 잔느는 신
경질적인 눈초리로 그것을 바라보기도 했다. 리종 이모는 자
신이 이 집안에서 천대받았듯이 아이한테서도 무시당했고,
아직 말도 제대로 하지 못하는 이 주인으로부터 하녀나 노예
처럼 취급되었다. 거지처럼 사정사정해서 겨우 얻은 아이의
키스와 아이가 어머니나 외조부를 위하여 간직해 둔 포옹과
비교해 보면, 그녀는 서글퍼지고 몸둘 바를 몰라 급히 자기
방으로 뛰어들어가서는 몰래 눈물짓기도 했다.

　이 년이라는 세월이 조용히 흘러갔다. 그 동안에는 별일이
일어나지 않았으므로 그녀는 모든 정성을 아이에게 바칠 수
있었다. 삼 년째로 접어든 초겨울, 모두는 루앙으로 가서 겨
울을 나기로 했다. 온 가족이 그곳으로 이사했다. 오랫동안
비워 두었던 습기찬 헌 집에 들자, 폴은 이내 기관지염에 걸
리고 말았다. 기관지염은 늑막염까지 일으킬지도 모를 정도
로 위중했다. 간담이 서늘해진 세 사람은 폴에게는 레푸풀의
공기가 아니면 안 되겠다고 생각하고 아이가 회복되자마자
다시 레푸풀로 되돌아왔다.

　이리하여 몇 년 동안의 단조롭고 조용한 생활이 시작되었
다.

　그들은 아이의 방에서든 응접실에서든 때로는 마당에서든
때와 장소를 가리지 않고 아이의 주위에 몰려 있었다. 그러고
는 아이가, 알아듣지도 못하는 말을 한다든가 이상한 몸짓을

하기라도 하면 정신없이 기뻐했다.

 어머니는 '폴레'라는 애칭으로 아이를 불렀다. 아이는 이 말을 제대로 발음할 수가 없어서 '풀레'라고 발음했다. 이것 또한 온 가족에게는 웃음거리였다. 그래서 아이의 애칭은 아이의 발음대로 어느덧 풀레가 되고 말았다.

 아이의 성장은 빨랐다. 남작 표현대로 '세 사람의 모친'은 날마다 아이의 키를 재어 보는 것을 큰 즐거움으로 삼았다.

 응접실 문 옆의 판자로 된 벽에는 아이의 성장을 나타내는 표지가 날마다 칼끝으로 새겨졌다. '풀레의 눈금'이라고 불린 이 눈금은 이 가정에서 가장 중요한 지위를 차지했다.

 그러는 사이에 하나의 새로운 존재가 이 집안에서 중대한 구실을 했다. 그것은 잔느가 아이에게 전념하기 시작하고부터 거의 무시되고 있던 개 '마사클'이었다. 이 개는 뤼드빈느의 수발로 화장실 앞에 있는 커다란 나무통 속에서 사슬에 묶인 채 사육되고 있었다.

 그러던 어느 날 아침이었다. 폴이 이 개를 안아 보고 싶다며 떼를 쓰기 시작했다. 그래서 모두는 그를 안고 개한테로 주춤주춤 다가갔다. 개는 아이를 환영했다. 그 뒤 어른들이 개를 떼어놓으려고 하면 아이는 울음을 터뜨렸다. 이리하여 마사클은 쇠사슬에서 풀려남과 동시에 집 안으로 들어와서 함께 살았다.

 개는 폴의 다시없는 좋은 친구가 되었다. 그들은 한시도 떨어지지 않았다. 같이 마룻바닥을 구르기도 하고 때로는 서로 부둥켜안고 담요 위에서 같이 잠을 자기도 했다. 나중에는 밤마다 아이의 침대 속으로 들어와 함께 잠을 잤다. 잔느는 개벼룩 때문에 무척 고생했다. 그리고 리종 이모는 아이의 애정을 빼앗아 간 마사클을 몹시 원망했다. 그토록 바라고 구걸했던 아이의 애정이 이 보잘것없는 동물에게는 아낌없이 주어지는 것이 너무나도 서글펐다.

간혹 브리즈빌 댁과 쿠틀리에 댁과도 서로 왕래했다. 그 외에는 촌장과 의사만이 이 저택의 적막한 공기를 깨고 들어올 뿐이었다. 잔느는 암캐의 학살 현상에서 목격한 것도 있을 뿐더러, 백작 부인과 줄리앙의 무서운 죽음에 대하여 신부를 의심하고 있었으므로 그 뒤로는 교회에 나가지 않았다. 그렇게나 잔인한 신부를 응징하지 않는 하느님에 대하여 분노조차 일었다.

트로와 바르 신부는 때때로 이 저택을 가리키면서 저주하기도 했다. 이 저택을 '악의 요정', '영원한 반항의 정', '허위 허망의 정', '부정의 정', '타락의 정' 등의 소굴이라고 규정했다. 그는 남작을 가리켜 온갖 나쁜 정의 우두머리라고 불렀다.

한편 교회도 차츰 쇠퇴해 갔다. 농부들이 쟁기로 밭을 갈고 있는 옆으로 신부가 지나가도, 누구 한 사람 그에게 인사하는 사람이 없었다. 게다가 이제는 그가 마술사라는 소문이 온 마을에 퍼졌다. 신들린 여인의 악령을 물리쳤기 때문이다. 소문에 의하면 그는 저주를 물리치는 신비한 문자를 알고 있다고 했다. 저주라는 것은 그의 말에 의하면 악마의 심술궂은 장난에 지나지 않았다. 파란 젖을 내거나, 꼬리를 감고 있는 소에 그가 손바닥을 대기만 하면 그것이 금세 낫고, 또 뭔가 뜻모를 이상한 문구를 외기만 하면 잃었던 물건을 찾게 된다는 소문도 있었다. 그의 편협하고 광신적인 정신은, 악마가 이 세상에 출현한 이야기라든가 악마의 힘이 나타나는 여러 가지의 형태라든가, 악마의 불가사의한 영향이라든가, 악마가 가지고 있는 온갖 술책이라든가 하는 문제를 다룬 종교 서적 연구에 몰두하게 했다. 그리고 그는 이런 신비적이고 불길한 힘을 무찔러 없애기 위하여 자신이 하느님으로부터 이 땅에 보내진 것이라고 스스로 믿었다. 그래서 그는 성직자 수첩에 적혀 있는 악마를 물리치는 온갖 문구를 빠짐없이 외웠다.

그는 자신이 어둠 속을 배회하는 악령을 느낄 수 있다고 믿었다. 그래서 라틴어의 Sicut leo rugiens circuit quoerens quem devoret(사자가 먹이를 찾아 울부짖으며 미친 듯이 헤매는 것처럼)라는 문구를 쉴새없이 중얼거렸다.

그래서 온 마을 사람들은 신부에게서 일종의 공포를 느꼈다. 그것은 그가 남몰래 지니고 있는 전율이요, 무기였다. 그의 동료까지도 ─ 동료라고는 하나 배운 것 없는 시골 신부들로, 그들로서는 베르제브츠(신약 성서에 나오는 악마의 왕)도 하나의 종교적 신조임에 틀림없을 뿐더러, 이와 같은 악마의 출현에 대비한 세밀한 규정에 머리가 혼란해져서 마침내 종교와 마법을 혼동해 버린 그런 족속들이기는 했으나 ─ 트로와 바르 신부를 마법사에 가까운 사람으로 생각하고 그를 존경하기까지 했다. 그것은 그가 나무랄 데 없는 엄격한 생활을 하고 있다는 사실과 뭔가 불가사의한 힘을 가지고 있는 것처럼 상상했기 때문이다.

신부는 어쩌다 잔느를 만나도 인사하지 않았다.

이런 상태는 리종 이모를 불안하게 했고 더없이 슬프게 했다. 그녀는 늙은 처녀답게 몹시 소심했으므로, 사람들이 교회를 외면하고 있는 것을 도무지 이해할 수 없다고 여겼다. 말할 것도 없이 그녀는 신앙심이 두터웠다. 물론 참회도 하고 성체 성사도 받았다. 다만 아무도 이 사실을 모르고 있었을 뿐이었고 또한 알려고도 하지 않았다.

폴과 단둘이 있을 때면 그녀는 낮은 소리로 하느님에 대한 이야기를 폴에게 들려 주었다. 기적적인 이 세상의 창조에 관하여 이야기해 주면 폴은 다소곳이 귀기울이며 들었다. 그러나 하느님을 사랑해야 한다, 꼭 사랑하는 사람이 되어야 한다고 되풀이해서 강조하기라도 하면 그는 이렇게 묻기도 했다.

"하느님이 대체 어디 있어요, 할머니?"

그러면 그녀는 하늘을 가리키면서 말했다.

"저 높은 하늘에 계세요. 하지만 이런 얘기는 아무한테도 하면 안 돼요!"

그녀는 남작이 두려웠다.

그런데 어느 날 풀레가 그녀에게 말했다.

"하느님은 어디든지 계세요. 교회 안에만 없어요."

풀레는 리종 할머니의 신비로운 계시를 외할아버지에게 이야기해 버린 것이다.

풀레는 열 살이 되었다. 어머니는 마흔 살도 넘어 보였다. 풀레는 건강하고, 나무에 기어오를 정도로 개구쟁이였다. 그러나 공부라고는 전혀 하지 않았다. 그러므로 그는 아는 것이 아무것도 없었다. 남작이 공부를 시키겠다고 붙들고 앉으면, 잔느가 곧장 달려와서는 이렇게 말했다.

"아이가 지치면 큰일이에요, 아버지. 그만 놔 주세요."

그녀의 눈에는 아이가 언제나 한두 살짜리 아기로밖에는 보이지 않았다. 그는 걷고 달리고 뛰고 어른처럼 말도 하는데, 그녀는 그것을 전혀 모르고 있는 것처럼 보였다. 그녀는 늘 그저 걱정 속에 파묻혀 살았다. 아이가 넘어지지나 않을까, 춥지는 않을까, 운동 뒤 더워서 고통받지나 않을까, 과식하지나 않을까, 아니 한창 자랄 나이에 너무 적게 먹는 것은 아닐까 하고 온갖 걱정을 다 했다.

아이가 열두 살이 되었을 때 난처한 문제가 생겼다. 그것은 첫 성체 배수에 관한 일이었다.

어느 날 아침, 리종이 잔느에게 아이에 대한 종교 교육을 더 이상 미루는 것은 안 되며, 처음으로 맞는 이 의무를 다하지 않고 방치하는 것은 부당한 일이라고 충고했다. 그녀는 여러 가지 이유를 들어 집요하리만큼 따지고 들었으나, 그 가운데서도 많은 사람들의 입에 오르내리는 것이 가장 큰 문제라고 말했다. 잔느도 그 충고가 옳은 것임을 알고 있었으나, 결심을 하지 못한 채 좀더 기다려 보자는 말로 얼버무렸다.

그런데 한 달 뒤 그녀가 브리즈빌 자작 부인을 방문하자 자작 부인은 무심코 이렇게 물었다.

"아 참, 그게 올해죠? 폴의 첫 성체 배수 말이에요."

잔느는 뜻하지 않은 질문을 받고 당황했다.

"네, 그렇습니다, 부인."

이 짧은 한마디가 그녀로 하여금 마음을 정하게 했다. 그래서 아버지와는 상의도 하지 않고 리종 이모에게 부탁하여 아이가 교리 문답 공부를 받을 수 있게 했다.

일 개월 동안은 모든 것이 순조로웠다. 그런데 어느 날 풀레가 목이 쉬어서 돌아왔다. 그리고 다음날에는 기침까지 하기 시작했다.

어머니는 깜짝 놀라 사연을 물어 보았다. 아이는, 자신의 행실이 나빠 신부님이 수업 끝날 때까지 교회 현관 바람받이에서 벌을 서라고 했다는 것이었다.

그래서 그녀는 아이를 교회에 나가지 못하도록 했다. 대신 자신이 직접 집 안에서 교리를 가르치기로 했다. 하지만 트로와 바르 신부는 리종의 애원에도 불구하고 폴의 성체 배수를 거절했다. 교육이 충분하지 못하다는 것이 거절 이유였다. 그 이듬해도 그는 마찬가지로 거절했다. 이유는 같았다. 분개한 남작은 빵과 포도주가 그리스도의 피가 되고 살이 된다는 것을 믿어야만 아이를 훌륭하게 키울 수 있는 것은 아니다, 그런 짓은 어리석기 짝이 없는 짓이라고 말했다. 그러고는 아이를 기독교인으로 키우되, 교회의 복잡한 규칙에만 마음을 쓰게 하는 천주교인으로는 키우지 않을 것이며, 성년이 되면 자신이 알아서 하도록 내버려두자고 말했다.

그러고 나서 얼마 뒤, 잔느는 브리즈빌 댁을 방문했는데 그에 대한 답방을 받지 못했다. 그분들은 몹시 예의를 존중하는 분들이라서 그럴 리가 없는데 하며 의아하게 생각하던 때, 쿠틀리에 후작 부인이 답례의 방문을 회피한 이유를 잔느에게 밝혀 주었다.

남편의 지위로 보나, 작위로 보나, 막대한 재산으로 보나, 자신을 노르망디 귀족의 여왕으로 자처하는 후작 부인은 자신이 진짜 여왕이나 되는 것처럼 행동했다. 그녀는 하고 싶은 말은 상대를 가리지 않고 거침없이 했으며, 어떤 때는 상냥했다가도 어떤 때는 거만해지는 성미였다. 뿐만 아니라 자기 마음에 들면 입에 침이 마르도록 칭찬했고, 그렇지 않으면 사정없이 상대방에게 면박을 주기도 했다. 잔느가 그녀 앞에 나아가자, 이 부인은 두세 마디 의례적인 말을 한 뒤에 쌀쌀맞게 말했다.

"이 사회는 두 가지 계급으로 나뉘어 있죠. 하느님을 믿는 사람과 믿지 않는 사람으로 말이에요. 한쪽 사람들은 아무리 신분이 낮아도 우리의 친구요, 우리와 대등한 사람들입니다. 그러나 다른 쪽 사람들은 우리와는 아무런 상관이 없어요."

잔느는 자신이 공격받고 있다는 것을 깨닫고는 반박했다.

"하지만 교회에 나가지 않더라도 하느님을 믿을 수는 있어요."

후작 부인이 대답했다.

"아니에요, 부인. 하느님을 믿고 섬기기 위해서는 천주교의 교회로 가야 해요. 예를 들어 사람을 만나려면 그 사람의 집으로 찾아가는 것과 같은 이치죠."

잔느는 상대의 비위를 거스르지 않기 위하여 조심하면서 대꾸했다.

"하느님은 어디든지 계십니다, 부인. 저는 진심으로 하느님의 자비로우심을 믿고 있지만, 어떤 종류의 성직자가 하느님과 저 사이에 끼어들면 하느님을 느끼지 못하게 되죠."

후작 부인은 자리에서 일어났다.

"신부님은 교회를 이끄는 분이에요. 신부님을 따르지 않는 사람은 그것이 누구이든 신부님의 적이요, 우리의 적입니다."

이번에는 잔느가 자리에서 벌떡 일어났다. 그녀는 다리를 부들부들 떨었다.

"부인, 부인은 한 종파의 하느님을 믿고 계시는 거예요. 저는 정직한 사람들의 하느님을 믿고 있는 거고요."

잔느는 고개를 한 번 숙여 인사하고는 그 자리를 떠났다.

마을 사람들도 풀레에게 성체 배수를 시키지 않았다고 해서 그녀를 비난했다. 정작 자기네들은 미사에 나가지 않았을 뿐만 아니라, 성찬식에도 참가하지 않으면서 말이다. 설령 성찬식에 참가한다 해도 그것은 교회의 형식적인 규칙에 따라 부활절에만 참가했다. 그러나 그런 마을 사람들도 자식에 대해서만은 그렇게 하지 않았다. 교회를 완전히 무시하고 자식을 키울 용기가 없었던 것이다. 어쨌든 종교는 역시 종교이기 때문이다.

그녀는 그와 같은 비난을 분명히 눈치챘다. 그리하여 그녀는 이런 타협이나 양심의 처리에 대하여 분노를 느꼈다. 무엇이나 무서워하는 일반적인 풍조와 사람들의 마음에 깃들어 있는 비겁함, 그 비겁함을 감추기 위하여 가면을 쓰는 그 정신이 못마땅했다.

남작이 폴의 학습을 맡아 라틴어를 가르쳤다. 어머니라는 사람은 단 한 가지의 주의를 아버지에게 줄 뿐이었다.

"무엇보다도 아이가 지치지 않는 게 중요해요."

결국 남작은 그녀를 방에 들어오지 못하게 했다. 그러자 그녀는 걱정스러운 얼굴로 공부방 주변을 맴돌았다. '풀레야, 발이 시리진 않니?'라든지, '풀레야, 머리가 아픈 건 아니지?'라든지, 혹은 또 선생님을 견제하기 위해서, '그렇게 많이 말하게 해서는 안 돼요. 목이라도 쉬면 어떻게 해요!' 하면서 노상 공부를 방해했기 때문이다.

아이는 공부를 마치고 나면 마당으로 뛰어나가 어머니와 리종 할머니 이렇게 셋이서 흙놀이를 했다. 아이는 원예에 많은 취미를 갖고 있었다. 그래서 그들 세 사람은 봄이면 나무를 심고 씨도 뿌렸다. 그리고 꽃이 피면 꽃을 꺾어 꽃다발을 만들기도 했으며, 예쁜 모양으로 나뭇가지를 치기도 했다.

소년이 가장 애쓴 것은 샐러드 채소의 재배였다. 채소밭의 커다란 이랑 네 개를 그가 맡아 관리했는데, 그는 세심한 주의를 기울여 그곳에 양상추 등 잎을 식용으로 하는 채소를 가꾸었다. 그가 괭이로 땅을 파거나 물을 줄 때, 또 잡초를 뽑거나 모종을 키울 때도 언제나 두 여인은 옆에서 그의 시중을 들었다. 어머니와 이모할머니는 품팔러 온 여자 일꾼처럼 언제가 그를 도우며 밭에서 지냈다.

풀레는 어느덧 자라서 열 다섯 살이 되었다. 그리고 응접실의 눈금도 벌써 백 오십 팔 센티미터를 나타내고 있었다. 그러나 두뇌는 여전히 어린아이였다. 무지하고 우둔했다. 그것은 극성스러운 두 여인과 시대에 뒤떨어진 노인의 틈새에 끼어 발달이 늦어졌기 때문이다.

어느 날 밤, 남작은 중학교 진학에 관한 이야기를 끄집어냈다. 그러자 별안간 잔느는 울음을 터뜨렸다. 리종 이모는 깜짝 놀라 한쪽 구석에서 침을 삼키며 보고 있었다.

아이의 어머니가 대답했다.

"그럴 필요가 어디 있어요? 그저 농사나 짓는 시골 귀족으로 살아가는 게 좋겠어요, 아버지. 다른 귀족들처럼 말이에요. 그 애가 태어나기 전부터 우리가 살던 이 집에서, 그리고 우리가 죽어 갈 이 집에서 그 애가 아무 탈 없이 살아가도록 해주세요. 전 그것으로 만족해요. 그리고 무엇보다도 그 애를 먼 데로 내보낼 수는 없어요, 아버지."

그러나 남작은 고개를 가로저었다.

"그렇지만 말이야. 그 애가 스물 다섯 살쯤 되었을 때 너에게 이런 말을 한다면 뭐라고 대답하겠니? '나는 엄마 때문에 모든 것이 다 글러 버렸어. 엄마의 이기주의 때문에 배우지도 못했고, 바보나 다름없이 돼 버렸어. 이제 때가 늦어 배울 수도 없고 내게는 아무런 희망도 없어. 엄마의 그릇된 애정 때문에 난 장님이 되었다고.' 하고 말이야. 그런 말을 들으면 그 때 가서 넌 어쩔 테냐?"

그녀는 계속해서 울기만 했다. 그러다가 아이에게 애원했다.

"풀레, 내가 너를 너무 귀여워했다고 나를 원망하지는 않겠지?"

깜짝 놀란 소년은 엄마와 약속했다.
"예, 엄마."
"맹세해 주겠니?"
"예, 엄마."
"어떤 일이 있어도 엄마 곁을 떠나지 않겠지?"
"그래요, 엄마."
그러자 남작은 단호하게 말했다.
"잔느, 아무리 네 자식이라지만 그렇게 할 권리는 없는 거다. 네가 바라는 것은 비겁한 짓이야. 죄악이란 말이다. 너는 네 자신의 행복을 위하여 자식을 희생시키려는 거야!"
그녀는 두 손으로 얼굴을 가리고 눈물을 흘리면서 더듬더듬 말했다.
"전…… 너무나 불행했어요…… 정말 너무나 불행했어요…… 이제 겨우…… 이 아이와 조용한 생활을 할 수 있게 되었는데…… 그만 먼 곳으로 보내야 하다니…… 그럼 전 어떻게 살란 말이에요…… 혼자서…… 앞으로 어떻게요?"
아버지는 벌떡 일어나 딸 옆으로 다가갔다. 그리고 두 팔로 그녀를 안으며 말했다.
"그럼, 나는 어땠겠니? 나는?"
그녀는 별안간 아버지의 목을 끌어안고 미친 듯이 키스했다. 그리고 흐느껴 울던 울음을 주체하지 못하고 말했다.
"네, 아버지 말씀이 옳아요…… 틀림없는 말씀이에요…… 제가 잘못 생각했어요…… 고생을 너무나 많이 했기 때문이에요…… 좋아요, 학교에 보내겠어요."

그러자 자기를 어떻게 하는 줄로만 안 풀레가 눈물을 짜기 시작했다.

이것을 본 세 사람은 그에게 키스를 하며 달랬다. 그리고 나서 각자 침실로 돌아갔다. 한결같이 모두들 가슴이 메여 아무도 쉽게 잠드는 사람이 없었다. 남작도 울었다.

가을 신학기에는 소년을 르아브르에 있는 중학교에 넣기로 했다. 그래서 소년은 여름 한철을 전보다 더 응석을 부리며 보냈다.

아이 어머니는 작별할 것을 생각하며 연방 한숨을 토해 냈다. 그녀는 아들이 십 년도 더 걸리는 먼 여행길에라도 오르는 것처럼 온갖 부산을 떨며 입학 채비를 했다. 그리고 나서 시월 어느 날 아침, 밤새 한숨도 자지 못한 두 여인과 남작은 아이를 데리고 마차에 올랐다. 마차는 두 마리의 말에 끌려 서둘러 출발했다.

전에 미리 한번 와서 아이의 침실과 교실의 책상은 이미 골라 놓았다. 잔느는 리종 이모의 도움을 받아 아들의 옷 일체를 기숙사 옷장 속에다 정리하고 또 정리하며 하루를 보냈다. 그런데 그 옷장 속에는 가지고 온 옷의 사 분의 일도 들어가지 않았다. 그녀는 교장을 찾아가 옷장 한 개를 더 달라고 부탁했다. 그러자 출납 계원이 불려 왔다. 그 사내는 그렇게 많은 옷은 필요가 없을뿐더러 도리어 학교 생활에 방해만 된다고 하면서 그 부탁을 거절했다.

난처해진 어머니는 부근에 있는 조그마한 여관 방 하나를 빌리기로 했다. 그리고 풀레로부터 연락이 있으면 여관집 주인이 몸소 필요한 것을 학교까지 가져다주기로 계약을 했다.

그리고 나서 일행은 방파제를 한 바퀴 돌았다. 그들은 배가 항구를 출입하는 것을 구경했다.

여기저기 등불이 켜지기 시작한 항구는 금세 어두워졌다. 저녁 식사를 하기 위하여 식당에 들어갔지만 아무도 음식에 손을 대지 않았다. 모두가 눈에 눈물을 담고 서로 얼굴만 바라보고 있는 사이에 접시는 차례차례 식탁으로 날라져 왔다. 접시는 거의 손도 대지 않은 채로 물려졌다.

식사 뒤 모두는 학교로 향했다. 소년들의 가족과 하인들이 여기저기서 모여들었다. 모두들 울고 있는 것 같았다. 희뿌연 불빛이 비치고 있는 넓은 운동장에서는 훌쩍거리는 소리가 들렸다.

잔느와 풀레는 한참 동안 서로 안고 있었다. 리종 이모는 얼굴에 손수건을 댄 채 뒷구석에 서 있었다. 가슴이 메여 견딜 수 없던 남작은 어서 작별해야겠다고 생각했다. 남작은 딸의 팔을 끌고 마차로 갔다. 교문 밖에서 기다리고 있던 마차는 세 사람을 태우고 밤길을 달려 레푸풀로 돌아왔다.

이따금 왈칵 솟구치는 울음소리가 어둠 속으로 퍼져 갔다.

이튿날 잔느는 저녁때까지도 울고 있었다. 그 다음날에는 덮개 없는 마차에 말을 매어 르아브르로 떠났다. 풀레는 이미 어머니와의 별거를 당연하게 받아들이고 있는 것 같았다. 생전 처음으로 친구라는 것을 갖게 된 풀레는 면회실의 의자에 앉아 있어도 마음은 친구들과 장난치는 일에 쏠려 있었다.

이렇게 하여 잔느는 하루걸러 학교로 찾아갔다. 쉬는 시간과 쉬는 시간 사이 즉, 수업 시간에는 어떻게 해야 할지 몰라 그저 면회실에서 꼼짝하지 않고 앉아 있었다. 학교에서 멀리 떨어지는 것이 두려웠기 때문이다. 교장은 그녀를 자기 방으로 불러 이렇게 자주 오지 말라고 타일렀다. 그러나 그녀는 그런 것쯤은 문제로 삼지 않았다.

그래서 교장은 그녀에게 경고했다. 만약 그녀가 학교로 계속 찾아와서 쉬는 시간에 아이들이 뛰어노는 것을 방해하거나 쉴새없이 아이의 머리를 어지럽혀 공부에 방해되는 짓을 한다면, 미안하지만 아이를 도로 돌려보낼 수밖에 없다고 말했다. 남작에게도 역시 그런 통보를 했다. 그래서 그녀는 마치 죄수처럼 레푸풀에서 감시당하는 신세가 되고 말았다.

그녀는 풀레 이상으로 방학을 학수고대했다.

그리고 한 가지 불안이 쉴새없이 그녀의 머리를 어지럽혔다. 그녀는 마사클을 끌고 혼자 꿈길을 헤매듯 멍한 표정으로 부근을 얼쩡거렸다. 어떤 때는 절벽 위에 앉아서 바다를 바라보며 반나절을 보낼 때도 있었다. 또 때로는 숲을 지나 이포르까지 내려가서는 추억어린 옛날의 산책 길을 혼자 더듬어 보기도 했다. 그것이 대체 얼마나 먼 옛날의 일인가! 얼마나 멀리 떠나 버린 나날인가! 젊디젊은 처녀의 꿈에 취하여 이 땅을 뛰어다니던 그 시절이.

그녀는 아들을 만날 때마다 꼭 십 년 만에 만나는 것만 같았다. 그는 다달이 어른이 되어 갔고, 그녀는 다달이 노파로 변해 갔다. 아버지는 흡사 그녀의 오빠처럼 보였고, 리종 이모는 스물다섯 살에 이미 시들어 버렸으므로 그녀의 언니 같았다.

 열심히 공부하지 않은 풀레는 사 년급을 낙제했다. 삼 년급은 그럭저럭 넘겼으나 이 년급에서 다시 한 번 낙제했다. 이런 관계로 수사과(修辭科) 학생이 되었을 때는 벌써 스무 살이 되었다.

 그는 늠름한 금발의 청년이 되었다. 이미 짙은 구레나룻이 나 있었고 콧수염도 가꾸기 시작했다. 이제 일요일마다 그가 레푸풀로 돌아오기로 했다. 이미 오래 전부터 승마 연습을 하고 있었으므로 말만 빌리면 두 시간 만에 집으로 달려 올 수 있었던 것이다.

 그가 돌아오는 날이면 잔느는 이모와 아버지와 셋이서 폴을 마중 나갔다. 이럴 때의 남작은 구부러진 허리 뒤로 손을 돌려 뒷짐을 지고는 터벅터벅 걷고 있었는데, 이미 가죽만 남은 가련한 노인의 모습이었다.

 그들은 천천히 길을 걸어갔다. 이따금 말을 타고 달려오는 풀레의 모습을 보기 위하여 도랑가에 서서 멀리 바라다보기도 했다. 그리하여 하얗게 뚫려 있는 길 끝에 검은 점 같은 것이 나타나면 세 사람은 제각기 손수건을 흔들어 댔다. 그것을 발견한 풀레도 말을 몰아 질풍처럼 달려왔다. 잔느와 리종 이모는 가슴을 죄며 이 모습을 바라보고 있었지만, 조부는 몹시 흥분하여 기운이라고는 다 빠져 버린 노인답지 않게 열광하며 소리쳤다.

 "브라보!"

 폴은 어머니보다 머리 하나만큼 더 키가 컸다. 그러나 그녀

는 여전히 그를 어린애 다루듯 했다. 그러고는 또,

"풀레야, 발이 차진 않니?"

하고 묻기도 했다.

그리고 그가 식후에 궐련을 피워 물고 현관 같은 곳을 어정거리기라도 하면 그녀는 창문을 열고 말을 걸었다.

"모자 없이 외출하면 감기 든다."

그리고 또 그가 밤에 학교로 돌아가면 그녀는 걱정으로 온몸을 떨었다.

"풀레야, 너무 달리지는 마라. 조심해야 해. 이 불쌍한 엄마를 생각해서라도 말이지. 네게 무슨 일이라도 생기면 이 엄마는 살지 못한다."

어느 토요일 아침이었다. 그녀는 폴로부터 한 통의 편지를 받았다. 그것은 친구들과 함께 소풍을 가기로 되어 있어 내일은 집에 갈 수가 없다는 내용이었다.

그녀는 그날 하루 종일 불안 속에서 보냈다. 뭔가 자꾸만 불길한 생각이 들어 마음이 놓이지 않았기 때문이다. 그녀는 다음 일요일까지 기다릴 수가 없어서 목요일에 르아브르로 떠났다.

어디라고 꼬집어 말할 수는 없으나, 아무튼 폴이 좀 달라진 것 같았다. 마음이 들떠 있는 것처럼 보이기도 했고, 말하는 태도도 퍽 어른스러워졌다. 그는 당연한 일을 이야기하듯 이렇게 말했다.

"그런데, 어머니. 오늘 어머니가 이렇게 와 주셨으니 요번 일요일에는 레푸풀에 가지 않겠어요. 지난번 그 모임이 또 있어서요."

그녀는 깜짝 놀라 숨이 막힐 지경이었다. 아들이 미지의 세계로 떠난다는 소식이라도 들은 것 같은 놀라움이었다. 한동안 입조차 움직일 수가 없던 그녀는 간신히 입을 열었다.

"아니 풀레야, 그게 무슨 말이니? 말해 봐. 어떻게 한다고?"

그녀가 이렇게 말하자 그는 허허허 하고 웃더니 어머니의 볼에 살그머니 키스하면서 말했다.

"걱정 마세요, 어머니. 아무것도 아니에요. 그저 친구들과 놀러 가는 거니까요. 우리 나이 또래의 친구들은 모두 그래요."

그녀는 더 이상 할말이 없었다. 그리고 집으로 돌아오는 마차에서 이상한 생각이 떠올랐다. 자기의 풀레, 자기의 귀여운 풀레의 모습이 이제는 보이지 않았다. 이때야 비로소 그녀는 깨달았다. 아이는 이미 자기의 것이 아니라는 것, 그리고 어른들에게는 조금도 마음을 쓰지 않고 제멋대로 생활하려 한다는 것을. 불과 하루 만에 아이가 변해 버린 것 같았다. 어떻게 된 일인가? 그는 내 아들이다. 예전에 자기와 함께 채소밭에서 샐러드 채소를 가꾸며 즐거워했던 내 아들이다! 그런데 그 아들이 얼굴에 수염을 기른 우람한 청년이 되어 이제 자신의 의지로 살려는 어른이 되어 버렸다!

그러고 나서 삼 개월 간, 폴은 간혹 한 번씩밖에는 집에 들르지 않았다. 어쩌다가 집에 들르도 금방 되돌아가려는 기색을 보였다. 집에 있는 순간을 퍽 아깝게 여기는 사람처럼 보이기도 했다. 잔느는 무서운 생각이 들었으나 남작은 태연했다.

"걱정 말아라. 그 애도 벌써 스무 살이 되지 않았느냐."

그는 거듭 말하면서 그녀를 달랬다.

그런데 어느 날 아침, 초라한 옷차림을 한 노인이 독일어 사투리가 섞인 프랑스 말로 자작 부인에게 면회를 청해 왔다. 아주 공손히 인사를 올린 그는 호주머니에서 구겨진 종이 쪽지 하나를 끄집어내어 탁자 위에 내밀면서 말했다.

"이 쪽지를 좀 보십시오."

그녀는 그것을 몇 번이나 되풀이해 읽고는 그 유태인의 얼굴을 훑어보았다. 그러고는 다시 한 번 읽고 나서 노인에게 물었다.

"대체 이게 뭐예요?"

사내는 아첨하듯 헤헤거리면서 설명했다.

"말씀드리죠. 댁의 아드님이 돈이 좀 필요하다고 해서요. 그리고 부인께서 친절하신 분이라고 알고 있었기에 제가 아드님께 약간의 돈을 빌려 드렸습니다."

그녀는 너무나도 뜻밖의 일에 놀라고 말았다. 참으로 어이없는 일이 아닐 수 없었다.

"그런 일이라면 이 어미에게 직접 얘기할 일이지, 어쩌자고 이런 짓을 했을까?"

그녀의 의아심을 그 유태인은 장황한 설명으로 풀어 주었다. 그의 말에 의하면, 이튿날 오전까지 갚지 않으면 안 될 노름빚이 있었는데, 폴이 아직 성년이 되지 않았으므로 그 누구도 그에게 돈을 빌려 주지 않았다고 한다. 그래서 자기가 폴에게 약간의 친절을 베풀어 그 청년의 체면을 세워 주었다는 것이었다.

잔느는 남작을 부르려고 했다. 너무나도 심한 충격에 몸을 가눌 수가 없었기 때문이다. 할 수 없이 그녀는 그 고리 대금업자에게 말했다.

"미안하지만 그 초인종을 좀 눌러 주세요."

상대는 무슨 속셈이라도 있는 것이 아닌가 하고 겁을 내며 멈칫했다. 그리고 더듬거리면서 말했다.

"형편이 여의치 못하시다면 제가 다시 찾아뵙죠."

그녀는 고개를 가로저어 그럴 필요가 없다고 알렸다.

그리하여 그는 초인종을 눌렀고, 남작이 올 때까지 아무 말도 하지 않은 채 그녀와 마주앉아 있었다.

남작은 들어오자마자 사정을 대번에 알아차렸다. 쪽지에는 천 오백 프랑으로 되어 있었다. 남작은 천 프랑만 지불하고 상대를 쏘아보면서 말했다.

"다시는 오면 안 돼!"

상대는 고개를 꾸벅거리며 고맙다는 인사를 되풀이하고는 사라졌다.

외조부와 어머니는 곧 르아브르로 갔다.

학교에 가 보니 폴은 벌써 일 개월 전부터 학교에 나오지 않은 상태였다. 교장은 잔느의 서명이 든 네 통의 편지를 보관하고 있었다. 편지에는 학생이 지금 병으로 자리에 누워 있고, 병세 또한 어떻다고 적혀 있었다. 그리고 어느 편지건 의사의 진단서가 첨부되어 있었다. 말할 것도 없이 그것은 전부 위조된 것이었다.

두 사람은 너무나 기가 막혀 서로 얼굴만 바라보며 어쩔 줄을 몰라 했다.

민망해진 교장은 그들을 경찰서장에게 안내했다. 두 사람은 그날 밤을 여관에서 보냈다.

이튿날 청년은 어느 창녀의 집에서 발견되었다. 외조부와 어머니는 그를 레푸풀로 데려갔는데, 돌아가는 마차 안에서 어느 누구도 입을 열지 않았다. 잔느는 손수건으로 얼굴을 가리고 줄곧 울기만 했다. 폴은 모른 척하고 바깥 경치에만 한눈을 팔았다.

일주일 동안 알게 된 사실은, 폴이 지난 삼 개월 동안 만 오천 프랑이라는 막대한 빚을 졌고, 채권자들은 얼마 가지 않아서 그가 성년이 된다는 것을 알고 있었으므로 때를 기다리며 표면에 나타내지 않았던 것이다.

아무도 폴에게 따지거나 그를 나무라지 않았다. 오직 애정으로 자식을 바로잡으려 했다. 맛있는 음식을 먹여 주기도 하고, 귀엽게 다독거려 주기도 했다. 계절은 마침 봄이었다. 잔느는 좀 두렵기는 했으나, 폴을 위하여 이포르로부터 보트 한 척을 빌려 와서는 마음대로 뱃놀이를 하도록 했다.

하지만 말 타는 것만은 마음대로 하지 못하게 했다. 르아브르로 달아날 염려가 있었기 때문이다.

그는 따분하기 짝이 없는 나날을 보내고 있었으므로 몹시 거친 행동을 했다. 때론 폭력을 휘두르기까지 했다. 남작은 손자의 학업이 중단되는 것을 염려했다. 잔느는 아들과 떨어지는 것이 고통스러웠으나, 그렇다고 달리 좋은 방도가 생각나지 않아 몹시 괴로워했다.

어느 날 밤, 그가 돌아오지 않았다. 그가 두 사람의 수부를 데리고 배를 탔다는 사실을 안 어머니는, 미친 사람처럼 정신을 잃고 어두운 길을 더듬어 가며 아들을 찾아 이포르까지 달려갔다.

몇몇 사내들이 해변가에서 배가 돌아오기만을 기다렸다. 조그마한 등불이 앞바다에 나타났다. 그것은 흔들리면서 뭍으로 다가왔다. 그러나 이미 폴은 없었다. 그는 배를 타고 르아브르까지 가 버린 것이다.

경찰에서 수색을 했으나 허사였다. 그녀도 사방을 헤매며 찾아보았으나, 역시 헛수고에 불과했다. 지난번에 그를 숨겨 주었던 여인도 자취를 감추고 없었다. 가재 도구는 모두 팔아 버리고 집세도 남김없이 청산하여 아무런 단서라곤 없었다. 한편 레푸풀의 그의 방에서는 그를 깊이 사랑하고 있는 것처럼 보이는 여인의 편지가 두 통이나 발견되었다. 그 여인은 필요한 자금이 생겼으므로 영국으로 달아나자고 그 편지에 적어 놓았다.

이리하여 저택에 남겨진 세 명의 노인들은 고문이라도 받는 것처럼 고통스럽기 짝이 없고, 지옥에라도 빠진 것 같은 음울한 나날을, 서로 입 한번 벌리지 않은 채 쓸쓸히 보내고 있었다. 회색이었던 잔느의 머리카락도 이제는 하얗게 셌다.

그녀는 자신의 운명이 왜 이다지도 가혹할까 하고 생각했다.
 그런 그녀에게 트로와 바르 신부로부터 한 통의 편지가 도착했다.

 부인, 보십시오. 그 동안 안녕하셨습니까. 하느님의 손이 마침내 부인의 머리 위에 놓여졌습니다. 부인은 아드님을 하느님 앞에 내놓기를 거절하셨습니다. 그러므로 하느님께서는 아드님을 부인의 손에서 빼앗아 한 창부에게 던져 주었습니다. 이런 하느님의 가르침에 깨달은 것이 없으십니까? 하느님의 은총은 무한합니다. 만약 부인께서 다시 주님 앞으로 돌아와 무릎을 꿇게 된다면, 아마도 사함을 받을 수 있으리라고 생각됩니다. 소생은 주님의 보잘것없는 한 사람의 종에 지나지 않습니다. 만약 부인께서 나오셔서 교회 문을 두드리신다면 기꺼이 그 문을 열어 드리겠습니다.

 그녀는 이 편지를 무릎 위에 얹어 놓고 오랫동안 생각에 잠겼다. 신부의 말이 아마도 옳을 것이다. 그렇게 생각하자 종교적인 온갖 불안이 그녀의 양심을 괴롭히기 시작했다. 하느님도 우리 인간처럼 질투를 하고, 복수를 하실까? 만약 그렇지 않다면 아무도 하느님을 두려워하지 않을 것이다. 틀림없이 하느님은 우리들에게 보다 더 뚜렷하게 인식시키기 위하여 인간과 다름없는 감정을 가지시고 우리 인간 앞에 모습을 드러낸 것이리라. 주저하는 자, 방황하는 자 들을 교회로 발걸음을 돌리게 하는 그 두려움이 그녀의 마음에 살며시 숨어

들었다. 그래서 어느 날 밤, 그녀는 어두워지기를 기다렸다가 살짝 신부의 사택까지 달려갔다. 그녀는 메마른 신부의 발부리에 머리를 조아리고 죄를 사하여 줄 것을 간절히 빌었다.

신부는 죄의 절반만 용서해 주겠다고 약속했다. 하느님은 남작과 같은 사람을 숨겨 놓고 있는 집에는 완전한 자비심을 베풀 수 없다고 했다. 그는,

"부인은 곧 더없이 넓고 깊은 하느님의 자비심을 깨닫게 될 것입니다."
라고 단언했다.

그런데 신부의 말대로 이삼 일 뒤에 그녀는 아들로부터 한 통의 편지를 받았다.

너무나도 가혹했던 마음의 고통으로 인하여 머리가 좀 이상해졌던 잔느는 이 편지야말로 신부가 약속했던 은혜의 시초일 것이라고 믿고 몹시 기뻐했다.

보고 싶은 어머니, 걱정하지 마세요. 저는 파리에 있습니다. 건강하게 잘 지내고 있지만 돈 때문에 어려움을 겪고 있습니다. 돈이라고는 한 푼 없이 몹시 쪼들리는 생활을 하고 있습니다. 저와 같이 살고 있는 여자, 제가 진정으로 사랑하고 있는 여자가 저와 떨어지기 싫다며 자신이 가진 돈을 모두 우리의 생활비로 써 버렸습니다. 그것이 오천 프랑입니다. 어머니는 이해해 주시겠지만, 저는 제 양심상 이 돈을 갚지 않을 수 없습니다. 이제 얼마 있지 않으면 저도 성년이 될 것이니, 아버지의 유산 중에서 우선 만 오천 프랑만 송금

해 주시면 대단히 고맙겠습니다. 그렇게만 해주신다면 저는 이 궁지에서 헤어날 수가 있습니다. 그럼, 이만 줄이겠습니다. 그리운 어머니에게 다정한 키스를 보냅니다. 끝으로 외할아버지와 리종 할머니에게도 안부 전합니다. 머지않아 뵙게 되기를 바랍니다.

어머니의 아들
자작 폴 드 라마르 올림

편지를 보내다니! 그렇다면 이 어미를 잊지 않고 있었단 말인가. 그녀는 그가 바라고 있는 돈 따위는 염두에도 없었다. 돈쯤이야 보내만 주면 된다. 돈 같은 것이 문제일 수는 없다. 편지를 보내지 않았는가!

그녀는 너무나도 기뻐 쏟아지는 눈물을 연방 훔치면서 그 편지를 가지고 남작에게로 달려갔다. 리종 이모도 그 자리에 불려 왔다. 그리하여 세 사람은 그 편지를 한 마디 한 마디 되풀이해서 읽었다. 그리고 말 하나 하나에 대하여 의논했다.

잔느는 절망의 진구렁에서 별안간 희망의 도취로 뛰어올랐다. 그래서 기를 쓰고 폴을 변호했다.

"돌아올 거예요. 틀림없이 돌아올 거예요. 이런 편지를 보냈으니 말이에요."

그러나 남작은 보다 냉정했다. 그는 이렇게 말했다.

"달리 생각할 여지가 없어. 그놈은 여자 때문에 우리를 버린 거야. 그놈은 우리보다 그 여자를 더 사랑하고 있어. 조금도 주저하지 않고 그런 짓을 하는 걸 보면 말이다."

갑자기 얼음보다도 차가운 전율이 잔느의 심장을 뚫었다. 그러자 불현듯 자기에게서 자식을 빼앗아 간 그 여자에 대한 증오의 불길이 가슴속에 타올랐다. 그것은 무엇을 가지고서도 꺼 버릴 수 없는 야성적인 증오의 불길이었다. 질투에 미친 어머니의 증오였다. 오늘까지 폴을 위하여 그녀의 모든 것을 바쳤다. 뒷골목에서 함부로 굴러먹은 여인 때문에 아들이 타락할 줄은 꿈에도 몰랐다. 그런데 남작의 경고가 이 라이벌의 모습을 뚜렷이 부각시켰고 동시에 숙명적인 대립 관계를 그녀에게 분명하게 보여주었다. 그리하여 그녀는 자기와 이 여인과의 사이에 격렬한 싸움이 시작되었다는 것을 깨닫지 않을 수 없었다. 그리고 그런 여인과 아들을 함께 소유할 바에는 차라리 아들을 잃어버리는 것이 낫다는 생각까지 했다. 그녀의 모든 기쁨과 희망은 일시에 사라졌다.

그들은 결국 만 오천 프랑을 송금해 주었으나, 그 뒤 오 개월 동안 폴로부터는 아무런 소식도 오지 않았다.

그동안에 폴의 대리인이 줄리앙의 상속 재산 목록을 작성하기 위하여 저택으로 찾아왔다. 잔느와 남작은 두말없이 목록을 만들었고, 어머니가 당연히 가질 수 있는 상속분마저도 폴에게 넘겨주었다. 이리하여 파리에 머물고 있던 폴은 십 이만 프랑을 손에 넣었다. 그는 육 개월 동안 네 통의 편지를 보내 왔다. 하지만 모두 인사치레로 보내 온 간단하기 그지없는 것들이었다. 또한 편지 말미에는 애정을 맹세하는 형식적인 말이 판에 박힌 듯이 쓰여 있었다.

저는 요즘 일을 하고 있습니다. 거래소에 취직이 되었거

든요. 머지않아 레푸풀로 돌아가서 사랑하는 여러분을 뵐
작정입니다.

 그는 자신과 동거하는 여자에 대해서는 한 마디도 언급하
지 않았다. 그러나 이 침묵은 그녀에 관하여 편지에 쓰는 것
보다도 더 많은 것을 뜻했다. 잔느는 이 냉랭한 편지들을 보
면서, 그 집념을 가진 여인, 모든 어머니들의 영원한 적, 창녀
의 존재를 느끼지 않을 수 없었다.
 세 사람의 고독한 노인들은 어떻게 하면 폴을 구할 수 있을
까 하고 온갖 지혜를 모았다. 그러나 이렇다 할 방도가 생각
나지 않았다. 파리에 가 볼까? 아니다, 그렇게 한다고 무슨
소용이 있으랴!
 남작은 말했다.
 "열이 식을 때까지 기다리는 수밖에. 그러면 제 발로 돌아
오겠지."
 그들의 하루하루는 가련하고 비참했다.
 잔느와 리종은 남작 몰래 교회에 다녔다.
 폴의 소식이 끊어진 뒤로 많은 세월이 흘러갔다. 그런데 어
느 날 아침, 한 통의 절망적인 편지가 그들의 손을 떨게 했다.

 불쌍한 어머니, 정말이지 곤란한 일에 부딪혔습니다. 어
머니께서 도와 주시지 않으면 저는 제 관자놀이에 총알을
박아 버릴 수밖에 없습니다. 틀림없이 성공할 것으로 믿었
던 일이 실패로 돌아가고 말았어요. 저는 빚더미에 앉았습

니다. 팔만 오천 프랑이나 되는 빚이에요. 이것을 갚지 않으면 치명적인 사태가 오고 맙니다. 바로 파멸이에요. 저는 이제 다 틀렸습니다. 되풀이해 말씀드리지만 이런 치욕을 당하고 살 수는 없습니다. 꼭 죽고만 싶어요. 아직 어머니에게 그 여자에 대하여 이야기하지는 않았습니다만, 만약 제 수호신인 그 여자가 없었다면 저는 지금 이 세상에 살아 있지 못했을 거예요. 그리운 어머니, 진심으로 키스를 보냅니다. 아마도 이것이 최후의 작별 인사가 될 것 같습니다. 안녕히 계십시오.

폴 올림

이 편지에 동봉되어 있는 서류 뭉치가 그의 실패를 상세히 말해 주었다.

남작은 곧 좋은 대책을 세우겠노라며 답장을 보냈다. 그러고 나서 좀더 상세한 것을 알아보기 위하여 르아브르로 갔다. 결국 그는 토지를 저당 잡히고 돈을 빌려 즉시 폴에게 보내 주었다.

청년은 진심에서 우러난 감사와 정열적인 애정이 담긴 세 통의 편지를 보내 왔다. 거기에는 그리운 여러분과 키스하기 위하여 곧 찾아뵙겠노라고 적혀 있었다.

그러나 그는 오지 않았다.

또다시 만 일 년이라는 세월이 흘렀다.

잔느와 남작은 폴을 만나 최후의 조치를 취하기 위하여 파리로 떠나려고 했다. 그런데 그때 아주 간단한 편지 한 장이 날아왔다. 그 편지를 통해 그가 런던에 있음을 알 수 있었다.
 편지에는 '폴 드 라마르 주식 회사'라는 기선 회사를 만들 계획을 하고 있다고 쓰여 있었다.

 이것은 큰 재산이 제 손에 들어온 거나 마찬가지예요. 아마 거부가 되는 것도 시간 문제일 것입니다. 조금도 실패할 염려가 없는 사업이니까요. 두고보시면 아실 것입니다. 요 다음 뵙게 될 때는 저도 남들이 우러러보는 훌륭한 지위를 가진 사람이 되어 있을 거예요. 지금의 곤란을 극복하기 위해서는 오직 사업밖에 없습니다.

 그러고 나서 삼 개월이 지난 뒤, 그 기선 회사는 파산하고 지배인은 회계 장부를 부정 처리했다는 죄과로 기소되었다. 잔느는 신경 발작을 일으켜 몇 시간이나 계속되었다. 그녀는 마침내 병상에 누웠다. 남작은 다시 르아브르로 나가 정보를 수집하고, 변호사며 대리인이며 대변자며 집달리 등을 만나 드 라마르 회사의 부채가 이십 삼만 프랑에 이른다는 것을 확인했다. 그리하여 이번에도 부동산을 저당 잡히고 다시 돈을 빌렸다. 레푸풀의 저택과 거기에 딸려 있는 두 농장을 저당 잡힌 돈은 상당한 액수였다.
 어느 날 밤이었다. 대리인 사무소에서 최후의 절차를 밟고 있던 남작은 쇼크로 뇌일혈을 일으켜 마룻바닥에 넘어졌다.
 급사가 잔느에게 이 사실을 알렸다. 그러나 그녀가 달려왔을 때에는 그는 이미 이 세상 사람이 아니었다.

그녀는 아버지의 유해를 레푸풀로 싣고 왔다. 그녀는 눈앞이 캄캄해졌다. 그녀의 슬픔은 절망적인 것이라기보다는 오히려 마비 상태에 가까웠다.

트로와 바르 신부는 남작의 유해가 교회에 들어오는 것을 끝내 거절했다. 두 여인이 애원했음에도 불구하고 들어주지 않은 것이다. 그래서 종교적인 의식은 일체 밟지 못한 채 해질 무렵 시신이 매장되었다. 폴은 파산 청산인으로부터 이 소식을 전해 들었다. 그는 아직 영국에 숨어 있었다. 그는 너무나 많은 시일이 지난 뒤 이 불행을 알게 되어 가 보지 못했다는 변명의 편지를 보내 왔다.

그리운 어머니, 어머니께서 저를 궁지에서 구해 주셨으므로 이번에는 꼭 프랑스로 돌아가 엄마에게 키스해 드리겠습니다.

잔느는 완전히 혼이 나간 사람처럼 되어 아무것도 이해할 수 없는 상태가 되었다.

그리고 나서 겨울이 그 마지막 극성을 부리고 물러가려 할 즈음에 리종 이모가 기관지염을 앓았다. 그것은 폐렴으로까지 악화되었다.

"불쌍한 잔느야, 너에게 자비로우신 하느님의 가호가 있기를 빈다."

이 마지막 한마디를 남기고 그녀는 예순 여덟 살의 나이로 조용히 눈을 감았다.

잔느는 리종 이모를 묘지까지 배웅했다. 관 위에 흙이 덮여지는 것을 보고 불현듯 잔느는 문득 자기도 죽어 버렸으면 하는 강렬한 충동을 느꼈다. 그녀가 묘혈 속으로 몸을 던지려는 순간, 우람한 농부의 아낙네가 두 팔로 재빠르게 그녀를 붙들었다. 그러고는 마치 어린애를 안 듯이 안아 그 자리를 피했다.

닷새 동안 잠 한숨 자지 못하고 리종 이모의 머리맡에서 보낸 잔느는, 저택으로 돌아오자 기진맥진하여 이 낯선 아낙네가 눕혀 주는 대로 꼼짝하지 않고 실신한 사람처럼 누워 있었다.

밤중이 되어서야 그녀는 정신을 차렸다. 난로 위에는 조그마한 등불이 켜져 있었다. 낯선 여인은 팔걸이 의자에 비스듬히 몸을 기댄 채 잠자고 있었다. 누굴까? 도무지 이 여인을 기억할 수가 없었다. 잔느는 침대에서 목을 빼고, 등잔 속의 기름 위에 떠 있는 심지의 희미한 불빛으로 그 여인의 얼굴을 똑똑히 보기 위해 애썼다.

그러자 어딘가 모르게 그 여인의 얼굴이 낯이 익었다. 어디선가 많이 본 적이 있는 얼굴이었다. 언제, 어디서였을까? 머리를 어깨 쪽으로 젖히고 두건은 마룻바닥에 떨어뜨린 채, 여인은 세상 모르고 잠들어 있었다. 나이는 마흔에서 마흔다섯 살쯤일까. 햇볕에 그을린 튼튼한 몸매에 몹시 건장해 보이는 여인이었다. 커다란 두 손이 의자에서 아래로 드리워졌다. 머리카락은 회색이었다. 잔느는 뚫어지게 이 여인을 바라보았다.

확실히 어디선가 본 얼굴이었다. 옛날일까? 아니면 최근일까? 그렇게 자꾸만 생각하다 보니 그만 뭐가 뭔지 알 수 없었다. 그녀는 그럴수록 점점 더 초조해졌다. 마침내 그녀는 좀 더 가까이서 살펴보기 위하여 침대에서 내려섰다. 발끝으로 살금살금 다가가 보니, 묘지에서 자기를 붙들어 안고 집에까지 따라와 이렇게 잠자리까지 마련해 준 여인이었다. 그녀는 어렴풋이 그것을 기억해 냈다. 하지만 그보다도 다른 장소에서, 지난날 어느 한 시점에서 만난 것은 아니었을까? 아니면 이번 일로 인하여 단순한 하나의 착각을 일으킨 것일까? 그렇다 하더라도 이 여인은 왜 방에까지 와 있는 것일까? 대체 왜 그런 것일까?

눈을 뜬 여인은 잔느를 보자 벌떡 일어났다. 두 사람은 가슴이 부딪칠 정도로 가까이하고 섰다. 낯선 여인은 잔소리를 중얼거리는 노파처럼 말했다.

"어머, 일어나셨군요! 이 밤중에 일어나시다니요! 감기드시겠어요. 어서 자리로 들어가세요!"

잔느가 물었다.

"당신은 대체 누구세요?"

그 여인은 두 팔로 잔느를 안고는 사내 같은 힘으로 침대 있는 데까지 갔다. 그러고는 담요 위에 살짝 눕혀 놓았다. 여인은 거의 잔느의 몸 위에 쓰러지듯 엎드려서는 잔느의 두 볼과 머리칼과 이마에 미친 사람처럼 키스를 퍼부으며 울기 시작했다. 여인은 떨어지는 눈물로 잔느를 흥건히 적시면서 말했다.

"가엾은 아씨! 잔느 아가씨! 불쌍한 마님! 저를 알아보지 못하시겠어요?"

그러자 잔느가 소리쳤다.

"아아, 로잘리!"

잔느는 두 팔로 상대의 목을 와락 껴안았다.

그러고는 미친 듯이 키스를 계속했다. 두 여인은 꼭 껴안은 채 오랫동안 떨어지지 않았다. 그들은 흐느껴 울 뿐이었다.

로잘리가 먼저 정신을 차렸다.

"자, 정신을 차리세요. 감기라도 들면 큰일이니까요."

이렇게 말하고는 이불을 끌어당겨 덮어 주고 베개를 바로 놓아 주었다. 잔느는 너무나도 갑작스러운 추억의 물결에 휩쓸려 가슴을 떨며 오열했다.

그녀는 간신히 정신을 가다듬고 물었다.

"어떻게 여길 왔니?"

로잘리가 대답했다.

"마님이 이런 처지가 되셨는데 제가 어떻게 모른 체할 수 있겠어요. 이젠 마님 곁에 있겠어요."

잔느는 말을 이었다.

"자, 촛불을 켜 다오. 너의 얼굴이 잘 보이게 말이야."

촛불이 협탁 위에 놓여지자 두 여인은 말없이 서로의 얼굴을 뚫어지게 바라보았다. 이윽고 잔느는 늙은 하녀에게 손을 내밀며 말했다.

"네가 그렇게 말해 주지 않았더라면 모를 뻔했구나. 넌 정말 많이도 변했어. 하지만 나만큼 변하지는 않았구나."

그 말을 들은 로잘리는 그 옛날 젊고 아름답고 싱싱했던 그녀가 지금은 백발이 성성하고 몹시도 메마른 늙은이가 돼 버린 것을 보고 새삼 가슴이 메여지는 아픔을 느꼈다. 그녀는 조용히 대답했다.

"이제 알아보셨군요, 잔느 마님. 그래도 생각보다는 쉽게 알아보셨어요. 이십 사 년이라는 긴 세월이 흘렀으니 당연하겠지요."

두 사람은 다시 생각에 잠겨 입을 열지 않았다. 얼마 뒤 잔느가 말했다.

"넌 행복했니?"

로잘리는 너무나도 가슴 아픈 옛 추억을 불러일으키는 것이 두려워 잠시 머뭇거리다가 입을 열었다.

"네, 네…… 그래요, 마님. 별로 고생은 하지 않았어요. 마님보다는 행복했을지도 모르겠군요. 하지만 늘 한 가지가 마음에서 사라지지 않았어요. 마님 곁을 떠나게 된 거 말이에요……."

무심코 그 일을 들먹거리고 말았다는 것을 깨달은 그녀는 기겁을 하며 재빨리 입을 다물어 버렸다. 그러나 잔느는 부드럽고 다정한 말투로 로잘리의 말을 이었다.

"하지만 어쩔 수 없는 일이었잖니! 사람이란 언제나 뜻대로는 살 수 없는 것 같아! 너도 과부가 되었니?"

잔느는 무서운 고뇌로 인하여 떨리는 목소리로 다시 물었다.

"또…… 딴 아이는 없어?"

"네, 없어요, 마님."

"그럼, 그…… 네 아이는…… 어떻게 되었니? 너는 그 아이한테 만족하니?"

"네, 마님. 아주 착실해요. 육 개월 전에 결혼시켰어요. 지금은 집에서 농사를 짓고 있어요. 집안일은 걱정할 것이 없어요. 그래서 제가 이렇게 마님 곁으로 돌아올 수 있었던 거예요."

잔느는 감동으로 말미암아 계속 몸을 떨면서 말했다.

"그렇다면 앞으로 내 곁을 떠나지 않겠다는 말이니?"

그러자 로잘리는 쑥스러운 듯이 말했다.

"그럼요, 마님. 그럴 작정으로 왔어요."

그리고 나서 두 여인은 다시 또 입을 다물어 버렸다.

잔느는 무심코 두 사람의 생활을 비교하고 있었다. 그러나 지금은 가혹하기 짝이 없던 운명의 장난에 깨끗이 체념하고 있었으므로, 마음의 고뇌는 조금도 느끼지 않았다. 그녀는 물었다.

"네 남편은 다정한 사람이었니?"

"네, 성실한 사람이었어요, 마님. 부지런하고 돈도 많이 모았지요. 하지만 폐가 나빠서 죽었습니다."

잔느는 더 많은 것을 알고 싶은 마음에 침대가로 옮겨 앉았다.

"봐, 무엇이라도 좋으니 네 얘기 좀 해줘. 아무 얘기라도 좋아. 지금 난 그런 얘기만 듣고 싶구나!"

그러자 로잘리는 의자를 끌어당겨 그녀 쪽으로 다가갔다.

그녀는 자기의 일, 자기 집안 이야기, 그리고 자기가 살고 있는 세계에 대한 이야기를 지껄이기 시작했다. 시골 사람답게 세세하기 짝이 없는 설명으로 자기 집의 온갖 사정과 과거의 즐거웠던 일들을 이야기했다. 또한 우스운 이야기도 곁들여 가면서 농부의 아낙네들 특유의 몸짓과 말투로 지껄여댔다. 그러고는 마지막에 이렇게 덧붙였다.

"그래서 지금은 재산도 좀 있고 이젠 아무런 걱정도 없어요."

그러고는 잠시 머뭇거리더니 소리를 낮추고 다시 말했다.

"그렇게 된 것도 모두 마님 덕택이에요. 그래요, 분명히 말씀드리지만 전 무슨 보수를 바라고 마님의 시중을 들러 온 것이 아니에요. 절대로 말이에요. 만약 마님께서 안 된다고 하시면 전 그냥 돌아가겠어요!"

잔느가 말했다.

"설마 한 푼도 받지 않고 나를 도우려는 것은 아니겠지?"

"아아, 마님도 참, 무슨 그런 말씀을 하세요. 돈을 받다니요! 이래봬도 전 마님 못지 않은 재산이 있다니까요. 마님도 알고 계시잖아요. 저당이다, 빚이다 해서 마님의 재산이 얼마 남지 않았다는걸요! 제가 알기로 밀려 있는 이자까지 갚고 나면 일 년 수입이라고는 만 프랑도 안 될걸요. 하지만 이제 제가 있으니 어떻게든 잘 처리해 보겠어요. 될 수 있으면 하루라도 빨리 말이에요."

로잘리는 다시 큰 목소리로 말하기 시작했다. 파산이 눈앞에 다가와 있는데도 이익이 생길 일을 함부로 내버려두고 있다며 나무라기도 하고 또 분개하기도 하면서 마구 떠들어 댔다. 그리고 여주인의 얼굴에 몹시 나약하고 체념한 듯한 미소가 어리자 화난 듯 소리쳤다.

"웃을 일이 아니에요, 마님. 인간이란 돈이 없으면 사람 대접을 받지 못하는 거라고요."

잔느는 상대의 손을 잡고 자기의 두 손바닥으로 감쌌다. 그리고 집요하게 자기를 사로잡고 있는 상념에 쉴새없이 쫓기고 있으면서 느릿느릿한 말투로 말했다.

"아무튼 난 너무나 운이 나빴어. 무슨 일이건 제대로 된 것이라곤 하나도 없었지. 오직 잔인한 악운만이 내 뒤를 따랐어!

로잘리는 고개를 가로저었다.

"그런 말씀이라면 하지도 마세요. 그런 게 아니에요, 마님. 마님은 오로지 남편 하나 잘못 만난 죄밖에는 없어요. 모든 게 그것 때문이에요. 상대방을 잘 알지 못하고 결혼한다고 해서 꼭 이렇게 되는 건 아니에요."

이리하여 두 늙은 여인은 여느 노인들과 조금도 다름이 없이 언제까지고 지난날의 추억을 더듬었다.

태양이 동녘 하늘에 높이 떠 있었으나 두 사람의 이야기는 그칠 줄 몰랐다.

12

로잘리는 일주일도 되지 않아 저택 내 일체의 인사에 대한 절대적인 지배권을 장악했다. 잔느는 체념하고 그녀가 시키는 대로 했다. 완전히 쇠약해 버린 그녀는 그 옛날 어머니가 했던 것처럼 발을 질질 끌면서 늙은 하녀의 부축을 받아 가며 산책을 했다. 로잘리는 다정하게, 때로는 무뚝뚝하게 그녀를 나무라기도 하고 격려하기도 하면서 어린애 다루듯이 돌보았다. 그들이 이야기하는 것은 언제나 그 옛날 즐거웠던 추억을 되씹는 것들이었다. 잔느는 목이 메어 언제나 눈물 어린 목소리였고, 로잘리는 여간해서 감정을 잘 드러내지 않는 농부답게 침착한 어조였다. 늙은 하녀는 제때 들어오지 않는 소작료에 대한 이야기를 자꾸 들먹였다. 그러고는 그 서류를 자기에게 맡기라며 요구했다. 그 서류란, 그런 일에는 어두운 잔느가 아들이 저지른 일이 부끄러워 로잘리에게 숨기고 있는 서

류였다.

그리하여 로잘리는 일주일 동안이나 페캉에 머물면서 예전부터 잘 알고 지내는 공증인으로부터 일체의 설명을 듣고 왔다.

어느 날 밤, 여주인을 잠자리에 눕혀 놓은 그녀는 침대가에 자리잡고 앉더니 갑자기 이야기를 꺼냈다.

"그럼, 마님이 잠드시기 전에 말씀드려야겠어요."

그녀는 이 집안의 가계 형편에 대하여 낱낱이 털어놓기 시작했다. 모든 것을 정리하고 나면 일 년에 칠, 팔천 프랑의 수입밖에는 들어오지 않는다는 것이었다. 그 밖에 다른 수입은 한 푼도 없다고 했다.

잔느가 대답했다.

"어떻게 하겠다는 거니, 넌? 난 이제 얼마 살지도 못할 거고, 그것만으로도 충분히 살아갈 수 있지 않을까?"

그러나 로잘리는 분개하며 말했다.

"마님! 그거야 그렇기는 하지요. 하지만 폴 도련님은 어떻게 하시려고요? 이대로 두면 폴 도련님께 아무것도 남겨 주지 못한다는 걸 모르세요?"

"부탁이야. 그 애 얘기는 하지 말아 줘. 생각만 해도 가슴이 아파 견딜 수가 없구나!"

"그렇게 생각하시면 안 돼요. 마님, 제 생각을 말씀드리겠어요. 마님은 결단력이 없으세요. 폴 도련님이 바보 같은 짓을 하기는 했지만, 그것도 오래 가지는 않을 거예요. 이제 결혼도 해야 할 테고, 그러면 아이도 생기겠죠. 아이를 키우려면 돈이 있어야 해요. 그러니 마님, 제 말씀을 잘 들으세요. 다름이 아니라, 바로 이 저택을 파는 거예요."

잔느는 깜짝 놀라 자리에서 벌떡 일어나 앉았다.

"아니, 레푸풀을 팔라고? 왜지? 천만에! 당치도 않은 얘기야!"

그러나 로잘리는 굽히지 않고 말했다.

"파세요, 마님! 제가 드리는 말씀은, 팔지 않으면 안 되니까 팔라는 거예요."

이렇게 말하고 나서 그녀는 자기 나름대로의 계획과 계산, 이유 같은 것을 설명했다.

레푸풀과 거기에 딸려 있는 두 농장을 희망자에게 팔면 생 레오나르에 있는 농장 네 개를 확보할 수가 있고, 그것은 저당 잡히지 않았으므로 일 년에 팔천 삼백 프랑의 수입을 얻을 수 있다는 것이었다. 그 가운데서 천 삼백 프랑은 집 수리비나 유지비로 할당하고, 오천 프랑을 생활비로 쓴다면 나머지 이천 프랑은 불시의 용도를 위하여 저축할 수 있다고 했다.

로잘리는 다시 또 덧붙였다.

"이제 먹을 수 있는 것은 다 먹어 버린 셈이에요. 아무것도 남은 것이 없어요. 그리고 말씀드리겠지만, 열쇠는 모두 제가 갖고 있겠어요. 양해해 주세요, 마님. 그리고 폴 도련님 것이라고는 아무것도 없다는 것을 알아두세요. 손톱만큼도요. 폴 도련님은 마님의 마지막 남은 한 푼까지 긁어 가 버렸으니까요."

"하지만 그 애가 굶기라도 하면 어떡하지?"

"배가 고프면 집으로 오겠죠. 집에는 언제나 따뜻한 잠자리와 맛있는 음식이 있으니까요. 조금도 걱정할 것 없어요. 마님이 처음부터 돈을 주지 않았더라면 그분도 그런 짓은 하지 않으셨을 거예요. 마님은 그런 생각해 보지 않으셨어요?"

"그렇다고는 해도 빚을 갚지 않으면 창피를 당한다니 어떡하겠니!"

"마님한테 돈이 없었더라면 폴 도련님도 빚을 지진 않았을 거예요. 하기는 갚아 주는 것도 좋죠. 하지만 이제부터는 안 됩니다. 분명히 말씀드리지만 이젠 그럴 돈도 없거니와 그럴 생각은 갖지도 마세요. 그럼 마님, 주무세요."

이렇게 말하고 그녀는 얼른 방을 나가 버렸다.

그날 밤 잔느는 잠을 이루지 못했다. 레푸풀을 팔고 어디론가 옮겨 가지 않으면 안 된다니, 자신의 평생이 담겨져 있는 이 집을 나가야 한다니, 생각하면 할수록 미칠 것만 같았기 때문이다.

이튿날 로잘리가 자기 방으로 들어오자, 잔느가 말했다.

"봐라, 난 이 집을 떠나서는 도저히 살 수가 없을 것 같구나. 도대체 결심이 서지 않는단 말이다."

그러나 하녀는 성난 말투로 말했다.

"하지만, 어쩔 수 없어요. 그렇게 하지 않을 수가 없단 말이에요. 마님, 곧 공증인이 이 집을 사려는 사람을 데리고 올 거예요. 어쨌든 꼭 팔아야 해요! 만약 그렇게 하지 않으면 사 년 뒤에는 앉아 있을 자리조차 없어질 거예요."

잔느는 망연자실한 모습으로 이렇게 되풀이할 뿐이었다.

"난, 난 아무리 그래도 팔 수가 없어!"

한 시간 뒤, 우편 배달부가 폴의 편지를 가지고 왔다. 그 편지에는 다시 또 만 프랑을 요구하는 글이 쓰여 있었다. 어떻게 해야 할까? 곤란해진 잔느는 로잘리에게 의논했다. 그러자 로잘리는 두 손을 치켜들며 소리쳤다.

"아까 제가 뭐라고 말씀드렸습니까, 마님? 아, 제가 이 집으로 오지 않았더라면 두 분 모두 거지가 될 뻔했어요!"

하녀의 뜻에 굴복한 잔느는 다음과 같은 편지를 폴에게 보냈다.

    보고 싶은 폴, 나는 이제 너를 위하여 아무것도 해줄 수 없는 어미가 되고 말았구나. 너 때문에 우리 집은 파산했단다. 레푸풀의 집도 팔지 않으면 안 되게 되었어. 하지만 네가 그렇게나 괴롭힌 이 늙은 어미를 찾아온다면 언제든지 네가 쉴 곳이 준비되어 있다는 것을 기억해다오.
                                         엄마가

공증인이 예전에 제당업을 했다는 조프랑을 데리고 왔을 때, 잔느는 손수 그들을 안내하여 구석구석 살피게 했다.

그리고 난 뒤 한 달 만에, 매매 계약서에 서명을 하고 그와 동시에 바트빌 마을 안에 있는 어떤 초라한 집을 사들였다. 이 집은 고데르빌에 가까운 몽테빌리의 큰길에 접해 있었다.

잔느는 저녁때까지 그 옛날 어머니가 산책했던 오솔길을 혼자 거닐었다. 가슴이 찢어지는 심정으로 그녀는 지평선이며, 수목들이며, 플라타너스 나무 아래의 벌레 먹은 나무 의자 같은 것에 말을 걸었다. 그녀의 눈 속이나 마음속에 못이 박히다시피 박혀 있는 이 사물들 — 저 방풍림, 그녀가 종종 찾아가서 들판을 바라보았던 그 비탈, 줄리앙이 죽은 그날 푸르빌 백작이 바다 쪽으로 달려가는 것을 바라보며 자기가 서 있던 그 비탈, 자주 찾아와서 기대고 서 있었던 느티나무, 온갖 추억이 어리어 있는 정원의 구석구석, 이 모든 것에 그녀는 최후의 절망적인 울음으로 작별을 고하지 않을 수 없었다.

그때 로잘리가 달려와 잔느의 팔을 붙잡았다. 그녀는 억지로 잔느를 집 안으로 데리고 들어갔다.

스물 다섯 살쯤으로 보이는 농부 차림의 커다란 몸집의 청년이 대문 앞에 서서 기다리고 있었다. 옛날부터 잘 아는 사이인 것처럼 그는 다정하고 스스럼없는 태도로 인사했다.

"안녕하세요, 잔느 마님. 이사하는 것을 도와 달라고 어머니께서 말씀하셔서 이렇게 찾아뵙게 되었습니다. 운반해야 할 것들을 미리 말씀해 주시면 시간 날 때마다 조금씩 날라다 놓을까 해서요."

그는 하녀의 아들이었다. 줄리앙의 아들이요, 폴의 형제였다.

그녀는 심장이 멈춰 버릴 것 같은 충격을 받았다. 그래도 잔느는 이 청년에게 키스해 주고 싶었다.

그녀는 상대방을 뚫어지게 바라보았다. 그리고 행여 줄리앙을 닮지는 않았는지, 아들을 닮지는 않았는지 살펴보았다. 불그레한 얼굴과 푸른 눈을 가진 퍽 쾌활해 보이는 건장한 청년은 줄리앙을 닮았다. 어디가 닮았단 말인가? 어떻게 닮았단 말인가? 그렇게 묻는다면 뭐라고 꼬집어 말할 수는 없지만, 분명 어딘지 모르게 얼굴 전체가 닮아 있었다.

젊은이가 다시 말했다.

"지금 분부를 내려 주시면 좋겠습니다."

그러나 이번에 사들인 집이 너무나도 작았으므로 무엇을 가지고 가야 할지 그녀는 미처 결심을 하지 못했다. 그래서 주말에 다시 한 번 와 달라고 부탁하고 돌려보냈다.

이렇게 되자 잔느는 이사하는 일로 머리가 꽉 찼다. 그러나 이것이 그녀의 희망이라고는 없는 어두운 생활에 일시적이나마 활기를 불어넣었다.

그녀는 방마다 돌아다니면서 가지고 가야 할 가구들을 살폈다. 모든 것이 그녀에게는 추억이 담겨져 있는 것들이었다. 그것들은 그녀의 생활의 일부분을 이루는, 아니 생명의 일부를 이루는 것이라고 해도 과언이 아닌 다정스럽기 그지없는 가구들이었다. 어릴 때부터 잘 알고 있었고, 기쁜 일이든 슬픈 일이든 온갖 추억이 어려 있으며, 우리의 역사의 시간이 새겨져 있는 것들이었다. 즐거울 때나 우울할 때나 그 어느 때든 말없는 벗이 되었고, 그들과 함께 늙어 가고 그들처럼 낡아 가서 지치고, 떨어지고, 째지고, 헐거워지고, 바랜 그런 가구들이었다.

그녀는 그런 것 가운데서 하나하나 골라 냈다. 일대 결심이라도 하듯 그녀는 생각하고 또 생각했다. 그러나 한번 결정한 것을 금세 뒤집기도 했고, 팔걸이 의자 두 개를 앞에 놓고 그

값어치를 마음속으로 재 보기도 했다. 그리고 낡아빠진 사무용 책상과 옛날에 작업대로 쓰였던 책상을 비교해 보기도 했다.

 서랍을 열어서는 옛날의 일들을 생각해 내려고도 했다. 그리고는 '그렇지, 이건 가지고 가야겠어.'라고 결심되면, 그녀는 곧장 그것을 식당 쪽으로 나르게 했다.

 그녀는 자기 방의 가구류는 모두, 즉 침대와 벽걸이와 탁상 시계 모두를 가져가고 싶어했다.

 응접실의 의자도 몇 개 가져가기로 했다. 그 의자에 그려져 있는 무늬를 어릴 적부터 좋아했기 때문이다.

 머지않아 떠나게 될 이 집을 이리저리 돌아다니다가 어느 날 그녀는 지붕 밑 고미다락에 올라가 보았다.

 그런데 그녀는 너무나도 놀라 그 자리에 우뚝 서 버렸다. 거기에는 온갖 종류의 물건들이 산더미처럼 쌓여 있었다. 찢어져 있는 것도 있고, 그냥 조금 더럽혀진 것도 있었다. 그런가 하면 이 자리에 어울리지 않는 것도 눈에 띄었다. 아마도 그것은 마음에 들지 않았거나 그것을 대신할 새것이 생겼기 때문일 것이다. 눈에 익었던 것이 갑자기 그 자취를 감춰 버렸던 물건도 그 틈에 끼어 있었다. 그 옛날 자기가 항상 만지던, 십오 년 동안이나 자기 주변에 굴러다니고 있으면서도 별로 관심을 끌지 못했던 낡아빠진 자질구레한 가구들도 있었다. 그런 것들이 홀연히 이 다락 속에서, 그들 자신보다 훨씬 오래된 다른 물건들—이곳에 처음 왔을 때 그 놓여 있었던 장소가 생각나는 다른 물건들—옆에서 보면, 별안간 오랜만에 만난 친구처럼 반갑고 소중하게 여겨졌다. 그것들은 긴 세월 동안 서로 속을 털어놓는 일 없이 교제해 오던 사람들이 어쩌다가 고요한 밤에 마주앉아 이야기에 꽃을 피우며 그만 서로의 깊은 마음속까지 털어놓고마는 그런 감동을 그녀에게 안겨 주었다.

저려 오는 가슴을 만지며 그녀는 그것들을 하나하나 살펴보았다.

'아니, 이 중국제 밥공기는 내가 예전에 깨뜨렸던 거야. 아마 결혼하기 이, 삼 일 전의 일이었지……. 어머, 여기는 어머니의 조그마한 초롱이 있잖아. 아버지의 지팡이도. 빗물에 불어서 잘 열리지 않던 울타리 문을 열려다가 그만 부러뜨렸지.'

그녀는 이런 온갖 생각들을 떠올렸다.

그곳에는 그녀가 모르는 물건들도 수없이 놓여 있었다. 조부님 때부터 있던 것인지 아니면 증조부님 때부터 있던 것인지 그녀로서는 아무런 기억이 없는 물건들이었다. 이미 자기들의 시대가 아니라서 쫓겨나게 된 것을 슬퍼하는 먼지투성이의 물건들이었다. 누구 한 사람 그 유서 있는 운명을 알아주는 사람도 없고, 또 그것을 고르고 사들이고 소유하고 사랑했던 사람들을 아무도 본 사람이 없으며, 그것들을 골똘히 매만진 손도 그것들을 즐겁게 바라보았던 눈도 알지 못했다.

수북하게 쌓인 먼지에 손가락을 대면서 잔느는 그것을 만지고 뒤집고 했다. 그리고 지붕에 뚫려 있는 조그마한 채광창으로부터 희뿌옇게 흘러 드는 광선 속에서 그녀는 시간 가는 줄 모르고 이 음산한 곳에 파묻혀 있었다.

삼발 의자를 면밀하게 살펴본 그녀는 뭔가 생각나는 것이 없을까 하고 고개를 갸웃거리기도 했고, 구리쇠로 만든 탕파며, 눈에 익은 화로며, 그 밖에 이미 망가져 쓰지 못하게 된 부엌 살림살이들도 일일이 살펴보았다.

잔느는 그중 갖고 가고 싶은 물건들을 챙겨 놓고는 아래층으로 내려와 로잘리로 하여금 그것을 내려오게 했다. 그러나 하녀는 울컥 화를 내며 이따위 시시하고 구질구질한 물건을 가져가지 못하도록 했다. 이미 아무런 의지라고는 없던 잔느가 이번만은 강력히 우겼으므로 하녀도 더는 어쩌지 못했다. 그래서 그녀 말대로 물건들은 이삿짐 가운데에 들었다.

어느 날 아침, 줄리앙의 아들인 젊은 농부 드니 르콕이 첫 이삿짐을 나르기 위하여 마차를 끌고 왔다. 로잘리는 아들을 따라갔다. 짐을 내리는 것을 감독도 하고 가구들을 적당한 장소에 놓을 겸 해서였다. 혼자 남게 된 잔느는 절망적인 무서운 발작을 일으켜 온 저택 안을 미친 사람처럼 돌아다녔다. 그리고 열광적인 사랑의 충동에 휩쓸려 가져갈 수 없는 모든 물건들에 키스를 했다. 응접실의 벽걸이에 그려져 있는 커다란 백조라든가, 낡은 촛대라든가, 하여튼 손에 닿고, 눈에 보이는 모든 것에 빠짐없이 입을 맞추었다. 그리고 정신나간 사람처럼 이 방에서 저 방으로 눈물을 흘리며 돌아다녔다. 그러고 나서 그녀는 바다에 작별을 고하기 위하여 바깥으로 나갔다.

구월 하순경이었다. 낮게 드리워진 잿빛 하늘은 온 땅덩어리를 짓누르고 있는 것처럼 보였다. 누런빛이 도는 바다는 끝도 없이 적막하게 펼쳐져 있었다. 그녀는 절벽 위에 선 채 언제까지 꼼짝하지 않았다. 그러자 온갖 괴로운 추억들이 주마등처럼 뇌리를 스쳐 갔다. 날이 어두워지자 그녀는 집으로 돌아왔다. 이날 하루는 여태까지의 모든 슬픔을 한데 모아 놓은 듯한 하루였다. 로잘리는 이미 돌아와서 잔느를 기다리고 있었다. 로잘리는 유쾌한 표정으로 이번에 사들인 집이 퍽 마음에 든다며, 큰길에서 뚝 떨어져 있는 이런 상자 모양의 집보다 훨씬 좋다고 말했다.

잔느는 밤새도록 울었다.

저택이 팔린 것을 알자, 소작인들은 이제 그녀에게 의무적인 경의만을 표했다. 그들은 그녀를 '미친 여자'라고 불렀다. 특별히 다른 이유가 있어서 그런 것은 아니었고, 다만 그들 특유의 원시적 인간의 본능에서 그녀의 지나친 감상과 공상하는 버릇, 그리고 연이은 불행 때문에 종종 일어나는 넋의 혼란 같은 것을 수없이 보아 왔기 때문이다.

출발 전날, 그녀는 우연한 일로 마구간에 들어갔다. 그 순간, 동물이 으르렁거리는 소리가 들려왔다. 그녀는 깜짝 놀랐다. 그 목소리의 주인공은 마사클이었다. 벌써 수 개월째 이 개에 대해서는 한 번도 관심을 갖지 않았다. 동물의 나이치고는 놀랄 만큼 오래 산 마사클은 눈도 잘 보이지 않고 몸도 제대로 움직이지 못했는데 뤼드빈느의 한결같은 애정과 수발로 짚 속에서 목숨을 이어가고 있었다. 잔느는 그것을 두 팔에 안고 키스를 했다. 그리고 집 안으로 데리고 왔다. 나무통처럼 살이 찐 개는 양쪽으로 벌린 불안한 다리로 겨우 몸뚱이를 지탱하고 있었고, 어슬렁어슬렁 걸어다니면서 장난감 개처럼 컹컹 짖었다.

마지막 밤이 지나고 날이 밝았다. 자신이 쓰던 침대는 이미 새집으로 실려 가 버리고 없었으므로, 그날 밤은 로잘리의 침대에서 잤다.

침대에서 일어난 그녀는 마치 먼 길을 뛰어온 사람처럼 온몸에 힘이 빠지고 숨이 가빠 왔다. 마지막 이삿짐을 실은 마차는 안마당에 서 있었다. 또 다른 한 대에는 말이 매어져 있었는데 이것이 여자 주인과 하녀를 싣고 갈 마차였다.

시몽 노인과 뤼드빈느는 새 주인이 이사올 때까지 빈집을 지키기로 했다. 그들은 이제 그녀를 떠나 친척집으로 가기로 되어 있었다. 큰돈은 아니지만 잔느는 그들에게 연금을 마련해 주었다. 그리고 그들 자신도 여태껏 적잖은 돈을 모아 왔다. 그러나 그들은 이미 늙고 찌들어 버린, 그리고 아무짝에도 소용없는 인간으로 변해 있었다. 마리우스는 결혼하여 오래 전에 이 집을 떠났다.

여덟 시가 가까워졌을 때 빗방울이 떨어지기 시작했다. 바다 쪽에서 미풍에 실려 오는 가늘고 차가운 가랑비였다. 마차 위에다가 커다란 덮개를 덮어야 했다. 벌써 나뭇가지에서는 낙엽이 한 잎 두 잎 떨어지고 있는 것이 보였다.

부엌 식탁 위에는 우유가 든 커피 잔에서 김이 솟아올랐다. 잔느는 자리에 앉아 그것을 몇 모금 마셨다. 그리고 나서 자리에서 일어서며 '자아!' 하고 말했다.

그녀는 모자를 집어 쓰고 숄을 걸쳤다. 그러고 나서 로잘리의 도움으로 고무 장화를 신으면서 목멘 소리로 말했다.

"봐, 로잘리, 너도 기억나지? 우리가 루앙에서 여기 올 때, 얼마나 많은 비가 왔는지 말이야!"

그렇게 말하더니 잔느는 경련이라도 일으킨 듯 두 손을 가슴으로 가져간 채 의식을 잃고 뒤로 넘어졌다.

잔느는 얼마간 죽은 사람처럼 누워 있었다. 조금 정신은 드는 것 같았으나 완전히 기진맥진한 사람처럼 움직이지 못했다. 로잘리는 더 이상 출발을 늦추면 다시 또 발작을 일으키지 않을까 염려되어 아들을 불렀다. 두 사람은 잔느를 들어올려 마차까지 안고 가서는 가죽 의자 위에 앉혔다. 늙은 하녀는 잔느의 옆에 붙어 앉아 커다란 외투로 그녀를 덮어씌웠다. 그리고 그 위로 우산을 치켜들고 커다란 소리로 말했다.

"드니, 어서 가자꾸나."

젊은이는 어머니 옆으로 기어올라 왔으나 자리가 비좁아 간신히 궁둥이만 걸친 채 말을 몰기 시작했다. 말은 빗속을 마구 달렸으므로 두 여인은 몇 번이고 곤두박질을 칠 뻔했다.

마을 모퉁이를 돌아가려 할 때, 누군가 도로 위에서 얼씬거리는 것이 보였다. 트로아 바르 신부였다. 그는 이들의 출발을 알고 미리 대기하고 있던 것처럼 보였다.

신부는 마차가 지나갈 수 있도록 길 가장자리로 비켜섰다. 흙탕물이 튕길까 겁을 낸 신부는 한 손으로 신부복의 옷자락을 치켜들고 있었다. 검은색 양말을 신고 있는 가느다란 정강이 아래로 진흙투성이가 된 커다란 구두가 보였다.

잔느는 신부와 시선을 마주치지 않기 위하여 눈길을 아래로 떨어뜨렸다. 모든 사정을 알고 있던 로잘리는 울컥 화를 냈다.
"저놈이! 저놈이!"
하고 중얼거리다가 그녀는 아들에게 소리쳤다.
"채찍으로 한 대 후려쳐!"
젊은이는 신부 옆을 지나면서, 덜컹거리는 마차 바퀴를 움푹 패인 곳에 빠뜨렸다. 그러자 흙탕물이 분수처럼 솟아오르고 신부는 그것을 고스란히 뒤집어썼다.
로잘리는 너무나 좋아서 뒤를 돌아보며 주먹을 휘둘러 보였다.
오 분쯤 달렸을 때 갑자기 잔느가 소리쳤다.
"마사클을 잊어버리고 왔어!"
그래서 마차를 세우지 않으면 안 되었다. 드니가 도로 내려 개를 찾아 가지고 왔다. 털이 다 빠져 버린 꼴사나운 개는 두 여인의 치맛자락 사이에 놓였다.

13

 두 시간 뒤, 마차는 아담한 벽돌집 앞에서 멎었다. 이 집은 넓은 도로 옆의 방추 꼴을 한 과수원 한복판에 서 있었다.
 인동 덩굴과 가시 덩굴이 엉켜 있는 네 줄의 창살 무늬 담벼락이 제각기 정원의 네 귀를 형성하고 있었는데, 정원이라고는 해도 그 가장자리에 과수가 줄지어 서 있고, 여러 가닥의 좁은 길로 구분되어 있는 채소밭 비슷한 정원이었다. 높이 올라간 생나무 울타리가 이 집의 여러 곳을 둘러싸고 있었고, 이웃 농가와의 사이는 밭이었다. 대장간 하나가 큰길에서 백 보쯤 떨어진 곳에 있었다. 이것 말고는 가장 가까운 이웃집이라고 해 봤자 어디든 일 킬로미터 이상 떨어져 있었다.
 어느 쪽에서든 코 지방의 들판이 한눈에 바라보였다. 여기저기 흩어져 있는 농가의 안마당에는 사과나무가 심어져 있었고, 키 큰 나무들이 사방을 둘러싸고 있었다.

잔느는 도착하자마자 좀 쉬었으면 좋겠다고 말했다. 그러나 로잘리는 그녀가 다시 몽상을 시작하면 곤란할 것 같아 그것을 허락하지 않았다.

고데르빌의 목수가 가구를 설치하기 위하여 왔다. 곧 도착할 마지막 마차를 기다리고 있는 동안, 목수는 작업을 시작했다.

그것은 여간 큰 공사가 아니었다. 모두가 머리를 짜서 의논을 해야 했고, 어떤 때는 서로의 의견이 맞지 않아 다툴 때도 있었다.

이윽고 마지막 짐마차가 울타리 앞에 나타났다. 그래서 내리는 비를 무릅쓰고 짐을 내려야만 했다.

저녁 무렵이 되었을 때, 집 안은 온갖 물건으로 혼잡하기 이를 데 없었다. 지칠 대로 지친 잔느는 잠자리에 들자마자 깊은 잠에 빠져 버렸다.

그 뒤 며칠 동안 그녀는 슬픈 생각 같은 것을 할 겨를이 없었다. 할 일이 너무 많아 일에 파묻힌 것이다. 게다가 집을 아름답게 꾸미는 일에 어떤 기쁨 같은 것을 느끼기도 했다. 가끔, 아들이 돌아오더라도 이 집으로 돌아오겠지 하는 생각도 해 보았다. 원래 자기 방에 장식되어 있던 벽걸이는 식당에 걸어 놓았다. 이 식당은 응접실을 겸하고 있었기 때문이다. 그녀는 이층에 있는 방 두 개 중 하나를 각별히 공들여서 꾸며 놓았다. 그 방은 그녀의 머릿속에서 '폴레의 방'이라고 아무도 몰래 이름 붙여 놓았다. 다른 하나의 방은 자기가 쓰기로 하고, 그 위쪽 헛간 옆에 있는 방은 로잘리가 쓰기로 했다.

이 조그마한 집도 마음을 써서 잘 꾸며 놓고 보니, 아담하고 산뜻해 보였다. 다소 만족스럽지 못한 데도 있었지만, 어쨌든 잔느는 기뻤고 흡족했다.

어느 날 아침, 페캉의 공증인이 삼천육백 프랑을 보내 왔다. 레푸풀에 남겨 놓고 온 가구를 가구점에서 인수해 간 대금이었다. 그녀는 이 돈을 받자 몸이 떨릴 정도로 기뻤다. 심부름 왔던 사내가 돌아가자 그녀는 곧 모자를 집어쓰고 한시라도 빨리 고데르빌로 떠나려고 했다. 뜻밖에 생긴 돈을 폴에게 보내주려고 했던 것이다.

큰길을 서둘러 걷던 그녀는 그만 시장에서 돌아오던 로잘리와 마주치고 말았다. 하녀는 당장에 그 진상을 알 수는 없었지만 좀 이상하다는 생각을 했다. 곧 경위를 알게 된 — 이미 그 무렵의 잔느는 하녀에게 어떤 것이건 숨길 수가 없게 되었다 — 로잘리는 사정없이 닦달할 작정으로 시장 바구니를 땅바닥에 내려놓았다.

그녀는 두 주먹을 양쪽 허리에 대고 버티고 서서 고함치기 시작했다. 그러고 나서 오른손으로 여자 주인을 붙잡고 왼손으로는 시장 바구니를 들고 집으로 돌아왔다.

집으로 온 하녀는 곧장 그 돈을 자기에게 내놓으라고 요구했다. 잔느는 그 돈 중에서 육백 프랑을 숨겨 놓고 나머지만 내놓았다. 그러나 이 계획도 눈치빠른 하녀한테 들키고 말았다. 그래서 할 수 없이 전액을 하녀에게 내주지 않으면 안 되었다.

하지만 로잘리도 잔느가 숨기려 했던 금액만큼은 청년에게 송금해 주는 데 동의했다.
 사, 오 일 지나자, 아들로부터 고맙다는 답례의 편지가 왔다.

　그리운 어머니, 덕분에 살았습니다. 굉장히 어려움을 겪고 있었거든요.

 그런데 잔느는 아무래도 이 바트빌에는 정을 붙일 수가 없었다. 옛날처럼 숨을 잘 쉴 수도 없었고, 예전보다 더 고독해졌기 때문이다. 집 주변을 한 바퀴 산책이라도 할 겸 해서 집을 나설 때면, 그녀는 베르누이유 마을까지 갔다가 트로와 마르를 거쳐 집으로 돌아오곤 했는데, 그러면 금방 다시 또 나가고만 싶어졌다. 그것은 마치 그녀가 당초 꼭 가 보려고 했던 장소나, 아니면 꼭 산책해 보고 싶었던 장소를 빠뜨렸던 것을 생각해 내고는 다시 가 보려는 행동 같았다.
 그리고 그것은 매일처럼 되풀이되었다. 그러면서도 그 이상한 욕구의 정체를 알 수가 없었다. 그런데 어느 날 저녁 때, 그녀가 무심코 내뱉은 말 한마디로 그 정체를 알 수 있었다. 저녁 식사를 위하여 식탁 앞에 앉으려던 그녀가 말했다.
 "아아, 바다가 보고 싶어!"
 이 말로써 그 정체가 드러났다.
 그렇게도 그녀에게 결핍되었던 것은 바로 바다였다. 이십 오 년 동안 그녀에게는 둘도 없는 이웃이었던 바다. 짭짤한 공기, 성난 파도와 포효, 거센 바람을 가졌던 바다, 그녀가 아침마다 레푸풀의 들창가에서 바라보았던 바다, 그녀가 밤이건 낮이건 간에 들이마시고 있던 해풍을 보내준 바다, 바로 몸 가까이에서 느끼고 있던 바다, 조금도 이상하게 생각하지도 않고 마치 인간을 사랑하듯 사랑하고 있었던 그 바다였다.

마사클도 역시 최후의 몸부림을 치며 살고 있었다. 이곳으로 도착한 후부터 부엌 찬장 아래 빈 자리에 틀어박혀 있던 마사클은 다시는 그곳으로부터 기어나오려 하지 않았다. 거의 꼼짝도 하지 않은 채 하루종일 둔탁한 신음소리만을 간간이 흘리면서 졸았다.

그러나 밤만 되면 그는 곧 일어나서는 벽에 툭툭 부딪히면서 밖으로 나갔다. 그러고는 밖에서 필요한 몇 분 간이 지나면 다시 돌아와서는, 아직 불기가 있는 난로 옆에 웅크리고 앉아 두 여인이 침실로 돌아가는 것을 보며 힘없는 소리로 짖어 댔다.

그리하여 개는 밤새도록 비통한 목소리로 울어 댔다. 슬픈 듯이, 뭔가 호소하듯 짖어 댔으나 어떤 때는 한 시간 만에 그치는 경우도 있었다. 그러나 다음에는 더욱 비통한 울음소리를 내고 울부짖듯이 짖었다. 그래서 집 앞에 있는 커다란 빈 통에 마사클을 매달아 두기로 했다. 그러자 창문 아래서 짖어대는 바람에 너무 가엾어서 다시 집 안으로 들여놓았다.

잔느는 이제 잠이라는 것을 도저히 제대로 잘 수 없는 처지가 되었다. 이 늙고 병들어 버린 개 역시 이곳은 자기가 살 집이 아니라는 것을 알고, 자신의 죽을 자리를 찾아 쉴새없이 몸부림치는 소리가 잔느의 귀를 어지럽혔기 때문이다.

어떤 방법을 써도 개는 진정되지 않았다. 그 개는 온갖 생물이 생생하게 살아서 종횡으로 움직이고 있는 낮에는 멍하니 졸고만 있었는데, 찌부러진 한쪽 눈과 이제는 늙어 버렸다는 의식이 그 자신의 움직임을 가로막고 있는 듯이 보였다.

그러던 어느 날 아침, 마침내 개는 죽었다. 그제야 비로소 모두 마음을 놓았다.

겨울은 깊어만 갔다. 잔느는 어떻게 해도 결코 벗어날 수 없을 것만 같은 무서운 절망에 사로잡혀 있었다. 그것은 넋을 쥐어짜듯 하는 날카로운 고통이 아니라 그늘에 숨은 어둡고 싸늘한 슬픔이었다.

그녀의 마음을 밝혀 주고 달래 줄 만한 것이라고는 아무것도 없었다. 그리고 어느 한 사람, 그녀를 돌봐 주고 아껴 주는 사람도 없었다. 집 앞 큰길은 좌우로 길게 뻗어 있었으나, 사람 그림자라고는 좀체 보이지 않았다. 이따금 마차의 두 바퀴가 빠른 속도로 지나갈 뿐이었다. 불그스름한 얼굴의 마부는 그가 입고 있는 작업복에 질풍을 가득 안고 있었는데, 그것은 마치 푸른 풍선처럼 부풀어 있었다. 또 때로는 짐수레가 천천히 지나가기도 했다. 그런가 하면 먼 곳에서 두 사람의 농부가 걸어오는 것도 보였다. 그것은 남자와 여자였고, 지평선 저 멀리에 나타났을 때는 콩알만 하던 것이 차차로 커져서는 집 앞을 통과하자마자 다시 작아져, 저 멀리 눈길이 닿는 곳까지 뻗어 있는 하얀 선 끝까지 마치 두 마리의 곤충 같은 크기가 되어 땅의 기복에 따라 올라갔다 내려갔다 했다.

풀이 다시 돋아나기 시작하자 짧은 치마를 입은 소녀가 아침마다 야윈 두 마리의 젖소를 몰고 울타리 앞을 지나갔다. 소는 길가 도랑을 따라 풀을 뜯으며 걸어갔다. 저녁 때가 되면 그 소녀는 올 때와 마찬가지로 졸리는 듯한 발걸음으로 돌아갔다. 소 꽁무니를 따라 십 분 동안에 한 걸음씩 걷는 느리기 짝이 없는 걸음걸이였다.

잔느는 밤마다 자기가 아직 레푸풀에 살고 있는 꿈을 꾸었다.

옛날처럼 그녀는 아버지와 어머니와 거기에 함께 있었다. 때로는 리종 이모도 자리를 같이했다. 잊어버렸던 일, 이미 끝나 버린 일들을 다시 하는 경우도 있었고, 아델라이드 부인을 부축하고 산책 길을 왕복하는 경우도 있었다. 그리고 꿈에서 깨었을 때는 으레 눈물을 쏟았다.

그녀는 항상 폴을 생각하고 있었다. '무엇을 하고 있을까? 지금은 어떤 처지에 있을까? 이 어미 생각도 할 때가 있을까?' 하고 생각했다. 농장과 농장 사이의 움푹 패인 길을 천천히 걸으면서 그녀는 자기 자신을 책망하고 학대하는 생각들을 머릿속에서 쉴새없이 계속했다. 그러면서도 자기의 아들을 빼앗아 가 버린, 그 얼굴도 모르는 여인에 대한 참을 수 없는 질투에 괴로움을 느꼈다. 이 증오가 그녀의 행동을 가로막았다. 즉, 그녀가 아들을 찾으러 나서거나, 아들이 사는 집으로 가 보는 것을 말리고 있었다. 그 여인이 문지방에 버티고 서서, '부인, 무슨 일이시죠?' 하고 따질 것이 눈에 보이는 듯했다.

어머니로서의 자존심은 이런 만남의 가능성에 심한 반발을 일으켰다. 그리고 언제나 순결하고 과실도 없으며, 오점도 없는 여인으로서의 자존심 때문에 마음까지도 더럽히는 저 육체적인 사랑의 노예처럼 되어 버린 남성들의 비겁함에 대하여 그녀는 더욱더 화가 났다. 그녀는 감각의 모든 불결한 비밀이나, 사람을 타락시키는 애무를 생각할 때, 또한 떼어 버릴 수 없는 양성(兩性)의 결합에 대한 온갖 비밀을 생각할 때 인간이 너무나도 추악하게 느껴졌다.

또다시 봄이 가고 여름이 갔다.

그러나 가을이, 장마와 잿빛 하늘과 음산한 구름과 더불어 다시 찾아왔을 때, 그녀는 이런 생활이 너무나도 우울하게 여겨졌고, 더 이상은 견딜 수가 없었다. 그래서 그녀는 마침내 자기의 풀레를 품속으로 되찾아 오기 위하여 일대 노력을 하기로 결심했다.

청년의 정열도 지금쯤은 사그라들었을 것이라고 생각했던 것이다. 그녀는 눈물 어린 편지를 썼다.

그리운 아들아, 한시바삐 내 곁으로 돌아와 다오. 이 어미의 간절한 소망이란다. 너도 알겠지만 난 이제는 늙고 병들었단다. 그리고 일년 내내 하녀 하나만을 상대로 외롭게 살아가고 있다. 지금은 큰길가에 있는 조그만 집에서 살고 있는데, 정말이지 슬픈 일이 아닐 수가 없구나. 하지만 네가 이곳으로 와 주기만 한다면 이 어미도 많이 달라질 것 같다. 나에게는 너 하나밖에는 없는데 벌써 칠 년째 너를 보지 못하고 있구나. 내가 얼마나 불행했는지, 또한 내가 마음속으로 너를 얼마나 의지하고 있었는지 아마 너는 모를 거다. 너는 내 생명이었고 꿈이었다. 내 오직 하나뿐인 희망이었고 오직 하나뿐인 사랑이었다. 그런데도 너는 내 곁에 없고, 나를 버리고 말았단다.

　아아, 돌아와 주지 않겠니, 내 귀여운 풀레야? 돌아와서 이 어미에게 키스해 주렴! 너의 늙은 어미에게 돌아와 다오! 나는 너에게 절망의 두 팔을 활짝 벌리고 있단다.

어미 씀

며칠 뒤 답장이 왔다.

　그리운 어머니, 뵙고 싶은 생각이 간절하지만 유감스럽게도 무일푼이라 움직일 수가 없습니다. 조금이라도 좋으니 얼마만 좀 보내 주시지 않겠습니까. 그러면 곧 찾아뵙도록 하겠습니다. 그렇지 않아도 벌써부터 어머니에게 가려고 마음먹고 있었습니다. 어머니의 소원을 들어줄 수 있는 계획을 의논하기 위하여 말이에요.

　저는 지금 궁핍한 생활을 하고 있지만, 그런 가운데서도 저의 반려자인 여인의 사랑과 헌신적인 태도가 저에게 무한한 힘과 용기를 주고 있습니다. 이런 충실한 애정과 희생을 정식으로 인정하지 않는다는 것은 이제 저로서는 불가능한 일이 되었습니다. 그리고 그녀는 모든 예의 범절을 터득했고 훌륭한 교양도 갖추었습니다. 어머니는 그녀가 제게 얼마나 큰 힘이 되었는지 아마도 모르실 거예요. 만약 제가 그런 그녀에게 감사의 뜻을 표하지 않는다면 저는 인간의 도리를 벗어난 짐승만도 못한 인간이 될 것입니다.

그래서 저는 그녀와 결혼하고자 하니, 부디 허락해 주십시오. 그러면 우리들은 어머니가 살고 계시는 그 새집에서 함께 살 수 있을 거예요.

어머니가 그녀를 알게 되시면 아마 바로 허락해 주시리라 믿습니다. 다시 말씀드립니다만 완전 무결하고 훌륭한 여인이에요. 틀림없이 엄마도 귀여워해 주실 겁니다. 저는 그녀 없이는 살아갈 수가 없어요.

그리운 어머니, 어머니의 회답을 학수고대하겠습니다. 그리고 우리 두 사람의 뜨거운 키스를 보내 드립니다.

엄마의 아들
자작 폴 드 라마르

잔느는 낙심했다. 그래서 편지를 무릎 위에 놓은 채 꼼짝하지 않고 있었다.

자기 아들을 사로잡고는 한 번도 돌려보내지 않았던 그 여인이 때를 기다리고 있던 것 같았다. 절망한 늙은 어미가 자식을 보고 싶어하는 욕망에 견디지 못해 기진맥진한 나머지, 일체를 승낙하고마는 기회를 기다렸음이 틀림없는 이 여인의 속셈이 환히 들여다보이는 것 같았다.

폴이 그 여인을 집요하리만큼 편애하고 있다는 사실이 그녀에게는 커다란 고뇌가 되어 그녀의 가슴을 갈기갈기 찢어놓았다. 그녀는 되풀이해서 말했다.

"그 애는 나를 사랑하고 있지 않아."

이때 로잘리가 들어왔다. 잔느가 중얼거렸다.

"그 애가 이번에는 그 여자와 결혼을 하겠다는구나."

하녀는 펄쩍 뛰면서 말했다.

"저런! 마님. 어림없는 일이에요. 절대로 허락하셔서는 안 돼요. 폴 도련님이 그런 출신도 알 수 없는 여자를 아내로 삼으려 하시다니 정말 이해할 수가 없군요."

잔느는 절망적인 충격으로 정신을 잃을 뻔했으나, 불끈 화를 내며 대답했다.

"그야 물론이지. 누가 허락해 준대? 오기 싫다면 이쪽에서 가서 만나 주겠어. 그렇지, 내가 가야지! 그리고 그 계집이 이기나, 내가 이기나 한번 해 보는 거야!"

그녀는 곧 편지를 썼다. 자기가 만나러 가겠다는 것, 다만 그 계집이 살고 있는 집이 아닌 다른 곳에서 만나자는 것을 분명히 했다.

그녀는 답장을 기다리며 여행 준비를 시작했다. 로잘리는 낡은 트렁크에 여주인의 옷이며 속옷 등을 챙겨 넣었다. 그런데 그녀가 옷을 개면서 소리쳤다.

"아, 입을 만한 옷이 하나도 없어요! 이런 걸 입고 어떻게 간단 말이에요. 보는 사람이 도리어 민망할 지경이에요. 파리의 귀부인들이 마님을 하녀인 줄 알겠어요."

무엇이든 하녀의 말에 따르던 잔느는, 로잘리와 함께 고데르빌로 나가 바둑 무늬 모양의 녹색 천을 골라 그곳 재봉사에게 바느질을 부탁했다. 그러고 나서 공증인 루셀 사무소에 들러 여행에 대한 몇 가지 주의를 들었다. 루셀은 해마다 파리에 가서 반달씩 머물다가 오곤 했기 때문에 그 방면의 사정에 밝았다. 그런데 잔느는 벌써 이십 칠 년이라는 오랜 세월 동안 파리에 가 본 적이 없었다.

루셀은 마차를 피하는 방법이라든가, 돈을 소매치기 당하지 않는 방법 따위들을 자세히 가르쳐 주면서, 될 수 있는 대로 돈은 옷 안쪽에 바늘로 꿰매 두고 호주머니에는 당장에 필요한 돈만 넣어 두라고 충고해 주었다. 값이 싼 식당도 일러 주면서 부인들이 잘 가는 식당 두세 곳을 알려 주었다. 그리고 또 여관은 정거장 옆에 있는 '노르망디 호텔'이 좋을 거라며 가르쳐 주었다. 그곳은 자기가 단골로 드나드는 호텔이므로, 자기한테서 소개받고 왔다고 하면 친절히 맞아 줄 것이라는 것도 덧붙였다.

육 년 전부터 어디서나 화젯거리가 되었던 철도가, 파리와 르아브르 사이에 개통되었다. 그러나 잔느는, 그동안 슬픔에서 한번도 떠난 적이 없던 잔느는 이 지방 사람들을 놀라게 하는 증기로 달린다는 그 기차를 아직 보지 못했다.

폴에게서는 답장이 오지 않았다.

그녀는 일주일을 더 기다려 보기로 했다. 그리고 다시 또 일주일을 더 기다렸다.

아침마다 큰길까지 우편 배달부를 만나러 나가서는 덜덜 떨리는 목소리로 물었다.

"말랑당 영감님, 우리 집에 온 것은 없나요?"

그러면 배달부는 오랜 풍파에 쉬어 버린 목소리로 한결같이 대답했다.

"오늘도 온 것이 없습니다요."

폴로 하여금 답장을 보내지 못하게 하는 것은 그 여인임에 틀림없을 것이다.

그래서 잔느는 곧장 출발하기로 결심했다. 그녀는 로잘리와 함께 갈 생각이었으나 하녀는 비용이 많이 든다는 것을 이유로 동행을 거절했다.

뿐만 아니라, 그녀는 주인이 삼백 프랑 이상 가지고 가는 것을 허락지 않았다.

"돈이 더 필요하시거든 연락만 하세요. 그러면 공증인에게 가서 그 돈을 보내드리겠어요. 더 가지고 가 봤자 폴 도련님께 줘 버리고 말 테니까요."

그러던 십이월의 어느 날 아침이었다. 그녀들은 드니 르콕의 마차 위에 올라탔다. 젊은이는 두 사람을 역까지 실어다 주기 위하여 마차를 가지고 왔던 것이다. 로잘리는 여주인을 역까지 배웅키로 했다.

그녀들은 먼저 기차표를 사고 트렁크는 수화물로 보냈다. 필요한 모든 절차를 끝냈으므로 기차를 기다리기만 하면 되었다. 어떻게 해서 이런 것이 움직일까 하고 생각하며, 이 신비한 것에 마음을 빼앗기고 있었으므로 슬픈 여행의 이유 같은 것은 미처 되새겨 볼 겨를이 없었다.

마침내 멀리서 기적 소리가 들려왔으므로 두 여인은 고개를 돌려 그쪽을 바라보았다. 그러자 시꺼먼 기계가 보이기 시작하고 그것이 차츰 커지면서 무서운 소리를 내며 눈앞에서 멎었다. 그것은 바퀴로 굴러가는 조그마한 집을 여러 개 꿰어 놓은 것이었다.

역원 한 사람이 기차의 문을 열었다. 잔느는 흐르는 눈물을 손수건으로 연방 닦으며 로잘리에게 키스하고는 그 상자 속으로 들어갔다.

로잘리는 흥분하여 소리쳤다.

"안녕히 다녀오세요, 마님! 몸조심하시고요! 속히 돌아오세요!"

"잘 있어, 로잘리!"

다시 한 번 기적 소리가 울리더니 줄지어 매달린 수레가 다시 구르기 시작했다. 천천히 달리던 기차는 차츰차츰 속도를 더하여 굉장한 속력으로 달렸다.

잔느가 탄 찻간에는 두 신사가 양쪽 구석에 등을 기댄 채 자고 있었다.

그녀는 들판이며, 나무들이며, 마을들이 눈앞을 스치고 지나가는 것을 바라보았다. 이와 같은 무서운 속력에 경탄하며, 자신이 새롭고 신기한 세계로 끌려가고 있는 것을 새삼 깨달았다. 여태까지 조용하기만 했던 소녀 시절의 세계와 단조로웠던 생활의 세계와는 너무나도 다른, 그야말로 꿈에도 미처 생각하지 못했던 새로운 세계로 자기가 지금 달려가고 있었다.

기차가 파리에 도착한 것은 어둠이 찾아든 저녁 무렵이었다. 갑자기 짐꾼처럼 생긴 사람이 잔느에게 오더니 트렁크를 잽싸게 낚아챘다. 잔느는 깜짝 놀라 그 사내의 뒤를 따라갔다. 그 사내한테서 떨어지지 않기 위하여 잔느는 혼잡한 군중 속을 뚫고 기를 쓰며 달리다시피 따라갔다.

호텔 카운터 앞에 서자 그녀가 황급히 말했다.

"루셀 씨 소개로 왔습니다만……."

호텔의 안주인으로 보이는 뚱뚱한 여자가 카운터에 앉은 채 점잔을 빼고 물었다.

"루셀 씨가 누구죠?"

잔느는 당황하며 대답했다.

"고데르빌의 공증인인데, 해마다 이 호텔에 숙박한답니다."

뚱뚱한 여자가 말했다.

"그럴지 모르겠으나 잘 모르겠는데요. 방을 드릴까요?"

"네."

그러자 급사가 나타나 짐을 들고 앞장서서 계단을 올라갔다.

그녀는 가슴이 죄어 오는 것을 느꼈다. 조그마한 테이블 앞에 앉자 그녀는 수프와 영계 요리를 주문했다. 새벽부터 지금까지 아무것도 먹지 못했다.

그녀는 촛불 아래 앉아 온갖 생각을 하면서 쓸쓸히 식사를 했다. 신혼 여행의 귀로에서 파리에 들렀던 일과 파리 체재 중에 줄리앙의 성격이 처음으로 드러났던 것들이 생각났다. 그러나 그 무렵의 그녀는 젊었다. 사람을 의심할 줄도 몰랐고 그저 명랑하고 쾌활할 뿐이었다. 그런데 지금의 그녀는 늙고 몸도 부자유스러우며 소심하고 체력도 떨어진, 아무것도 아닌 일에도 마음을 걷잡지 못하는 약한 인간으로 변해 있었다.

식사가 끝나자 그녀는 창문가로 다가가 혼잡한 거리를 바라보았다. 바깥으로 나가 보고 싶었으나 그럴 만한 용기가 나지 않았다. 틀림없이 길을 잊어버릴 것만 같았기 때문이다. 그래서 그녀는 불을 끄고 잠자리에 들었다.

그러나 소음과 낯선 도시의 분위기와 여행의 피로 때문에 쉽게 잠들 수가 없었다. 시간이 갈수록 바깥 소음은 잦아들었으나 형언하기 어려운 대도시의 짓누를 듯한 정적에 신경이 곤두서서 역시 잠들 수가 없었다. 그녀는 인간, 동물, 식물, 세상의 모든 것을 잠들게 하는 전원의 조용하고 깊은 수면에만 익숙해져 있었다. 그런데 지금 그녀는 자기 주위에서 뜻 모를 신비로운 소음을 느꼈다. 거의 들리지도 않는 작은 말소리 같은 것이 벽을 타고 그녀의 방 안까지 들려왔다. 이따금 마룻바닥이 삐걱거리는 소리와 함께 문을 여닫는 소리가 들려 오고 초인종 소리도 들려 왔다.

새벽 두 시쯤에서야 겨우 잠들려 할 때였다. 갑자기 옆방에서 여인의 비명 소리가 들려 왔다. 잔느는 벌떡 일어나 앉았다. 그러자 이번에는 사내의 웃음소리 같은 것이 들리는 것 같았다.

날이 밝아 오자 폴의 일이 걱정되기 시작했다. 그래서 날이 채 밝기도 전에 그녀는 옷을 챙겨 입었다.

폴은 시테의 소바주 거리에 살고 있었다. 그녀는 거기까지 걸어갈 작정이었다. 조금이라도 비용을 절약하라는 로잘리의 말에 따르기 위해서였다. 날씨는 맑았으나 공기는 살을 에일 듯이 차가웠다. 사람들은 보도 위를 분주한 걸음걸이로 지나갔다. 그녀는 가르쳐 준 길을 부지런히 걸었다. 그녀는 오른쪽으로 돌아갔다. 그리고 다시 왼쪽으로 돌아 넓은 광장 앞으로 나갔다. 거기서 다시 길을 묻지 않으면 안 되었다. 그녀는 빵집 주인에게 길을 물었으나 그 사람은 잔느에게 길을 잘못 가르쳐 주고 말았다. 그녀는 다시 걷기 시작했으나 길을 제대로 찾지 못해 이곳저곳을 헤맸다. 찾으려고 애쓰면 애쓸수록 더욱더 어디가 어딘지 분간할 수가 없었다.

그녀는 미친 사람처럼 닥치는 대로, 발길 가는 대로 걸었다. 마침내 마차를 불러야겠다고 생각했을 때, 센 강이 보였다. 그녀는 강가를 따라 걸었다.

약 한 시간 후 그녀는 마침내 소바주 거리로 들어섰다. 그곳은 음침한 뒷골목이었다. 그녀는 대문 앞에서 걸음을 멈추었다. 가슴이 벅차 더 이상 한 발짝도 옮길 수가 없었다.

'여기에 있다! 바로 이 집에 우리 풀레가 있다!'

무릎과 손이 떨렸다. 그녀는 간신히 안으로 들어갔다. 집 뒤안길을 몇 걸음 들어가니 문지기가 있는 사무실이 보였다. 그녀는 은화 한 잎을 내밀고는 물었다.

"미안하지만 부탁 좀 드리겠어요. 폴 드 라마르라는 사람한테 가서, 어머니의 친구 되는 사람이 찾아와 여기서 기다린다는 전갈 좀 전해 주세요."

문지기가 대답했다.

"그분은 지금 여기 살고 있지 않습니다."

그녀는 오싹 전율을 느꼈다. 그녀는 떨리는 몸으로 정신을 가다듬고 말했다.

"네? 어디로…… 그렇다면 어디로 갔을까요?"
"모르겠는데요."
그녀는 눈앞이 캄캄해지면서 쓰러질 것 같았다. 잠시 동안은 입도 놀릴 수 없었다. 그녀는 가까스로 정신을 차리고 다시 물었다.
"언제부터 여기 없었습니까?"
문지기는 자세히 설명해 주었다.
"글쎄요, 반 달쯤 되는 것 같습니다. 여느 때와 마찬가지로 두 내외가 밤에 집을 나갔는데 그 길로 돌아오지 않았습니다. 이 부근 여기저기에 빚을 지고 있으니 행방을 밝히지 않은 것도 당연하겠죠."
잔느는 눈앞에서 불덩어리가 확 치솟는 것만 같았다. 그러나 오직 한 가지 흔들리지 않는 생각이 그녀를 지탱해 주었다. 그 생각은 그녀를 냉정하고, 사려 깊은 여인으로 만들었다. 그녀는 풀레를 다시 찾아봐야겠다고 생각한 것이다.
"그럼, 그들이 집을 나갈 때 아무 말도 없었던가요?"
"그야, 있을 수도 없는 일이죠. 야간도주하는 사람이 무슨 말을 남기고 가겠습니까!"
"그렇지만 자기한테 온 편지 같은 것은 찾아가야 할 텐데요."
"전해 줄 편지도 없었지요. 그 사람들에게는 일 년에 열 통도 오지 않았으니까요. 하지만 이곳을 나가기 이틀 전에 한 통 전해 준 일이 있었죠."
그것은 틀림없이 자기가 보낸 편지였을 것이다. 그녀는 틈을 두지 않고 물었다.

"나는 그 애 어미라오. 사내 어미란 말이오. 이렇게 아들을 찾아온 겁니다. 자, 십 프랑 드리겠어요. 그 애에 대한 소식을 들으면 무슨 소식이라도 좋으니 죄다 저에게 좀 알려주세요. 저는 르아브르 가의 노르망디 호텔에 있으니 그쪽으로 연락해 주세요. 사례는 충분히 할 테니까요."

문지기는 대답했다.

"잘 알았습니다, 부인."

그녀는 도망치듯 그곳을 떠났다.

어디로 간다는 목표도 없이 무작정 걷기 시작했다. 무슨 중요하고 급한 용무에라도 쫓기고 있는 사람처럼 그녀는 잰걸음으로 걷고 있었다. 담벽을 따라 걷다가 짐을 가지고 가는 사람과 부딪치기도 했다. 마차가 오는 것도 모르고 길을 건너다가 마부에게 욕을 먹기도 했다. 길가 돌계단에 발부리를 채여 넘어지기도 했다. 마음은 텅 비어 있는 듯했고, 정신없이 앞으로 앞으로만 걸었다.

갑자기 눈앞에 공원이 나타났다. 몹시 지친 그녀는 언뜻 눈에 띈 벤치에 걸터앉았다. 미처 의식하지 못했으나 지나가는 사람마다 자기를 이상한 눈초리로 훔쳐보고 가는 것을 보면 자기가 오랫동안 그 자리에서 눈물을 흘리고 있었던 것 같다. 그녀는 오한을 느꼈다. 그래서 자리에서 일어섰다. 그러나 두 다리에 힘이라고는 없었다. 그녀는 너무나 지쳐 있었다.

식당에라도 들어가서 수프라도 먹어 볼까 했지만, 그런 건물 속에 들어가는 것이 싫어 그만두었다. 그것은 일종의 수치심과 공포심 때문이었다. 자신의 가슴속에 쌓여 있는 슬픔이 뚜렷하게 얼굴에 드러나는 것이 부끄러웠던 것이다. 문간에서 많은 사람들이 술렁대고 있는 안을 들여다보면 먼저 두려운 생각이 앞서 그만 도망치고 말았다. '다음 집으로 들어가야지.' 하고 스스로 다짐하기도 했으나, 다음 집 문 앞에 서게 되면 또다시 무서워졌다. 그래서 그녀는 큰맘먹고 빵집에 들어가 빵을 샀다. 그러고는 길을 걸으면서 그것을 씹었다. 목이 몹시 말랐으나 어디에 가서 물을 마셔야 할지 몰라 끝내 참고 말았다.

천장처럼 높고 둥글게 쳐진 차양 밑을 지나서, 아케이드에 둘러싸인 공원으로 나섰다. 아까의 그 공원은 아니었다. 잠시 후 그것이 팔레 로와이얄이라는 것을 알았다.

햇볕을 쬐며 많이 걸었던 탓에 그녀는 덥고 숨이 차서 한두 시간 벤치에 앉아서 쉬었다.

한 무리의 사람들이 공원으로 들어왔다. 모두가 우아한 옷차림이었는데 웃고 떠들며 인사를 나누었다. 여자들은 아름답고 남자들은 부유해 보여 오직 몸차림과 환락을 위해서만 살아가는 사람들처럼 보였다. 잔느는 이와 같은 화려한 사람들 틈에 끼어 있는 것이 쑥스러워 자리에서 일어나 달아나려고 했다. 그러나 문득 이런 장소에서 폴을 만날 수 있을지도 모른다는 생각에 사람들의 얼굴을 하나하나 들여다보면서 걸었다. 그러고는 공원의 이쪽 끝에서 저쪽 끝까지 몇 번이고 왕복했다.

고개를 뒤로 돌려 그녀를 노려보는 자도 있었다. 손가락질을 하면서 웃는 사람도 있었다. 그것을 보자 그녀는 빠른 걸음걸이로 그 자리를 피했다. 그 사람들은 아마도 자기의 두리번거리는 꼴과 자기의 옷을 보고 우스워하는 것 같았다. 로잘리가 골라 로잘리의 지시대로 고데르빌의 옷가게에서 맞춘 녹색 바둑판 무늬의 옷이었다.

이미 그녀는 옆에 지나가는 사람들에게 길을 물을 여력도 없었다. 하지만 용기를 내어 길을 묻고는 겨우 숙소로 돌아올 수 있었다.

호텔로 돌아온 그녀는 밤 늦게까지 침대가에 앉아서 꼼짝도 하지 않았다. 저녁 식사는 전날과 마찬가지로 수프와 고기로 때웠다. 그러고 나서 그녀는 침대에 누웠다.

이튿날 경시청으로 찾아가서 아들의 수색을 부탁하자, 그들은 책임질 수는 없으나 최선을 다해 보겠다고 말했다.

그녀는 아들을 만날 수 있을지도 모른다는 희망을 여전히 가슴에 품고 거리를 헤맸다. 그녀는 혼잡한 사람들 속에 들어가면, 인적이라고는 전혀 없는 벌판 가운데에 있을 때보다도 더 심한 고독감을 느꼈다. 비참하고 버림받은 느낌이었다.

저녁때 숙소로 돌아오자 폴한테서 사람이 왔는데, 없어서 만나지 못하므로 내일 다시 오겠다는 말을 남기고 갔다고 했다. 전신의 피가 심장으로 왈칵 밀려오는 듯했다. 그날 밤 그녀는 뜬눈으로 밤을 새웠다. 만약 그것이 아들이었다면? 자세하게 물어 보고도 그것만으로는 아들이라고 단정할 수는 없었지만, 틀림없이 아들일 거라고 그녀는 생각했다.

아침 아홉 시가 되자 누군가 방문을 두드렸다. 그녀는 가슴이 뛰기 시작했다.

"들어와요."

소리치면서 두 팔을 벌리고 와락 껴안을 채비를 했다. 그런데 눈앞에 나타난 사내는 처음 보는 사람이었다. 그 사내는 인사를 하고 나서 용건, 즉 폴의 빚을 받으러 왔다고 말했다. 그녀는 상대에게 눈물을 보이지 않기 위하여 손가락 끝으로 눈가를 살짝 닦았다.

소바주의 문지기를 통하여 폴의 어머니가 왔다는 것을 안 사내는, 놓쳐 버린 청년 대신 그 어머니에게 돈을 청구하러 온 것이었다. 사내가 내민 종이 쪽지를 무심코 받아 든 그녀는, 거기에 적혀 있는 구십 프랑이라는 금액을 읽고 지갑에서 돈을 꺼내 주었다. 그날 온종일 그녀는 밖으로 나가지 않았다.

다음날 또 다른 채권자가 찾아왔다. 그녀는 이십 프랑만 남겨 놓고 전부 지불했다. 그래서 로잘리에게 편지를 써 사정을 알렸다.

하녀의 답장을 기다리면서 그녀는 날마다 거리를 돌아다녔다. 어디서 무엇을 해야 할지, 어디서 이 슬픈 시간을, 그리고 언제 끝날지도 모르는 이 시간을 보내야 될지 그녀로서도 알 수 없었다. 그녀에게는 다정스러운 말 한마디 걸어 주는 사람도 없었고, 비참한 심정을 알아주려는 사람도 없었다.

그녀는 이렇게 온 거리를 정처 없이 헤매면서도 한시바삐 이곳을 떠나 큰길가에 외따로 있는 조그마한 자기 집으로 돌아가고 싶은 마음뿐이었다.

불과 며칠 전까지만 해도 그녀는 그 집에서는 더 이상 살아갈 수 없을 것만 같았었다. 그토록 그녀는 고독하고 적막했다. 그러나 지금은 그 반대가 되었다. 자신의 음울한 생활이 뿌리박고 있는 그 집이 아니면 도저히 살 수 없을 것만 같은 생각이 그녀의 가슴속에 불길처럼 일었다.

마침내 어느 날 저녁 무렵, 그녀는 학수고대하던 한 통의 편지와 오백 프랑의 돈을 받았다. 로잘리는 편지에 이렇게 썼다.

잔느 마님, 어서 돌아오세요. 더 이상 돈을 보내 드릴 수는 없어요. 폴 도련님은 소식을 알게 되면 제가 찾으러 가겠습니다.

마님의 종 로잘리

14

파리 여행 뒤로 잔느는 일체 외출하지 않았다. 꼼짝도 않고 집 안에만 틀어박혀 세월을 보냈다. 아침마다 같은 시각에 일어나서 창 너머로 바깥 하늘을 바라보고는 아래층으로 내려가서 식당의 난로 앞에 자리잡았다. 그녀는 매일처럼 그 자리에 움츠리고 앉아서 해를 보았다. 하늘거리는 불길을 바라보며 걷잡을 수 없는 슬픈 추억에 잠기기도 했고, 비참했던 자신의 생애를 하나하나 되돌아보기도 했다. 밤의 어둠이 조금씩 방안으로 스며들 때도 그녀가 움직일 때라곤 난로에 장작을 지필 때뿐이었다. 로잘리가 등불을 가지고 와서 말을 걸었다.

"자, 마님. 몸도 좀 놀리셔야 돼요. 그렇지 않으면 식욕이 없어져요."

그녀는 종종 강박관념에 사로잡혀 아무것도 아닌 일에 신경을 곤두세우고 괴로워했다. 사소한 일도 극히 중요한 일로 여기고, 스스로 괴로워하는 병적인 상태를 보였다.

특히 그녀는 과거 속에서 사는 사람 같았다. 과거라고는 해도 그녀의 생애 가운데서도 극히 초기에 속하는 코르시카의 신혼 여행 같은 것이 그녀의 기억 전부를 차지하고 있는 것 같았다. 오랜 옛날에 보았던 그 섬의 풍경이, 별안간 눈앞에서 불타는 장작불 속에 펼쳐질 때도 있었다. 온갖 자질구레한 일들, 그곳에서 만났던 사람들이 머리에 떠올랐다. 길 안내를 해주었던 장 라볼리의 모습이 귀찮게 여겨질 만큼 눈앞에 어른거렸다. 어떤 때는 그 사람의 목소리마저 들릴 때도 있었다.

그리고 폴이 어렸을 때의 즐거웠던 일들이 생각나기도 했다. 폴이 그녀에게 샐러드 채소를 이식해 달라고 조르는 통에, 리종 이모와 함께 채소밭 이랑가에 쭈그리고 앉아 묘목을 조금이라도 아이의 마음에 더 들게 심으려고 애썼던 그 시절이 유난히 그녀의 가슴을 저미게 했다.

그래서 그녀의 입술은 가냘프게 중얼거렸다.

"풀레야, 귀여운 내 풀레야."

그러나 그녀의 공상도 풀레라는 말이 입 밖으로 나오는 순간 그치고, 다음에는 몇 시간이고 이 말을 구성하고 있는 철자를 손가락으로 허공에 썼다. 그녀는 난로 앞에서 지칠 줄 모르고 철자를 천천히, 수없이 되풀이해서 썼다.

그러나 그것이 오래 계속되면 머리가 멍해지고 무엇인지 뒤죽박죽 되어 엉뚱한 글자를 쓸 때도 있었다.

그녀는 고독한 자가 흔히 갖는 괴벽을 갖게 된 것이다.

로잘리는 때때로 여주인을 걷게 하려고 억지로 집 밖으로 데리고 나갔다. 그럴 때면 잔느는 이십 분도 채 되지 않아 싫증을 냈다.

"더는 걷지 못하겠어."

그녀는 비명을 지르며 도랑가에 주저앉아 버렸다. 마침내 몸을 움직이는 것을 무엇보다도 싫어하게 되었고, 아침에는 침대에서 내려오지 않기 위하여 늑장을 부렸다.

다만 아이 때부터 변하지 않은 습관 한 가지가 지금까지 계속해서 남아 있었는데, 그것은 우유가 든 커피를 마시고 나면 벌떡 일어나는 습관이었다. 그녀는 우유가 든 커피에 극단적인 애착심을 갖고 있었다. 그녀는 이것 없이는 살 수 없을 정도였다. 아침마다 그녀는 로잘리가 우유 든 커피를 갖고 오는 것을 다소 관능적인 초조함을 느끼며 기다렸다. 찰랑찰랑대는 커피 잔을 협탁 위에 얹어 놓으면 그녀는 침대에 앉은 채 걸신들린 사람처럼 그것을 단숨에 마셨다. 그러고 나서야 이불을 밀치리고 옷을 입었다.

그러나 차츰 커피 잔을 협탁 위에 내려놓고 난 다음에는 뭔가 생각에 잠기는 버릇이 생기기 시작했다. 그러고는 다시 이불 속으로 들어갔다. 날이 갈수록 게으름피우는 버릇이 심해졌으므로 나중에는 로잘리가 분노를 터뜨렸다. 여주인이 아침마다 커피를 마시고 나면 그녀는 잔느를 억지로 일으켜 세워 옷을 입혔다.

뿐만 아니라 잔느는 이제 의지라는 것이 완전히 없어진 사람처럼 보였다. 하녀가 조언을 구하거나 질문하거나 의견을 물을 때면 그 대답은 언제나 한결같았다.

"내가 어떻게 알겠니? 너 좋을 대로 하렴!"

자기를 사로잡고 있는 불운에 완전히 체념한 그녀는 동양인들처럼 숙명론자가 되었다. 꿈이 사라지고 희망이 무너져 내리는 것을 수없이 보아 온 탓에, 지극히 간단한 일을 할 때도 며칠 전부터 머리를 썩이고 골몰했다. 언제나 자기는 운이 나쁜 길만 가는 사람이므로 무슨 일이고 순조롭게 될 것으로는 생각되지 않았다.

그녀는 입버릇처럼 말했다.

"난 너무나 불운했어."

그러면 로잘리는 큰소리로 말했다.

"그렇다면, 마님이 빵을 위하여 뼈가 부서지게 일해야만 했다면 그때는 뭐라고 말씀하시겠어요? 품팔이를 가기 위하여 아침마다 여섯 시에 일어나야 하는 신세가 되었다면 뭐라고 하시겠냐고요? 그런 고생스러운 삶을 이어가는 인간이 이 세상에 얼마나 많은 줄 아세요? 또 그 사람들이 늙으면 그야말로 불쌍하게 죽어 간다는 걸 아세요?"

잔느가 대답했다.

"하지만 넌 알지 않니? 난 혼자란 말이다. 아들은 나를 버렸다고."

그러면 로잘리는 노발대발했다.

"그래요, 하지만 아들이 군대에 가 버렸다면 어떻게 하시겠어요? 미국으로 훌쩍 떠나 버렸다면 어떻게 하시겠어요?"

로잘리에게 미국이라는 곳은 사람들이 한밑천 잡으려고 다투는 곳이기는 하지만, 결코 돌아오는 일이 없는 그런 나라였다.

로잘리는 계속 말했다.

"언젠가는 헤어지는 법이에요. 나이 많은 사람이 젊은 사람이랑 언제까지고 함께 살 수 있는 세상이 아니라고요."

그러고 나서 그녀는 잔인한 어조로 말을 맺었다.

"만약 폴 도련님이 돌아가시기라도 했다면 어떻게 하시겠어요?"

그 말에 잔느는 대답하지 않았다.

봄기운이 감돌기 시작하고 공기도 따뜻해지면서 잔느도 잃었던 기운을 조금씩 되찾았다. 그러나 이렇게 모처럼 회복되었던 활력도 그녀는 자신을 깊은 침울 속으로 끌어넣는 데에만 사용했다.

어느 날 아침, 그녀는 뭔가를 찾기 위하여 지붕 밑 다락으로 올라갔다. 그런데 뜻밖에도 옛 달력이 가득 든 상자를 발견했다. 시골 사람답게, 별것도 아닌 달력을 소중히 간직해 두었던 것이다.

그녀는 자신의 과거를 그곳에서 다시 보는 기분을 느꼈다. 겹겹으로 쌓아 놓은 네모난 판지를 눈앞에 두고 형언하기 어려운 감동에 사로잡힌 그녀는 그 자리에 쭈그리고 앉아 꼼짝하지 않았다.

얼마 후, 그녀는 정신을 차려 그 달력을 가지고 식당으로 내려왔다. 크고 작은 여러 가지 모양의 달력들이 있었다. 그녀는 그것을 연대순으로 책상 위에 늘어놓았다. 순간 그녀가 처음 발견한 것은 그녀가 레푸풀로 가지고 왔던 달력이었다.

그녀는 오랫동안 그것을 바라보았다. 수녀원을 떠난 다음 날, 즉 루앙을 출발한 날 자기 손으로 날짜를 지웠던 흔적이 그대로 남아 있었다. 그러자 눈물이 흘렀다. 천천히 흘러내리는 슬픈 눈물이었다. 눈앞의 테이블에 펼쳐진 자기의 생애를 선명하게 바라보게 된 가여운 노파의 눈물이었다.

그러자 어떤 생각이 그녀의 머릿속에 떠올랐다. 그리고 그것은 일순도 멎지 않는 무서운 집착으로 변했다. 그녀는 오늘날까지 자기가 걸어온 길을 달과 날을 따져 다시 한 번 돌이켜 보자는 생각을 했다.

그녀는 벽과 벽걸이 위에 누렇게 바랜 판지를 한 장 한 장씩 압정으로 줄지어 붙였다. 그리고 그중 어느 한 장 앞에 멈춰 서서는 깊은 생각에 빠졌다.

'이 달에는 무슨 일이 있었더라?'

스스로 자문하면서, 몇 시간이고 시간 가는 줄 모르고 서 있었다.

자기 생애 가운데 기념할 만한 날짜에다 줄을 그어 놓았기 때문에 때로는 한 달 전체를 기억해 낼 수도 있었다. 중요한 일이 생기기 전이나 생기는 후의 자질구레한 일들도 하나하나 생각해 내서 모으기도 하고, 서로 결부시키기도 하면서 그동안의 일을 정리했다.

이렇게 집요하게 주의력을 집중시키고, 기억의 실마리를 풀고 더듬어 모든 의지를 집중한 덕에 그녀는 레푸풀에 있을 때의 최초의 이 년 간을 거의 완전할 만큼 밝혀 내는 데 성공했다. 생애의 먼 추억들이 이상할 정도로 쉽게, 그리고 일종의 양각처럼 뇌리에 떠올랐다.

그런데 이어지는 다음 몇 년 동안은 서로 얽히고 설켜서 마치 안개 속에서 길을 잃은 것 같았다. 그래서 때로는 달력 앞에서 멍하니 몇 시간이고 서 있을 때도 있었다. 달력을 뚫어지게 응시하고 있어도 그 먼 옛날이 조금도 모습을 드러내지 않을 때도 있었고, 그 얼굴만 내민 때도 있었다. 그러나 그것이 과연 정확한 것이었는지는 의심될 때도 있었다.

식당의 네 벽에는 그리스도의 수난을 그린 판화처럼 지나간 날의 그림들이 줄줄이 널려 있었다. 그녀는 그것을 하루종일, 그리고 한 달 내내, 아니 일 년 내내 하루도 빼놓지 않고 되풀이해서 바라보았다. 어떤 때에는 그중 어느 한 장 앞에 의자를 당겨 놓고 앉아, 꼼짝하지 않고 밤늦게까지 바라보면서 이런저런 생각에 잠기는 경우도 있었다.

계절이 바뀌어 온갖 초목이 태양의 온기로 눈뜨고, 농작물이 밭에서 그 움을 내밀며, 마당가에 만발한 사과나무 꽃이 그 향기를 온 누리에 뿌리자, 갑자기 격렬한 흥분이 그녀를 사로잡았다. 이미 그녀는 한자리에 가만히 앉아 있을 수 없었다. 하루에도 수없이 왔다갔다하며 드나들기 일쑤였다. 그런가 하면, 그 옛날의 정취를 마음속에 되살려 멀리 농장 있는 데까지 시름없는 걸음을 옮길 때도 있었다.

풀숲 속에 아무도 모르게 피어 있는 데이지 꽃이며 나뭇잎 사이로 조용히 흘러들고 있는 햇빛이며, 푸른 하늘이 비치는 웅덩이 같은 것을 보아도, 푸른 꿈에 들떠 들판을 쏘다녔던 소녀 시절의 감동이 새삼 그리워졌다. 동시에 먼 옛날의 온갖 감각이 되살아나서 그녀의 마음은 파도처럼 일렁였고, 쏟아지는 눈물에 한없이 어지럽기만 했다.

그녀가 미래를 꿈꾸던 시절에도 이와 똑같은 마음의 충동으로 가슴이 두근거렸다. 화창한 날, 이와 똑같은 감미로운 심정을 맛보았고 이와 똑같은 괴로움도 맛보았다. 그런데 미래라는 것이 완전히 사라진 지금도 그녀는 그것을 마음속에서 새삼 즐겼다. 그러나 그것은 괴로운 것이기도 했다. 마치 새롭게 움터 난 영원의 환희가 그녀의 늙고 메마른 피부, 식어 버린 혈액, 지쳐 버린 영혼 속에 아무리 숨어 들어와도 이미 작고 초라한 매력밖에는 더 이상 주지 못하는 것 같았다.

그리고 또 그녀 주변의 모든 것이 다소 달라져 버린 것처럼 생각되기도 했다. 태양도 소녀 시절의 그때보다는 열이 많이 식어 버린 것 같았고, 하늘도 그 푸르름이 덜해진 것 같았다. 초목도 초록빛이 엷어진 것 같았고, 꽃들도 색이 바래고 향도 사라진 것 같았다.

하지만 어떨 때는 살아 있다는 행복감에 젖어 다시 꿈꾸고 희망을 품는 경우도 더러 있었다. 운명이 그 아무리 가혹할지라도 그지없이 맑은 하늘을 쳐다볼 때면 인간인 이상 어찌 희망을 품지 않을 수 있겠는가?

그녀는 채찍질이라도 당하는 넋처럼, 몇 시간이고 앞으로만 걸어갈 때도 있었다. 그리고 이따금 우뚝 걸음을 멈추고는 길바닥에 주저앉아 생각에 잠기기도 했다. 왜 나는 남들처럼 사랑받지 못했을까? 어쩌다 나는 조용한 생활 속의 단순한 행복이라는 것을 알지 못했을까?

또 때로는 자신이 늙은 노인이라는 것을 잊어버릴 때도 있었다. 자기 앞에는 이제 슬프고 고독한, 불과 몇 년이라는 세월 말고는 아무것도 남아 있지 않다는 것과 자기의 길은 이미 남김없이 다 걸어왔다는 것을 잊어버릴 때도 있었다. 그리고 옛날 열 여섯 살 때의 소녀처럼, 그럴듯한 계획을 세우고 여러 가지 즐거운 미래를 꿈꾸었다. 그러면 다음 순간에는 냉혹한 현실이 살을 에는 아픔으로 전신을 덮쳤다. 허리뼈를 부러뜨릴 만큼 무거운 물건에 짓눌린 것처럼 그녀는 흐물흐물해진 상태로 간신히 자리에서 일어섰다. 그러고는 입속말로 쉴 새없이 이렇게 중얼거리면서 천천히 집으로 돌아오곤 했다.

"이 미친 늙은이야! 이 미친 늙은이 같으니라고!"

요즈음 로잘리는 노상 다음의 말을 되풀이했다.

"좀 얌전히 계세요, 마님. 그렇게 초조해한다고 해서 되는 게 아니잖아요!"

그러면 잔느는 슬픈 듯이 말했다.

"어쩔 수 없구나. 죽기 전의 마사클과 내가 똑같아."

어느 날 아침 하녀는 여느 때와는 달리 좀 일찍이 그녀의 방으로 들어갔다. 그러고는 협탁 위에 우유가 든 커피 잔을 내려놓으며 말했다.

"자, 빨리 드세요. 드니가 문밖에서 기다리고 있어요. 같이 레푸풀에 가요. 볼일이 좀 있어서요."

잔느는 뜻밖의 말에 몹시 감동했다. 그녀는 흥분으로 몸을 떨면서 옷을 챙겨 입었다. 그렇게도 그리워하던 자기 집을 다시 볼 수 있다고 생각하자 그녀는 가슴이 벅차 올라 어쩔 줄을 몰랐다.

찬란한 하늘이 펼쳐져 있었다. 마차도 유쾌한 듯 벌판을 가로지르며 질주했다. 에토방 마을에 들어서자, 그녀는 가슴이 너무 뛰어 숨이 가빠 왔다. 울타리의 벽돌 기둥이 보였을 때는 몇 번이나 감탄의 소리를 질렀다.

"오오! 오오! 오오!"

사람을 기절시키는 물건이라도 본 것처럼 그녀는 탄성을 질렀다.

쿠이야르네에서 마차를 내렸다. 그리고 로잘리와 그의 아들이 볼일을 보러 간 사이, 소작인들이 잔느에게 저택을 한번 돌아보는 게 어떻겠느냐며 권유했다. 마침 집주인 가족이 모두 여행을 떠나 집이 비어 있었다. 그들은 그녀에게 열쇠를 건네 주었다.

그녀는 혼자 찾아갔다. 그리고 바다 쪽으로 면한 낡은 건물 앞에 서서 걸음을 멈추고 옛집을 바라보았다. 겉보기에는 변한 것이 아무것도 없었다. 커다란 회색 건물은 거무스름하게 그을린 벽면 위에 햇살을 듬뿍 받고 있었으며, 모든 덧문은 닫혀 있었다.

마른 나뭇가지 하나가 그녀의 옷 위로 떨어졌다. 그녀는 눈을 치켜들었다. 플라타너스에서 떨어진 것이었다. 그녀는 푸르스름하고 매끄러운 피부를 가진 그 커다란 나무에 다가가서 귀여운 동물을 만져 보듯 손으로 어루만졌다. 그녀의 발부리가 풀숲 속의 썩은 나무토막에 채였다. 그것은 그녀가 가족들과 늘 함께 앉아 놀던 긴 나무 의자였다. 줄리앙이 처음으로 찾아 왔을 때 함께 앉았던 그 의자의 처참한 최후의 몰골이었다.

그러고 나서 그녀는 현관의 이중문 있는 데까지 갔다. 녹이 슨 커다란 자물쇠가 잘 열리지 않아 그것을 여는 데 애를 먹었다. 용수철의 삐걱거리는 소리와 함께 자물쇠가 열리자 그녀는 두 손으로 문을 밀어붙였다. 문은 안으로 열렸다.

잔느는 곧장 이층의 자기 방으로 뛰어올라갔다. 그 방은 밝은 벽지로 도배되어 있었다. 그러나 창문을 열어 젖힌 그녀는 온몸이 일시에 저려 오는 듯한 감동으로 그 자리에 우뚝 서고 말았다. 눈앞에 펼쳐져 있는 것은 자기가 그렇게나 사랑했던 경치였다. 방풍림과 느티나무 숲, 멀리 바다 위에 그려 놓은 듯한 다갈색의 돛.

그러고는 텅 비어 있는 넓은 집 안을 그녀는 방황하기 시작했다. 벽 위에는 옛날의 회색빛 얼룩이 그대로 남아 있었다. 남작이 뚫어 놓았던 회벽의 구멍 앞에서도 걸음을 멈추었다. 남작은 이곳을 지날 때마다 젊은 시절이 생각나서 그랬는지 지팡이로 검술 흉내를 곧잘 내어 가족들을 웃기기도 했다.

어머니의 방에서는 침대가의 어두운 구석에 머리 부분이 금으로 된 가느다란 핀이 문짝에 꽂혀 있는 것이 보였다. 그것은 옛날 그녀가 여기에다 꽂아 놓고는——그녀는 지금 그것을 생각해 냈다——그 뒤 몇 년 동안이나 찾으려고 애쓴 물건이었다. 그런데 그것이 이제야 눈에 띈 것이다. 잔느는 그것을 문짝에서 뺐다. 정말 다시없는 귀중품이라도 만지는 기분으로 먼저 키스부터 했다.

그녀는 온 집안을 구석구석 돌아다니며 새로 도배가 되지 않은 방 안의 벽지 같은 데서 옛날의 얼룩을 찾아내고 거기에 얽힌 추억을 더듬어 보았다.

아무 소리도 나지 않는 괴괴하고 넓은 저택을 그녀는 혼자 묘지라도 방황하듯 발짝 소리를 죽이고 걸어다녔다. 그곳에는 그녀의 한평생이 널려 있었다. 응접실로 내려갔다. 덧문이 닫혀 있어서 방 안은 어두웠다. 그래서 어둠에 눈이 익을 때까지 잠시 동안 기다려야 했다. 어둠에 눈이 익숙해지자 날아다니는 새 그림이 있는 높은 벽걸이가 조금씩 보이기 시작했다. 의자 두 개가 여전히 난로 앞에 놓여 있었다. 그리고 이 방의 냄새, 인간이 제각기 가지고 있는 체취와 마찬가지로 방이 가지고 있는 냄새, 희미하기는 했지만 분명히 알 수 있는 그 달콤한 향기가 잔느의 가슴에 스며들어 여러 가지 추억으로 그녀를 감싸고 그녀를 취하게 했다. 과거의 숨결을 느끼며, 그녀는 두 손으로 가슴을 누르고 두 의자를 바라보았다. 그런데 별안간 그녀의 망집에서 우러난 급속한 환각 속에서, 지난날 그녀가 자주 보았던 자세 그대로 아버지와 어머니가 난롯불에 발을 쬐고 있는 것이 보였다.

그녀는 소름이 끼치는 두려움을 느끼고 몇 걸음 뒤로 물러섰다. 등이 문짝에 부딪혔다. 눈길은 여전히 못 박힌 듯 두 팔걸이 의자에 쏠렸다.

환영은 곧 사라졌다.

그녀는 잠시 멍하게 서 있었다. 차츰 정신이 돌아오자 왈칵 무서운 생각이 들어 달아나려고 했다. 문득 시선이 자기가 기대고 있던 문짝 위로 쏠리자 거기에 새겨진 풀레의 눈금이 눈에 띄었다. 희미한 표시가 고르지 못한 간격을 두고 새겨져 있었다. 나이프로 새겨 놓은 숫자가 아들의 연령과, 달 그리고 아들의 성장의 흔적을 나타냈다. 유달리 크게 새겨 놓은 남작의 글씨가 있는가 하면 약간 비뚤어지게 새겨 놓은 리종 이모의 글씨도 있었다. 그러자 그녀는 옛날의 아들이 그 자리에, 자기 눈앞에 있는 것 같은 생각이 들었다. 금발의 머리칼이 탐스러운 뒤통수를 벽에 대고 키를 재고 있는 모습이었다.

남작이 소리치는 것이 들렸다.

"봐, 잔느. 육 주일 만에 일 센티미터나 컸어!"

그녀는 미친 듯이 문짝에 키스를 했다. 그런데 밖에서 자기를 부르는 로잘리의 목소리가 들렸다.

"잔느 마님, 잔느 마님, 어서 나오세요. 모두가 기다리고 있어요."

그녀는 황급히 바깥으로 나왔다. 이미 사람들이 뭐라고 하는지 그녀의 귀에는 들리지 않았다. 차려 주는 대로 먹기만 했고, 무슨 뜻인지도 모르면서 남들의 말소리에 귀를 기울였다. 아마 소작인의 아내였을 것이다. 자기의 건강을 묻기에 몇 마디 대답을 했으며, 그리고 서로 입맞춤을 하고는 정신없이 마차에 올랐다.

저택의 높은 지붕이 나무숲에 가리워 보이지 않자, 그녀는 가슴이 찢어지는 듯한 격한 아픔을 느꼈다. 이제 영원히 나의 집을 볼 수 없다는 생각이 가슴을 찔렀기 때문이다.

모두는 바트빌로 돌아왔다.

새집으로 들어가려는 순간 그녀는 문간에서 하얀 것을 발견했다. 그것은 집을 비운 사이 우편 배달부가 던져 놓고 간 편지였다. 한 눈에 그것이 폴에게서 온 편지임을 안 그녀는 떨리는 손으로 봉투를 뜯었다. 거기에는 이렇게 적혀 있었다.

그리운 어머니, 제가 좀더 일찍 편지를 보내지 못한 것은 어머니께서 파리에 헛걸음을 하시지 않게 하기 위해서였습니다. 사실은 저도 지금 곧 어머니를 뵙지 않으면 안 될 일이 생겼습니다. 현재, 저는 말할 수 없는 불행에 빠져 있고 극심한 곤란을 겪고 있습니다. 아내가 사흘 전에 해산을 했는데, 지금 몹시 위독한 상태에 빠졌거든요. 수중에 돈이라고는 한 푼도 없습니다. 아이는 문지기의 마누라가 우유로 어떻게 키우고 있기는 하지만 정말이지 어떻게 해야 좋을지 눈앞이 캄캄할 뿐입니다. 아이가 죽지나 않을지 걱정이 태산 같아요. 어머니, 어머니가 좀 맡아 주시지 않겠습니까? 어떻게 해야 할지 모르겠어요. 남에게 맡기자니 돈도 없고, 아무튼 어머니의 답장을 기다리겠습니다.

어머니를 사랑하는 아들 폴로부터

잔느는 의자 위에 쓰러져 버렸다. 그녀는 가까스로 로잘리를 불렀다. 하녀가 들어오자 둘은 다시 그 편지를 읽었다. 그러고 나서 두 사람은 한동안 서로 얼굴만 바라보며 묵묵히 앉아 있었다.

이윽고 로잘리가 먼저 입을 열었다.

"제가 가서 어린애를 데리고 오겠어요. 이대로 내버려둘 수는 없잖아요."

잔느가 대답했다.

"그래, 네가 좀 다녀오렴."

그러고 나서 두 사람은 잠시 입을 다물고 말았다. 잠시 후 하녀가 말을 이었다.

"자, 마님. 모자를 쓰세요. 같이 고데르빌의 공증인한테 가요. 그 여자가 죽으면 폴 도련님도 결혼하셔야 할 것 아니에요. 어린애의 장래 문제도 있으니 말이에요."

잔느는 한 마디의 대답도 하지 않은 채 모자를 썼다. 입으로는 말할 수 없는 깊은 환희가 그녀의 심장에 물결처럼 밀려들었다. 그것은 누구에게도 드러내 보이고 싶지 않은 기쁨이었다. 부끄러운 일이기는 하지만, 그녀는 마음속 깊은 곳에서 신비롭고 강렬한 기쁨을 맛보는 중이었다.

'아들의 정부가 지금 죽어 가고 있다!'

공증인은 하녀에게 세세히 설명해 주었다. 그녀는 몇 번이고 자신이 생길 때까지 되물었다. 모든 절차와 요령을 터득한 하녀가 말했다.

"염려하실 것 없어요. 이제는 제가 가서 인수하기만 하면 돼요."

그날 밤 그녀는 파리로 떠났다.

잔느는 이틀을 지냈으나 마음만 어지러울 뿐, 아무것도 생각할 수가 없었다. 사흘째 되는 날 아침에는 저녁 기차로 돌아온다는 로잘리의 편지를 받았다. 다른 말은 한 마디도 쓰여 있지 않았다.

오후 세 시쯤, 그녀는 이웃집 마차를 빌려 타고 하녀를 마중하기 위하여 역으로 나갔다.

그녀는 플랫폼에 서서 지평선 끝으로 차츰 좁아지며 끝없이 길게 뻗어 있는 궤도를 보고 있었다. 이따금 역사에 걸려 있는 커다란 시계를 쳐다보기도 했다. 이제 십 분만, 오 분만, 이 분만, 마침내 시간이 되었다. 그러나 선로 위에는 아무것도 보이지 않았다. 이윽고 하얀 것이 보이기 시작했다. 그것은 연기였다. 그리고 그 연기 밑에 까만 점 하나가 보이기 시작했다. 그것은 점점 커지더니 무서운 속력으로 달려왔다. 마침내 그 커다란 괴물은 속력을 늦추더니, 증기를 내뿜으며 객차의 문짝을 뚫어지게 보고 있는 잔느의 눈앞을 지나갔다. 곧 덜커덩 하고 멈춘 기차에서 여러 개의 문이 열리면서 승객들이 내리기 시작했다. 작업복을 입은 농부와 광주리를 든 아낙네 그리고 신사모를 쓴 소시민들이었다. 그녀는 잠시 후 로잘리의 모습을 발견했다. 로잘리는 리넨 천으로 싼 무언가를 안고 있었다.

그녀는 하녀한테로 달려갔으나 다리에 힘이 없어 쓰러질 것만 같았다. 하녀 쪽에서도 잔느를 발견하고는 여느 때나 마찬가지로 침착한 태도로 다가왔다.

"안녕하셨어요, 마님. 무사히 다녀왔어요."

잔느는 두려운 듯 중얼거리며 말했다.

"어떻게 됐니?"

"그 여자는 어제 죽었어요. 결혼은 끝났고요. 자, 여기 아기가 있어요."

그녀는 리넨 천으로 된 옷 속에 파묻혀 얼굴도 잘 보이지 않는 갓난애를 잔느에게 내밀었다.

잔느는 기계적으로 아이를 받아들었다.

두 사람은 정거장을 나와 마차에 올랐다.

로잘리가 다시 입을 열었다.

"폴 도련님은 장례식이 끝나는 대로 돌아온댔어요. 아마 내일 이 기차로 오실 거예요."

잔느는 '폴' 하고 중얼거렸을 뿐, 아무 말도 하지 않았다.

수평선 쪽으로 기울어지는 태양이, 황금빛으로 물든 유채꽃과 핏빛처럼 붉은 개양귀비꽃이 우거진 푸른 들판을 밝은 빛으로 적셨다. 새싹이 움트고 있는 대지 위에는 끝없는 정적이 감돌았다. 마차는 전속력으로 달렸다. 마부석에 앉은 농부가 소리를 지르며 채찍을 휘둘렀기 때문이다.

잔느는 하늘을 바라보았다. 하늘에는 제비 떼들이 마치 불화살처럼 둥그렇게 대기를 가르며 날고 있었다. 그러자 갑자기 감미로운 온기가, 생명의 온기가 그녀의 옷을 뚫고 다리를 거쳐 몸 속으로 스며들었다. 그것은 그녀의 무릎 위에서 잠들어 있는 갓난아기의 체온이었다. 그러자 말로 표현할 수 없는 격한 감동이 그녀의 전신을 휘감았다. 갑자기 그녀는 리넨 천을 헤치고 아직 보지 않은 아이의 얼굴을 들여다보았다. 아들 폴의 딸이다. 그러자 가냘픈 생물이, 별안간에 들이닥친 강렬한 햇빛에 놀라 푸른 눈을 빠끔히 뜨고 작은 입을 오물거렸다. 그것을 보자 잔느는 얼른 두 손으로 아이를 치켜들면서 미친 사람처럼 갓난애의 온 얼굴에 입을 맞추기 시작했다.

그러나 로잘리는 속으로는 흐뭇해하면서도 불안한 얼굴로 잔느를 말리며 말했다.

"자, 자, 잔느 마님, 그만하세요. 그러다 아기가 울겠어요."

그러고는 자기 자신의 생각을 덧붙여 말했다.

"인생이란, 아시겠죠, 생각보다 좋은 것도 아니고, 나쁜 것도 아닌가 봐요."

작품 해설

작품 해설

프랑스 사실주의의 대표 주자, 모파상

　모파상은 주로 단편 소설가로 알려져 있다. 하지만 장편 소설·희곡·시·시사 평론 등도 많이 남겼다.
　그의 아버지는 주식 중개인이었고, 어머니는 플로베르와 친분이 있는, 문학적 교양을 지닌 여성이었다. 후에 이런 인연으로 플로베르와 모파상은 사제지간으로 우정을 나누는 관계로 발전했다.
　그는 가정을 거의 돌보지 않는 아버지와 아이들을 편애하는 신경질적인 어머니 밑에서 유년 시절을 보냈다.
　1870년 보불 전쟁이 시작되자 당시 파리 대학 법학부에 다니던 그는 학업을 중단하고 자원 입대해서 노르망디 지방에서 전쟁을 체험했다.

1871년 제대하고, 이듬해 파리로 건너간 그는 해군 본부에 취직해서 낮에는 일하고 밤과 휴일에는 혼자 또는 친구들과 보트 놀이를 즐기는 생활을 했다. 그러면서 사와 소설을 창작했으며, 어머니를 통해 플로베르의 지도를 받았다. 플로베르의 도움으로 교육부로 직장을 옮긴 그는 그후 1880년까지 거의 10년 동안 대부분의 시간을 관청에서 보내면서 보트 놀이와 문학 수업에 열중했다.

 한편 1875년 무렵부터 플로베르를 통해 당시의 저명 작가인 공쿠르, 졸라 및 그 주변에 모였던 작가를 지망하는 청년들과도 점차 교제를 나누었다. 자연주의 문학의 대가로 일컫는 졸라는 이론 면에서 《실험 소설론》 등을 써서 자연파의 추진에 힘썼다. 자연주의는 사실주의와 명백하게 구분되지 않고 병행하여 쓰여졌으나, 1860년대 들어 인간을 생물학적, 생물학적으로 보는 견해가 한층 강화된 사실 문학이 졸라라는 강렬한 개성에 의해, 특히 자연주의라는 이름을 얻으면서 발전했다.

 1880년에 그는 졸라를 중심으로 하는 신진 작가들이 보불 전쟁에 관한 단편 소설을 모아서 간행한 《메당의 저녁》에 〈비

겟덩어리〉를 발표했는데, 모파상의 작품은 졸라를 포함한 다른 집필자의 작품을 능가하는 것으로 평가되어 문단에 등장하는 계기가 되었다. 그를 지도해 준 플로베르도 그의 작품을 '후세에 남을 걸작'이라고 격찬했다.

그후 보수주의적 경향의 일간지인 《르 골루아》·《질르라스》와 계약을 맺고, 직장도 그만둔 채 거의 한 주에 한 편씩 단편 소설과 시사 평론을 기고했으며, 《여자의 일생》(1883), 《벨아미》(1885) 등의 장편 소설도 연재했다. 이 중 《여자의 일생》은 여자의 일생을 염세주의적 필치로 그린 작품으로, 프랑스 사실주의 문학의 걸작으로 평가된다.

모파상은 유년기의 야외에서 생활과 보트 놀이 등으로 신체적으로 건강하다는 인상을 주었지만, 한편으로 젊었을 때부터 끊임없이 무서운 병과 싸워야 했다. 공무원 시절 플로베르와 어머니에게 보낸 편지에서도 이미 실명과 탈모를 걱정하며 괴로움을 토로하는 부분이 보이는데, 그것은 온갖 치료에도 불구하고 온몸에 번져 신경 이상이 되기도 했다. 1892년, 모파상은 면도날로 자살을 기도한 뒤 파리에 있는 정신병원에 입원했다. 그리고 마침내 이듬해 그곳에서 42세의 젊은 나이로 죽었다.

그의 작품은 자연주의 문학 계열로, 자신의 일상 체험과 그 안에서 관찰한 것을 직접적으로 독자들에게 나타내듯 글을 쓴다. 일간지에 기고한 단편 소설에 시사 평론과 거의 구별할 수 없는 작품이 많은 것은 이 때문이다.

또 제재도 직접 눈으로 접한 세계로 제한되어 노르망디 지방의 농어민, 파리의 공무원, 후에는 사교계의 남녀, 전쟁의 희생자, 그리고 병과 함께 오는 불안과 공포, 그러한 것들로부터의 탈출 시도 등을 일관되게 다루었다. 그는 19세기 후반 프랑스 사회의 무거운 분위기를 잘 전달하는 작품을 많이 남겼다.

그가 죽은 지 80년이 지나 프랑스에서는 모파상의 단편 모두가 《플레야드 총서》(전2권)에 수록되어 출판되었다. 각 작품의 초출(初出) 연월일 · 이본(異本) · 주(註)가 재검증되고 많은 주를 새로 달았는데, 이는 어떤 의미에서는 모파상 작품을 재평가하는 것과 동시에, 역설적으로 프랑스 사람들마저도 모파상의 쓴 작품을 그대로는 이해하기 어렵다는 것을 뜻하기도 한다.

한 여자의 숙명, 《여자의 일생》

모파상의 걸작인 《여자의 일생》은 매우 이색적인 소설이라고 할 수 있다. 이 소설은 제목 그대로, 여자의 일생 — 현실에 속고 꿈에 속는 여자의 생애를 사실 그대로 그리고 있다. 물론 여자의 생애라고 반드시 남성에 비해 보다 험난한 것이라고는 단정하기 어렵지만, 흔히 '여자의 일생' 운운할 때 거기에는 고통에 얽매인 추상적인 어떤 수난자의 상을 떠올려 엄숙하고 암울한 기분에 젖게 된다. 그것은 여자의 일생이 한 남자에 매인 일생, 이를테면 자기의 의사대로 자유롭게 살 수 없는 멍에에 얽힌 생애를 말해 주기 때문이다.

베르네제의 초상화에서나 볼 수 있는 천사와 같이 아름답고 순결한 처녀, 금빛 머리칼이 아름다운 목덜미에서 잔잔히 물결치는 앳되고 청순한 처녀, 이 처녀가 바로 《여자의 일생》에 나오는 주인공인 잔느다.

그녀는 남작 가문의 외동딸로 양친의 자상한 보살핌 속에서 5년 간의 성심 수도원 생활을 끝내고 나온 청순한 소녀다. 그녀에게는 아무런 그늘도 없다. 오직 자기의 피부빛처럼 아름다운 미래를 장미빛 꿈속에서 그릴 뿐이다. 그런데 이 행복한 처녀의 꿈은 한 남자에게 속하는 그 첫발을 내딛기가 무섭게 그 남자에게 차례차례 속고 찢기고 짓밟히고 말았다.
 첫째, 줄리앙 드 라마르 자작과의 결혼이다. 수많은 축객들의 축복을 받으면서 미남 라마르 자작과 결혼한 잔느는 신혼여행지 고르시카에서 양친 곁으로 돌아왔다. 그러나 남편과 진실한 부부애를 체험하기도 전에 그녀에게 벌써 인생의 험난한 바람이 세차게 불기 시작했다.
 그녀는 모든 생명을 바쳐 믿고 있던 남편 줄리앙의 그녀와 함께 같은 젖을 먹고 자란 몸종 로잘리를 범한 사실을 알게 되었다. 여기서 그녀는 난생 처음 '두 사람의 인간이 결코 영혼까지 교합할 수는 없다'는 사실과, '인간의 영혼은 절대적으로 고독함'을 깨달았다. 남편에게 배신당한 모든 여성이 거의 그렇듯이 그녀도 이혼을 결심하지만 때는 이미 늦어 그녀의 뱃속에는 줄리앙의 아이가 자라고 있었다. 아이로 말미암아 결혼이라는 굴레를 벗어나지 못함은 그녀 역시 마찬가지였다.
 곤경에 처한 여성들의 대부분은 희망을 잃고 늙어 가면서, 친정어머니나 친구, 아니면 자라는 자식의 장래에서 구원을 찾기 마련이다. 그런데 잔느는 또다시 친구의 엄청난 배신에 쓰라린 고통을 겪지 않으면 안 되었다.

따스한 햇살이 비치는 어느 봄날, 잔느가 산골짜기를 타고 시냇가로 내려가자 그곳에서는 그녀의 둘도 없는 친구인 푸르빌 백작 부인이 남편 줄리앙과 불륜의 관계를 맺고 있었다. 친정어머니의 죽음으로 가뜩이나 외롭고 불행하던 그녀에게 이와 같은 참을 수 없는 불행이 또다시 겹겹으로 찾아들었다.

이 충격은 다만 외로운 그녀를 두고 세상을 떠난 그녀의 어머니의 죽음에서만 오는 것은 아니었다. 그녀는 죽은 어머니 역시 젊은 시절, 아버지 아니 외간 남자와 불의의 관계를 맺어 왔다는 비밀을 뒤늦게 알게 된 것이다.

절망의 나락으로 떨어진 잔느에게 마지막으로 남은 희망은 사랑하는 아들 폴뿐이었다. 그러나 폴 역시 어머니의 희망을 송두리째 저버리고 말았다. 도박과 사기를 일삼고 빚을 지며 거리의 여인들과 어울려 다녔다. 그리고 그렇게 해서 태어난 아이까지도 그녀는 거두어야 했다.

잔느! 이제 그녀에게 무슨 구원이 있을 수 있는가. 그녀의 마음을 다정하게 위로해 주는 것은 이제 로잘리뿐이다. 그녀는 치욕과 고뇌를 말끔히 씻고 남작 부부가 소개한 농부와 결혼해 평탄한 삶을 살았다. 그녀는 말한다.

"세상이란 사람들이 생각하는 것처럼 그렇게 좋지도 나쁘지도 않은 것 같아요."

이 얼마나 무서운 말인가! 역경에 처한 여자는 항상 이런 말을 마음속에서 되뇌이며 어려움을 견딘다.

작자는 이 소설에 '조그마한 진실'이란 부제를 달고 있다. 이 '조그마한'이란 형용사의 뜻은 그러나 결코 조그마한 것이 아니다. 모든 여성이 잔느와 같은 운명과 무관하지 않다는 뜻에서, 다시금 이 사실을 강조할 필요가 없다는 점에서는 조그마한 진실이라고 할 수 있지만, 동서를 막론하고 숙명처럼 여성을 기다리고 있는 것이 바로 이 잔느의 불행과 같은 것이라면 이것은 진정 '크나큰 진실'이기도 하다.

모파상이 이 작품을 발표한 지도 벌써 100년이 훌쩍 지난 지금, 그 동안 여성들의 사회적 지위와 생활 양식에 큰 변화가 온 것은 사실이다. 그러나 오늘날의 여성이 과연 얼마만큼 잔느와 같은 운명에서 벗어날 수 있는지는 의문이다.

여기서 우리는 톨스토이의 다음 말로 작자가 말하고 싶어하는 주제를 요약할 수 있다.

"여기 선량하고 귀엽고 사랑스러운, 좋은 일이라면 무엇이든 자진해서 하는 한 인간이 있다. 그런데 이 사람은 웬일인지 항상 희생물로서만 바쳐진다. 처음에는 난폭하고 교양이 없고 어리석고 동물적인 남편의 희생물로, 다음에는 남편에 못지않는 아들의 희생물이 되어 이 세상에는 무엇 하나 남기지 못한 채 사라져 간다. 작자는 이 같은 문제를 던져 놓기만 하고 아무런 해답도 주지 않고 있는 듯이 보인다. 그러나 실은 이 소설 전체를 통해 볼 때, 여 주인공을 파멸시킨 장본인에 대한 누를 수 없는 혐오감이 이미 작자가 제기한 문제에 답해 주고 있다."

작가 연보

1850년 8월 5일, 노르망디 디에프에서 가까운 토르빌 슐 아르크에서 아버지 규스타브와 어머니 롤 사이의 2형제 중 장남으로 태어남.

1862년 양친이 별거하자 어머니와 에틀타에서 살다.

1863년 이브토 신학교에 입학.

1867년 신학교를 중퇴하고 잠시 루앙에서 머물면서 플로베르와 루이 뷔에에게 문학을 사사받음.

1869년 루앙의 코르네이유 중학교에서 대학 입학 자격 시험에 합격함.

1870년 보불 전쟁에 참전.

1871년 11월, 제대하여 귀향. 극단적인 반전 사상을 가지고 문학에 전념.

1872년 해군성에 취직. 플로베르에게 문학 지도를 받음.

1876년 10월, 〈귀스타브 플로베르 연구〉를 발표. 《문학 공화국》지에 발표한 〈물위〉로 재능을 인정받음.

1877년 신경증 증세가 나타나다. 단편 〈성수(聖水) 수여자〉를 《모자이크》에 발표.

1879년 11월, 《현대 자연주의 편론》에 〈물위〉를 다시 게재. 출세작 〈비곗덩어리〉을 집필함.

1880년 1월, 〈비곗덩어리〉를 탈고. 플로베르의 격찬과 함께 문학적 명성이 높아짐. 신경 질환이 점차 악화.

1883년 장편 소설 《여자의 일생》을 《질브라스》지에 연재. 톨스토이에게 인정받고 명성이 세계에 떨침.

1884년 장편 《벨아미》를 《질브라스》지에 연재. 단편집 《달빛》·《미스 할리엣》·《밤과 낮의 이야기》, 기행문 《태양 아래》, 장편 《벨아미》를 간행.

1866년 단편집 《무슈 파랑》·《로크의 아가씨》 발표. 《몽트리올》을 탈고한 후 《질브라스》지에 연재.

1887년 신경 증상이 악화하다. 장편 《몽트리올》, 단편집 《르 오를라》 간행. 장편 《피에르와 장》을 집필함.

1888년 장편《피에르와 장》, 기행문《물위》, 단편집《유손 부인의 선행상》을 간행함. 안질과 불면증으로 고통받음.

1889년 장편《남자의 마음》, 단편집《수꽃》, 기행문《방랑 생활》간행. 동생이 광증(狂症)으로 사망함.

1891년 3월, 노르망과의 공저(共著)인 희곡《뮤조트》가 상연됨.

1892년 1월 2일, 자살을 기도. 1월 7일, 파리 교외의 브량슈 정신 병원에 수용.

1893년 7월 6일, 정신 병원에서 사망. 몽파르나스 묘지에 안장됨.

김용훈
- 성균관대 불문과 졸업
- 불어불문학회 회장 역임
- 프랑스 르앙대학 명예박사
- 대만 정치대학 명예박사
- 우관 이정규 선생 기념사업회 회장
- 국민문화연구소 고문 역임
- 성균관대 총장 역임
- 역서 : 《현대 불어》,《백조의 악마》,《비곗덩어리》,《여자의 일생》 외 다수

판권본사소유

(밀레니엄북스 13)
여자의 일생

초판1쇄 발행 | 2003년 3월 25일
초판3쇄 발행 | 2008년 2월 25일

지은이 | 기 드 모파상
옮긴이 | 김 용 훈
펴낸이 | 신 원 영
펴낸곳 | (주)신원문화사

주 소 | 서울시 강서구 등촌1동 636-25
전 화 | 3664-2131~4
팩 스 | 3664-2130

출판등록 | 1976년 9월 16일 제5-68호

*잘못된 책은 바꾸어 드립니다.

ISBN 89-359-1101-1 03860